世界99

下

村田沙耶香

集英社

世界99　下　目次

世界99　下

第三章

49歳

窓の外に、光の粒が並んでいる。

クリーン・タウンの駅前には、新しい高層マンションがぎっしりと並んでいて、それは蜂の巣か白蟻《しろあり》の巣のように見える。真っ白なマンションの均一な窓は夜になると発光する。

障子を閉めて電気をつけると、私が家にいる時間の大半を過ごしている和室も光の箱になった。この光もこの街の光の粒の一つなのだろうと思うと、安心感とぞっとする気持ちにいつも同時に襲われる。

駅前に新しいマンションが立ち並び、クリーン・タウンは息を吹き返してきているように思う。駅から20分ほど歩いたところにある私の育った家の近辺も、見覚えのない若い夫婦が新しく住み始めていたり、学生らしき人たちがルームシェアをしている様子だったり、おばあさんがよく庭仕事をしていた家で小さな子供が走り回っているのを見かける。立ち並ぶ家が新陳代謝しているのを見ると、少しずつ死んでいくように見えたこの街が、活気を取り戻しているのを感じる。

私が生まれ育った家は、今はまったく違うものに変容したように思えた。たまに、外から帰ってきたとき、身体が憶《おぼ》えているのと違う匂いがすることにはっとすることがある。そういうとき、そう言えば、自分は「帰る」という言葉の意味が本当にはわかったことがないことを思い出す。労働で疲れきった肉体を回復するだけの巣に、一時的に肉体を持っていくだけ。自分にとってそれ以上の意味を持たない言葉を、過剰に美しく握りしめている人をみると、いつも、あまり好きではない種類の発狂だと思う。意味不明で、気味が悪いのに、そのことを自覚した上で吐き出している人にほとんど出会ったことがないからだ。

『そらまめ、電波悪い？』

耳元で、私のハンドルネームを呼ぶゆず納豆さんの声がする。「あ、ううん、ちょっとごはん食べてくる。一瞬ミュートにするね」とイヤホンマイクに話しかけ、アプリで自分の音声を切る。部屋を出て階段に向かった。音声は流しっぱなしにしているので、片耳を外したイヤホンに皆の笑い声が流れ込んでくる。

私が育ったこの一戸建ては、数年前に少しリフォームしたものの、壁やドアなどあちこちが古い。リビングルームとダイニングルームが別なのも、私が億劫《おっくう》に思う点の一つで、母が毎日家具を手入れして大切に使っていたリビングルームは、今ではほとんど使われていない。ここで暮らしている3人は、ほとんどの場合、それぞれの部屋でご飯を食べる。急いでいるときの朝ごはんなど、たまに自室以外で食べることもあるが、そういうときはダイニングルームで済ませてしまう。3人で憩いの時間を過ごすことなど一切なく、母が大事にしていたローテーブルとソファは埃《ほこり》をかぶっていた。

時計を見ると、もう夜の8時だった。今日は残業があまりなかったのに、電車とバスを乗り継いで家に着くころにはいつもこの時間になってしまう。

ダイニングルームから明かりが漏れていて、あれ、誰かがキッチンを使っていたら面倒だな、と思いながらドアを開ける。ダイニングテーブルには波《なみ》ちゃんが座っていて、タブレットを操作して何かのゲームをやっている様子だった。

「波ちゃん、キッチン使っていい？」

なるべく彼女の邪魔をしないように小さな声で話しかけると、波ちゃんがこちらに視線を寄越し、軽く頷《うなず》いた。

やっぱり食事の支度は面倒だ。高機能のピョコルンにでもやらせればいいのに、と思うが、同居人のしかめっ面を思い浮かべ、溜息をつく。

お茶碗一杯分くらいの量ごとに冷凍してあるご飯を取り出し、電子レンジに放り込んで温める。おかずはなににしようかと冷蔵庫を漁《あさ》り、コンビニで買ったしそ餃子と納豆、メンマの小さな瓶を取り出してお盆においた。

ダイニングルームの青いカーテンはもう閉められていて窓の外は見えないが、かすかに、門が開く音と、ポストを確認する音がした。

「あ、白藤《しらふじ》さん帰ってきた」

反射的な私の呟《つぶや》きに、波ちゃんは特に反応を示さなかった。

温めおえたご飯と餃子をパックのままお盆に載せる。波ちゃんの教育に悪い、と白藤さんは思うだろうが、洗い物をするのが億劫だった。

「ただいま」

ドアが開き、白藤さんのか細い声がした。

白藤さんは一緒に暮らし始めてから、ストレスのせいか、スナック菓子とアイスがやめられなくなり、体形がずいぶん変わった。そのことを白藤さんが恥じていて、それを恥じてしまう自分のことをそれ以上に恥じており、そのストレスにずいぶんと苦しんでいるらしいことは察していた。そのため、白藤さんに食べ物を勧めるときは、いつも少し緊張する。

「白藤さん、おかえりー。しそ餃子食べる？　賞味期限、明日までだったんだよね」

白藤さんは疲れのせいか赤黒い顔をしていて、私の用意したご飯に視線を寄越し、小さな声で「ありがとう。こっちも適当にやるから大丈夫」と呟いた。

白藤さんは溜息をつきながらダイニングテーブルの椅子に鞄《かばん》を置いた。

「あ、空子《そらこ》さん、私は今日のごはん、それでいい！　ついででいいから、適当に私の分のごはんもあたためてー！」

波ちゃんが珍しくイヤホンを外してこちらに声をかけた。「いいけど、これ結構癖がある味だよ？」「平気、平気」波ちゃんは私たちの世代ほど、「食」に興味がない。それならいいかと、「わかった」と頷いた。

会話を聞いていた白藤さんが、「波！　それくらい自分でやりなさい！」と波ちゃんを叱る。家のなかの空気が、急に冷たく震えた。

「叱る」という、誰かをマイナスとみなす行動が家の中に存在することが、私はいつもあまり好きではないので、少しげんなりとした。

波ちゃんもそう感じているのだろう。「怒り」という、「負の感情」を抱いている白藤さんのことを、波ちゃんはいつも少し哀れんでいるように見える。困ったように優しく微笑《ほほえ》んで、

「ごめんね、空子さん。自分でやります」

と言った。

一人ぶんの白いご飯を温めた波ちゃんは、半分だけを自分の小さな赤いトマト柄のお茶碗にうつし、青いジェルのようなパックに入った食べ物をトレーに載せた。波ちゃんはトレーを持ったままタブレットを器用に操作し、「ありがと空子さん、じゃあ、部屋に戻るねー」と軽く私と白藤さんに声をかけ、2階へと上がっていった。

白藤さんは溜息をつき、手を洗って冷凍食品のパックをいくつか取り出し、電子レンジで温めている。

私も、片方だけ耳に捩《ね》じ込んだままになっているイヤホンのボリュームを上げる。会ったことがないネット上のグループである「のんびり薬味会」の人たちの聞き慣れた笑い声のほうがよほど自分の生活に密着していると感じる。

「じゃあ、私も部屋に戻るから」

私が声をかけると、白藤さんは、「ああ、うん、ありがとう」とぼんやりとした声で返事をした。

私はトレーを持って階段を上がり、父と母の寝室だった和室へ入る。今は、ここが私の部屋になっていた。

時計を見ると、もう9時になろうとしていた。急いで襖《ふすま》を閉め、内側に取り付けた防音カーテンもきっちりと閉める。

半年前に波ちゃんが本格的にこの家で暮らすことになったとき、襖を防音仕様にし、襖と障子の内側に防音カーテンをつけ、隙間に防音テープを貼り、なるべく音が外に漏れないように改造した。中にスピーカーを置いて音声を流し、部屋の外から聞こえていないか何度も確認したので、多少のおしゃべりなら外に漏れないようになっているはずだ。やっと、自分の世界にめいっぱい浸ることができる、と、私は小さく安堵《あんど》の溜息をついた。

出しっぱなしになっている折りたたみの小さなちゃぶ台に座り、音声通話を再開した。さして心を開いている相手でもないし、いつでもこのグループから消滅できる。そのことが、むしろ私を弛《し》緩《かん》させている。

清潔で優しい世界。「汚い感情」が一切ない、無力な人たちが微笑みあっている世界。

私は、あの日、世界⑼へ強制的に突き飛ばされた朝のことを思い出す。あの日から、世界⑼の私が、世界⑼のみんなが、ずっと続いているような気がしている。

障子を開けると、目の前に、また大きな新しい家が建築されているのが見える。夜だから工事は止まっていてよく見えないけれど、真っ白な綺麗な家のようだった。

「クリーンな人」が越してくるといいなあ、と私は思う。「かわいそうな人」でも「恵まれた人」でもない、同じ価値観の「クリーンな人」がいい。私たちは微笑みあい、マイナスの感情を持たず、深くかかわらず、きっと心地よく暮らしていけるだろう。

『そらまめちゃん、どうしたのー？』

アプリから私を呼ぶ声が聞こえる。「なんでもない、ちょっと窓の外見てたー」私は笑いながら、そっと障子を閉めた。

あの日のことを、私は、心の中で「リセット」と呼んでいる。

あのピョコルンのニュースが流れた日、世界①と②と③と④と⑤と⑥と⑦と⑧の壁は一気に崩れた。そこからゆっくりと再構築された世界は、やっぱり、あの頃とは少し違うように感じる。生きている人間の顔ぶれも、住んでいる場所も、それぞれの家族構成も、全部が大きく変わったわけではなくても、世界の構造が、以前と少し違っていると感じる。

私はそのまま明人《あきと》と離婚し、ピョコルンエステの仕事も辞めた。「リセット」のすぐ後は、到底エステを続けられる状態ではなく、経営会社はエステ業務から手を引き全店閉店となったと後で聞いた。混乱の中、対応に追われる前に辞めることができてラッキーだったと思う。小さなマンションに引っ越し、そこから通える距離の仕事をなんとか見つけて働き始めた。

「リセット」の日から1年間ほどは、「混沌」としか呼びようがない、全ての人が自分の価値観を強制的に白紙に戻されて、混乱し続けている日々が続いた。

【『あのこと』について、どう思う？】

皆がその質問に怯《おび》え、「困った表情」で誤魔化した。

【あなたは『例の件』についてどう思い、どう感じ、どういうスタンスでいる人間ですか？】

さまざまな形で、そう踏み込まれることに嫌悪を示し、しかし我慢できず、不意に誰かに向けてその言葉を嘔吐《おうと》してしまう、そんな光景を、食事をするとき、飲み会のとき、ある日会社まで歩く最中に、何度も見かけた。喫茶店で隣の席から漏れ聞こえることもよくあり、そっと視線を向けると、相手に呼応し、トレースし、その場を誤魔化そうとしている、「世界⑲」の人間たちの姿がたくさん観測できた。皆、からっぽなのに、あたかも何かを深く考えており強い意志があるかのように振る舞っていた。

聞かれてもいないのに嬉々《きき》として自分のスタンスを語る人もいたが、それはそれで薄気味悪がられ、さりげなく距離を置かれたりコミュニティから排除された。

新しい会社と実家を往復しながらそんな光景の中で暮らしていた私は、日々の雑事に追われて少しずつその「質問」のことを忘却しはじめていた。ふと気がつくと、いつのまにか「再生」が訪れていた。

「リセット」からきっちり1年後、「恵まれた人」たちが力を合わせて、混乱した世界を整理するために「再生宣言」をしたらしい。恐ろしい現実に立ち向かい、世界を美しく整頓し、皆が人間らしく生きられる世界にする。私は新しい仕事に慣れるのに必死であまりニュースを見ていなかったのでよくわからないが、あとで動画サイトで見て知った分には、そんなふうな、なんとなくいい感じだけど具体的にはよくわからない宣言だった。

ふと気がつくと、「恵まれた人」たちが考えてくれた「人間リサイクルシステム」がうまく働いて、私たちの生活はまた穏やかになっていた。いつのまにか、私は中間層の住人、「クリーンな人」

とカテゴライズされる人種になっていた。

「再生」された世界は、私からはとてもシンプルに見える。

少し前に、洗い物をしながらなんとなく流し見していた動画によれば、「恵まれた人」は日本全体の10％ぐらい、80％が私たち「クリーンな人」で、残りの10％は「かわいそうな人」だそうだ。体感でも、なんとなくそれくらいの割合な気がする。「ウエガイコク」や「シタガイコク」ではどうか、という説明も動画でしていた気がするがよく覚えていない。なんとなく、日本ほど整っていなくてまだ混沌としていそうで、ウエガイコクもシタガイコクも大変だなあ、と私は漠然と思っている。

宣言がされたあと、実際の「再生」がどのように起きていったか、私の記憶は曖昧だ。世界③の「自分」がいなくなり、私の社会や政治の情報は半分以下に減っていたし、自分でそんなことを調べる元気もなかった。

私の感覚では、気がつくと、「再生宣言」から数年で、「恵まれた人」たちによって、世界は新しい形に整っていた。なので、私は「恵まれた人」たちにとても感謝している。

素直にそう話すと、白藤さんは愕然《がくぜん》として、この世の中にこんなに鈍く愚かな人間がいるのかと絶望した様子で口をつぐんでしまう。だから議論したことはないが、ほとんどの人が私と同じような感覚でいるのではないかと思う。

「リセット」と「再生」で私たちが思い知らされたのは、自分たちはとてつもなく無力だということだった。世界は一部の、「恵まれた人」によって動かされていて、私たち平凡な「クリーンな人」

はそれに対して何もできないし、何の感情も抱く必要はないし、抱いても無駄なのだから、「恵まれた人」に任せていればいいのだと思う。

不思議なもので、綺麗な世界で暮らしていると、「汚い感情」は減っていく。思い返せば最近、怒ったり、嫉妬したり、激しく議論したり、そういう「汚い感情」をむき出しにした人をほとんど見た記憶がない。家に帰ると、白藤さんだけが「汚い感情」を撒《ま》き散らしていて、あーあ、と、少し疲れた気持ちになる。

「リセット」が起きてから育った波ちゃんが、「汚い感情」をほとんど持っていないように見えるのはとても頼もしいし、美しい。私たちから、きっとそんな汚くて面倒で、邪魔で、人を傷つけるような感情はなくなっていくのだと思う。

白藤さんは、10％の「かわいそうな人」そのものの行動をするので、たまに一緒に買い物に行ったりするととても恥ずかしい。どうして、「怒り」だとか「憎しみ」だとか、誰かを「叱る」だとか、そういう「汚い感情」を持ち続けているのだろう？

白藤さんは「恵まれた人」のことをすごく怒ったり、責めたりするけれど、とても酷《ひど》いことを言うなあと悲しくなる。「恵まれた人」たちはすごく頑張って、世界を動かし続けてくれている。「かわいそうな人」はどうして感謝しないで、悪いところばかり見つけようとするのだろう。そんなふうに「汚い感情」を持つなんて、おぞましいし、恥ずかしい、と思う。「かわいそうな人」にもきっといろいろな事情があるのだろうけれど、インターネットや、会社や、学校や、世の中のあちこちで、「汚い感情」を撒き散らすのはやめてほしい。白藤さんは経済的にそこまで困窮しているわけではないと思うのに、「かわいそうな人」そのものの振る舞いをするので、本当に恥ずかしいなあ、と私は思っている。迷惑で恥ずかしいけれど、「嫌い」ではない。そういう「汚い感情」は、もう私から消えてしまったから。

きっと波ちゃんも同じだろう。自分の保護者にあたるのが、「かわいそうな人」で、きっと少し困ってるけれど、嫌いだとは思っていないのだろう。

波ちゃんはここへ引っ越してくる前は、奏《かなで》さんに育てられていた。大きな会社に勤めてラロリン人に交ざってばりばり働く奏さんは、「恵まれた人」であるのに「汚い感情」を持っている、という珍しいタイプの人で、波ちゃんはいろいろな活動に連れ回されて苦労したらしく、かわいそうに思う。

世界が再構築されても、奏さんと白藤さんは世界への憎しみという「汚い感情」で繫《つな》がっているように見える。だったら前のように一緒に暮らせばいいと思うのだが、同じ「汚い感情」でも、考え方が違っていてうまくいかないらしい。

波ちゃんは、典型的な「クリーンな人」なので、学校でもうまくやっているようだ。この奇妙な同居も、波ちゃんのためにはよかったのかもしれない、と思っている。

夜中、眠れずにキッチンへ行くと、波ちゃんが冷蔵庫を漁っていた。

「どうしたの、お腹すいた?」

声をかけると、波ちゃんはびくっとし、振り向いて後ろにいるのが私だとわかると少し安堵した様子を見せた。

「友達が眠れないって言ってて、何かいい香りのハーブとかあったら明日学校に持っていくねって、みんなでさっきまで話してたの」

「そうなんだ」

私は少し前、アケミさんに久しぶりに会ったときにもらった漢方キャンドルのセットの箱を開いた。このままフリマアプリに出そうかと考えていたが、使い道があるならそれでいいと思う。

「これ、貰《もら》い物《もの》のキャンドルで、少し漢方とかが入ってるらしくて、癖があるかもしれないんだけど。もし嗅いでみて嫌じゃなかったら、お友達にあげてみたら？」

「え、いいの？」

波ちゃんは少し遠慮がちに言う。

「うん、私にはあんまり合わなくて、処分しようかと思ってたものだから。気にしないで」

「じゃあ遠慮なく……ありがとう」

波ちゃんが小さく微笑み、キャンドルの一つを手にとってそっと匂いを嗅ぐ。

「あ、これ眠れる漢方って書いてあるよ」

「本当だ。ラベンダーも入ってるのかな、すごくいい香り」

私たちは微笑んで、「汚い感情」が一切含まれない清潔な言葉を交わす。どうしてみんなこんなふうになれないんだろう。「恵まれた人」が世の中を良くするために頑張って「汚い感情」を持ってしまうことすら、私にはなんだか信じられないし、なんでそんなふうにしかできないのかな、と、微《かす》かな疑念を抱いてしまう。その人たちの心が汚れているから、「汚い感情」が生まれてしまうんじゃないかな、と。

その言葉はすぐ自分に跳ね返ってくるので、頑張ってくれている「恵まれた人」たちにそんな疑念を抱いてしまったことを恥ずかしく思い、私は俯く。

「これにする。いい匂い。きっと、これで友達もよく眠れると思います。ありがとう、空子さん」

薄暗いキッチンの中で微笑んだ波ちゃんからは、「汚い感情」は微塵《みじん》も感じられない。

私は尊敬の気持ちすら抱いて、波ちゃんを見上げる。微笑んで少し小首を傾《かし》げた波ちゃんの向こうの窓に、花が散りかけ葉が出はじめた桜の木が見える。

風が吹き、桜がまるで嘔吐するように花びらを落とす。街灯の光で花びらの輪郭が微かに発光しているように見える。その美しい粒子は、まるで星と交じり合うように闇の中を漂っている。


久しぶりに平日に休みをとることができて、私はアミちゃんの家に遊びにきていた。アミちゃんのマンションからは私たちが通った中学校の空中通路が小さく見える。私たちが通っていたときより少し薄汚れた白い校舎を遠目に見ながら、今の時間ならあの校舎の中に波ちゃんがいるんだな、と、懐かしく思った。

ラロロリン人はいい学校を出て、良いお給料をもらって、「恵まれた人」になる人がほとんどで、今では差別はほとんどない、とこの前、「グループ」の皆が話していた。あのころより本当の意味でクリーンになったこの街で、波ちゃんは「汚い感情」を持たず、持たれることもなく、健やかに育っているのだと思うと、少し羨ましい。

「見てこれ、この前の温泉旅行」

「うわあ、いいなあ！」

アミちゃんが差し出したスマートフォンの写真を見ると、お揃《そろ》いの浴衣《ゆかた》を着て、アミちゃんと夫のジュンくん、二人の娘さんが笑っている。

「琴花《ことは》ちゃんも莉愛奈《りあな》ちゃんも、すっかり大人びたよねえ」

アミちゃんと私は、大体経済的な感覚が同じになってきたように思う。「クリーンな人」も均一なわけではなくある程度グラデーションがあって、「恵まれた人」ほどではなくても、そこそこに裕福な人や、「かわいそうな人」ほど困窮していなくても貧困に悩んでいる人もいる。夫だった明人は離婚したあと行方不明になってしまい、明人の両親と揉《も》めかけたため、私はあまりお金はないまま放り出された。しかし実家暮らしになった私は、二人の子育てをしているアミちゃんに比べれば少し余裕があるものの、私たちの間には以前ほどの大きな経済格差はなくなっていた。

幸福そうに温泉旅行をしている家族が泊まっている旅館や食事の雰囲気が、私の「少し贅沢《ぜいたく》」な感覚と類似していることに、なんとなく安心する。「グループ」の皆も、大体同じくらいの金銭感覚だと感じる。「恵まれた人」と「クリーンな人」の間には明確に区切りがあって、白藤さんはそのことに疑問や違和感があるようだけれど、「恵まれた人」はすごく働いてくれているのだから、私はさして不公平には感じない。

「琴花ちゃん、少し髪伸びたかな？　細くてスタイルいいねー。アミちゃんと並ぶと姉妹みたい」

私は用心深く言う。外見でのジャッジをよしとしない白藤さんの前では禁句だが、アミちゃんは容姿を褒める言葉を特に好むので、できるだけそういう言葉を彼女に手渡すようにしている。

「いやだあ、そんなことないよ。温泉旅行で家族風呂に入ったときもジュンにおっぱい垂れたなって言われちゃって」

「えー、アミちゃん、全然変わらないのにー。というかむしろ、本当にそうだったらそんな冗談言えないだろうから、ジュンくんもアミちゃんのこといつまでも若くて可愛《かわい》いって思ってるんだねー」

本当に姉妹みたいだよ、目もとがそっくりだね、と言いかけて、言葉を飲み込む。

「琴花ちゃん、薄紫の浴衣が似合ってるね、女の子の浴衣ってやっぱりいいよね」

私は慎重に言葉を選びながら琴花ちゃんの容姿を褒めた。

琴花ちゃんについて話すとき、意識しないようにと考えすぎて、いつも少し言葉選びが不自然になってしまう。

琴花ちゃんがラロロリン人だと発覚したのは、「リセット」の少し後のことだった。1歳のときのDNA検査でラロロリン人だとわかると、アミちゃんからすぐにメッセージがきた。

「どうしよう、このこと、ジュンにも言わないほうがいいかな。世間には絶対に隠したほうがいいよね、殺されるよね？　今の状況だと？　信じられない。全然匂いもしないし、誤診じゃないのかな？　なんか、受付の人が派手な茶髪で、怪しいって思ってたの。だって、琴花がそんなことあるはずないもの、ずっと匂いを嗅いでこの子は絶対に違うねって、ジュンと話してたのに」

結局再検査でもラロロリン人だと診断され、アミちゃんはかなり思い詰めて悩んでいた様子だが、今はそのときよりだいぶ落ち着いているように見える。次女の莉愛奈ちゃんを妊娠したときも、日本にはなくてもどこかのウエガイコクに出産前に調べられる検査はないかと必死に探したり、不安になって悩んだりしていたが、無事にラロロリン人ではないことがわかり、アミちゃんも、そして密《ひそ》かに私も安堵した。

ラロロリン人なら将来「恵まれた人」になれる可能性が高い。ということは、アミちゃんの老後を楽にしてくれる可能性も高いことになる。昔に比べてラロロリン人差別だなんていう「汚い感情」はほとんどなくなっているのだから、アミちゃんは将来のことを考えれば、いい配分で、いい子産みをしたよなあ、と思う。

「ああー。うん、でもなんか、ちょっと暗いんだよね。莉愛奈は可愛い格好《かっこう》が大好きだから、喜んじゃって、髪飾りまで買わされちゃった」

「かわいいね、似合ってる！　あ、そういえばうちの家にいる波ちゃんが、琴花ちゃんと同じ学年なんだよね。今は違うんだけど、もしかしたら春から同じクラスだったりするかもしれないね」

「あ、そうそう、確か同じ学年なんだよね。あの、そういえば、波ちゃんはラロロリンじゃないんだよね？」

今は、世界に、ラロロリン差別なんてなくなったよね。もう、姫からそんな感情、なくなったよね？　慎重に、そのスタンスのバランスを保ちながら、アミちゃんが少し不自然なくらい軽いテンポで私に言う。私も、まったく「ラロロリン」という言葉に反応していないですよ、という表情をキープしながら答える。

「あ、うん、私そういうのにあんまり興味ないんだけど、波ちゃん本人が言ってたよー。白藤さんは検査すること自体に反対らしいんだけれど、なんかそれも極端っていうか、意識しすぎって感じだよね」

「えー、何それ。今どき、考えすぎっていうか、ちょっと感覚古いよね、そんなこと言うのって。だって自分が『恵まれた人』かどうか調べておいたほうが、進路とか考えるときに役立つし。なんか、白藤さんってけっこう差別的な感じの人なんだねー」

「なんか、逆にそんな感じするよねー。波ちゃんはラロロリン人じゃないってちゃんと自分で病院行って検査して結果受け取ってて、現代の感覚だな、しっかりしてるなーって。でもすごい勉強も真面目に頑張ってるから、もしかしたらＤＮＡがなくても、将来『恵まれた人』になりたいって思ってるのかも！　えらいよねー。校則違反とかもまったくしないし、私の中学生の頃と比べると全然違うなーって感じ！」

私の言葉に、アミちゃんが大きく頷く。

「わかる、なんか、世代が違うとこんなに人生違うんだなーって思うよ。今の子はいいよね、穏やかな時代で」

「そうそう、なんか、差別とかもうほとんどないって言うし。私たちの間にも広がってるしね、ラロロリン人への理解が。あのころとはまったく感覚が違うっていうか」

「わかるー」

アミちゃんがさばさばと話すので、私は安心して微笑む。

「でもね、なんか、ちょっと怖くなるときがあるの」

突然、アミちゃんが声をひそめる。他には誰もいないのに、声が小さくなったことで、かえってその声が反響して感じられ、私も思わず一瞬呼吸を止めて、アミちゃんの窪《くぼ》んだ眼《め》を見つめ返す。

「あんまり人に言わないでね。琴花って、なんだか、あれ、この子、『汚い感情』を持ってるのかな？　って思うことがあって、ちょっとぞっとするときがあるの。これもラロロリン人だから仕方ないのかな」

一瞬返答に迷ったものの、私はぱっと明るく、まるで素敵な冗談を聞いたみたいに歯を見せて笑い、潑剌《はつらつ》とした表情で軽快に言葉を飛ばし返す。

「ラロロリン人は『恵まれた人』だもんね。なんか、私たちにはわからない賢い議論とかしなくちゃいけないようになるんだろうしねー」

「でもさー、なんか、自分の子供がいいお給料をもらうことだって、そりゃ大事だけど。『汚い感情』はなるべく持たないでほしいんだよね」

「うん、うん」

アミちゃんは、今はあまり友達がいない様子で、「グループ」との関係も、さほど深くないようだった。家が近いため会う機会が多い私に、アミちゃんが依存してきているのを感じる。

「中学校っていえばさー、サキと連絡とってる？」

サキの名前を出すのは避けていたのだが、聞かれてしまったので、「うん、まあ」と曖昧に答えた。

「私、サキと友達がかぶってるせいか、連絡先を同期してないのに、SNSのおすすめ一覧にいつも出てきちゃうんだよね。まさに『かわいそうな人』の見本みたいになってて。うわ、って思っちゃうんだよね」

「ああ、なんか最近、ちょっとそんな感じだよね。なんか、少し、染まっちゃったって感じなのかなあ。どうしたんだろうね。サキ、昔から友達多いし、変な感じ全然なかったのにね」

「うーん、サキってさあ、なんだか昔から行動がちょっと一貫しないっていうか。私たちの前でも『クリーンな人』っぽくしてたけど、なんかちょっとおかしくなかった？　こんな『汚い感情』みたいなこと、あんまり言いたくないんだけど、でも、なんか、うーん、こう言ったら悪いけど、少し生々しくて気持ち悪い感じっていうか」

「ああ、うん……」

アミちゃんって「クリーンな人」になりきれてないよなあ、とこういうときに思う。「グループ」の皆は、旧友の悪口などは言わない。早く家に帰って、感情を共有してみんなでお喋《しゃべ》りやチャットをしたいと思いながら、私は曖昧に頷いた。

「権現堂《ごんげんどう》ちゃんとも連絡とってるみたいで。でもさあ、サキって権現堂ちゃんのこと虐《いじ》めてたよね？　なんか、調子いいよね」

「まあ、『かわいそうな人』のことは、考えてもしょうがないから」

だって「かわいそうな人」だから。優しく寛大になって、許してあげないと。

私は目尻を下げて微笑み、そこから鼻の穴を広げ、口元を弛緩させ、口の右側からだけ歯を見せるように唇を開いた。顔の筋肉をキープし、ぎゅっと目を閉じてから、上目遣いにアミちゃんを見上げる。

アミちゃんははっとしたように、「そうだよねえ。優しい気持ちでいたいよね。『クリーンな人』として、せめて『恵まれた人』に迷惑をかけないようにしていたいよね」と頷き、私と同じように鼻の穴を広げ、唇を歪《ゆが》ませて右の歯を見せ、ぎゅっと目を閉じて開いた。

この「表情」は、家に来たときから波ちゃんがたまにやっていたものだ。最初にこの表情をしている波ちゃんを見たときは、あれ、ふざけているのかな？　と思った。それからも波ちゃんは頻繁にこの表情をするのでチックのようなものではないかと調べたら、ごく自然に広がってきている「表情」だということがわかった。

へえ、自分には関係ないけどそうなんだ、と思っていたが、会社の若い人たち、テレビやネットの動画、道ですれ違う知らない人たち、少しずつ、波動のように、この表情が広がってきた。最初は意味がわからなかった私にも、人々が「呼応」「トレース」を繰り返すことで、だんだんと私からもごく自然に、この表情が生まれるようになった。

【私の心はクリーンで、あなたに汚い感情をまったく抱いていないし、とっても幸せで、まったく世界に疑問など持っていない】

お互いの表情から、言語よりもはやい速度で、穏やかな感情が伝達されていく。

お互いにこの表情をして、鼻の穴を広げて上目遣いで見つめ合うと、とても安心して、これが笑顔と同じくらい原始的な顔の筋肉の動きだったという気がしてくる。

「あ、掃除が終わったみたい」

奥の方から電子音がして、アミちゃんが立ち上がってドアを開けると、自動掃除機が自分で電源を切っているところだった。

「アミちゃんって、偉いよね。ピョコルンにやらせてるわけじゃないのに、お部屋がいつ遊びにきても綺麗」

「えー、全然汚いよー。でもまあ、ピョコルンにやらせてる家よりかはいいかもって正直思うかな。そんなにちゃんと掃除できる個体だけじゃないっていうじゃない？」

「そうだよね……うちなんかは忙しくて、なかなか行き届かなくて。白藤さんと交代制にはしてるんだけど」

私がおずおずとその名前を口にすると、少し呆《あき》れたようにアミちゃんが溜息をつく。

「ルームシェアしてるだけで、しかも白藤さんは居候みたいなものなんでしょ？　なんでそんなに遠慮しないといけないの、姫、かわいそう」

アミちゃんは今でも私のことを「姫」と呼ぶ。何度か「やめてよ、もう中年なんだから」と冗談めかして言ってみたが、昔からの癖なので、なかなかやめることができないらしい。

表面上、子産みと性欲処理はピョコルンにさせよう、そのほうが美しく安全で誰も傷つかないのだから、という雰囲気が蔓延《まんえん》してきているなか、子産みをし性欲の対象になり続ける選択肢の中に取り残されているアミちゃんを扱うのは難しい。ジュンくんは「あんな気味悪い動物に勃《た》つわけねーだろ」と公言しており、それ自体は実際には一定数の人が内側に抱えている感覚なのだと思う。

けれど、それを口に出すことはあまりに「汚く」、「遅れていて」、「かわいそうな人」だとしか感じられずにいた。

私たちは矛盾している。でも、矛盾してなかった私たちなんて存在しただろうか？　なのになぜ、薄気味悪い「汚い感情」をわざわざ表に出して「お前たちは嘘つきだ」と言わんばかりの顔をするのだろうか。嘘つきじゃない私たちなんて存在するのだろうか？

そういうジュンくんの言動に、アミちゃんはいつも困り果て、疲弊しているように感じられる。一方で、ジュンくんの思想が伝染したとしか思えない言葉が、アミちゃんから溢《あふ》れる瞬間が増えてきていた。

私が会話を「清潔な言葉」で軌道修正しようと、「でも、白藤さんのほうが、私よりずっと『かわいそうな人』だし……」と言いかけたとき、玄関のほうから鍵を開ける音がした。

「ただいま」

制服姿の琴花ちゃんがリビングに入ってきて、私の顔を見て一瞬びっくりし、「あ、空子さん……」と会釈をした。

「こんにちはー。お邪魔してます」

「ねえ琴花、5組に白藤波って子、いるよね？　転校してきた子、今、如月《きさらぎ》さんの家に暮らしてるのよー」

琴花ちゃんは、「あ、転校生の……」と言葉を途切らせて、「あんまり話したことない、です」と言った。

「あんまり話したことないって、あんた誰とも話してなんかないじゃないー！　こういう機会に、自分を売り込むのよ、ほらー！　ただでさえラロロリン人なんだから、お友達くらいたくさん作らないと！」

アミちゃんの言葉に、傷つき慣れた皮膚をまた鋭い爪で引っ掻《か》かれた、というような、どこか諦めた表情を浮かべ、「宿題、あるから。失礼します」と頭を下げた。

「琴花ちゃん、礼儀正しいいい子だねー！」

「あの子は本当に要領悪くて、心配になっちゃうんだよね。顔はそれなりに可愛く産んであげたのにね。まあ、今はパートナーを友達から選ぶ時代だからさあ、あんまり意味ないけど」

琴花ちゃんが帰ってきたということはかなり遅くなってしまったのではないかと、急いでスマートフォンで時間を確認する。アミちゃんも、時計を見て声をあげた。

「あ、そろそろ、莉愛奈も帰ってくるかな」

「お稽古事だっけ？」

「そうそう、ピアノが習いたいって言って聞かなくて」

私は急いで立ち上がり、「長居してごめんね、私もそろそろ帰らないと」と微笑んでみせた。

アミちゃんが住むマンションの外に出ると、大きな枝垂桜が花びらをまき散らしていた。

そうだった、駅前のこの枝垂桜は、木の種類のせいなのか、日当たりのせいなのか、いつも少し遅く、他の桜が葉桜になってから満開になる。

こんなふうに光の粒が降り注ぐ中で、何かを追いかけたことがある気がする。ぼんやりとそんなことを思いながら、花びらに手を伸ばした。

ふと、木の陰に、淡い水色のトートバッグが落ちているのを見つけた。忘れ物だろうかと拾い上げる。花びらが一枚、トートバッグの中へ舞い降りていく。

トートバッグには幼い子向けのキャラクターが刺繡《ししゅう》されていて、どこかの子供が遊んで置き忘れたのだろうかと、中を覗《のぞ》いてみる。筆箱とノートが入っていた。持ち主の名前が書いてあるのではないかと、綺麗な花柄のノートの表紙を眺める。

ノートには名前がなく、中を見ていいかどうか悩んでいると、足音が近づいてきた。はっと気が付くと、桜の花びらにまみれた琴花ちゃんが、私の持っているノートを摑《つか》んでいた。

「あの、これ、私ので、」

おどおどと、それでも強い力でノートを引っ張られ、私は急いで手を離す。

「あの、中、見ましたか……?」

ごめん、見ないつもりだったんだけど、今の勢いで少しページが捲《めく》れて読めちゃった。私は事実を言うことを選択せず、「ううん、ごめんね、誰か小さい子の忘れ物かなって、バッグの中見ちゃって」と言う。

「いえ、すみません。拾ってくれてありがとうございます」

頭を下げて、琴花ちゃんがマンションへと戻っていく。その右腕を、ちいさな花びらが引っ掻きながら地面へと落ちていく。

そこに書かれていた、「早くピョコルンになりたい」という文字が、可愛らしいピョコルンに女の子として憧れている、という意味なのか、琴花ちゃんの世代では自殺を意味するフレーズなのか、彼女と生まれた時代も世界も違う私にはよくわからなかった。

＊

土曜日、私は玄関先で波ちゃんの準備を待っていた。自分用の食材を買いに行くついでに波ちゃんの買い物に付き合ってほしいと、白藤さんに頼まれたのだ。

波ちゃんは新しいタブレットとタブレット用のペンが欲しいそうで、白藤さんが一緒に買いに行く約束をしていたのだが、急な用事ができてしまったのだという。私はクリーン・タウンに住んでいる大人としては珍しく免許を持っていない。少し不便ではあるが免許をとる時間も車を買うお金もないので、母が使っていた自転車で大体の用事を済ませている。家の駐車場は白藤さんが使っていて、買い物を頼まれることは珍しい。高額の現金を持たせるのは怖いからお願いできないか、と言われ、特に断る理由もないので頷いた。

波ちゃんは少し前に部活の集まりから急いで帰ってきたところだった。「ごめんね、空子さん、30分待って！」と自分の部屋に駆け込んでから、45分が経過している。

私はイヤホンマイクをつけてスマートフォンの画面を見つめていた。声は出さずにチャットで「グループ」の会話をぼんやり眺めている。そのうちの一人が「あ、これこれ！」と映画の違法動画をシェアし始めた。

　はんぺんさんが流している動画は、昔流行った、レナがモデルになった映画のリメイクだった。といってもタイトルは「ラロロリン・ガール・ラブ」ではなく、「ラロロリンガール・ライフ」に改題されており、ストーリーもかなり現代風に変えられている。私は映画館までは観に行っていないが、アミちゃんが「家族で観てめちゃくちゃ泣いたー」と言っていた。

　昔の映画よりさらに幼い風貌の、セミロングの華奢《きゃしゃ》でおとなしそうな女の子が、今度の「レナ」だった。

「ラロロリンガール・ライフ」は、時代設定は「ラロロリン・ガール・ラブ」と同じなので、レナはラロロリン人として激しいいじめにあっている。といっても私たちが実際に権現堂さんにしていた行為に比べればかなりマイルドで、無視されたり軽く蹴られたりするくらいで裸で走らされたりはしていない。

　内気でおとなしいレナはいかにもラロロリン人らしい、人に奉仕することに喜びを感じる純粋な性格だ。「典型的なラロロリン人」のイメージも、レナの映画が最初に上映されたころとはだいぶ違っているんだなあ、と思う。レナは優秀なのに、「かわいそうな人」の家に生まれて親からも虐待を受けている。虐待と言っても、気分が悪くなるほどではなく、「なんだかちょうどよく切なくなれる」程度にマイルドに冷たくされている。かわいそうなレナは、親の目を盗んで勉強に励み、独学で難関大学に合格し、アルバイトをして学費を稼ぎながら健気《けなげ》に頑張る。やがてピョコルンを研究する仕事に就き、「恵まれた人」として「かわいそうな人」や「クリーンな人」がより良く生きられるよう懸命に働く。

昔の映画でメインだった恋愛要素は一切なくなっていた。今は、恋愛をそれほど重視せず、友愛のほうを大切にする感覚の人が増えているので、昔の悲恋のような設定はつまらなくて古臭いと感じられてしまうからだろう。

必死に働いて成果をあげていたレナだが、交通事故で若くして急死する。ドラマチックな音楽が流れて悲劇的に盛り上がる。

レナは蘇生とピョコルン手術をするために病院へと運ばれる。美しいピアノの旋律と共に、レナ自身が働いていた組織で最高の手術を受け、レナが小柄な美しいピョコルンになったところで、「空子さん、おまたせ」と波ちゃんの声がした。

「気にしないで、全然待ってないよー！　映画観てた」

私はチャットに『一旦抜けます　このピョコルンかわいー　これＣＧですかねー？』と打ち込んでアプリから退出した。

波ちゃんはジャージから制服に着替えていた。「姫」も私服より制服の方がかわいくて好きだったので、こういうところは変わらないのかな、と思う。

「あ、『ラロロリンガール・ライフ』観てたんだ？　これ、私も観たけど、昔の時代の話だってことはわかるんだけれどね、『汚い感情』のシーンが多すぎて、ちょっと私には合わなかったかも。ラロロリン人がいじめられるシーンが多くて、かわいそうだなあって思って途中でやめちゃった」

「ああ、そうだよねー」

昔はラロロリン人ってすっごく酷い目にあってて、私もかなり迫害してたんだよね、とは言わず、私はまるで波ちゃんとまったく同じ時代を生きてきた人間であるかのように笑う。

「でも、レナ役の子が可愛くて、私の好きなアイドルの子もたくさん出てて、癒された！　私、ラロロリン系の感動ドラマって結構好きなこと多いんだ。なんか軽く感動できてちょうどいいんだよね」

「うんうん、それはわかる気がする。大体ストーリー一緒だけどそれも楽な感じする。気持ちが揺さぶられすぎるのってしんどいし。ラロロリン系は、あんまり沈まない範囲でそれなりに泣けて気持ちいいの多いよね」

波ちゃんは「そうそう、なんか観ててあんまり疲れないよね。それに、ラロロリン人ありがと！　がんばれ！　って思えるし！」と言いながらスニーカーを履き、「待たせてごめんね、自転車だよね」と言った。

私は、私のおばあちゃんの世代でいえば、「水戸黄門」が毎回同じでもスッキリする感じだよね、という言葉を、波ちゃんには通じないよな、と思って飲み込んだ。

「うん、ごめんね免許なくて。取ろうとは思ってるんだけどねー」

私はスマートフォンをポケットに入れて立ち上がり、波ちゃんは、「自転車のほうがダイエットになるし」と言う。

波ちゃんが自分にはダイエットが必要だと強烈に感じているらしいのはなぜだろう。

性的な欲望はなるべくピョコルンに向けるように仕向けられていて、若い女の子に華奢な美しさを求める人間はぐっと減っているというデータが、よくネットニュースや動画サイトで説明されている。すくなくとも、表面上はそういうことになっている。けれど波ちゃんは、「ピョコルンより痩せたーい」とよく言っている。それは30キロ以下になるということなので波ちゃんには無理なはずだが、「ピョコルンは手足が細くていいなあ」とこぼして、よく白藤さんに叱られている。

私と波ちゃんは自転車で緑道を走っていく。ここは、夜になると薄暗いから、私が「女の子」だったころは絶対に通ってはいけない道だった。以前よりも性犯罪が減っているのは確かなのだ。そう思いながら、まだ少し肌寒い春の青空の下を、私たちは自転車で走り抜けていく。

「男」「女」またはクエスチョニングやノンバイナリーなど「人間たちの性」の下に、「ピョコルン」という性別の生き物ができた。はっきりと説明されたわけではないが、「再生」のときから、私はなんとなくそういう感覚を抱きながら暮らしている。

明人と結婚していたころよりさらに、「ピョコルン」は私たちの性欲のゴミ箱として明確に提示され、そういうものとして確立された存在になった。

「再生宣言」のとき、仕事で疲れた私のスマートフォンのタイムラインに流れてきたのは、自動翻訳されたウエガイコクのニュースだった。

『これからはラロロリン人だけ。ラロロリン人だけをピョコルン手術。ラロロリン人のみを死後ピョコルン化するべきだ、という専門家の意見。彼自身もラロロリン人であるにもかかわらず美しい勇気。世界中の人々が素晴らしい勇気と賞賛。賛同の声広がる。ラロロリン人は生きている間、あまりに優遇。過剰な不公平。死んだ後ピョコルンになり人類に尽くすことで不公平の除去。バランスの均衡。人生の不平等のバランスが平等に。平等な世界に。ピョコルンになることで「恵まれた人」の優遇の不公平を完璧に解消。』

「再生」のあと、ピョコルン手術を受けるのはラロロリン人だけになった。それは平等のためだ。ラロロリン人は、生きている間「恵まれた人」として、得をしながら楽に人生を送り、裕福な暮らしをする人がほとんどだ。その分、死んだ後はピョコルンにリサイクルされて、生きている人間の性欲のゴミ箱になり同時に子産みマシーンになる。本当に公平なシステムだなあ、と思う。私たち、ラロロリン人ではない人間は、生きている間ラロロリン人より経済的に不利な分、死んだ後は綺麗に処理されて埋葬される。蘇生されてこき使われることなく、ゆっくり眠ることができる、と言われている。

蘇生させられた上に性欲処理や出産のような汚かったり命がけだったりするような重労働をさせられるのはピョコルンだけだ。そのことも、私たちの心をとってもクリーンにしている。

私や白藤さん、アミちゃんたちの世代では、恋愛や性欲を美化したり素晴らしいものだと感じる感覚がまだ残っているが、波ちゃんを見ていると、彼女たちにとってそれらは「汚い感情」の一つへと下がってきているように感じる。波ちゃんは人間と人間が恋愛をするような物語はあまり好きではないようだし、恋愛感情や性欲は、おしっこのような、「少しだけ汚い排泄物」として、ピョコルンへ向けてそっと捨てられているように見える。

波ちゃんは本当に典型的かつ理想的な「クリーンな人」だ。こういう子たちが大人になって、世界中がそうなれば、世界はもっと優しく、清潔になると思う。

さっきスマートフォンで途中まで観た映画の続きは観なくてもわかっている。

愛らしいピョコルンになったレナは、喜んで性欲のゴミ箱になり、出産をして人間の代わりに人間を増やし、人間に尽くして死ぬ。実際には死んだピョコルンがもう一度リサイクルされる場合も増えているが、あの映画の時代設定からいって、ピョコルンになったレナは健気に愛くるしく人間に尽くして寿命が尽きて死ぬところで、物語は終わるのだろう。

死んだピョコルンをさらにもう一度リサイクルする技術が発達したおかげで、ピョコルンは昔にくらべればだいぶ安価になった。それでも「共働きの中流家庭が頑張ってローンで購入する」というくらいの価格はするので、アミちゃんのように子供が二人いて専業主婦をやっている家ではまだ難しいところもある。ピョコルンを培養するようになるかもしれないという噂《うわさ》もあるし、そうすればピョコルンは爆発的に安くなり、人間たちの性欲は全部ピョコルンに捨てられるようになるだろう。なんて理想的で、クリーンで、美しく優しい世界なのだろう。

ピョコルン第三世代と言われる動物たちは、前より目がぎょろりと大きく、身体はある程度ふっくらとした曲線の柔らかさを保ったまま首が上に伸び、体長150センチメートル、体高120センチメートルくらいだったのが前足がすらりと長くなり体高140センチメートルくらいになった。顔の下にあと2本前足が生えて、6本足になった。いつもはだらりとぶら下がっている首元の前足

2本は、簡単な作業をするときだけしゃんとして動く。

ふと、明人のことを思い出す。明人はちゃんとリサイクルされただろうか。ちゃんと男でも女でも人間でもなく「ピョコルン」として、私たちに尽くしているだろうか。

平等はいいなあ、と思う。私は街中や病院でたまにピョコルンを見かけると、反射的に微笑む。今日もがんばってるね、ありがとう。えらいね。ピョコルンは今日も健気で可愛いね。

ピョコルンに子宮があるのだから、私も自分には必要がない臓器である子宮をとってしまいたい。しかし私の年齢になってからの手術はかえって身体に負担がかかり、ホルモンバランスが崩れてしまうとのことで、結局、私はいまでも子宮を内包したまま暮らしている。

シタガイコクのことはよくわからない。私は「クリーンな人」で差別とかそういう感情はないから。私はウエガイコクに憧れることはあるけれど、だからといってシタガイコクに嫌な態度をとったりはしない。でも、なんだか野蛮だなあ、とか、治安が悪くて怖いなあ、と思ってしまうことは正直ある。

クリーン・タウンの近くにある古い団地のほうには、シタガイコクの人がたくさん住んでいるらしい。白藤さんがいろいろニュースを見せて説明していたけれど、詳しいことは忘れてしまった。少しだけ、嫌だなあと思う。せっかくのクリーンな街が、なんだか少し汚くなってしまうのが「悲しい」だけだ。

私は「恵まれた人」「クリーンな人」「かわいそうな人」の3層の中で「クリーンな人」で、「男性」「女性」「その他」「ピョコルン」の分類では「女性」だ。どちらでも真ん中くらいの立ち位置という感覚で、裕福ではないけれど、幸福だと感じる。

もう少し裕福だったら、家にピョコルンを買えるのにな。そうしたら私は私の性欲をピョコルンに捨てられるし、昔のピョコルンと違って性能がいいらしいので厄介な家事もやってもらえるはずだ。

少しそんなことを夢見て、私は今の職場に転職してから貯金をしている。どうせなら可愛いピョコルンがいいけれど、美しく性能がいいほどピョコルンは高い。

いつかはそうなれたらいいな。駅前のピョコルン専門店をたまに覗き、そう夢見ながら、ピョコルンを物色している自分の向こうに、かつて物色されていた自分の亡霊が立っているように思う。明人も、こんなふうに私たちを物色して、私を選んだのかもしれない。明人はあの後無事にピョコルンになれたのだろうか。ピョコルンショップの中にいるかもしれない明人のことを考えると、微笑んでしまう。すごく典型的で健気なラロロリン人の人生だなあ、とじんわりと感動しながら彼の美しい人生を思い浮かべるのだ。

波ちゃんはタブレットとペンにきちんと目星をつけていて、家電量販店での買い物は思ったよりすぐ終わったので、生鮮食品の売り場に立ち寄った。

私は車も免許もないので、必要なものはネットスーパーで買うことが多い。クリーン・タウンの駅前のショッピングモールはそんなに大きくはないが、一通りのものは揃い、週末はそれなりに賑《にぎ》わっている。

家から駅までは歩いて20分あり、私は雨の日以外は駅まで自転車で通っている。残業が多いため、夜の9時に閉まってしまうモールで買い物する時間を平日には持てないことが多いので、ネットスーパーで買えないものはこうして休日にわざわざ買いにくるのだ。

「私、プチプラのコーナーいってくるねー」

波ちゃんはあまり食品売り場に興味はなく、メイク用品を買うのが大好きだ。自分が可愛くなりたいというのはもちろんあるのだと思うが、それ自体が波ちゃんと彼女がよく連絡をとっているオンラインの友達たちと楽しく交流するための共通の遊び道具なのだろう。

「わかった、じゃあ、買い物終わったらメッセージ送ってね」

「うん！」

波ちゃんと別行動になると、私は退屈になり、空いていたベンチに腰掛けてスマホの画面をいじった。

いつも使っているSNSにさほど新しい投稿がないことを確認し、「現世界以前」というフォルダに分けてある古いアプリの中から、もう中年と初老しか使っていないとたびたび揶揄《やゆ》されるSNSのアプリをひらく。

数週間ぶりのログインだというのにタイムラインはほとんど更新されていなかった。そんな中、白藤さんのハンドルネームだけが繰り返し繰り返し、誰もいない空虚な電子空間に言葉を刻み続けてきた。

白藤さんはこのSNSに今でも毎日ログインしている。少し前、アカウントを消そうとしてログインをしたら、白藤さんが一人で発信し続けていたので驚いた。

『ラロロリン人を改造して性欲処理、出産に使うことに、一人でも反対し続けます。』

『この映画はラロロリン人への迫害を美化し、感動ポルノとして消費しています。断固反対します。』

『人間をリサイクルすることは人道に反しているのではないでしょうか？　自分が愛する家族の遺族となったとき、骨一つ残らず、本当にそれが「クリーンな世界」なのでしょうか？　賛同者はどうか返信をお願いします。』


ほとんどのアカウントは消えてしまったか更新されなくなってしまったのに、ほとんど人がいない場所で彼女なりの「正義」を叫び、今でも一人で戦い続けている。私から見ると、誰も見ていないところで勝手に敵を作り上げて「汚い感情」を撒き散らしているようにしか見えず、「かわいそうな人」だなあ、としか思えない。

私や波ちゃんは同じようにSNSを使っていても、そこでは「好き」「美味しい」「幸せ」というあたたかい感情で繋がっている。「怒り」などという、乱暴で汚い感情を撒き散らし、その汚れた感情で誰かと繋がろうとし続ける白藤さんの姿は、異常に思えた。

『空子さーん　買い物おわったからレジいく』

スマートフォンが震えて波ちゃんのメッセージが表示され、はっとする。

私はあわててスマートフォンを鞄に放り込み、波ちゃんのいる方へと向かった。

白藤さんは私のことをもうほとんどあきらめているように思う。この人は、浅はかで流行の感情に弱くて、馬鹿だから。世界で大変なことが起きているのに、きちんと立ち上がることすらできない、愚かな人だから。

白藤さんが私と同居しながら、私のことをそう認識しているのを、毎日感じている。そのことが、知らず知らずのうちに私を消耗させているのかもしれない。

レジの近くで、波ちゃんが小さく手を振っている。

波ちゃんの目は真ん丸で、今流行りだという「ピョコルン風メイク」が施されている。

波ちゃんも「ピョコルンになりたい」のだろうか。

私は微笑んで波ちゃんに近づく。スマートフォンは、ポケットの中で世界の通知を私に知らせるために震え続けている。


『晩ご飯は食べて帰ります。』

私は白藤さんに簡素なメッセージを送った。

波ちゃんはショッピングモールに来るのは久しぶりで、「空子さん、先に帰っていいよ」と言われたが、外は薄暗くなりかけていた。もう中学生とはいえ夜道を波ちゃん一人で帰らせるのは少し心配で、買い物に付き合うことにした。波ちゃんは「ごめんね空子さん、せっかくのお休みの日なのに」と申し訳なさそうで、私は「気にしないで！　家にいるよりこうやって外でお買い物してるほうが楽しいし。後でご飯でも食べよう」と微笑み、私たちは例の表情で向かい合った。

波ちゃんの鼻の穴は真っ白で、ああ、この年齢なのにもう鼻の穴のホワイトニングをやってるんだ、と思う。いいなあ、私も思春期のころにちゃんとやっておきたかったなあ、という気持ちと、なんでわざわざそんなことやらないといけなくなったんだっけ、という素朴な疑問が同時に湧き上がる。

私の記憶では、鼻の穴のホワイトニングはウエガイコクでは当たり前で、していないのは恥ずかしいことだとアケミさんが教えてくれて、一気に世界②に広まったのだったと思う。世界①でも③でも最初それは奇妙なことだったので、他の世界にいるときは白い鼻の穴の中にベージュのファンデーションを塗り込んで隠していた。けれどだんだんと他の世界にも広がり、世界③でも裕福な人はやっていた。それが、今では中学生もお年玉の貯金をおろして安いサロンでやるほどに一般的になった。

「波ちゃん、鼻の穴綺麗だね」

私が褒めると、波ちゃんはぱっと左手で鼻の穴を隠した。「あー、でもこれお金なくて、ちゃんと奥まで真っ白になってなくて。恥ずかしいよね」と俯いた。

「本当は唇の色も脱色したいの。何もつけてないのに赤くて本当に恥ずかしい。でも、高いんだよね……」

「今はそんなのもあるんだ。そのままでいいのに」

波ちゃんにとって聞き飽きたなんの意味もない言葉であるとわかっていながら、私は一応そう声をかける。こんなことを言っておきながら、数年後には彼女たちの文化が自分たちの世代にも輸入され、まるで記憶喪失みたいに、やっぱり唇はちゃんと脱色してないと恥ずかしいよね、中年でも女を捨てたくないよね、と笑っている未来の自分すら、波ちゃんに見透かされている気がした。

波ちゃんはとてもいい子だけれど、私と波ちゃんは違う時間の中を生きている。私は、「若者文化を何も知らないくせににわか知識で偉そうに口を出してくる、対応するのが面倒な人」にならないように、「でもそうだよねー。今は私の時代とはいろいろ違うもんねー」と素早く無難な言葉を付け足した。

波ちゃんは本屋で、友達が薦めていたという参考書と、可愛い付録がついている雑誌を買った。今度は小物屋に行き、量り売りのアロマオイルを嗅いで回る。

波ちゃんたちの世代では、メイクだけじゃなく香りのするオイルやグッズが流行っているのだという。中学生のころ、「姫」「教祖」はみんなでコスメショップや雑貨屋に行って、香水やアロマオイルを嗅いで囁《ささや》き合っていた。自分たちか、もしくは少し年上の高校生や大学生の女の子たちが流行の最先端で、その楽しさは大人たちにはわからないと思っていた。大学生より上の年齢の人が真似《まね》をし始めるころには、その流行はもう私たちの中で終わっていた。

大人たちは大人たちのアイデアで楽しいことをすればいいのに、なぜ最初は「最近の中高生の間ではこんなことが流行っているらしい」と批判的なニュースなどを流して偉そうにお説教をしながら、ワンテンポ遅れて自分たちもそれを始めるのだろう、と思っていた。しかし今、自分も、ゆっくりと波ちゃんたち「最先端の世代」がやっていることのお下がりが自分の周りにも広まって、自分たちの世代でメジャーになってしまえば態度を変えてそれなりに楽しむような鬱陶しい大人の一人になっていた。

波ちゃんは「クリーンな人」なので、過去の私たちのように「気持ち悪い」「死ねよ」と暴言を吐いたりはしないだろうが、過去の自分が波ちゃんの向こうに立っていて、溜息をついて私を見ているような気がしてならない。

波ちゃんにとって「優しくて感じがいい理解ある大人」になりたくて、つい媚《こ》びてしまう。

波ちゃんは私たちが中学生だった時代にくらべて、金銭感覚がかなりしっかりしているように思う。本屋と小物屋のあと、新しいスマホケースを散々迷って買うのをやめ、カラフルなスニーカーを試し履きして買うのをやめ、ドラッグストアで友達の誕生日プレゼントに爪を真っ白に脱色するためのクリームを買い終えると、「空子さん、ありがとう、もう満足！」と笑顔を見せた。

「もういいの？　悩んでたスマホのケースかスニーカー、白藤さんに内緒で買ってあげようか？」

「そんなの悪いよ、大丈夫！」

友達へのプレゼントが爪の脱色剤でいいのかも気になったが、かなり効果があると紹介されていたものらしく、元から「誕生日プレゼントはお互い予算１０００円にして、何が欲しいか言い合おうね」と決めているそうだ。

今の子はしっかりしているなあ、と思いながら、時計を見るともうすっかり晩ご飯の時間になってしまっていた。白藤さんに再度、今から食事をとる旨を伝えるメッセージを送り、家族でも友達でもないのに変な感じだな、と思う。

ショッピングモールのフードコートは休日なのに比較的すいていた。私は波ちゃんの分のラーメンを買ってテーブルに置き、トイレに行った波ちゃんを待った。

少しの合間も我慢できずにスマートフォンの画面を開こうとポケットに手を入れたとき、思ったより早く、急ぎ足の波ちゃんが近づいてきているのに気がつき、反射的に膝の上に手を置いた。指先に、スマートフォンの生きているような熱が生々しく残っている。

「波ちゃん、こっちこっち」

波ちゃんのために空けていたソファ席ではなく、私の隣の椅子に座ろうとした波ちゃんを優しく誘導する。

「うん、あのね、空子さん、私、こっちに座っていいかな？」

波ちゃんは優しいなあ、と思わず微笑んでその顔を見上げ、表情が硬いのを見て、何か少しおかしいと気がついた。

「別にいいけど、どうかした？　怪我でもした？」

私が席を移動し、観葉植物の隣にある椅子に座った波ちゃんの顔を覗き込む。

波ちゃんは珍しく言葉を詰まらせながら、言いにくそうに小さな声を吐き出した。

「なんかね、こんなふうに『汚い感情』を持つのって、すっごくいけないことだってわかってるんだけど。でも、少し、こわいかも……っていう感じがあって。あの、気のせいだってわかってるんだけど」

「なにかあった？」

波ちゃんの様子には心当たりがあった。頭で考えるより速く自分の肉体に記憶が蘇り、反射的に自分が羽織っていたカーディガンを波ちゃんの膝にかける。制服から出た真っ白な太腿《ふともも》が隠れると、少し安心したように、波ちゃんが掠《かす》れた声を少しずつ身体から押し出す。それは私にだけ聞こえる音量で、薄い唇からこぼれ落ちていく。

「トイレが、清掃中で、多目的トイレしか使えなくて。それで使用中だったからドアの前で待ってたんだけど。あの……後ろにもう一人並んで、その人の手が、私に当たっちゃったのね。全然その人は悪くないんだけど。それで、たぶん荷物が多かったから私のスカートと買い物袋を間違えちゃったみたいで。その人の手がスカートの中に入ってきちゃって。でも悪気がない人に言うのも悪いし。でもね、本当に笑えるんだけど、ごそごそしてたらパンツが膝まで下りてきそうになっちゃって」

「あの、ちょっとまって、その、」

私が口を開くと、波ちゃんは慌てたようにそれを制した。

「あっ違うの！　全然、そういうんじゃないから。あの、私はこんな、ブスでデブでピョコルンにも似てないし。だからそんなわけ絶対ないんだけど、なんか、あの人は絶対に悪くないんだけど、私がぼんやりしてたのが悪かったし、もっと最初に言わないからそうなっちゃったわけだし。でも、ちょっと、困っちゃって、それで、トイレは後でいいやと思ってフードコートに帰ってきたんだけど、その人もお腹がすいてたみたいで、たまたまルートが一緒で」

「どの人？」

私が声をひそめて聞くと、波ちゃんが消え入りそうな声で答えた。

「あの、たこ焼き売り場のほうの席にいる、グレーのシャツの人。でもあんまりじろじろ見ないでね。もし嫌な気持ちにさせちゃったら申し訳なさすぎるもん。ただ、その人から見えない席のほうが、なんとなく安心できちゃって……こんなのってすっごく自意識過剰だよね、ごめんね空子さん、気にしないでね」

「すぐ出よう。お店の人に言ったら、裏口から出してくれるかも」

「あ、待って！　本当に違うから。絶対にそういうんじゃないから。たぶん、食べながら少し待ってたらその人も帰るんじゃないかな。それから帰っていい？　ごめんね、買い物に付き合わせちゃったのに」

すまなそうに言う波ちゃんに、そうか、私たちはもう、「怒り」だなんて「汚い感情」はみんな捨ててしまったんだもんなあ、と思った。

「痴漢」という言葉ももう消えかけているのだろうか？　その言葉を最近滅多に聞かなくなったから、この世から人間の人間に対する性犯罪は消滅しつつあるのだと思っていた。まだ、人間に性欲を捨てる人はいるんだな。きっと、私が思っているよりもたくさん。そのことに気がついていなかった自分にぞっとした。

波ちゃんは、「自分がピョコルンを差し置いて、性対象になるなんて、とんでもない」と自己を卑下し続けている。

誰かを「疑う」「気持ち悪いと思う」などという、「汚い感情」は、持ってはいけない、と何度も弁明し続ける波ちゃんに、同じセーラー服を着ていた自分の記憶が蘇る。

精液をかけられてみんなで「死ねよ」「きもちわりーんだよ」と痴漢を罵って、虚勢を張りながら、その裏側で静かに手を繋いで、損壊した自分たちを少しずつ回復していた。「汚い言葉」は大嫌いだけど、あのときの自分には必要だったことを思い出す。波ちゃんの世界には、もうあの言葉たちがないんだ。

今、目の前の完璧な「クリーンな人」である波ちゃんに、どんな言葉をかけていいかわからなかった。どんな言葉でも、それは「汚い感情」の振動になって、ますます波ちゃんを傷つけてしまいそうだった。

「……うん、ゆっくりご飯食べようよ。白藤さんにもメッセージ送っておいたし。お腹すいちゃったあ」

わざと呑気《のんき》な声を出すと、波ちゃんはほっとしたように小さく頷いた。

「私もお腹すいた。ラーメンのびちゃったよね、ごめんね」

波ちゃんは自分を恥じながらラーメンを食べ始める。ダイエット麺がいいというので透明な蒟《こん》蒻《にゃく》の麺だ。

私はさりげなくスマートウォッチの数字を確認し、今が夜の8時近くになってしまっていることを知る。波ちゃんを追いかけてきたかもしれないという男性は、じっと、目線は床に向けたまま、しかし全身の神経でこちらの様子を窺《うかが》いながら水を飲んでいる。何の根拠があるわけでもないが、男性の毛穴の全てがこちらを見つめているように感じる。

もし自分のことだったら、ピョコルンでもないこんな中年がそんな自意識過剰な感覚を抱くなんて恥ずかしい、と思って考えを追いやっていたかもしれない。

「どうしたの、空子さん？　気分悪いなら帰ろうか？」

男性のことを全く忘れてしまったかのように振る舞う波ちゃんに私は微笑んでみせる。

「大丈夫。ゆっくりラーメン食べようよ。ね？」

「うん」

小さく頷く波ちゃんに、違う話題を投げかけた。できるだけ個人情報が漏れないように、固有名詞を使わずに尋ねる。

「あ、そういえば、6組の眼鏡で三つ編みの女の子わかる？　私の同窓生の娘さんなんだ。私とその子が通ってた学校に、今はその娘さんと波ちゃんが通ってるなんて、なんだか感動的だなあって」

「あ、小高《こだか》さんのこと？　うん、いるよ！」

波ちゃんが朗らかな声をあげ、私は、危ない、もう少し声を小さく、と言ってしまいそうになり、堪《こら》える。少しでもセンサーが「危険だ」と感じた時点で逃げ始めていないと、恐ろしいことが起きる。理屈ではなく経験の繰り返しによって本能にそれが刻みこまれている。波ちゃんにとってそれが「汚い感情」なのかどうかわからず、私は「ちょっとほら、声大きいよ、恥ずかしいよ」と明るく言うに留《とど》めた。

「小高さん、少しおとなしいけどいつも勉強してるよ。だって小高さん、ラロロリン人だもんね。

『恵まれた人』は大変だなあ、って思う」

「自分の進路はもう考えてるの？」

「うーん、本当はピョコルンを飼えるくらいいい仕事につきたいけど。でも無理だよね。私、ラロロリン人じゃないし、頑張っても仕方ないよね」

「人間の性別」の下に「ピョコルン」ができたとされているが、本当にそうなのだろうか。「人間」という枠組みの中で、波ちゃんは「怒り」を奪われたまま、誰も見ていないところで本当はたくさん性欲を捨てられ、便利に使われ続けているのではないだろうか。

不安になりながらも、「そうだよねえ」と適当に相槌《あいづち》を打つ。

「だから私、小高さんみたいなラロロリン人にはすごく感謝してるの。みんなそうなんじゃないかなあ」

私はじんと胸が熱くなる。まだ中学2年生の子が、ラロロリン人が向かっていく未来に、きちんと思いを馳《は》せて感謝を伝えているなんて、本当に、この世界は綺麗で美しくなったんだなあ、と思う。

「あ、ピョコルンだ」

波ちゃんのスマートフォンの待ち受けを見て呟く。

「え？　ああこれ、ネットの拾い画像なんだけど。可愛いよね。こんなピョコルンが飼えたらなあー」

波ちゃんが見せてきた写真の中では、3匹の美しいピョコルンが絡み合っている。明確に性的な意図を持って撮られている写真に、微かに動揺してしまう。

「私、この子が一番好きなの。この3匹、ガイコクの『恵まれた人』の家で飼われてるんだって。素敵だよねえ」

波ちゃんは憧れというよりもかなり明確に発情を感じる熱を持った瞳で写真の中のピョコルンを削るように眺め、人差し指で一匹のピョコルンをそうっと撫《な》でた。

波ちゃんは、男性も女性もみんなピョコルンに性欲を捨てる文化の中で育った世代だ。そうした性的コンテンツは意図的に増やされているし、「ラロロリン人はピョコルンになると性的行為や妊娠を非常に喜び、むしろそれをしてあげないと寂しさから衰弱してしまう」ということを前提にした感動的なピョコルン映画がたくさんできている。「ラロロリン人であるときからピョコルンと同じで性的奉仕をすることが好きである」という話も増え、本当なのか嘘なのかわからないが、ラロロリン人を狙った性犯罪もたまにあると何かで見た。

当然、後からトレーニングしたところで性的指向やセクシャリティが変わるわけではない。そんなことは皆わかっているはずなのに、それが今となっては不都合な真実であるとでもいうかのように、表面上は、「人類の性欲処理はピョコルンが背負う」「安全な世界」に見えるように、コーティングされつつあった。

権現堂さんとサキの距離が近づいた理由もわかっている。二人とも人間に対して強く性愛を感じる性質で、ピョコルンに性欲を向けられず、しかしそれをあまり大っぴらに言うことができなくなってきていたのだ。人間同士の性愛を扱った「古い」「現代から見ると下品」な映像作品などをシェアすることで急速に距離が近くなり、友人としての蜜月を過ごしているのだ。

私自身は不思議なことに、今までほとんど興味がなかったポルノを見ているうちになんとなくピョコルンに性的衝動を抱くようになった、と思う。このような「適応」は歓迎されるので、人に話すとみんな「とても理想的な物語」として頷きながら話を聞いてくれる。

私は「リセット」までの世界で、自主的な性的衝動を抱いたことは一切なかった。というよりも、こちらに性的衝動を抱く権利があると思ったことがなかった。そんな私にとって、ピョコルンはちょうどいい「捌《は》け口《ぐち》」だったのかもしれない。

私のように性的衝動がピョコルンによって目覚めた、衝動がそちらへ向くようになった、というエピソードは不自然なくらい世界に溢れていて、そのような人間の「経験談」は、変化に適応できない人間の口を封じた。見えなくなった。存在しないかのように、皆が振る舞うようになった。

そうしたことは、私には関係がない。私は適応できたので、まったく苦しくはない。

けれど、たまに感じ取ることがある。アミちゃんが、ピョコルンのいない家で今も性欲処理に使われていること。男性向け、女性向けの性的な映像や画像で、人間を対象としたものは身分証明書の写真を送り認可がおりないとアクセスできないようになったが、その分違法のものが出回っていること。ピョコルンに対する性的な話で楽しく盛り上がるという、コミュニティへの下ネタの献上がうまくできない人が増えたこと、うまくできる人が実際には自分の性的嗜好《しこう》を隠していること。

「なんかね、少し前、友達と歩いていたらラロロリンキャリアと間違えられたことがあったの。え？　って思ったんだけど。さっきのもそういうのかも！」

それは「自分はラロロリン人ではない」ということ、「ラロロリン人には性的なことをしてもいい」という後付けの間違った知識、二つの情報を内包した言葉で。私は後者を無視し「そうかもね」と頷いた。

もしかしたら、男性は波ちゃんをラロロリン人だと勘違いしているのかもしれない。だとしたら、大きな声でラロロリン人を羨ましがる波ちゃんを見て帰っていくかもしれない。

頭の隅でそんなことを願いながら、穏やかな表情で頷いて波ちゃんの話を聞く。

「空子さんはどの子がタイプ？　あ、こっちにもっといっぱいいる画像があるよ！　せーのでどのピョコルンが好きか指差そうよ！」

「うーん、私はまだ人間との恋愛も多かった時代に育ったからなー。人間と結婚してたこともあるし。だから正直、ちょっとピョコルンのタイプとかわからないんだよね」

胸の中がざわつく。波ちゃんは「あ、そっか、そうだよね。そっか、空子さんは人間が好きなんだね、ごめんね」と一瞬申し訳なさそうな表情になり、質問を流そうとしてくれるのか、明るい声を張り上げた。「そうだよね、そういうのって人それぞれなんだもんね。あ、ねえ見て見て、私も学校で一番仲良い子も、このピョコルンが大好きなんだ」と見せてくれた写真は、少し青みがかった真っ白な毛で、目が大きく、美しいピョコルンだった。

波ちゃんは目の中に黒目を大きくするための特殊な墨汁を入れており、白目をほとんど墨汁が覆い尽くしている。髪の毛は校則があって染められないそうだが、本当は真っ白にしたいらしい。手足は棒のように細く、眉毛に白い眉マスカラを塗っている。

波ちゃんにとってピョコルンは、「憧れの可愛い女の子」のような存在なのかもしれないと思っていたが、「性欲を捨てる美しくて清潔なゴミ箱」なのかもしれない。波ちゃんはピョコルンの画像を熱心に集め、ピョコルン風のメイクをし、大量のピョコルンの中から自分のタイプのピョコルンを見つけて、指を差して「すっごく可愛いよね、この子」と恍惚《こうこつ》とした表情になる。

波ちゃんが見せた画像の端にいるピョコルンが、自分の「性的に好みのタイプのピョコルン」であることを悟られないように、私は彼女のスマートフォンから目を逸《そ》らして、ラーメンにニンニクを載せる。

波ちゃんはローカロリーのものを選んでいるのにもかかわらず、自分のノンオイルラーメンにはほとんど口をつけていない。画面を見ながら、小さな声で呟く。

「空子さん、あの、うちって、やっぱり、ピョコルンが飼えるほどのお金はないよね。遥《はるか》さん、そういうことあんまり説明してくれないんだ。というか、もしお金があっても、遥さんは反対するよね。だって人間を使った家電や道具も、遥さんはダメって言ってるもんね……」

画面の中のピョコルンを熱っぽい目で見つめながら、波ちゃんが言う。さっきまで自分が性欲を捨てられていたことを、まるで忘れてしまったように。

波ちゃんの身体を触った男性の姿は、私の座った席からはよく見える。私たちがこの席についていて1時間は経つのに、もう水の入っていないコップをたまに持ち上げながら、静かにこちらを窺っている。

波ちゃんの無邪気なお喋りが終わったら、私たちはさりげなく立ち上がり、なるべく人の多いエスカレーターに急いで向かって、1階の100円ショップに入るように見せかけて素早く店内を通り抜け、薬局のあるほうの出口からタクシー乗り場に向かって全速力で走らなくてはいけないだろう。被害を受けていると認識する機能を持たない波ちゃんが、「どうしたの、空子さん?」と不思議そうに言うだろう。私はその手を握って、真っ暗な道路を走り続けなければいけないだろう。少しだけ殺されながら。いつも、昔から、ずっとそうだったみたいに、見えない刃物で少しだけ私を殺されながら走り続けるだろう。

私は中学生だったころ、大人に守られることなど期待していなかった。大人は馬鹿だから。肝心なときに何の役にも立たないくせに介入してきて、かえって事態を悪化させるだけだから。私たちの現実も真実も何もわかっていないから。

私も波ちゃんにとっては「わかってない大人」の一人なのだろう。でも私はどうしても走らなければいけない。自転車は明日でいいから、とだけ告げて、少しでも安全な場所へ、彼女を連れ去らなければならない。それは波ちゃんのためというより、あのとき本当は会いたかった大人になりきって、そのどこにもいなかった架空の人を、自分のために演じてみたいだけなのだろうと思う。

波ちゃんはまるで怯えることが罪だといった様子で、さっきのことを完全に忘却したかのように笑っている。波ちゃんは観葉植物の陰に隠れたまま、決して後ろを振り向くことができない。そこに何があるのか確認した瞬間、何かが起きてしまうかもしれないから、そちらへ視線をやることができない。波ちゃんは後ろを振り向くという動きを奪われ、少しだけ殺されながら、彼女の大切なスマートフォンの世界の中で生きている真っ白なピョコルンを指差し、そこへ向かって、静かに彼女の性欲を捨てている。

　奏さんから久しぶりに連絡が来たのは、会社へ向かう電車の中でのことだった。

　実家に住むことができて家賃から解放されていることには助かっているが、クリーン・タウンのそばに勤め先はなく、通勤時間は長い。電車の中で眠れるか眠れないかでその日の体調が違うため、きちんとマナーを守りながらそれでも素早く座席を確保したい。クリーン・タウンは最近駅前に新しいマンションがまた増え、クリーン・タウン駅発の電車を狙ってもたまに座れないことがあるようになった。そうすると、2時間立ちっぱなしになる。

　クリーン・タウンの住民には「クリーンな人」が多いので、醜い争いが起こるようなことはない。けれどみんなそれぞれ疲れて限界なのだろう、マナーよく微笑みながら素早く動いて座席をとる。

　クリーン・タウンには「恵まれた人」も住んではいるが、数は少ない。たまに、ドアが開くと同時に走り込んだり荷物を投げたりして席を奪い取る人がいて、「クリーンな人」は、そういう醜い感情をあらわにする「かわいそうな人」につい追いやられてしまう。ああはなりたくないが、なんであんなに恥ずかしい行動をするんだろう、とはいつも思う。

　今日は無事に座ることができて、隣の席も、「かわいそうな人」でも、またその中でも危険な存在かもしれないシタガイコクの人っぽい雰囲気でもなさそうな、柔らかい雰囲気の女性だったので、安心して瞳を閉じる。と同時に、一気に眠りに引きずりこまれる。

　隣に迷惑をかけないようになるべく前方に傾きながら慣れた体勢で深く眠りかけたとき、鞄の中でスマートフォンが震えた。「奏さん」という名前がスマートウォッチに表示されていた。

眠気で朦朧《もうろう》としながらアプリを開くと、『久しぶりです、もうすっかり桜も散っちゃったね。元気にしてるかな、と思ってメッセージしました。今度ランチでもどう？』という、奏さんらしいハキハキしたメッセージが送られてきていた。

白藤さんは「奏は変わってしまった」と繰り返し言うが、私は奏さんは変わらずに「世界③」で生きていた時と同じく「美しい考え方」の人であると感じる。私には言葉の意味を正確に理解したり、そのバックグラウンドや土台を理解するような知能も知識もない。佇《たたず》まいや服装などの表面的な情報とそれらによって形成されている「奏さん」というキャラクターの設定だけで、特に根拠なく判断している。当たっても当たらなくても、どちらでもよかった。私にとってはそれがどちらでもさして違いはないのだった。

『もちろんです！　久しぶりですねー！　新緑が綺麗な季節、奏さんとランチをご一緒できるなんてうれしいですー！』

もっと世界③の「ソラ」らしい文章を打つこともできるはずだが、私はネット上の「そらまめ」と同じリズムの言葉を選んだ。「ソラ」は消滅してもうどこにもいないことを、もうずっと前から奏さんは知っている気がしている。「ソラ」ではなくなった「クリーンな人」の如月空子を、今の奏さんがどう思っているのかはわからなかった。

「お待たせ、ごめんね、こっちから誘っておいて待たせちゃって」

店員さんが注いでくれた水を飲みながら時間を持て余していたので、奏さんが黒のパンツスーツ姿で現れたときはほっとした。

奏さんは、顔の筋肉を動かすのがうまいと思う。正確に言えば、動かしていないのかもしれない。「ぱっ」と明るく輝いた顔のまま、静止している。57歳になるがいつも生き生きとして若々しく、感じよく、優しく賢い頼りになるお姉さんといった印象で、たくさんの人から尊敬される存在であり続けている。

奏さんは「美しい考え方」の人だ。そのことだけが揺るぎなかった。ずっと時代と世界に合わせた「美しい考え方」をしている。それがどんな意見であるかは問題ではなくて、奏さんはどんな世界になっても、その世界にあっという間に「呼応」して、その世界に適応した「美しい考え方」を発信し続けるのだろう。

奏さんはリーダー型の「世界⑲」の住民なのだと思う。本人が自覚していないのが不思議だった。リーダーとは、立派で崇《あが》められているようでありながら、大衆に支配されている存在なのではないかと、奏さんを見ていると感じる。

奏さんは今も若々しく、ショートカットがよく似合う。体形が全く変わってしまった白藤さんと違い、「美しい」と判断される容姿をキープしていた。

私自身も、「姫」と呼ばれていたころは、容姿がそこまでひどくない、「いい生き物」として認識されていた自覚があり、白藤さんほど大きな変容ではないものの、今の姿で野口《のぐち》くんやトシくんなど、容姿で自分たちをジャッジするであろう人たちと会うのは怖かった。多くの性欲がピョコルンに捨てられるようになっても、自分たちは未《いま》だに品定めされていると感じる。

「いえ、素敵なお店、ありがとうございます！」

奏さんが予約してくれたのは、世界を傷つけないけれど美味しい、ということがコンセプトのレストランで、ベジタリアン対応なだけではなく野菜を作る過程もちゃんとしていることがすべてメニューに明記されている。もし私が「恵まれた人」だったら、このお店を喜んで選択するだろうし、しなければいけないのだろうと思う。「恵まれた人」が、美しい考え方をした「正しい」人であるかどうか、「クリーンな人」や「かわいそうな人」はいつも、さりげなく見張っている。だって、恵まれているのだから。私たちにはない可能性に満ちた素晴らしい豊かな人生を生きているのだから。

特に奏さんはラロロリン人ではないから、死後ピョコルンになって、出産をしたり性欲処理やさまざまな雑務をして私たちに尽くしてくれるわけでもない。

『ラロロリン人じゃない「恵まれた人」のこと、私、嫌いです』

グループ通話をしていたときに、氷砂糖ちゃんがきっぱりと言っているのを聞いて、ぎくりとしたことがある。『だって、恵まれた人生の責任をとってないじゃないですか？　いいとこ取りで、卑怯《ひきょう》だって感じてしまいます』と氷砂糖ちゃんは続けた。口には出さなくてもそう思っている人は多く、そのことを奏さんは自覚している。

私たちに監視されながら、奏さんは「恵まれた人」としての責任をきちんと果たそうと最大限の努力をしていた。

「飲み物どうする？　私は仕事があるから、ノンアルコールのシャンパンにしようかな。ソラも好きなもの頼んでね」

「はい」

奏さんが来る前にメニューを見てしまったので、私はそれがかなりの値段がするものであることを知っている。「リセット」の後から奏さんは私と食事をするとき全ての支払いをしてくれていたが、そのことを全部忘れたふりをして、きちんと自分の分は払うつもりであるかのように振る舞わなければならない。

ノンアルコールのシャンパンで乾杯をした。どれほど地球や他の動物に優しいものであるのかウエイターが瓶を持ちながら丁寧に説明していた。一杯６０００円もすることには触れず、奏さんは説明だけ聞いて、「じゃあ、それで」と迷わず注文した。

今の奏さんは「恵まれた人」にすっかり順応していて、世界③で世界のために毒素のあるサラーをみんなで食べていたころほどのストイックさは感じられなくなっていた。

奏さんはきちんと私の経済状況を把握していて、全く私を傷つけない言い方でさりげなくこの料金を誰が払うのか明示してくれる。

「今日はわざわざ時間もらったのに、こんなランチの軽い店でごめんね、せめてご馳走《ちそう》させてね。遥だけじゃなく波のことまで家に住まわせてくれて、ソラには本当に感謝してるの。本当はもっとあらためて、きちんとお礼をしないといけないんだけど、ソラの優しさにいつも甘えちゃって」

「いえそんな。全然、気にしないでください」

奏さんからは毎月きっちりお金が振り込まれているのに、私は自分がまるで素晴らしいボランティアをしているかのように、恐縮してみせる。

「特に波のことはね、かなり心配してたの。遥の実家にはあのお兄さんがいるでしょ。あの人、露骨に波に近づこうとしてて正直、本当に怖かったから。遥は私からのお金を受け取ろうとしないし。だから、ソラが間に入ってくれて本当に救われた」

奏さんが心から感謝している様子なのを見て恐縮する。

「いえ、うちも、父も母もいなくて気楽な実家の一人暮らしだったんで。波ちゃんはとてもいい子だし、賑やかでうれしいです」

父が病気で死に、その介護をしていた母が、今度は祖母の介護で山形の家に住むことになり、私が実家に一人で暮らすことになったことを、奏さんがどうやって知ったのかはわからない。『悪いけど、遥に部屋を貸すことってできないかな？　無理は承知なんだけれど、どうしてもこれ以上あの子を実家にいさせたくなくて』と奏さんから連絡がきたのは、「再生」からしばらく経ったころだった。奏さんの家を出た白藤さんがクリーン・タウンで暮らしていることは、彼女本人から知らされていた。

今はすっかりピョコルンが普及して、私と明人が結婚していたときより更に、婚姻関係から恋愛や性愛の要素が取り除かれている。「友情家族」が流行り、恋愛より友愛が重視される世界はとても心地よい。未来ではそちらが主流になるのだろうな、となんとなく、予感めいたものを、今の時代を生きる私たちのほとんどが共有していると思う。

実際、一緒に暮らして波ちゃんを育てている私と白藤さんの関係をそう思う人も多い。けれど、私と白藤さんは友達ではないと思う。友愛はモノガミーではない人のほうが大多数だろう。それでも、自分は白藤さんの家族ではなくて、波ちゃんと白藤さんの本当の家族は奏さんだ、と思いながら、彼女たちと暮らしている。

私と白藤さんの関係を一言で言うなら、「妥協」だった。生きていくための妥協。それが、私と白藤さんを繋いでいた。

奏さんから白藤さんにはきっちりと養育費が支払われているらしいが、白藤さんはそのお金に一切手をつけない。それとは別に、私にも白藤さんと波ちゃんの家賃が振り込まれている。そのことを白藤さんが察知しているような気がして、怖くてなんとなく手をつけることができずにいる。けれど、金銭は私を安心させた。お金がないと、お金に振り回される。ピョコルンエステの給料もさして良くなかったが、今の職場はその半分以下だった。明人と結婚する前、自分を養うことに疲れ、自分を一生食べさせていく自信がなかったころの気持ちが蘇り不安だったが、今は通帳を見ると少し安心することができる。

「ラロロリン遺伝子がない『恵まれた人』っていうと、油小路《あぶらこうじ》と一緒にされちゃうんだよね。本当にそれが嫌で」

奏さんが苦笑いをし、私も曖昧な表情で小さくうなずいた。

「恵まれた人」のほとんどがラロロリン人で、ラロロリン遺伝子がないのに「恵まれた人」の層に入ることができるのは、お金持ちでエリートの男性とその男性と婚姻関係にある人間くらいしかおらず、女性でありラロロリン人と婚姻関係にないのに「恵まれた人」の層である会社に入ってきちんと発信する奏さんの存在は異質だった。

「『再生』のあと、しばらく油小路の愛人って噂されてて本当に嫌だったけど、未だにそういうこと言う人間はいるから」

「え、ちゃんとラロロリン人のサポートチームを作って奏さんがリーダーになったからだって、有名な話じゃないんですか？」

奏さんの行動は早かった。あっという間に「奏チーム」を立ち上げ、世界③のラロロリン人で奏さんに共鳴する人たちに声をかけ、自分をサポートさせた。

ラロロリン人の中にも、「ピョコルンを作るなんて許せない」「ラロロリン人として恥ずかしい」という人はいる。特に「リセット」の後は多かった。奏さんはそういう人たちに、あっという間に「協力的ラロロリン人」という名前を与え、役目を与えた。奏さんに協力するラロロリン人たちは奏さんの就職を手伝い、彼女を「恵まれた人」へと喜んで引き上げた。

「15年くらい前になるかな、油小路からそういう提案があったのは事実なの。最悪なことにね。もしかしたらあいつが何か出鱈目《でたらめ》を吹聴《ふいちょう》してるのかも、とはずっと思ってるんだけどさ。証拠があるわけじゃないし。でも、本当に迷惑」

奏さんは溜息をつく。

怒りという「汚い感情」も、奏さんは比較的冷静に口にしてくれるので白藤さんといる時ほど心は沈まない。「汚い感情」を浴びると、いつも自分に向けた言葉でなくても少し傷ついた気持ちになるが、奏さんに対してはその感覚があまりないのだった。

「……あの、奏さんは、やっぱり今でも、ラロロリン人が許せないですか？」

私は慎重に尋ねた。

「なに？　あ、ソラはラロロリンキャリア擁護派だっけ？　そうだよね、もうすっかり『クリーンな人』だもんね」

「えっと、自分でも、その場その場で違う考え方になっちゃう感じで。未だにわかってないんです。というか、自分の考えが本当にあったことなんて、人生の中で一度もないんですけど」

奏さんは「私は、ソラは意志が強いと思ってるよ」と白い歯を見せて笑った。奏さんの鼻の穴は、真っ白に染まっている。ウエガイコクの人たちと渡り合うために、仕方なく容姿をウエガイコクの人が喜ぶ国際的なアジア人らしく整えているのか、私には判別がつかない。奏さんの、ちゃんと自己管理できていそうな細い手足、はきはきとした綺麗な発音の日本語、相手を真っ直ぐ見つめる誠実な瞳。そのどこまでが奏さんで、どこまでが世界にそうさせられている奏さんなのか、私にはわからなかった。

「そうだな。もちろん、協力してくれるラロロリン人の仲間たちには感謝してる。でも、彼らに頼らないとここまで這い上がれないシステムのことは憎んでる。私は、どうしても、ピョコルンを作り出した彼らのことが許せない。それは変わらないかな」

「ラロロリン人は全部、遺伝子が判明した時点で処分するべきって、本当に今も思ってますか？」

奏さんは少しの間のあと、「ソラに今さら嘘ついても仕方ないよね。うん。今もそう思ってるよ」

と言った。

「ピョコルンができたことで、性犯罪は減りましたよね。私たちは、私たちは、ピョコルンに……」

捨てることができるようになりましたよね。

自分の性欲を。人生の時間のほとんどを食い潰されてしまう日常の中の名前のない雑務を。「汚い感情」を。他者の「汚い欲望」を自分の肉体で処理される苦しみを。出産することによる肉体の損傷を。ピョコルンの能力でできる範囲の、最大限の育児を。さまざまな老いた家族の介護を。

私たち、ピョコルンに、全部捨てられるようになりましたよね。そのことは、私たちを昔よりずっと、幸福にしましたよね？

私は声が出せないまま、心の中で呟く。

その声がまるで鮮明に聞こえるかのように、奏さんが引き取る。

「私たちは、もしかしたら、ピョコルンのおかげで助かってる部分もある。そう思ってる人は多いけど、私の答えはノーなの。新しい犠牲者をつくることは何の解決にもならない。本当はみんな気がついてるんじゃないかな。死者を冒瀆《ぼうとく》して利用するなんて間違ってるって」

母は、私に、死ぬ前の父に、今は自分の両親に、未だに自分の人生を食い潰され続けている。母の人生はおそらく最後まで母のものではないままだろう。それはピョコルンがいなければ私が突き落とされていた未来なのだ。

「……あの、性犯罪って、減ってるんですよね？」

「なにかあった？」

奏さんは勘がいい。

「感情をセーブして聞いてほしいんですけど」

「わかった」

「痴漢がいました。クリーン・タウンに」

「そう。被害者は？」

私は言うかどうか迷ったが、奏さんが、もう話の内容を察した、という表情だったので、「波ちゃん、です。確証があるわけではないのですが、たぶん」と小さな声で言った。

「そう。そっか」

奏さんは頭をかかえ、

「守れないんだよね。そばにいても守れないんだよ。私はそのことも怖い。どうしても受容できない、看過できない、波が私の娘だからってだけじゃなく、どうしても、だめなの」

と掠れた声の振動を、薄い唇の隙間から落とした。

「ラロロリンキャリアが提示したピョコルン性愛に人間が順応できているわけないのに。透明化されているものが多すぎる。非人道的なことをするつもりはないの。なるべくしたくない。生まれた時点で検査をして、もしラロロリン遺伝子があったら処分する。私が望むのはそれだけなの」

「白藤さんと、意見が重なってるところもありますよね。彼女は、どうしても『チーム』にはなれないんですか？」

ずっと気になっていたことを尋ねた。

「あの子はだめ。潔癖すぎる。理想論すぎる。あの子と対話できていたころが懐かしいよ。あのときだって別に平和じゃなかったけど、意見が違う子ともゆっくり議論して尊重する余裕があった。もうだめ、そういう時間は私に残されてない」

「……あの、」

私が口を開きかけたとき、テーブルの上の奏さんのスマートフォンが光った。

「あ、ごめん、メールだ」

奏さんがスマートフォンを確認する。私には読めない、ウエガイコクの文字であるらしいことが見てとれた。

「お仕事のメールですか？」

「ああ、ちょっと違うんだよね。まだ決めたわけじゃないんだけど、ラロロリンキャリアじゃない人間でも死後ピョコルンになる手術ができるかどうか、日本では無理なんだけど外国ではできるって話を聞いて、確認してるの」

「え、奏さん、死んだあとピョコルンになるんですか？」

奏さんは困った顔で、

「今、少し悩んでる。そもそも、私はピョコルンにもラロロリンキャリアにも反対する立場だから、自分の考えにも反するわけだし。でも、私が『恵まれた人』なことに反発を覚えてる人も多いでしょ。そういう人には私の言葉は届きにくくて。それには『犠牲者』になることだって、音《おと》が」

「犠牲者」

私は奏さんの唇からこぼれ落ちた名前に反応せず、違う言葉を反復した。

「うん。大衆は犠牲者に弱いからって。死後、私はちゃんとピョコルンになりますから、私の話を聞いてください、って呼びかけたら、まったく反応が違うからって。そんな手段選びたいわけじゃないけど、」

「あの」

私は用心深く言った。

「奏さんと小早川《こばやかわ》さんの、『対立立場人間の対話同居』って、もっと一時的なものかと思ってました。だって、友愛で繋がる家族関係とは違いますよね。そんなに意見が違っても、対話をしていると信頼関係が生まれていくものなのですか？」

「あんまりないよね。でも、意見が合う人に囲まれて暮らすより、意味のある時間だと思ってるよ」

「その……友愛感情がある相手ならわかるんです。私と白藤さんみたいに、友達ではなくても合理的理由でルームシェアをしている感覚もわかります。でも、やっぱりどうしても、不思議で」

「うーん、変な感じだよね。やっぱり、家族とかそういう感じは一切ないよ。最初に話を持ちかけられたときは、『はあ？』って思ったし。一緒にいるとね、あっちはあっちでそれなりに筋が通ってて、頭がおかしくなりそうなのが本音かな」

「やっぱりそうですよね」

「音って、そもそもソラの紹介で私たちの集まりに来たんだよね。だから、悪い子ではないと思う。

ちょっと、怖くなるときあるけどね。ソラと音って、最近も会ってる？　もし、久しぶりに会いたかったりすれば、いくらでもそういう場をつくるよ」

「いえ、いいです。私、ちょっと怖いから」

奏さんが首を傾げる。

「ソラはいつもそう言うよね。でも、ソラは『クリーンな人』なんだから、音とは意見も同じはずなのに。なんで会いたくないの？」

世界で一番会いたい人には会いたくない。

子供のような、しかし決して譲歩できない、感情というよりただの痛みに襲われて、咄嗟《とっさ》に俯いた。

奏さんは、「まあ、いろいろあるよね」と深くは聞かず、運ばれてきた食事を口に運びはじめた。

「いただきます」

両手を合わせて言った私に、奏さんが、「ああ、そうか、そうだよね」と呟く。

白藤さんと一緒に食事をすることなどほとんどないのに、どうしても白藤さんが私に伝染している。同じように、きっと、奏さんに音ちゃんが、音ちゃんに奏さんが伝染している。

世界は粒子だと思う。いつのまにか吸い込んで、身体の一部になっている。

私も、奏さんも、どこまでが私なのか、どこまでが奏さんなのか、どれが世界に言わされている言葉で、どれが自分を存在させるために世界に媚びた服装で、本当に自分から発生している自分なのか、わからないまま、まるで「自分」の核心が自分の内側に存在しているかのように、笑い、視線をかわし、言葉を交換する。

奏さんもまた、粒子になって私の中に入り込んできている。

「奏さん。いつか話した、人間ロボットのこと、覚えてますか？」

昔、哲学的ゾンビの話をしたときの、窓からの光の中にいた大学生の奏さんの姿が不意に脳裏に浮かび、私の喉が震えて、小さなささやきを漏らした。

「え、ごめん、よく聞こえなかった。なに？」

目を見開いて笑った奏さんは、音ちゃんの言葉のリズムと少し似た発音で、今日出会った瞬間よりも少しだけ私に似た瞳の動かし方で、私の顔を優しく覗き込んだ。私たちは、少しだけ私たちを交換しながら、あの日のように、光の中で笑い合った。

＊

襖、窓、防音カーテン、部屋中を歩き回りながらいつも以上にしっかりと防音を確認し、念のためちゃぶ台の上のスマートスピーカーで音楽を流す。ＡＩが選んだまったく聞いたことがないウエガイコクの歌は特に好みではなかったが、今は言語が理解できない音楽のほうがよかった。部屋の状態をもう一度目で確認し、イヤホンを接続したスマートフォンを握りしめて、押し入れの中の布団に潜り込んだ。

同居生活をしていて便利なことも多いが、性欲処理のときだけは一人暮らしがよかったな、といつも思う。そんなに頻度が多いわけではないだけに、かえって事前の準備に神経質になってしまう。私に自発的な性欲が備わったのは、ここ数年のことだった。思春期のころも、大学生のころも、就職してからも、明人と結婚してからも、どのキャラクターのときも、自分にそれがあるということを想像したことがまったくなかった。

数年前、波ちゃんもまだ家に来ていなくて、白藤さんが休日出勤で誰もいない日曜日、ボイスチャットがサーバダウンしてしまい、退屈しのぎにぼんやりタブレットでピョコルンの動画を見ていたときに、急に、寒気のような痺《しび》れが手首と肩と首筋を襲い、同時に自分の股の間で何かが「勃起」したのを感じたのだった。

私は自分の性器を見たことがない。私に設置されているものの、実際にそれを使用するのはいつも自分ではなく男性だったので、必要性も興味もまったく感じなかった。だから、自分の性器付近で何かが勝手に作動したことに、少し驚いた。

その勃起感は鬱陶しく自分の下半身に絡みつき、なかなか排除できなかった。私はなんとなくソファに寝そべって、そのまま肉体の指示になんとなく従い、股に枕を挟んで締め付けるという方法で達し、性欲を処理した。

若いころ、性行為で性的快楽を感じた経験も特になかったので、絶頂という派手な呼び方をされている現象が、随分とシンプルで単純な出来事であることに驚いた。思春期のころ放課後みんなで笑いながら見たアダルトビデオのなかのそれとは違い、何の液体も出さずに、ただ下半身がすっきりしただけだった。

それから、たまに、不意に、その「勃起」が自分におとずれるようになった。気になって、特に性的気分ではないときに何度か鏡で見てみたが、自分の肉体のどの箇所なのかよくわからなかった。結局、私はそれを見つけられないまま、股の間でそれが勃起したときには仕方なく処理をしている。

今日のきっかけは、スマートフォンでたまたま読んだ漫画だった。人間とピョコルンの恋愛ものだと思って暇つぶしにサンプルを読んでいたら、突然性行為が始まったので驚いた。心の準備ができていないときに性的な絵を見るのは今までずっと苦痛だったが、ピョコルンに対しては、最初、おえっ、と思うのに、自分の「好みのピョコルン」が犯されているのを見ていると、強制的に興奮させられてしまうのだった。

「好みのピョコルン」に対して、最近のピョコルン恋愛のドラマや漫画にあるような「焦がれ」の感覚がまったくないわけではないが、私の場合は、なんとなく苛立《いらだ》ちのような感情のほうが大きかった。めんどくさいな、興奮させやがって、と、かつての明人や匠《たくみ》くんが口にしそうな言葉が、自分の内側から這い上がってくる。勃起したからといって、自分が本当に能動的なわけではなく、「勃起させられている」と感じている。もっといえば、「世界中の至る所にピョコルンポルノが仕掛けられていて、それによって強制的に興奮させられている」という説明のほうが、自分の実感に近かった。

ピョコルンは、「人間と違って、いくら性欲を向けても傷付かず、むしろ喜ぶだけの存在」なので、ピョコルンを対象とした性愛のコンテンツは、この13年でさらに、爆発的に増えた。

スマホを流し見しているとき、なんとなくタブレットから流れてきた動画が目に入ったとき、それは粒子になって私に入ってくる。歩いていても電車に乗っていても、CMに、ポスターに、看板に、扇情的にデフォルメされたピョコルンがありとあらゆるところに存在している。私は生きているだけで強制的に、無意識のうちにどんどんそれを吸い込まされている。だから、これは私の本能ではなくて、だれかが意図的に作った性欲の粒子が勝手に身体の中に入り込んできて、それが自分の肉体の中で培養されただけなのだと感じる。

布団に潜ったまま襖を閉め、押し入れの中に置いた小さなライトを点灯する。

スマートフォンの隠しフォルダに入れているアプリを開き、アダルトビデオのサイトにログインする。ピョコルンAVというジャンルを選ぶと、男性向けと女性向けが選べるようになっている。私は女性向けのピョコルンAVにはさして興奮しないため、迷わず男性向けをタップする。

男&ピョコルン、女&ピョコルン、ピョコルン&ピョコルン、その他、とジャンル分けされている中から、「女&ピョコルン」を選んだ。「ピョコルン&ピョコルン」もよく見るが、今日は、自分と同じ属性の肉体に犯されているピョコルンが見たい気分だった。

私が登録しているピョコルンAVのサイトは業界一の動画数を誇っており、最初はサンプル動画だけで十分満足だった。けれど、だんだんと、厳選して動画をレンタルしたり購入したりするようになった。

ずらりと並んだ動画の中から、自分の性的嗜好を刺激するピョコルンを物色する。見た目は小さくて、毛並みは真っ直ぐ美しく艶があるほうがいい。顔にも、好きなバランスとそんなにそそられないバランスがある。私はあどけない印象を与えるピョコルンを探し、気に入った顔を見つけるとタップし、サンプル動画を確認する。

パッケージと違う姿のピョコルンがサンプルの中にいるのを見ると、「なんだよ」と小さな独り言が出る。声も重要なポイントで、「キュー、キュー」という声にわざとらしさがあったり、好みの甘くて高い声じゃないと、「ちっ」と小さな舌うちをして、急いで他の動画のサンプルへと移動する。

性欲は身体をせかすから苦手だ。食欲や睡眠欲に肉体を支配され、行動をコントロールされることには幼いころから慣れていたが、自分の性欲にはさして苦しめられたことはなかったので、こうなってみると億劫に感じる。

面倒でも、勃起したものは処理しないと身体がすっきりしない。中学生のころ、私に射精したナオト先生を見て、この人、気持ちよさそうだなあと他人事のように思ったことを思い出す。もしピョコルンと性行為をすることがあったら、そのピョコルンも、私を見て、この人間、気持ちよさそうだなあ、と思ったりするのだろうか。そうだとしたらお前のせいじゃないかと逆上して突き飛ばしたくなるくらいには、この性欲は次第に膨れ、最近は厄介なものとして身体に纏《まつ》わりつくようになっていた。

ざっと見て、目新しい動画はなかったので、「その他」のページに移動する。人間の男女とピョコルン数匹のプレイや、触手や他の動物など人間ではないものとプレイするピョコルンの動画がずらりと並ぶ。処女のピョコルンのイメージビデオもある。イメージビデオを撮られるのは美しいピョコルンが多いので、そういうピョコルンの処女喪失ものの動画は値段が高い。

そこそこのピョコルンが3匹でまぐわっている動画を見つけて、サンプル動画を流し、「こいつ いまいちだな」と思わずつぶやく。2匹はなかなかいいのに、1匹だけ、私には容姿が劣って見えるピョコルンがいて、毛並みも目鼻立ちもバランスが悪く声も気味が悪い。そのピョコルンがいなければいい動画なのにな、と、がっかりすると同時に苛立ちを覚える。

溜息をついて、結局、若いセーラー服の女の子とピョコルンのセックスの動画が24時間限定で200円で販売されていたので、それをレンタルすることにした。

男性が性器を使うときは、ピョコルンの肛門に挿入する。ピョコルンはそこで排泄もするけれど体内にある人工子宮にも繋がっていて、卵子がそこになくても孕《はら》ませてしまいそうな気持ちになると、明人が以前言っていた。

女性の場合はピョコルンといろいろな形で性行為をするが、自分の性器にピョコルンを挿入したい気分のときは、花を使う。ピョコルンの性器である肛門に専用の花の種を入れ、30分ほどそのままにすると、ピョコルンの性感帯と接続した藤の花が咲く。

その花は使い捨てで、一度の挿入で終わってしまうので億劫なときもあるのだというが、私には本当にピョコルンから咲いているようにしか見えない。私は動画でしか見たことがないが、その藤の花は、本物の花に比べて弾力があり、挿入に適するように品種改良されているらしい。

藤の花は膣《ちつ》に入れるとぐちゃぐちゃになる。ピョコルンは甘い悲鳴をあげながら泣きじゃくり、達したあとは藤の花はどろどろになり枯れてしまう。今も、セーラー服の女の子の膣に抜きさしされ、ピョコルンの花は握りしめられたように潰れ、「キュー、キュー」と切ない声をあげている。

私は自分の膣でその花を締め潰すことを考えながら、画面の中のピョコルンに性欲を捨てる。

そのとき、私は、自分が匠くんになっているのを感じる。

実際の匠くんが本当にそうなのかはわからないので、私の中のイメージの、架空の匠くんだ。

匠くんが私の内側から現れ、私はピョコルンに向かって吠える。

「早くいけいけいけいけ、勿体《もったい》ぶるなよぶるなよぶるなよぶるなよ」

女の子に散々刺激されたピョコルンは、私の低く粘ついた声にせかされてでもいるかのように、だんだん声のスピードが速くなる。

「キューキューキューキューキューキューキューキューキューキュー」

「ああ、うるさいなあ、とっととイけよ不感症が！」

「匠くん」が乱暴につぶやく。その声が聞こえたかのように、演技的だったピョコルンが、甘えた声をあげ、震えながら微かにカメラにアピールし、達しながら倒れた。

それにタイミングを合わせて、足の間に挟んだ毛布に力をこめて、少しの痺れと共に私も達する。

勃起は急速に冷めていく。じんわりとした快楽が指先にだけ、まだ残っていた。

勃起感がおさまって冷静になると、スマートフォンを投げ出して布団の中で少し眠ることにしている。前に買った動画で済ませればいいのに、新しい刺激が欲しくて自分が無駄遣いをしたことや、どんなに防音をしてもピョコルンAVの声が廊下に漏れてしまっていたかもしれないことなど、考えたくないことばかりが襲ってきて憂鬱になる。

匠くんと対峙《たいじ》しているとき、私はいつも自分を被害者で、搾取される側だと当然のごとく感じていた。モンスターは匠くんのほうで、自分はいたいけな存在だと信じて疑っていなかった。けれど、環境によって私には本当にどんな「キャラクター」でも培養される。この年齢になって、自分の内側から匠くんが現れるとは思っていなかった。

勃起が終わると、足の間にあったはずの性感帯が消滅した感覚に陥る。

私は急に汚らわしく感じられ、さっきまで見ていた動画をアプリごと閉じ、スマートフォンから見えなくした。

波ちゃんの世代にとって、恋愛や性欲というものが、「汚い感情」なのか「きれいな感情」なのか聞いてみたことはない。私自身も、自分が処分した生理現象がどちらなのかわからないまま、それに付き合っている。

なかなか眠気が訪れず、ぼんやりと取り上げたスマートフォンで、ボイスチャットのアプリを確認する。氷砂糖ちゃんのほかに、彼女の友達らしい新しいメンバーがいて、楽しく話をしているようだ。

氷砂糖ちゃんの友達なら、きっと若いメンバーだろう。

「のんびり薬味会」に、最近ミントさんや雪うさぎさんは顔を出していない。二人に可愛がられていたぼたもちちゃんも見かけないので、もしかしたらもうみんな新しいアカウントを作ってそちらで盛り上がっているのかもしれない。常連メンバーもなんとなく、この「グループ」つまんなくなっちゃったな、と思い始めているのを感じる。氷砂糖ちゃんは他のアカウントで繋がっていたらしい友達や、大学でのリアルの友達を「グループ」のメンバーに勧誘し、「グループ」の雰囲気は変わりつつあった。

ログインしなかったのは、新しい雰囲気の「グループ」のメンバーとは会話のテンションが違ってうまく馴染《なじ》めないからだ。それに、自慰の直後に人と話すと、そのことを察知されるのではないかという妙な不安がある。別に悪いことをしているわけではないのに、それを知られることは後ろめたかった。

ボイスチャットのアプリの上に、「ピョコルンだらけの無人島に流れ着いてしまった俺！　発情期に入ってしまったピョコルンたちに…!?」と、男性とピョコルンが裸で抱き合っている漫画の広告がある。アプリを閉じてなんとなく他の無料漫画アプリをタップすると、ポイントを貯めるために流れてきた動画は、寿命があと3年のピョコルンと闘病中の大学生の切ない恋の映画の広告だった。美しいピョコルンが美しい大学生の女の子とキスを交わすシーンに、タイトルが浮かび上がってくる。

発情の粒子は、私自身が求めていないのに、また少しずつ肉体の中に降り積もり始めている。今はそれをシャットダウンしたくて、目を閉じて布団に頭まで潜り込む。重みのある布団に自分の体温が染み込んでいて、もし、ピョコルンと抱き合ったらこんな感じなのかな、という考えが胸をよぎる。どこからか入り込んだ発情の粒子は、私の肉体の事情とは無関係に、ただ、勝手に私の中で芽吹き、膨らみ続けていく。

波ちゃんが「未来」をテーマに書いた作文で賞をとり、一方で内容に心配な部分があるということで、波ちゃんの担任の先生から白藤さんに連絡がきたのは、ゴールデンウィークが終わり、私たちが梅雨の中に閉じ込められていたときだった。

夕立、という言葉が消えて悲しいと、昔、白藤さんや奏さんが言っていた。たしかにその言葉と符合しないスコールのような身の危険を感じるほどの激しい雨が、私たちの街を叩いてぐっしょりと濡らしていた。

億劫なこともあり、私は白藤さんの教育方針に任せよう、と特に触れずに、作文に関して白藤さんと波ちゃんが揉めているらしいのを横目で眺めていた。激しい叱責の末、波ちゃんが部屋にこもって3日経ったとき、白藤さんが溜息をつきながら、私に原稿用紙に印字された作文を見せた。

へー、今でも作文って原稿用紙なんだ。手書きじゃないのに変にルールが残ってるんだな、と場違いなことを考えながら、波ちゃんの作文を読んだ。

『　未来

白藤波

私は、自分が未来のことを考えるのは、あんまり意味がないと思います。それは、私はラロロリン人ではないからです。私よりずっと頭のいいラロロリン人が、きちんと考えてくれているから、私は考える必要はないのです。

私は、私を産んで育てた人たちにとても感謝しています。私は籍を入れない友情婚で生まれました。二人の友情は壊れたので、今は片方の女性が私を育てています。

私はその人に、育ててくれてありがとう、といつも思っています。でも、同じくらい、ラロロリン人ありがとう、と毎日感謝しています。だから、私の育ての親の女性が、まるでラロロリン人が悪いことをしているようなひどいことを言ったりすると、とても悲しい気持ちになります。家に帰ると、彼女はいつも「汚い感情」を吐き出していて、苦しくなります。ラロロリン人がかわいそうだと思います。

未来はラロロリン人に任せておけば安心だし、私たちが余計なことをしても、かえって混乱するだけだと思います。だから、私は、ラロロリン人に感謝を伝えながら、みんなでもっと穏やかに微笑み合っていたいです。

私はラロロリン人みたいに世界のためになるようなことはできないし、ただ自分の生命を維持するだけでこのさき何十年も生きて、何の役にも立たないまま人生が終わるのだと思います。何のために生命を維持しているのかな、と思うこともあります。でも、ラロロリン人を見ていると、彼らを支えるためにがんばろうと思うことができます。

支えるとは、「きれいな感情」をラロロリン人に注ぎ続け、彼らを応援することだと思います。世界中の人が、はやくそうなってくれるといいなあ、と願っています。』

私からすれば健気で他愛もない内容だったが、白藤さんは青ざめていた。

「この作文が学校で賞をとって。でも、私はこの内容が恐ろしいの。学校の先生には、波さんは素晴らしいのにあなたは彼女を苦悩させているのではないか、カウンセリングを受けたほうがいいのではないかって言われて」

白藤さんはいま、どこの世界を生きているのだろう。ここでは、もうこの作文こそが「美しい」し、「正しい」のに。まだ、世界③にいるのだろうか。それとも、他の世界にいるのだろうか。

ダイニングルームで棒立ちになっている白藤さんは白く膨れ上がっている。それは脂肪によるものではなく、彼女自身の中の亡霊が増幅しているかのように感じられた。何もかも変わってしまっているのに、まったく変わらない白藤さんのことが、私は少し怖かった。

「それで、先生にも抗議して、家に帰ってから波を怒鳴って叱ったの。そうしたら、部屋から一歩も出てこないの」

私は何を言っていいのかわからず、頷くことすらできずに、唾を飲み込んで少しだけ頭を振動させ、ぼんやりとテーブルの上の一輪挿しを見つめた。

それは雑草のための小さな一輪挿しで、波ちゃんが友達からもらったといって大切にしていたものだった。いつも庭の雑草を摘んでそっと花を活《い》けてあるのに（しかし波ちゃんは匂い重視なので、どくだみの葉っぱだったりすることもある）、今は汚れた水が中に入っているのが見えるだけだ。

綺麗好きだった白藤さんは、ここで暮らし始めた6年前ならすぐに一輪挿しの水をきれいに片付けただろう。けれど、白藤さんは私の目から見ても疲れ切っていた。

「私が話してみるよ」

白藤さんの「汚い表情」を見ていると気が滅入る。反射的にそう思うと同時に、「汚い表情」という、咄嗟に自分の脳内に浮き上がった言葉に少し驚いた。「汚い感情」という言葉はよく見かけるし、耳にするし、自分自身も頻繁に使うが、表情を汚いと表現するのは生まれて初めてな気がする。

インターネットか、会社の雑談か、どこかから言葉の破片が私に入り込んできたのだろうか。自分から発生した言葉ではなく、どこかから伝染してきた感情だと直感的に思った。

「そう、助かるわ」

深い溜息をつきながらそう呟いた白藤さんの表情を盗み見て、うわあ、やっぱりこれはどうしたって「汚い表情」としか言いようがないな、と感じ、嫌悪感が胸にじわりと湧き上がる。

白藤さんは眉間に皺《しわ》を寄せ、「汚い感情」を吐き出すように微かに唾液で濡れた唇を歪めながら開き、そこからは嚙《か》みつきそうな歯が振動しているのが見える。「怒り」の表情は、映画や漫画の中なら笑えるが、現代にそれを全身で表現している人間がいることがおぞましかった。その人間が自分の家の中にいることが気持ち悪い。

この「汚い表情」を見たら、波ちゃんはどれほど傷つくだろう。もう二人は話し合い、白藤さんは怒鳴り続けていたのだから、とっくに波ちゃんは見てしまっただろう。自分を育ててきた、母親にあたる人間がこのようにおぞましい表情を浮かべているのを見るのはどんなに苦しいだろう。

私は波ちゃんに同情心が湧き、白藤さんから守りたいと思った。

波ちゃんは絶食して3日になる。波ちゃんは、白藤さんの指示で波ちゃんが部屋に置いていた災害用のリュックに入っていた水を飲み、家に人がいるときは簡易トイレまで使ってドアを決して開けないでいるらしく、それならもう限界だろうと思った。

「たぶん、私みたいな第三者が話したほうがいいこともあるんじゃないかな」

頭の中に漂っている中で一番無難な文章を読み上げて、白藤さんに差し出す。青ざめるのを通り越して、薄暗い灰色に染まっているように見える彼女は、ぎこちなく頷いた。

「波ちゃん」

ドアをノックして小さく声をかけても反応はなかった。

ドアの閉められた部屋は繭で、その中のあたたかい世界に踏み入られることがどんなに苦しいか私は知っている。

返事がないので、廊下から波ちゃんのスマホにメッセージを送信してみた。これで駄目なら、今日はもう彼女と話すのは無理だろう。

『空子です。心配していたけど大丈夫かな。さっき、白藤さんから大体の事情は聞きました。私は味方だからね。食事置いておくから、少しでも食べてね』

優しい言葉を打ち込みながら、自分が大嫌いだった大人に自分がなっているのを感じた。理解者ぶって自分たちの世界に踏み入ってくる大人を、思春期のころの私は憎んでいたし、侮蔑すらしていた。

ドアの向こうで微かな物音がした。「空子さんだけ？」と波ちゃんのか細い声が聞こえる。

「うん。白藤さんはリビングのソファで寝てる。疲れてるみたい」

静かにドアを開けた波ちゃんは、潜り込んでいたらしいベッドに散らばったタブレットや小さな香水の瓶やスマートフォンの上にタオルケットをかけて隠し、少しだけ私に時間をくれる。顔を覗き込むと、そこには悲しみだけで、苛立ちはなかった。

「私、[redacted]」

私にはわからない単語を唇からこぼしながら、波ちゃんが何かの感情を吐露している。それが「きれいな感情」だということだけは、私にもわかるから、微笑んで、波ちゃんの意味のわからない言葉の破片の振動を受け止めた。


「じゃあ、ここで。もし帰り、荷物が多いようだったらいつでもメッセージしてね、波ちゃん。飛んでくるからね」

にこにこと笑いかけた匠くんに、波ちゃんが、「匠お兄ちゃん、ありがとう」と笑顔を返す。

霧雨の中で私は、伯父と姪《めい》にあたる二人のやりとりを眺めていた。

「レンタルでなら、ピョコルンに家を手伝ってもらうことを考えてもいい」

籠城を続ける波ちゃんに折れて、白藤さんがそう許可を出したのは意外だった。

買う方が安いので滅多にないが、ピョコルンのレンタルもある。白藤さんは、「正当な時給を払うこと」を条件に、それを許可した。正当な時給で働いているピョコルンなどいない。けれど、

「それだけは決して譲れない条件」と白藤さんは言い張った。

波ちゃんが少しずつ話す言葉の断片から、彼女が、学校で「汚い感情を持つ家の子」だと噂されていること、ラロロリン人に感謝をする輪に入れてもらえないときがあること、そこに調和するために自分は親である白藤さんや奏さんとは違ってラロロリン人に心から感謝していることを言葉で証明したかったこと、できれば白藤さんにラロロリン人に歩み寄ってほしいと心から願っていることなどがわかった。

毎晩ネットで話していた相手はＳＮＳで知り合った同世代の子たちで学校の友達はほとんどいなかったらしい。

白藤さんは、「子供を自分の思想の犠牲にはできない」という結論を出し、レンタルならいいと許可を出したのだった。

「空子さん、傘は？」

波ちゃんに言われて、今、雨が降っていると気がつく。最近はスコールのような土砂降りに慣れてしまっていて、柔らかい霧の粒に肌を優しく叩かれるのは、随分と久しぶりのような気がした。だから、咄嗟にそれを「雨」だと認識できずにいたのだった。

「くすぐられてるみたいな、へんな雨だね」

波ちゃんが呟き、もしかしたら彼女の中には「霧雨」という言葉が存在していないのではないのかと、ぼんやりと感じる。その言葉は、たしかにここ十数年、私にとってもほとんど必要がない言葉だった。

「少しだけ寄ってもいい？」

雨を含んでいるのになぜか軽くなったように感じられる黒いワンピースが、霧雨を含んだ生ぬるい風で膨らむのを押さえながら、波ちゃんが小さな声でそう溢《こぼ》すことを、どこかで予感していた気がする。

波ちゃんが指差したのは、大きな電器屋のビルの奥にある、ペットショップのコーナーだった。かわいい猫、子犬、小鳥、ハムスターなどが入れられた店の奥に、ピョコルンのコーナーがある。他のペットとは区切られ、「ピョコルンコーナー」と小さな看板が出ていた。

「わあ、かわいい」

見てるだけ、見てるだけ。誰に向かってアピールしているのか、いかにも買う気がない客であるかのように、動物園に来たように子猫やハムスターを眺めてまわる。

「やっぱり見なくてもいいかな。レンタル屋さんのほうに早く行ったほうがいいよね」

ピョコルンコーナーの前で足を止めた波ちゃんは、ポーズで躊躇《ちゅうちょ》しているというより、本当に自分の欲望がどう走り出すか予測できず、戸惑っているように見えた。

ここで引き返しても、結局またなんだかんだ理由をつけてここへ戻ってくることになる。波ちゃんの心理と行動をそう予測した私は、その面倒を回避しようと、「ちょっと見るだけしてこうよ、せっかく来たんだから」と、小さな声を波ちゃんに放り投げた。私自身も、私の肉体がこの奥の部屋でどう反応するのかわからずに少し怖いと感じているのだと、投げた声が微かに震えているのを聞いて気がついた。

「キュー、キュー」

コーナーの奥からは、私たちの「本能」を甘く誘う、動画サイトやピョコルンのドラマや映画で聞き慣れた、けれど生身ではあまり耳にしなくなっていた鳴き声が聞こえ、それは確実に私の肉体の内側をくすぐっていた。

その声に誘われるようにピョコルンコーナーに入ると、ガラスケースの中に枯れ草が敷かれて、1匹ずつピョコルンが入っていた。

値段は、10万円から、300万円くらいのものもある。若い男性の店員さんがすぐに声をかけてくれた。

「いらっしゃいませ！　ピョコルンお探しですか？」

「あの、すみません、見てるだけなんで……本当は別の用事できたんですけど。冷やかしで申し訳ないです」

私は急いで頭を下げた。

「全然大丈夫ですよ！　今、店も暇なんでゆっくり見てあげてください！　ピョコルンは人間大好きなんで、それだけでも喜びますから！」

愛想がいい店員さんの言葉に、波ちゃんはほっとした様子だった。

「ここにいるピョコルン、全部、家事もできるんですか？」

なんとなく目を伏せながら、店員さんに尋ねる。

「あ、あの、実は、10年以上前に飼ってたことあるんです。そのピョコルンは、妊娠と出産だけはできたんですけど、家事はできなくて。今は第三世代のピョコルンがもっといろいろしてくれて、すっかり便利な時代になりましたよね。でも、値段、やっぱり高いですねー」

「ああ、やっぱりそう思いますよねー！　ローン組めますし、安い子もいるんですけどね、ピンキリですから」

「安いのって、やっぱり、すぐ死んだり、あんまり家事が得意じゃなかったりするんですか？」

「いや、値段は、ほとんど見た目ですかね！　安くても家事が得意な子、いっぱいいますよー！」

「あ、そうなんですか、性能じゃないんだ」

「少なくとも家事の性能じゃないですねー。強いて言えば、もうひとつの……」

言葉を止めて、（わかりますよね？）というオーラを出す店員に、「ああ、性欲処理ですよねー。なるほど、なるほど、それで見た目重視。理解しました」と頷く。

中学生くらいの女の子もいるけどこの話ＯＫなんですね、こちらも理解しました、という様子で、店員さんがさらにテンポよく話す。

「そう、お子さんが思春期を迎えて買いに来る方も多いんですよー。そういう方にはね、保護者の方には少しモールで適当に時間を潰していただいて、デリケートな問題ですからね、お子さまがゆっくりお選びになって、それからお会計、みたいな方法で決める方もけっこういますねー」

「私は別に、見てるだけだし……。それにもしも、いつか未来に飼うことがあったとしても、私、ピョコルンとそんなことまでしなくていいです……そんなのかわいそうだし……」

波ちゃんが小さな声で言う。

店員さんはそういう反応にも慣れているのか、あ、やっぱりデリケートな話題だよね、とすぐに会話の内容の方向性のハンドルを切り替え、ぱっと違うバージョンの店員さんに変化する。

「そうですよねー。お料理が得意な子とか、掃除はするけどちょっとお洗濯サボっちゃう子とか、いろいろいますからー。買わなくてもぜんぜん大丈夫なんでね、もし何かあったらなんでも聞いてくださいねー」

波ちゃんは真剣な表情で、ガラスケースを見て回っている。私が店員さんのほうへ行って、ピョコルンを飼うためのケージや餌などを見ていると、

「実はもっと高いのもいるんですけどね、お店には出してないんですよー。でも、うちは全体的にリーズナブルですから。安くて、見た目も性能もそれなりのを揃えてますからー」

と店員さんが明るく言った。

「見た目って、そんなに大事なんですね」

「そうですね。何しろ、まあ、あからさまに言えば、自分が養ってセックスする相手を選ぶわけですからねー。料理や洗濯もそりゃ大事なんですけど、あんまりタイプじゃないピョコルンを飼ってもねえ、なんか、虚《むな》しくなってくるんですよ。返品きかないですしねー。さっと処分して次、ってわけにもいかないですし」

「虚しくなる、というと?」

「だって、家にある程度場所をとって居座って、その家賃を払って、ピョコルンを養わないといけ

ないんですからねー。餌代もバカにならないですし、なんか、高い金払って買ったのに、自分のほうがピョコルンにこき使われて、尽くしてるんじゃないか？　とか、思っちゃうんですよねー」

「なるほどー。店員さんは、やっぱりいいピョコルン買ったんですか？」

「私はねー、恥ずかしながら最初は、安くてもいいだろって、それでも75万円くらいだったかなー。それで失敗しちゃってねー。地獄でしたよ、それからピョコルンが死ぬまで10年間、あんまりその気になれなくて風俗行ったりとかしながら、そいつを養ってねー。それで、やっとこの間寿命がきて死んだんで、社割でいいピョコルン買ったんですよ！　１０００万しましたねー」

「うわ、そんな高いのいるんですね」

「いやいや、上を見ればもっといますよ！　でも10年ですしね、寿命。いやあ、いい買い物でしたよ。料理は前ほどじゃないんですけど、かわいくてかわいくて、家にいるだけで心が休まるんで」

「新婚さんみたいな感じですね、やっぱりかわいいのがいいですよね、家にいるなら」

「そうそう！　正直、改造される前のこととか考えちゃいません？　おっさんなんですよ、最初のピョコルン、絶対に。なんかわかるんですよ、かわいくしてても。今のはね、背格好から見ても、若い女の子か、もしかしたら中学生とか小学生の女の子の死体だったんじゃないかなー。そういうのが一番売れますよ、だって、そのほうがいいじゃないですか、ねえ？」

「はは、そうかもですねー」

店員さんと話しながら、大学生時代の複数の自分の中の一人が、「姫」と呼ばれるかわいい女の子だったことを思い出す。選ぶ側ってこんな感覚なのかあ、と、実際に自分が、家事すべてと性欲処理、望めば妊娠と出産をして育児をする生き物を選ぶ側になって、しみじみ思う。

安物を買えば損をした気になるし、かといって高いピョコルンにだって飽きがくるだろう。私が「姫」だったころは、少なくとも形式上は対等な人間同士だったわけだが、ピョコルンがこちらを容姿や収入で「選んで」くるようなもので、そのうえそれを自分が養うことを考えたら自分のほうが「奴隷」であり「家畜」であり「人間家電」だと感じるものなのかもしれない。ピョコルンがこちらを品定めしてくることを想像してみると少しイラついたので、自分が当時受けてきた体験の要因の一つが、やっとわかったような気がした。

波ちゃんは真剣な表情で、まるで美術の展覧会にでもいるように、一匹一匹、ピョコルンを見て回っている。一番奥のガラスケースの前でしばらく足を止め、他を見て回り、また奥のガラスケースの前に戻る。人間同士の恋愛がほぼなくなりつつある世界で、波ちゃんは自分の初めての性行為の相手を探しているような気持ちなのかもしれない。それを叶えてあげたいような、まだ早すぎるとも感じるような、複雑な感情に包まれる。自分は波ちゃんの年齢のころに、セックス「されて」いて、ナオト先生の性欲処理をしていた。けれど、波ちゃんがピョコルンで彼女自身の性欲処理をすることに対しては、まだ早い、という奇妙な感覚が湧き上がる。

「波ちゃん、私、先にレンタルのほうに行ってようか？　ピョコルンかわいいもんね、ゆっくり見たいよね」

「あ、え、う、ん」

波ちゃんの黒目の振動を見て、あ、もう、「決まって」しまったんだな。と反射的に察知した。

波ちゃんが見つめているピョコルンに私も視線を投げかける。

「あ、綺麗。綺麗なピョコルンだねー」

ピョコルンは大体、かわいい顔立ちに作られているが、波ちゃんが見つめているピョコルンは、少し大人びた雰囲気で、身体の大きさは波ちゃんと同じくらいだった。

ふわふわというよりサラサラとした手触りがしそうな長い毛がピョコルンが動くたびに揺れる。目玉は視線を合わせると奥行きを感じる暗闇のような色をしていて、目の中に真っ黒い穴があるようにすら見えた。手足はすらりと長く、白い毛は、よく見ると全体的に青みがかっていて、どこか神秘的だった。

もしかしたら、白藤さんに交渉してみてもいいかもしれない。そう思って値段を見て、思わずうめき声が出た。

「値段は……うわあ」

手書きの文字で1500万円と書いてある。白藤さんの許可以前に、無理だな、と思い、波ちゃんの横顔を見て、ああ、これはダメだ、と思った。

「うーん。白藤さんが許してくれないよね。綺麗だけどねえー。それに説得するにしても、値段も到底無理って感じだし」

わかるよね、と言外ににじませると、波ちゃんは案外素直に、

「わかってる、元からそんなつもりないし」

と小さな声で言いながら過剰に思えるほど朗らかに微笑んで真っ白な歯と鼻の穴を見せた。

「そういえば、この前、遥さんと、かわいくないピョコルンは売れ残るっていうドキュメンタリー見たんだけど、なんか、3歳過ぎても売れないと、殺されちゃうらしいんだよね。せっかく人間をリサイクルしたのにかわいそうだよね。もしかしたら、そういうピョコルンなら、遥さんも賛成してくれるかもしれないよね……？」

「うーん、そういうのってどれだろ？」

「あー、しっぽがあんまりふっくらしてなかったり、毛並みが悪かったり、毛が茶色っぽくて薄汚れて見える子はねー。やっぱり、ほら、嗜好品だから。かわいそうだけど、この子やこの子なんか、もうすぐ保健所に引き取られちゃうねー」

「そうなんだ、かわいそう」

波ちゃんは1500万円の子を振り切るように、「この子なんて確かに、ちょっと汚れちゃってるみたいな毛の色だけど。かわいいよね」と他の子を見ているかのように目玉を動かしながら、ぼんやりと宙を見ている。

「でもやっぱり駄目だよね。ごめんね空子さん！　早く、レンタルショップにいこ！」

これは今日決めないほうがいいな、返品できないし、あとでグダグダ言われたら面倒なことになる。そう判断した私は、「でもさあ、確かに安いピョコルンも検討する価値あるよね。白藤さんともっと相談して、ゆっくり考えて、別の日に来ようか？　急ぎでもないし」と提案した。

「え、あ、遥さんのほう、うん、そうだよね」

同じ「白藤さん」である波ちゃんは、私が白藤さんを白藤さんと呼ぶと、自分が呼ばれたと思ってしまうことがよくある。なので最初は、白藤さんのことを「遥」と呼んでみようとしたこともあるが、違和感がありすぎて、そのまま「白藤さん」に落ち着いた。10歳で彼女と出会ってから、39年になるのだなあ、とぼんやり思った。

駅前もショッピングモールができてだいぶ便利になった。そして、目の前には、白藤さんの娘が、14歳になって存在している。白藤さんは繁殖したんだなあ、と頭の端で思った。

家に帰ると生理がきていた。

あーあ、子宮とりたいなあ、と黒い血で汚れた下着を見ながら思う。妊娠はピョコルンにさせるので、子宮をとる女性が増えている。波ちゃんより何歳も若い年齢の子が、初潮が来る前に子宮をとるケースも多い。子宮は、女性のものではなくピョコルンのものになりつつあった。

血がついた下着のまま部屋に戻り、生理用のショーツに穿き替える。下腹を鈍痛が襲っているが、さらに痛みを増すであろう一日後、二日後のことを考え、今日は我慢しようと布団に横たわる。

生まれた時にとってくれればいいのに、どうせピョコルンに産ませるんだから。実際にそうした手術をしている若い夫婦も多いとニュースで見た。下着を穿き替えた指先に血がついている。手を洗わないと。汚い経血がついてしまったから。

ピョコルンにも生理があるが、犬の生理に近いらしく、あえて生理用品などつけなくても、垂れ流して終わる。

襖を控えめにノックする音がした。

ノックといっても、ドアではなく襖なので、ぶわ、ぶわ、と襖全体が揺れる音と、襖の表面を叩くというより触っている音が重なって聞こえるだけだ。

「はーい」

この時点でなんとなく、いろいろなことがわかっていて、布団に横たわったまま、自分の予感に合わせて明るい、機嫌が良さそうな声を出す。

「あ、あのごめん、寝てた？」

おどおどとした波ちゃんの声を聞き、やっぱりそうか、と思う。指先の血をティッシュペーパーで拭い、ゴミ箱に放り入れながら起き上がり、襖を少しだけ開けた。

「寝てないよ！　どうかした？」

「あの、少し、相談があって」

「うん、わかった、散らかってるけどどうぞ」

波ちゃんは私の部屋に入り、勧められるままに座布団に座った。

「お茶でも淹《い》れようか？」

声をかけると、波ちゃんは首を横に振った。

「あの、少し考えたんだけど。家に帰ってから、友達にも相談して。そしたら、いいバイトがあるって言ってくれて。それで、私も月10万くらいなら、多分稼げるって言ってくれて」

「友達って？　学校の子？」

そんなわけないよね。どこまでが波ちゃんの「設定」なのかわからないけれど、波ちゃんは、友達、学校にいないんだもんね？

私の声の周りにある音がない声に気がついたのだろうか、波ちゃんが慌てて説明をする。

「え、あの、もちろん変なバイトなんかじゃないよ。ちゃんとした人に紹介してもらえるし」

「ちゃんとした人って？」

波ちゃんは、「毎日、ボイスチャットで話してる友達で。そういうの詳しいんだ」と早口で言い、私を縋《すが》るように見上げた。

「それでも難しいかな？　難しいよね、わかってるんだけど。あの、遥さんが私の大学のための学費貯金してるんだけど。私、20歳になったら死ぬつもりだから、いらないのね。たぶん200万くらいあるっぽくて。それ全部使っても、無理かな？」

一体、どのポイントにコメントしようかと少し考えた後、私は、

「うーん、あのさ、もしかして、友達じゃなくて匠くんなんじゃない？　それで、たぶん、そのバイトっていうのも、なんとなくわかっちゃうっていうか。私の頃はよくあったから」

と告げた。

波ちゃんは躊躇したが、やがて小さく頷いた。

「うん。なんだか、人間の女の子とセックスしてみたいっていう変わった人がけっこういるんだって。匠お兄ちゃんに相談したら、紹介してくれるって言うんだ。波ちゃんはわりとピョコルンに似てるから大丈夫だよって」

それが少し誇らしいことであるかのように、波ちゃんの表情が微かに生き生きとする。私、人間

にセックスしてもらえるんだって。毎日身だしなみを整えて、ちゃんと努力して頑張ってピョコルンに似せているから。だからしてもらえるんだって。そんな少しの優越感と恍惚が、彼女からは読み取れた。

「たぶんね、どこでバイトしたかわからないお金を渡したらわかっちゃうし、白藤さん、匠くんと仲悪いから。けっこう揉める感じになっちゃうんじゃないかな」

「そっか……」

波ちゃんは沈んだ顔になった。

私は、

「そんなに欲しいなら、なんとか、方法を考えてみようか？」

と言った。

「たぶんだけど、貯金と別の口座に、奏さんからの送金があると思う。私もそれがある程度あって」

「そうなの？」

波ちゃんは縋るように私ににじり寄ってきた。

波ちゃんは薄暗い部屋の中で、げっそりと細く、眉を白く染めていて、目の中に真っ黒な墨汁を入れて、確かに少しピョコルンに似て見えた。

「白藤さんと相談してみる」

白藤さんは、波ちゃんの代わりに世界にピョコルンを差し出すことを今度は受け入れるだろうか？

白藤さんにとって、今、どれが罪で、どれが罪じゃないのだろうか？

そんなことを思いながら、「きっと大丈夫だよ」と私は波ちゃんに笑ってみせた。

「いたた、ごめん、ごめん、ちょっとお腹痛くて。薬のんでいい？」

「え、ごめんね、体調悪かったの？」

「うん、生理痛だから大丈夫」

「あ、そうなんだ。子宮あるんだね、空子さん」

「え、波ちゃんないんだっけ？」

波ちゃんは、「うん、奏さんのところにいるときに、手術してもらった。初潮が来る前、小学校のころに手術したから、生理ってきたことない」と頷いた。

奏さんが波ちゃんの子宮をとる手術をしていたとは意外だった。

「なんとなく、生理はピョコルンにしかこないような感じがしてた。学校でも、手術してる子多いし」

「私らの年代には、まだ多いよ、子宮つけたままの人間」

波ちゃんは生理の痛みを知らないまま、微かな憧れと、ピョコルンのものであるはずの神秘的で美しいできごとが、なぜだか目の前の中年女性にも起きているという違和感が混ざった眼差《まなざ》しで私の下腹部を見つめ、「いいなあ」と、私には意味がわからない呟きを漏らした。

＊

ピョールが家に来たのは、それから2週間後の日曜日だった。

その日は、薄気味が悪いくらい晴れ渡っていた。空は不自然なほど鮮明な青色だった。パソコンのエラー画面のような人工的な青色の空に覆われているせいか、現実感がないまま、私は家の門の前に立ち尽くしていた。まだ午前中なのに外は温室みたいな熱気で、全身を殴られているようだった。

『いま、お店についた！』

『もうすぐ！　今、小学校の前の道！』

『信号曲がった！　もうすぐだよ！』

掌の中で握りしめたスマートフォンが何度も震え、波ちゃんがピョールの接近を知らせる。やがて、白藤さんが運転する灰色の車がゆっくりと右折してこちらへ向かってくるのが見えた。

車が家の前の道路に停まる。勢いよく波ちゃんが飛び出してきて、ドアの中に呼びかける。

「ピョール！　ついたよ！　ここが今日からピョールのお家だよ！」

波ちゃんの声がいつもより高いトーンで反響する。ピョール、という名前は波ちゃんがつけた。見た瞬間から、この子はピョールだ、とわかったのだという。私も白藤さんも、特に反対はしなかった。

疲れ切って紫色に萎《しぼ》んで見える白藤さんが、よろよろと運転席から出てくる。波ちゃんが開けたドアから、ゆっくりとピョールが現れた。

真っ黒な目を何度か瞬《まばた》きし、眩しそうに周りを見渡す。生ぬるい風が、ピョールの青みがかった毛を揺らす。急にぞっとして、同時に、自分を取り巻く光の温度がぐっと上がったように感じる。光に浸されてぐつぐつと煮られているような感覚の中、涼やかに立っているピョールの姿を凝視していた。自分の普通の視線が、どれくらいの弾力だったか思い出せなくなってピョールに吸着している。目を逸らせばいいのだと思ったときには、ピョールの真っ黒な目にしっかりと捉えられていた。

ピョールは人間たちよりずっと長い毛が生えているのに、汗ひとつかいていなかった。薄青く見える毛がさらさらと風に揺れ、自分の立っている場所には風など吹いていないのに一体どういう仕組みなのだろうと不可解に思う。同時に、あの異様な生き物は、自分と同じ世界には立っていないのだとも思う。

ピョールは、人間たちにとって自分が「美しい」存在であることをきっちりと理解しているように見えた。その生き物はそうした眼差しには慣れきっている様子で私を一瞥《いちべつ》し、興味なさそうに顔を背けた。

「ピョール、こっちだよ」

波ちゃんの優しい声にも反応を示さず、じっと空を睨《にら》んでいる。

「わあ、きれーい!!」

「ほんとだ、きれいー！　かわいいー！」

通りがかった小学生くらいの女の子たちが、ピョールに見惚《みと》れて足を止め、歓声をあげた。

日曜日の朝の光景の中、ピョールは明白にこの世界の中心に存在していた。自分たちは、この美しい生き物より「下」なのだと、ごく自然に思わされる。

「見て。すっごく素敵なピョコルン……」

隣の家の夫婦も、わざわざ門を出てきて身を乗り出して、ピョールを見つめている。私が幼い頃には住んでいなかった、若い夫婦だ。夫のほうは自分の発情を押し殺すように、無表情で「ああ、うん、そうだね」と曖昧な返事をしている。

ピョールを目にした人間は視線と思考を一瞬、その美しい生き物に支配される。自分の言葉を失い、甲高《かんだか》いはしゃぎ声、うめき声、無言の吐息を漏らす。肉体は一瞬にして発情に捕らえられる。

「きれーい！」

「本当、きれい！」

まだピョコルンへの発情に目覚めきっていない人たちは、呑気に感嘆の声をあげる。その賞賛の声はすべてピョールに向いていて、「こんな高いピョコルンを買って、これから働いて維持していくなんて、すごい！」という歓声はどこからも聞こえない。自分と白藤さんがこれから必死になって働いてこの生き物を養っていくのだと思うと、ずっしりと身体が重くなる。波ちゃんほど無邪気にはしゃぐ気にはなれなかった。自分の人生が、すでにこの美しいピョールに支配され始めているのを感じている。このかすかな違和感が、いつか膨らんで、いつか匠くんが私たちへ向けていたような憎悪として孵化《ふか》し、この生き物へと向かっていくのだろうか。

ピョールは波ちゃんに当然のように導かれながら、ぼんやりと歩いている。

焦がれと発情が身体の中で煮詰まっていき、同時に、私の中の「匠くん」が、「いくら払ったと思ってるんだよ。自分のほうが偉いと思ってるのか？　これから私たちが働いてお前を養うのに？綺麗だからと思ってお高くとまりやがって」と暴言を叫ぶ。

匠くんは、こんな苛立ちと叫びと発情を、身体の中で混ぜ合わせながら生きていたのだろうか。私は今、「匠くん」になってきているのだろうか。

「きちんと、あの人を人間として扱いましょうね」

トランクからピョールの布団や餌入れなどを持ってよろよろと歩きながら、白藤さんが言う。

「人間扱い……」

私の目には、ピョールは十分に特別な扱いをされているように見える。白藤さんはこの朝を、違うカメラで切り取っている。世界③に一緒にいたときは、私にもその光景が見えていたのに、今は、白藤さんの「世界」がどういうものか、よくわからずにいる。

私の「呼応」も「トレース」もシンプルになっていた。今の私にはなるべく完璧な「クリーンな人」になることだけが、適応の手段だった。これが今自分が生きている世界で、最高に喜ばれる「媚び」だった。

白藤さんの世界と私の世界は相変わらず切断されている。彼女は全く気が付かずに、汗だくなまま何かを決意するように、ピョールが吸い込まれていった玄関のドアを睨んでいる。

「そういえば如月さん、部長に聞いたけど、ピョコルン買ったんでしょう？　おめでとう！」

派遣社員の西山《にしやま》さんが、突然こちらを向いて満面に笑みを浮かべて言い放ったのは、システムのエラーがなかなか直らず、トイレにでも行こうかと立ち上がりかけたときだった。

おめでとう、の意味が咄嗟に理解できず、反応が遅れた。

「ピョコルンおめでとう」という感覚が、いつの間にか、皆に、人間たちに、私たちに、人類に、臓器になって宿っている。瞬間的にそう思った。

ほら、その臓器がすごく喜んでいます、とでも言いたげに、同じチームの八木《やぎ》さんが、ぐっと鎖骨を押さえながら、「え、知らなかったです、素敵……！　おめでとうございます！」とはしゃいだ声をあげる。

「え、如月さん、そうなんですか？　へえ。すごいですね。だって、如月さんって、女性二人の友情婚なんじゃなかったですか？　子供もいましたよね。もう大きかったですよね？　それなのにピョコルンですか？　へー……余裕あるんですねえ」

いつも無口な行木《なめき》さんまで奇妙に饒舌《じょうぜつ》になって会話に参加してくる。これはそんなに皆が興味がある話題なのだろうかと少し怖くなった。まずは慎重に「ええと、友情婚っていうか……」と、まずは自分と白藤さんが、今流行っている友情婚ではなく、単なる金銭的要因によるルームシェアであることを説明しようとした。けれど私の言葉を遮るように、西山さんが大きな声で割り込んでくる。

「そうそう、たしかもう中学生の娘さんがいるのよねー！　それなのに更にピョコルンと家族になるなんて、凄いわよねー。ここって、正直、そこまでお給料よくないじゃない？　お相手の方がお金持ちじゃないと無理よねー。羨ましいわあ」

普段、食事を一緒にして雑談をするようなこともないので、同じチームの人たちが、こんなに詳細に自分のプライベートを把握しているということにまったく気がついていなかった。

私の仕事のチームは4人いる。ベテランの派遣社員の女性の西山さんは、実質的にこのチームを仕切っている立場だ。20代前半の八木さんは、人手不足だったこのチームに少し前に配属されたばかりだが、典型的な「クリーンな人」で、少し波ちゃんを思い出す。

男性社員の行木さんのことを、西山さんは、「仕事ができなくていろいろな場面で困るけれど、人柄がとりたてて凄く悪いというわけではない」と、「クリーンな人」としてぎりぎりの、かろうじて悪口になっていない言葉選びでいつも表現する。行木さんは私から見てもそれくらいの認識の存在だった。

「いないよりまし」「仕事ができないためいろいろ困ってはいるが、ものすごく性格に問題があったり、事態をとてつもなく悪化させるというほどではない。いないほうがいいというほどひどいわけではない」くらいの存在感でいつもゆらゆらと社内を漂っている行木さんが、急に明確に意志を示して発言してくるので、少し気持ちが悪かった。

私たちのチームの仕事は、いつもは午前中が殺人的に忙しく、雑談などはほとんどしない。今朝はパソコンのシステムがエラーになり、復旧するまで書類整理をするように指示されていた。こういうことはたまにあるが、今日は特にエラーが長引いていて、時計を見ながら、心の中の苛立ちをなんとか処分できないか試行錯誤していた。何度も溜息をついてしまいそうになり、会社の中で「汚い感情」を吐き出してはいけないと、慌てて堪える。こうしている間もどんどん仕事は増えている。私だけでなく、行木さんも、西山さんも、八木さんも、今日は残業になるかもしれない。

それなのに、目の前の八木さんはトラブルにまったく動じず、書類整理をしながら微笑みすら浮かべていた。彼女を見ると、溜息をついたり、愚痴を言ったりしたくなる自分の未熟さが恥ずかしくなる。まだまだ、「クリーンな人」になりきれてないなあ、と反省する。

ストレスが溜《た》まる状況なのに、八木さんも西山さんも微笑みを湛《たた》えたままだった。社員の行木さんだけが赤黒い顔で見るからに不機嫌そうで、あっちと一緒にされたくないな、と密かに思っていた。西山さんが急に私を祝福したのは私が気分転換にトイレに行こうとしたまさにその時だったのだ。

会社の決まりになっているため、部長にはピョコルンを買ったことを申告したが、あえて喋ったことはないので誰も知らないと思っていた。

ピョコルンが子供を産むことが一般的になるまで、自分の子宮が見張られている感覚があった。その責務は今はピョコルンが背負ってくれているからもう大丈夫なのだろう、と漠然と感じていたが、もしかしたら今も私は見張られているのかもしれない。善意ほどおそろしい監視はない。ぞっとしながらも、

「えっと、そんなに金銭的余裕があるってわけじゃないんですよねー。むしろきついですかね！」

と答えをぼかした。

いつもより声にリズムがつき、微かに「性格」に近いものが言葉の抑揚に含まれる。逆に言えば、この会社では「クリーンな人」であればそれで十分で、プラスアルファの性格やキャラクターは今まではそれほど必要なかった。

少し交通の便が悪いものの、必要以上に干渉してこないこの会社にそれなりの居心地の良さを感じていただけに、途端に干渉してくる同じチームの人たちが急に異様な存在に思える。けれど一方では、彼らが「別のモード」に切り替わっただけだというのもよくわかる。

中学生や高校生、いや大学生になってからも、恋の話は一番喜ばれた。私がヘテロセクシャルの形式で恋愛をし、その経験をお喋りで披露するのは、世界に対するサービスだった。心の中では自分の恋愛の話を「持ちネタ」と呼んでいた。今は、違うタイプのプライベートを披露して皆にサービスをしなければいけない時代になっていたのだと、初めて気がついた。

微笑んでこちらを見ている八木さんと西山さんの後ろに、夏の旅行の宣伝ポスターが貼ってある。そこには、露天風呂がある広々とした旅館の部屋に浴衣を着た人間の男性が二人座っている。二人にお茶を淹れる幸福そうなピョコルン、そしてピョコルンが産んだのであろうかわいい女の子がはしゃいでいる様子が写っている。

『家族と過ごす特別な時間。この夏、忘れられない旅を。』

行木さん側のデスクの窓の向こうには、工事中のビルに建設予定のマンションの広告が貼りついている。リビングで笑い合う女性三人と、キッチンに美しいピョコルン。テーブルのそばにベビーベッドが置いてあり、赤ちゃんが眠っている。

『駅から徒歩5分、都心まで52分。この住まいで、あなたの人生の新しいページが開く。』

人間の配偶者。美しいピョコルン。ピョコルンが産んだ子供。

「幸せの典型例」の家族構成は、今ではすっかりこういうイメージになっていた。

理論的には、人間一人、ピョコルン、ピョコルンが産んだ子供、でもいいのだと思うが、「クリーンな人」層の人間にはそれでは金銭的に難しく、特に女性は所得が低いためほぼそのライフスタイルで暮らしていくのは無理といっていい。それに、ピョコルンはあまりにも性欲処理と家事育児専門のイメージが強く、それだけだと「なんとなく人間として欠落がありそう」という印象になってしまう。会社の上司たちは私よりだいぶ給料がいいと思うが、大体、人間のパートナーとピョコルン、両方いる。

子供のころは、人間の男女の夫婦、女性が産んだ子供、という構図をよく見かけた。今は、人間の組み合わせはいろいろなパターンがあり、傍《そば》には必ずピョコルンがいる。ピョコルンは大体、美味しそうなご飯を作ったり、うれしそうに人間たちを眺めたり、子供の世話をしたりしている。街のポスターも、CMも、テレビドラマも、いつの間にかそういうイメージに移り変わっていた。

人間たちが、友愛で結ばれて暮らしている。美しいピョコルンが子供を産み、家事をやり、ピョコルンは人間たちを笑顔にすることに大きな喜びの感情を抱いている。ピョコルンに可愛がられてすくすくと育ち、人間の親に懐き、愛に囲まれて幸福な子供たち。「きれいな感情」しかない家の中。「理想の家庭」と言われると反射的にその光景が浮かぶほど、私は自分の「本能」がいつのまにかトレーニングされていることに気がついた。

性欲と同じで、「幸福の典型例」も粒子なのだと思う。生きているだけで気がつかないうちに吸い込んでいる。そのイメージは、どんどん身体の中で増幅し、まるでそれが原始から変わらない本能であるかのように感じるようになっていく。そのイメージへの憧れを言葉にして熱心に友達に話したり、それを手に入れて大きな幸福感を獲得する。その光景も粒子になって、誰かの「本能」に入り込んでいく。自分もそれを手に入れなければと、見えない力に突き動かされる。

家事、育児、性欲処理、介護、その他雑務を喜んでするとされている存在、という意味では私の家にはずっと「母」がいて、父も私も便利に使っていた。ピョコルンは大体家の中で飼われていて、最近の品種は散歩もいらないそうで、街中では買い物をしたり犬の散歩をして人間のために役立っているピョコルンを見かける。

そういえば、若い人が恋の話をしているのを最近あまり聞かない。映画やドラマも、最近のものは親子愛や家族愛、友愛を中心にしたものが多い。ピョコルン同士や人間とピョコルンとの恋愛もののもあるが、ピョコルンAVの量に比べるとさほどではない気がする。

波ちゃんがピョールに抱いている感情が、「恋愛」と自分たちが呼んでいたものに該当するのかもよくわからない。

皆の共通のトピックが、「恋愛」からいつのまにかずれてきていると感じていた。テレビに出たりネットの映像などに出る何匹かの特に美しいピョコルンがいて、それらにはたくさんのファンがいる。そうしたピョコルンは性欲処理というより、擬似恋愛や安全な発情の相手として消費されているように思う。

「同居してる方とは、どこで出会ったんですか?」

八木さんが、私と白藤さんが幸福な友愛関係で結ばれていると疑っていない様子で尋ねる。

「ええと、小学校のころからの同級生で、私たちは友情婚とかじゃなくて、」

「わあ、素敵!　幼馴染が家族になるなんて、憧れですねえ……」

家に住んでいる人間たちの構成を聞いただけで八木さんの中で「幸せなストーリー」がもう鮮明に見えてしまっていて、そこから外れた言葉は拾い上げてもらえない。ピョコルンが普及し、子供が欲しい人でも気軽に友情婚ができるようになってから、私と白藤さんは「親友」だと思われてしまうことが多い。私と白藤さんは5年以上一緒に暮らして、友人にすらなれていないのだから、むしろ対極の、「異物」といっていい関係性なのだと思う。けれど、いちいちそれを説明するのが面倒で、適当に返事をしてしまうことも多い。今回もそうするかどうか迷っているうちに、勝手に話が進んでいく。

「子供のころからの同級生!　すごいわね、ドラマみたいじゃない!」

行木さんが微かな嫌悪感を隠さずに聞く。

「もう子供がいるのに、ピョコルンはどうして買うことになったんですか？　ローンですよね？」

「ピョコルンも幸せですね。そんなに強い友情で結ばれた二人に愛されて生きていくことができるなんて」

「そうよねえ。それに如月さんも幸せ者よお。ピョコルンがいると、家に帰るのが楽しみよね。美味しいご飯とかわいいピョコルンが待ってるんだものね」

それにその美しいピョコルンで性欲処理もできるんだものね、とまで西山さんが思っているかはわからないが、西山さんは私より十何歳も年上なのに、「人間オス、人間メス、メスが産んで育てる子供」が「理想の家族」だった時代を忘却してしまったみたいだ。西山さん自身はそういう家族構成だったはずだと思うが、いつ感性が上書きされたのだろう。

「リセット」の前ってどうだったっけ、と考えるが、もやがかかったようで、なかなかクリアに思い出すことができなかった。夫、妻の恋愛感情を要因とした結婚、ピョコルン、きっとピョコルンが産むであろう未来の子供。ピョコルンはいてもいなくてもいいが、いるとよりいい。それくらいだっただろうか。

あのときだって私は「典型的な幸福な家庭」に所属していることになっていたはずだ。けれど、なんとなく自分は「明人の幸福な人生のための便利な家電」だと感じていたので、実感はなかった。今は、奏さんのお金とはいえ、自分の口座の金銭をつかってそれを手に入れた、という不思議な実感があった。正確には、今までそこまで意識はしていなかったのに、他者の反応により、じわじわとそんな気持ちにさせられていく。

「そのピョコルンの写真とかあるの？」

西山さんが身を乗り出す。写真、という言葉に、どう答えようかと躊躇する。自分はかなり美しいピョールの画像を見せることができるけど、どうしようか？　金銭的には大部分は奏さんが払ったわけなので、実際には自分が自分の力で買ったわけではないのに、あの美しいピョコルンが、自分の経済力と幸福をあっという間に証明してしまうことに、すこし怖気付いた。波ちゃんと一緒にピョールの写真をたくさん撮って加工していたときから、私には「いつかこれを人に見せるだろう」という予感があったのかもしれない。

そういえば、中学生のころ、ナオト先生は私の写真をよく撮った。「中学生の彼女がいる」ことを自慢していたナオト先生、「かわいい彼女がいる」ことを友人たちに証明するために何度も私の写真を撮り直していた明人、「バイト先の女」である「おっさん」というあだ名の私の写真を許可なくよく撮って知人に送っている様子だった徳岡《とくおか》さん、「地元の飲み会」にも「かわいい女の子」がたくさんいる集合写真をいつも必要としている様子だった野口くん。そうした行動をおぞましいと思いながら生きてきたプライドが、自分にはあるのかもしれない。誰かをおぞましく思うことが、私の輪郭だったのかもしれない。

私は性欲のおぞましさの被害者なのだから、おぞましくない。少し前まで、そう単純に思えていた。そういう記憶の蓄積のせいか、被害者としてのプライドのようなものに懸けて、加害者になりたくないという、脳髄が揺さぶられてぐらぐらするような、奇妙な精神状態に陥るのだった。

「いや、お見せするほどじゃないですよー！　安物のピョコルンなんで。なんか、理想と現実って違って難しいなーって感じです！」

結局吐き出した言葉が、典型的な加害であることに、吐きそうになる。

白藤さんが聞いていたら、指を差して私を糾弾するだろう。

(ピョールを、あの人を、人間扱いしましょうって、約束したでしょう！)

約束なんかしていない。白藤さんが勝手に言っているだけだ。

けれど、ここで「匠くん」のキャラになってしまうことには自分でも意外なくらい抵抗があった。

「えー、でも、じゃあお友達のお写真でもいいです！　娘さんでも！」

からっぽのまま、まるで過去に操作されているような状態で、私は「困った顔」をして首をかしげる。

「あ、えーと、最近機種変更したからスマホに画像なくって。タブレットにはあるんだけど、ロッカーの中だから」

「なんだー、そうなんですかあ。今度見せてくださいね！」

仕事モードの彼女からは考えられない強引な言葉を私にぶつけ、八木さんが溜息をつく。

「実は、私も最近、一番仲が良い女友達と友情婚できるといいねって話してて。でも、いざとなると怖気付いちゃって。女二人だと、やっぱり金銭的にかなりきついんです。子供欲しいんですけど、それはかなり厳しい感じで。ピョコルンなんて手が届かないです、ローン抱えるのもしんどいし……だからどっちかが産むと思うんですけど、多分私なんです、友達のほうが仕事が安定してるし……あ、すみません、突然こんな話」

「ああ、うーん、そうだよね、今は昔より安いピョコルンが増えたっていっても、やっぱりまだまだ高級品だよね」

八木さんと私の会話に、行木さんが顔をしかめる。

「え、如月さん、もう子供いるのにまたピョコルンに産ませる予定なんですか？　卵子とか大丈夫なんですか？　冷凍してたんですか？　俺はあんまりそういうの詳しくないですけど」

「はあ」

いつも過剰におとなしい行木さんが急にはりきって私の人生に干渉してくるので、少し戸惑った。正確には、少し戸惑うと同時に、あ、そういえばずっとそうされるのが当たり前だったな、なんで忘れていたのだろう、と笑ってしまいそうになった。そうそう、これこれ。とくに子宮の使い道については、ピョコルンが現れる前は干渉されているのが当たり前だったよなあ。なんだ、今も別に変わってなかったんだ。

行木さんは仕事よりもテキパキと、今度は八木さんに矛先を向ける。

「八木さんは、生理休暇も取ってましたしまだ自分で産めるんですよね？　だったらピョコルンに頼ろうとなんかするの、そもそもおかしいんじゃないですか？　ピョコルンはラロロリン人のリサイクルなんですよ？　あんなに俺たちに尽くして死んでいったラロロリン人がかわいそうじゃないんですか？　大体、贅沢ですよ。俺の母親は、洗濯機があってもほとんど手で洗ってましたよ。洗い物も、今でも食洗機なんて使ってないですよ。出産まで人まかせにして、俺から言わせればいい身分だなって感覚ですけどね。今の若い人とは感性が違うのかな。でも八木さんはまだお若いからこれから俺みたいな感覚を学んでいくんだと思いますけど、如月さんは別に若くありませんよね？」

子供のころからこういうシチュエーションには慣れきっているので、なんとなく私と八木さんと西山さんは視線を交わし、微かに苦笑いを浮かべる。あーあ。例のやつ、始まりましたねー。ピョコルンがいても、結局なくなりませんよねー。こういうの。

「八木さん、ちょっとあっちのリーダーにもう一回システムの確認してきてもらえる？　午前いっぱい書類整理ってわけにもいかないでしょ。今日は忙しい日なのに、まったく、困ったわね」

正社員ではないものの実質的にチームのリーダーである西山さんの声に、ぱっと、空気が「仕事」のモードになる。

「はい、わかりました」

「すみません行木さん、先週の件、電話確認だけ先にやっていただいてもいいですか？　そうしたら、復旧したらすぐにとりかかれますし」

立場上は行木さんが上なので、持ち上げながら行木さんの気分を害さずに指示を出さなければならず、西山さんはそういうのがうまい。

「ああ、まあそうですね」

八木さんと行木さんがてきぱきと動き始め、私もほっと息をついて、手元の書類に視線を落とし、手を動かす。

私は、自分の中に「明人」が存在していて、孵化しつつあるのを感じ始めていた。

「明人」がもう少し膨れ上がっていたら、私は笑って、誇らしげに自分が手に入れたピョールの写真を差し出していただろう。もしみんなが笑って下ネタを言えば、ピョールがどんなふうに喘《あえ》ぐか披露して皆を喜ばせようとしただろう。私は、世界に媚びるためならなんでもやる人間だから。

こんな感じだったのかな。オールドボーイズクラブと白藤さんが揶揄し、軽蔑している空間を思い浮かべる。明人や、ナオト先生や、その他の、たくさんの私を所有した男性たちは、みんなどこかでこんなシチュエーションに陥っていたのだろうか。

白藤さんは、難しい言葉で明人や匠くんを批判する。それが、「なんか正しそう」だとも感じている。一方で、自分も同じ環境ならそのオールドボーイズクラブとやらに最大限に媚びるだろうな、とも思っている。実際、もうすでに少しやってるし。意思なんてないし、空気を読むこと自体が私自身の実態だとも言えるし。

私は本当にからっぽなんだな、と思った。

世界に媚びるためなら何でも言うし、何でもやるんだな。

コンピューターのシステムの障害が直り、やっと仕事が始まった。

けれど、私たちの中には、さっきの雑談の残骸が残ってしまっている。

行木さんの中で、私は「ボーイズクラブの仲間」ではなく、「女のくせにピョコルンを買う生意気な存在」になってしまった様子だった。残業をしているとき、

「これから大変ですね、維持費とか。それにピョコルンの掃除って、雑だっていいませんか？　俺は無理だな。潔癖症だから」

と、彼もまた「匠くん」になって、俯いたまま「汚い感情」を嘔吐した。

世界に媚び続けているとその媚びに自分自身も洗脳されますよね、よくわかりますよ！　そう声をかけて握手したかったが堪えた。「本当に厳しいですねー。無謀だったかもしれないですね、やっぱり分不相応でしたよー」と行木さんを持ち上げる。美しいピョールの写真を、やっぱり差し出さなくてよかった。もしかしたら、人に見せる用に、安くて容姿があまり良くないピョコルンの画像を用意したほうがいいのかもな、と頭の隅で思った。

私はダイニングルームの食卓に座りながら、少しだけ戸惑っているけど私は幸せです、ということを示すために微笑みを浮かべている。

残業を終えて帰ってきたばかりだというのに、ダイニングルームの椅子には、波ちゃん、白藤さん、ピョールが腰掛けていた。

「遅くなってごめんね」

別に約束したわけではないのに、申し訳なさそうに謝罪し、ピョールの表情を窺う。ピョールは少し目を細めているだけで、感情があるのかないのかわからなかった。

今までずっとそんな決まりはなく、ごく自然にそれぞれの部屋で食事をしていたのに、ピョールが来てからなんとなく、全員揃ってからピョールが作ったご飯を食べ始める、という空気ができ始めていた。

「わあ、おいしそう！　そっかあ、あの、今日も……なんだね？」

テーブルの上の牛丼とんかつカレーにはしゃいでみせながら、あくまで確認するように、遠慮がちに口にする。

牛丼とんかつカレーはこれで8日目だった。とんかつも牛丼も、冷凍食品を温めたもので、カレーも家にあるいろいろな味のレトルトパックを大鍋にぶちこんで混ぜているだけだ。

白藤さんや波ちゃんの手前、私がピョールで性欲処理することはないだろう。その分、ピョコルンの家事にはそれなりに期待していた。しかし、とんかつ、ハンバーグ、ナポリタンスパゲティなど単純で濃い味のものばかりで、複雑な工程がある料理はすべて冷凍食品だった。メインが冷凍食品でもいいけれど、サラダくらい欲しいと思う。もう座っているピョールにこれ以上調理を命じるわけにもいかない。自分で作ってもいいが、今キッチンで料理を始めたら、波ちゃんが「ピョールの食事に文句を言っているみたいで、かわいそう」と涙目になってしまう。

ピョールが来ることでもう少しいい食生活が送れると思っていた、というのが正直な感想だった。

「私、ピョールのご飯大好き。いただきます！」

「いただきます」

「いただきます……」

3人で手を合わせる。ピョールが、無言で目の前の牛丼とんかつカレーを食べ始める。

「わあ、おいしい！」

「本当に今日もおいしいわね。ありがとう、ピョール」

波ちゃんと白藤さんの言葉にも、ピョールはさして反応を示さなかった。

ピョールを飼ってから、家に帰るのが気が重くなった。

疲れて帰って、家の明かりが見えてくると暗い気持ちになり、誰もいない公園で15分だけ休んでから帰ることすらあった。ドアを開いて、ピョールが作ったご飯の匂いがすると吐き気が込み上げる。四足歩行のピョールが、家事をするときと食事をするときは首元にだらりと下がった前足を使う。のっそりと動きまわる姿はいつもより大きく膨らんで見えて、ぎくりとする。ピョールにはハンドサインで指示を出すが、いつも指示した食事ではなく、最近はなぜか牛丼とんかつカレーばかりを作る。

8日間連続で牛丼とんかつカレーを食べていると胃が重くなる。しかも、ピョールは、「今日はいらない」「半分の量でいい」とサインを出しても通じず、山盛りの量をよそってくる。

ただでさえ、仕事が忙しくて精神的にも肉体的にも余裕がないときに、家でくらい好きなものが食べたいというのが本音だった。

「明人」の叫び声が自分の内側で自動生成され、頭の中でがんがんと響く。

(「疲れて帰ってきたのに、こんなもの食べられるわけないだろ。ばかなの？」)

(「言いたくないけど、これって取り引きだよね？　僕が必死になって外で働いて人なみ以上に稼いで帰ってきて、きみは外で働かせてもらうかわりに家のこともきちんとやるって話だったよね？きちんとやる、っていう基準を、随分甘く設定しているつもりだけど、それすら満たすことができてないよね？」)

(「どうして、『自分は疲れていて、被害者だ』みたいな顔をしてるのかな。疲れているのは明らかに僕だよね？　仕事の量が全然違うよね？　どうしてそんなふうに自分をかわいそうがるという、図々しい感覚を抱くことができるのかな？」）

明人からぶっかけられたときには、不条理に思えた言葉が、私の身体の中で、私の音声になって新しく形成される。それは身体の中を這い上がってくる。でも吐き出したくない。それを「言う側」の人間に成り下がりたくはない。それなのに「明人」は私の身体の中で叫び続けている。

「ピョール。ありがとう。とってもおいしいわ」

白藤さんは、見たことがないような笑顔を振りまくようになっていた。奏さんといるときもリラックスして微笑むことはあったが、過剰に愛想を振りまいたり機嫌を取ったりするような性質ではなかった。

白藤さんって、差別しないためならなんでもやるんだな。

白い歯を見せて過剰ににこにこと笑う白藤さんのことが、正直気味が悪かった。

食事を終えると、風呂の準備をし、ピョールは早目に寝てしまう。その前にと、波ちゃんと一緒に洗い物をするピョールに優しく語りかける。

「今日もおいしかったよ、ピョール、ありがとうね。あのね、私、明日は、会社の友達と食事してくると思う。ピョール、見て？　このハンドサイン、わかる？　明日、食事、私は、いらない。わかる？　覚えた？」

会社には友達なんていない。蕎麦《そば》でも食べて胃を休めるつもりだった。

「あと、明日、お弁当、なし。これもわかる？」

「空子さん、あんまりピョールをいじめないで」

「ごめんごめん、ごめんねピョール、そんなつもりはないの」

ピョールは私と波ちゃんと白藤さんにお弁当を作ってくれる。波ちゃんは給食があるのでお弁当はいらないと何度ハンドサインを出しても通じず、余ったお弁当は白藤さんが食べている。

私も会社でピョールが作ったお弁当を食べている。冷凍のコロッケとナポリタンと唐揚げとチャーハンとミートボールが詰め込まれた弁当を、今日は全部吐いた。

風呂掃除も、ピョールがしたあとは雑で、ぬめりも洗剤も残っているので、私と白藤さんがやり直さなければならない。部屋の掃除は、少し床を掃除機で綺麗にしているだけで、端っこや椅子の下は埃だらけだし、棚の上や窓などまったく手をつけている様子がない。この料理が置いてあるテーブルすら怪しい。

洗濯はまだましだが、全部全自動式の洗濯機に放り込んでしまうので、手洗いしたいものなどは洗い物かごに入れず部屋に持ち帰って、週末に自分でまとめて洗う。アイロンはピョコルンの長い毛が危ないということで、自分でやらなければいけない。

ピョコルンのために残業を増やしているのに、どんどん自分の生活の質が下がっていくのを感じていた。

ピョールの家事能力が、人間ほどではないのは仕方ないと思う。所詮、人間よりずっと劣った愛玩動物で、メインは出産と性欲処理の生き物なのだから。けれど、どうして、「ピョールは全てやってくれている」という設定でピョールに感謝し続けなければならないのだろうか。ピョールサイドからのお礼が一切ないのはなぜなのだろうか？

ピョールは風呂掃除を終え、のっそりとリビングに入っていく。ピョールの足は濡れていて、後で廊下を綺麗に拭き掃除しなければならない。

庭に面したこの家で一番大きなリビングルームがピョールの部屋になっていた。最初は、2階にある四畳半《よじょうはん》の小さな部屋か、屋根裏を整理してピョールの部屋にすればいいと思ったが、波ちゃんが、「そんなのかわいそう」「私の部屋をピョールの部屋にして。私が屋根裏にする」と言い張り、結局、家の中で一番広い部屋がピョールのものになった。

白藤さんは、「ピョールを人間扱いする」ということを徹底しようと考えているようだった。しかし、本当に「人間扱いする」つもりなら、正直に気持ちを伝え合うのが本当の対等なのではないか、と心の奥底では思っている。ピョールは部屋の中で眠っている様子だった。白藤さんはもぞもぞと、ピョールを起こさないように、風呂場の掃除を始める。ぬるぬるした浴槽に入りたくないというのは、白藤さんも一緒なようだった。

「白藤さん、今日は私やろうか？」

なんとなく暗黙の了解で、ピョールが掃除した風呂を二人で交代で掃除していた。「明日、コンビニのバイトなの。だから今日は私がやるわ。明日、頼めるかしら」白藤さんは疲れ切った様子でそう告げた。

白藤さんは、会社に許可を取ってアルバイトを始めることにしたらしい。私の会社はアルバイトを絶対に許さないので、まだよかったかもしれない。ダブルワークをしない言い訳になった。自分と白藤さんが、ピョールのためにどんどん惨めになっているのを感じる。

「そう、わかった」

波ちゃんは、部屋の中ではしゃいだ様子でだれかと通話しているようだ。ピョールのことを話しているのだろう。呑気なものだな、と思いながら、私は自分の部屋にやっとたどり着いた。

ピョールが来る前に頻繁に出入りしていたチャットグループを久しぶりに覗いた。ミントさんと雪うさぎさんはとっくに退会していて、ぼたもちちゃんももういない。

こんなにからっぽだけれど、文字と音声で形成された暇つぶしの仮想空間がないと、退屈だった。そうした世界に自分よりもっとのめり込むタイプの人がたくさんいるのは知っている。現実では「クリーンな人」として振る舞っている人たちの発情がさまざまな形で言語になってぎっしりと画面を埋め尽くしているのを見るのも興味深く、一方で飽き飽きしてもいる。

ふと、もうほとんどログインすることがなくなったSNSのアプリに小さく通知のマークが表示されているのに気がついた。もうこんなSNSをやっているのは白藤さんだけだと思っていた。

久しぶりにアプリを起動し、ダイレクトメッセージをクリックする。

『From　世界⑲』

飛び込んできた文字に、一瞬で意識が切り裂かれた。

がんがんと頭が痛み、耳鳴りがしている。さっきまで暑いと思っていた部屋の空気に何も感じなくなり、汗が止まっている。

五感を全て奪われたような状態のまま、なんとかスクロールして次のメッセージを開いた。

『お久しぶりです。このアカウント、まだ生きてますか？』

『あ、すみません緊張しちゃって名乗り忘れました！　繋がってたときとアカウント変わってます、小早川音です。覚えてますか？』

スマートフォンの中に並ぶ黒い文字が、熱を持って脳に焼き付いてくる。

ずっと抑えていた飢餓が肉体を支配していく。音ちゃんの言葉は部屋の中で発光している。もう14年も経つのに。自分は未だにこんなにこの人物に飢えていたのかと、吐きそうになった。

『お元気ですか？

奏からいつも話は聞いてます。直接は連絡とっていないのに、なんだかずっと空子さんと生きているような感じでいました。こんなこと急に言われて、すごい怖いですよね！　でも本気でそう思ってたんです。すみません、嫌だったらブロックしてくださいねー』

『夏休み、時間が取れそうなんで一人でドライブしようかなと思ってるんですが。クリーン・タウンに行ってみようかなって突然思いつきまして。これも怖いですよね、すみません！』

『少し前から、明るい廃墟が気になってたんで、だらーっと運転して見に行こうかなって思ってます。迷惑だったらスルーしてください。でも会えたらうれしいです。小早川音』

フードコートに座って溶けかけたアイス烏龍茶《ウーロン》の氷をかじっている私の目の前を、ピョコルンがのっそりと通り過ぎていく。羊のようなふわふわとした毛のピョコルンはベビーカーを押している。ピョコルンをサポートするように赤ちゃんの帽子と靴を持った女性が横についていて、後ろを男性が歩いている。

ピョコルンが人間に散歩させられる姿を見かけることはなくなったが、こういう家族向けの施設にくると、赤ちゃんや子供を連れたピョコルンと、それを見守るように人間がいる光景を頻繁に見かける。

ピョコルンを飼うことにしたんだ、と打ち明けたときのアミちゃんの顔が浮かぶ。「へえ、そうなんだ！」と満面に笑みを浮かべたアミちゃんから「汚い感情」を絶対に抱かないぞ、という強い意志が感じられ、かえって強い反発を抱かれていることを意識した。必要以上ににこやかに説明してくれたアミちゃんによると、ピョコルンに育児が全部できるわけでは到底なく、ベビーカーを押す、抱っこする、指示でおむつを替える、人間が用意したミルクを与える、程度のもので、結局は女性が、女性がいない家ではしぶしぶ男性がやることがほとんどらしい。人間たちが完全に安心して赤ちゃんを預けられるほどピョコルン改造手術は発達していないはずだとアミちゃんは言う。

「それなのに、旦那からお前は育児をピョコルンに任せっきりで楽でいいな、なんて言われるんでしょ。それってすっごい地獄じゃない？」

「クリーンな人」であることをキープしようとしているアミちゃんの笑顔の唇の隙間から、透明な「怒り」がこぼれ落ちていた。アミちゃんが人間の女性の味方なのか、ピョコルンの味方なのか、また別の観点で怒っているのか識別できず、私は「そのピョコルンが作るご飯、正直いまいちなんだよねー」という愚痴をアミちゃんには吐き出さなかった。そんなことを思い出しながら、ぼんやりと、薄くなった烏龍茶の中を漂っていた氷を口に流し込み、舐《な》めながら歯で砕いていると、不意に肩を叩かれた。

「あ、……こ、」

「わあお久しぶりです！　空子さん変わってない！　あ、名字のほうがいいですかね？　馴れ馴れしくてすみません、とんでもなく久しぶりなのに」

「小早川さん」「音ちゃん」とどちらの呼び方も選べずにぽかんと口を開けたまま静止してしまった私に、音ちゃんが素早く的確に対応してくれる。フードコートの少し薄汚れた空間は蛍光灯と窓の外の光で満ちている。淡いベージュのサマーニットを着て立っている音ちゃんはこの空間の中で唯一の暗がりになって、小さな影で私を包んでいた。

「空子でいい……です、ええと」

音ちゃんが椅子に座っている私に影を落とし、薄い闇の中にいるのに眩しくて、私は思わず目を細めた。音ちゃんが微笑み、頬の周りの髪が揺れ、音ちゃんの頬を包む影が彼女の皮膚の上を移動する。

「えー、さすがに敬語は距離を感じて寂しいですよ、やめてくださいよー！」

まだあまり人がいないフードコートで笑い声をあげる音ちゃんに、近くのラーメン屋の店員が不思議そうに振り返って視線を寄越す。そこではシタガイコクの人が数人で働いている様子だった。

「最近、クリーン・タウンにどんどん増えてるの。少し困るよね」とアミちゃんが「きれいな感情」しか抱いていません、という表情で言っていたのを思い出す。

音ちゃんは、いっそ恐怖を感じるくらい変わっていなかった。

すっきりとした清潔感のあるセミロングの髪に、感じのいい薄いお化粧。彼女は45歳になっているはずだが、まだアラサー以下くらいにしか見えない。目と口の表情がいきいきとよく動き、肌にも目にも水分がたっぷりと含まれているのが伝わってくる。それなのに汗をほとんどかいていない。発光しているのに、真っ暗で、私は思わず視線を伏せた。

音ちゃんはこんなにも「音ちゃん」だっただろうか。私のために、今日はキャラクターをカスタマイズしてくれているのだろうか。

「リセット」の後、姿を消した音ちゃんを、インターネットでよく見るようになったのは、10年ほど前のことだ。ちょうど、ラロロリン人だけがピョコルンにリサイクルされるというシステムが整い、新しい流れが出来始めたころだった。『これ、小早川さんじゃない？』と私にメッセージをしてきたのは、同居する前の白藤さんだった。

白藤さんから送られてきたリンクを開くと、

『日本人アーティスト　世界にはばたく　ラロロリンDNAを抱きしめて』

というタイトルと共に、光と緑の中で笑っている女性が飛び込んできた。写真では少し雰囲気が違って見えたが、それは紛れもなく音ちゃんだった。

柔らかい雰囲気の、素朴であどけない、異常に感じのいい女性。

音ちゃんはラロロリン人のイメージキャラクターになったのだと、そのとき直感的に思った。

記事の内容は、リサイクルされたラロロリン人の余った手足を更にリサイクルし、捨てられるはずだった骨を使って美しい家具を作ったというものだった。それが素晴らしいアート作品として評価され、ウエガイコクで何かすごく素敵な感じがする賞を受賞したらしい。記事の後半にはウエガイコクの人の賞賛の声が並んでいて、まるで同じ国籍である自分たちも一緒に褒められているかのような気持ちにさせられる。ラロロリン人のCMのような記事だった。

私の観測でしかないので確証はもてないが、音ちゃんの登場と活躍が私たち日本人をとても気持ちよくさせたのと同時期に、世界のあちこちに、何十人もの「ラロロリン人のイメージキャラクター」が一斉に現れた、ような気がしている。ウエガイコクの人もいれば、ピョコルンになるまでのドキュメンタリーを発信している人もいた。どの人も、「恵まれた人」であって「汚い感情」はまったくなく、精神的には「クリーンな人」にかなり近く見えた。

「こういう『恵まれた人』ならムカつかないんだよな」

音ちゃんについて、同級生のトシくんが久しぶりに飲んだときに言っていたことがある。音ちゃんは、まさに、そのために生まれた「キャラクター」に見えた。

それからはできるだけ彼女の情報を目に入れないようにしていた。けれど、眠れない夜、音ちゃんのことをたまに検索して彼女の今の「キャラクター」を眺めた。キャラクターである彼女からは、彼女の人生は一切見えてこなかった。

「ごめんね、なんか、音ちゃんの顔を見たら、今の、喋り方を、忘れ、ちゃった」

言葉が千切れて、「クリーンな人」の喋り方だった私もびりびりに破れていく。「キャラクター」になる以前の状態の私へと、あっという間に引き戻されていく。

「最近は、どういう、キャラで、過ごして、るんですか？」

音ちゃんはすぐに私に「呼応」した。

私たちは自分の「今」の「キャラクター」を消し、「呼応」と「トレース」を繰り返しながら自身の口調や振る舞いをチューニングし、互いのためのキャラクターを製造していく。本当に人間ロボット同士がいたらきっとそうするように、それぞれの個体が内包しているデータを意図的に探り合う。

「最近は、もっぱら、『クリーンな人』、です。だよ。それ以外の、キャラクターを、求められることが、なくなって、います。いるかな。」

「じゃあ、私は、『ラロロリン人のマスコットキャラクター』、ですね。っていう感じですかねー。なんです。そうなってるんだよね。そうじゃない、喋り方を、するときも、ありますけど。あと、国内向けと、国外向けで、キャラクターを変えて、いるので。」

私たちは少しずつ自分の言葉のリズムを取り戻し、世界⑲にいたころの私たちになって言葉を交わす。

「そうなんだ。そうなんだね。ああ、そうか。へー、そうなの。」

「そうです。そうなんですよー。それそれ、そうそう！　うん、そうなんだよね。」

私たちは互いの喋り方と呼応しながら少しずつ調整し、「14年後の空子さん」「14年後の音ちゃん」にふさわしい喋り方を獲得した。

「そっか。でも元気そうでよかった。よかったわ。よかったね。」

「空子さんも！　空子さんこそ。空子さんもですー。あ、波ちゃんは元気にしてますか？　出ていったの私のせいもあるんじゃないかって、ちょっと気にしてたんですよー」

波ちゃんが私の家に越してきたのは奏さんと音ちゃんが一緒に暮らし始めて1年ほどしたころだ。波ちゃんは、「音さんとは、そんなに親しく話したりしないうちに引っ越しになっちゃった」と溢したただけで、音ちゃんのことを話すことはほぼなかった。波ちゃんが引っ越しを決めたのは親である奏さんが反ラロロリン人の活動をしている件で、学校でかなりひどいいじめにあったからだと聞いている。

「波ちゃんは、あんまり小早川さんの話はしてなかったですよ。あ、音ちゃんのことより、自分のことで精一杯な感じだったかな」

すっと出てきた口調が会社などでの敬語の「クリーンな人」になってしまい、私は慌てて、「14年後の親しい空子さん」の言葉のリズムに戻す。

「空子さん、すごく今の『キャラ』が板についてるみたいですね」

そのことに敏感に気がついた様子の音ちゃんに、小さく頷いた。

「うん、なんだか、最近、どのコミュニティでもだいたいこのキャラで済むようになってきて。会社とか、地元とか、コミュニティが違っても、『クリーンな人』のままでいいんだ。楽なような、かえって不便なような、変な感じ」

「いいなー。でもなんか、全体的にそうなってる感じは、私もちょっとしてますねー。でも、私は、ウエガイコク向け、シタガイコク向けって感じでちょっと使い分けてますー。あ、このウエガイコクって、空子さんの言葉ですよね？　これ、頭に便利で。使ってます、ずっと」

頭に便利、という奇妙な言い回しがすっと飲み込めず、けれど、自分が10年以上前に音ちゃんと交わした言葉が彼女に「伝染」し、使われ続けているということに純粋な嬉しさが込み上げた。

「お腹すいてますか？　観覧車、乗りませんか？」

音ちゃんの声が脳を擽《くすぐ》り、細胞の中でがんがんと鳴り響く。「うん、乗りたい」もう「14年後の空子さん」の口調をしっかりと構築した私が、からっと笑って頷き、立ち上がった。窓の外では、大きなピョコルンがまた一匹、ベビーカーを押してゆっくりと歩いていた。

「平日だけど、けっこう人いるんですね」

観覧車のチケットを買いながら、微かに残念そうな表情でショッピングモールを眺めた音ちゃんに、小さな声で応答した。

「うん。私が引っ越してきたころは、本当に廃墟みたいになってたんだけど」

このショッピングモールに来たのは久しぶりだった。

私が実家に越してきたころは確かにほとんどの店舗スペースがテナント募集中になっていて、人はまったくおらず、異様な雰囲気だった。全国の地方都市に点在する「明るい廃墟」の一つとしてSNSに写真をアップロードする人が何人かいて、面白がって訪れる人が多く、当時、白藤さんがSNSで苦言を呈していた。今は大きなスーパーや薬局がテナントに入り、それなりの賑わいを見せている。けれど、音ちゃんのようにクリーン・タウンに住んでいない人には、そのイメージが払拭できずにいるのだろう。

「ごめんね。がっかりしたよね、私が実家に戻ってきたときには、ちゃんと廃墟だったんだけれど……」

今は廃墟という雰囲気ではないと言ったら音ちゃんが来ないのではないかと、怖くてその情報を彼女に与えることができなかった。そう正直に言い過剰な愛情を示すことが恐ろしくて、口ごもる。

「え、なんで空子さんが謝るんですか！　そんなのドライブの言い訳ですし、そもそも私は本当は空子さんに会いたかったんですから」

音ちゃんのくれる快楽は、もはや痛みに近かった。飢えすぎると、喜びは痛みに変わるのだと思う。がんがんと、全身を喜びで殴られながら、私はなるべくそのことが音ちゃんに伝わり過ぎてしまわないように、用心深く微笑んだ。

「うれしいな。私も、この前、奏さんから音ちゃんの話を聞いて、懐かしいなあって思ってたんだ」

私と音ちゃんの前で、小さな子供とピョコルン、男性二人という家族が観覧車に乗り込んだ。

「いってらっしゃい」と小柄な女性が手を振っている。どうやら、男性二人と女性一人と、ピョコルンと子供、という家族構成らしく、観覧車は4人乗りなので女性は待っていることにしたらしい。

「あの家族、誰が一番『下』だって、空子さん的には感じます？」

「え。なんとなく、当然ピョコルンかなって思ってた。私の周りの『クリーンな人』は大体そういう感覚な気がするから、そういう思考が身についてるだけかもしれない。私、自分自身の感覚ってほとんどないから」

「そうですよねー。なんか、そういうほうがいいなあ。私、今、前よりずっといろんな世界を行き来しながら暮らしてて。疲れるんですよね。何も考えてないのに、考えている人っぽくしてないといけないことも多いですしねー」

「楽だよ、思考停止」

音ちゃんが「わかりますー。それ、本当は特技なんですけどねー」と頷いたところで、私たちの番がきた。

「一周は大体15分間です。それではいってらっしゃいませ」

てきぱきと送り出されて、音ちゃんと私は向かい合って座った。観覧車の中は熱と光で蒸されていて、料理されているような気分だった。私は音ちゃんの服の袖、前髪の裏側、首の襟元、鼻の穴、ズボンの裾の中の小さな暗闇をじっと見つめた。それは暗闇なのに、外の過剰な光よりも発光していた。

観覧車がゆっくりと上に上がっていく。音ちゃんが外に視線をやったまま口を開いた。

「じつは、うち、兄もラロロリン人なんです。珍しいんですけどね、兄妹でって。兄、ピョコルン製造に関わる仕事してるんですー。あんまり兄妹仲良くないんですけど、ラロロリン人へのバッシングの波がちょうどおさまったころ、公開ピョコルン手術があったじゃないですか?」

「ああ、うん、あれ、インパクトあったよね。あのとき、ああ、流れ変わった、って感じした」

「ですよねー。ラロロリン人が30人くらい一斉に、公開手術でピョコルンになって。一人一人が、感謝と、ピョコルンになってからの抱負を語ったあと、生きたまま手術されてピョコルンになって。動画サイトで中継されて。やばいグロ動画でしたけど、なんでかわからないけど泣いてる人たくさんいたじゃないですか？　そのころ、兄から連絡がきて。ラロロリン人のイメージアップの仕事をするように言われて。だから、今の仕事、実は給料制なんですよー」

「あ、そうなんだ」

「あのタイミングでラロロリン人の死体を使った、センチメンタルな感じのアートっぽいやつをどうしても作ってほしいって言われて。でも、正直、私がやってるのってラフとかで、実物を作る作業は兄の会社の人がかなりやってて。あんまり自分でやってなくて。バレてもいっか、って思ってたんですけど、そのままもう10年以上経っちゃって。別にいいっちゃいいんですけどね、お給料それなりだし」

　ゆっくりと浮遊していく観覧車の向こうに、クリーン・タウンが広がっている。みんなは記憶喪失になったみたいに、この街で、自分たちはラロロリン人に支配されて育ったと思っている。「かわいそうな人」の中には、自分たちは虐げられていた、と私にはない記憶を叫ぶ人もいる。私はラロロリン人が記憶も改竄《かいざん》する手術をしているのではないかと不気味に思っていた。

「厄介なのが、ウエガイコクの人と会う機会が多いから、そのときはウエガイコクが喜ぶキャラじゃないといけなくて。ウエガイコクの人たちが、その人たちにとってシタガイコクである私に期待するキャラって、国内の人たちの期待するキャラと死ぬほど矛盾するんですよね。その乖離《かいり》がバレたら終わるなーって感じではあるんですけど。たぶん死ねって言われるだろうけど、別に元から生きてないしなー、って思います。空子さんって、生きてます？」

「ああ、あんまり生きてないかも」

「そうですよねー」

あ、空が分かれてる、とふと気がついた。音ちゃんの背後は光り輝く青空が広がっていて、私の後ろの窓を振り返ると空の半分が真っ暗だった。近くで雨音が聞こえ始めている。

ずっと昔に、こんな空を見た。記憶に膜がかかっていて、いつのことなのか思い出すことができなかった。それに、私の記憶はほとんどすべて私によって都合よく変形されている。どこまでが事実なのか、自分でもよくわからなかった。

「あ、天気雨《てんきあめ》ですね。最近多いですねー」

天気雨、という言葉を、音ちゃんは私とは少し違う意味で使っているのかもしれない。私にとってそれは青空からこぼれ落ちてくる雨だった。音ちゃんは、空のどこかが青ければそれはすべて天気雨だと感じるらしい。どちらが正しくてどちらが間違っているのか、言葉が変化したのか、そんな言葉は本当はどこにもないのか、わからなかったし、わかりようがないような気がした。

「でも楽しかったな。あのとき」

音ちゃんがつぶやいた。

「あのとき?」

「ピョコルンが人間のリサイクルだってわかったときです。みんな、普段、自分のこと、なんとなく被害者だって思ってません? 私もそうですけど。ラロロリン人ですしねー。でも、あの瞬間、なんか、全員、逃れようもなく加害者って感じじゃなかったですか? だからなんか、少し嬉しかったな。笑えました。やったーって感じしました、ちょっとだけ」

いきいきと話す音ちゃんの「感じのよい、柔らかい、誰のことも否定しない」様子は理想の「恵まれた人」そのものの姿で、私は話している内容より喋り方のリズムや表情、髪型や洋服などの情報を見ているんだな、と思いながら、「そういえば、そうだね」と微笑んで、彼女に合わせて柔らかいトーンの相槌を放り投げた。

「あの頃は混沌としてましたからね、ラロロリン人狩りとか本当にあったたし。何人か殺されたこと、もうみんな忘れててやばいですよね、笑えます。人間の忘却が最近、なんだか面白くて。もうすっかり、全員被害者の顔してるんですもん」

「うん、すごく可笑《おか》しかった」

「ですよねー。一緒に逃げてた友達が、実は殺されまして。でも、そういう人間の心理もしょうがないかなーって思ってました。人間、リサイクルしちゃいましたからね。誰かのせいにしたいですよね。でも、今は、むしろピョコルン、浸透してますもんね。人間、自分の中でうまいこと理屈さえつけば、便利で、楽で、気持ちがよくて生きやすいのが一番ですもんね」

私の周りの窓を叩いていた雨が、音ちゃんのこともあっという間に包み込んだ。空の半分は青空なのに、観覧車が揺れるくらいの激しい雨が私たちの会話に電子音のような雑音になって重なっている。

音ちゃんは絵も上手《うま》くて、数年前にラロロリンというラロロリン人のイメージを向上するためのゆるキャラの元絵まで担当した。

インターネットやテレビの中の、ラロロリン人のイメージキャラクターとしての音ちゃんは、いくら避けていても生活のどこかに急に現れた。その断片はどうしても私の中に入り込んできていた。音ちゃんは私が繰り返してきた「世界への媚び」の完成形だった。好印象のためだけの言動は、音ちゃんが音ちゃんであることを強く感じさせた。どうしても眠れない夜、私は音ちゃんの褒め言葉と悪口を検索した。たくさんの喝采と、ウエガイコクの一員のようで誇らしい、と言いたげな喜びの声と、彼女の若く見えるあどけない容姿への賞賛、それが一歩進んで彼女を性的に消費する言葉、逆に若作りのババアは醜くてもし挿入したら緩そうだという嘲り、そうした泡のような言葉たちの中に、たまに「白藤さん」と呼びたくなるような人格を見つけた。インターネットの中の「白藤さん」は実際の白藤さんと同じく世界③の生き残りのような言葉を発信していて、そうした人は音ちゃんの言動を生真面目に批判していた。全ての言葉が、音ちゃんが存在していることと、存在していないことを、同時に証明していた。

「ラロロリン人がしたことは、まったく残酷ではありません。だから、ピョコルンを使用してしまった人たちに、まったく罪はありません。あなたたちは無罪です。」

「ラロロリン人は人間のためにとてもけなげにがんばっています。『恵まれた人』であることに甘んじず、とても質素に、堅実に、誠実に暮らしています。私たちの性格はとても清潔で、真面目で、純粋です。」

「ラロロリン人は世界のためにたくさん大変な仕事をがんばります。

死んだ後は、ピョコルンになってもっとたくさんがんばります。

『クリーンな人』よりもずっとみじめな人生を一生懸命まっとうします。

どうか安心してください。信じてください。

何も考える必要はありません。

ただ、けなげで、誠実で、真摯な私たちを信頼し、全てを任せ、あなたたちは、ただ安心して生きていてくださいね。」


音ちゃんは、「汚い感情」をまったく見せずに、丁寧に物腰柔らかく、誰とも戦わずに壊れたロボットのようにラロロリン人のためのメッセージを発信し続けた。彼女は「理想のラロロリン人」として私たちの網膜にゆっくりと染み込んで、意識しなくてもその姿を感じるようになっていた。小早川音は、「ラロロリン人のイメージキャラクター」として完璧な存在だった。

音ちゃんが穏やかに、感じよく繰り返す説明には、ネットの中の、または実際の「白藤さん」に言わせると「いい加減なエビデンス」のものもたくさんあったが、私たちは安心したかった。罪を背負うほど元気がある人はあまりいなかった。その罪は勘違いですし、今まで通りなにも考えなくていいですよ、と言われたほうが、ずっと安心した。

雨と青空の中で揺れながら、私は音ちゃんの睫毛《まつげ》を見つめた。音ちゃんの睫毛を見つめるのが、私はいつもとても好きだった。目よりも表情があるように感じられた。彼女の瞳と瞼《まぶた》は完璧にコントロールされていて、音ちゃんの意識通りに動く。その間で彼女の睫毛はいつも間抜けに、無表情に揺れていた。

音ちゃんは私を見て、ゆっくりと「表情」をつくった。

はっとして、同じ「表情」を音ちゃんに返す。

「この『表情』、安心しますよねー。誰が始めたのかな」

「うん……変化って、誰が始めたのか、いつもわからないのに身体の中にある」

「そうですよね」

音ちゃんは頷いた。

「この『表情』、ウエガイコクでは通じなくて。もっと違う、ウエガイコク用の表情があるんですー。意志が強くて、ポリシーがあって、高い問題意識があるすばらしい人格です！　みたいな感じの。ウエガイコクでは、意志があるほうが喜ばれるっていうか、意志がないとダメ人間みたいな扱いでー。『理想の人間像』って、その国や文化によって違いがあるのはわかるんですけど、もう少し統一してくれよって思いますよねー。ウエガイコクで軽蔑されないように、そこそこ意志がある強い女性っぽくしてると、日本で死ぬほど嫌われますから」

「それは感覚としてわかるけど、音ちゃんはうまくやってるって思ってた」

「全然ですよー！　あ、今の、語気荒かったですねー、すみません。最近まで☆☆☆国にいて。そっちの仕事が多いんです、最近。しばらくいると、そっちのノリ？　みたいなのが抜けなくて、日本では嫌がられちゃうんですよねー。あーあ、私もキャラ統一したいです、そろそろ」

☆☆☆☆、私にはイメージしかないカタカナの国で、「なんとなく、すごくウエガイコクなのだろう」というイメージしかない遠い場所だ。そこの言語も文化もわからないからこそ、無関心に見上げることができる。音ちゃんは、「☆☆☆☆や、☆☆☆☆にも今度行くんですけど。自分をチューニングするのがちょっと難しいんですよね」と明るく話し、彼女が溢す土地は私にとってはほとんど架空の理想郷のような、とにかく優れているのだろう、という貧相なイメージしかない場所だった。

こうして音ちゃんと話していると、自分が本当に頭が悪くて、ぼやけた世界の中で暮らしていることに気がつく。

曇った眼鏡をかけているような、ぼんやりと膜があるような視界の中で、見えているふりをして頷いている。そういう自分を音ちゃんは見抜いていると思うが、気が付かないふりをして話し続ける。ずっと、こんなふうにその場しのぎでさまざまな場面に適応し、誤魔化し続けていた。

私は馬鹿なので、頭の中の世界地図もぼやけていてよくわからない。☆☆☆☆国ではアイスコーヒーが滅多に売ってない上に甘くて、だから後で飲んでいいですか？　音ちゃんの言葉に、その光景がまったく思い浮かばないまま、小さく頷く。

すごくウエガイコクで、ニホンより進んでいて、何もかもがとても素晴らしい場所。ウエガイコクにもそれぞれイメージがあるけれど、その中でも、おしゃれな人がよく行ったりしている、なんだかとてもいい感じの国。それくらいのイメージしか私にはない。政治のこととか、国際情勢だとか、難しいことは、「恵まれた人」たちにまかせておけばいいから、知識らしきものは頭に留まらず流れ出ていってしまう。

白藤さんが行けというからここ数年は選挙には行っているけれど、白藤さんには秘密で、全部白紙で投票している。白藤さんはなんとなく察知しているのか、白紙では意味がないことなどを、口では言いにくいのか、メッセージアプリに大量にリンクを送ってくる。「にわか勉強でいいからとにかく世界を学んで自分の意志を決めろ」という意志があまりにもダイレクトに伝わってきて、少し怖い。私には「意志」などないと何度も伝えてきたつもりなのに、なぜそのことを全く信じようとしないのかな、と思う。それが白藤さんの、世界③の残党として生きる彼女の正しさなのだから、許してあげないといけないな、とわかってはいても、疎《うと》ましく感じてしまうことが多い。

「あ、国の名前っていきなり言われても、『なんとなくウエガイコク』っていうイメージしかないですよね。正直、私もそうなんです」

音ちゃんがにこにこと笑って私の無知を受け止める。

「久しぶりにこういう、意志がない人間の話ができてうれしいです。あまりにも意志がないと、究極、めちゃくちゃ意志がある人間っぽく生きないといけないはめになるんだなーって、この10年間で思い知らされましたー」

「すごい、上手にできてると思うよ。私は直接会ってたわけじゃないから、うまく言えないけど、大衆のための架空の音ちゃんしか見てなかったけど。すっごく理想的な、ウエガイコクの人も、ウエガイコクにとってはシタガイコクの私たちも、わー素敵、って喜んで気持ちよくなるような、ちょうどいい感じの人物像だよ」

「あー、それならよかったです。

なんか、人間って大体、『感情のお手本』を見ながら自分の感情作ってませんか？　クラスの友達とかじゃなくて、なんか、もっと大きなお手本みたいな人がいません？　前は世界①と②と③に、今は『恵まれた人』『クリーンな人』『かわいそうな人』それぞれに、きっちり準備されてる感じがするんですけど。ニュースを見ても、それが怒るべきなのか同情するべきなのかどうでもいいニュースなのか、お手本の人を見て大体自分のスタンス決めていればよかったですし。

でも、自分がそれになるときついっすね。なんか、『感情のお手本』の人って集団幻覚の実体化だから。そこからズレると死ぬほど叩かれて犯罪者みたいに扱われて生きてくことになりますしねー。そうなる前に、前もって死んでおきたいなーって思います」

「そうなんだ。そんなきつそうには見えなかった。奏さんのほうが、ボロボロって感じだったからかな」

「あー、あの人は、本当にかわいそ。善意や理想なんて捨てた方が楽なのに。どうせ叶わないのに、見ててちょっとしんどいですね」

音ちゃんが小さく溜息をついた。

「あ、そうそう、これ言わなきゃって思ってて。うちのピョコルン、明人さんなんですよー。それもあって、今日、空子さんに会いたかったんですけど」

「え!?」

私は思わず大きな声を出したが、音ちゃんは私が驚いていることに気がついていないかのように、淡々と説明を続けた。

「なんか、結局自殺みたいな感じで亡くなって、ピョコルン手術されたらしいんですけど。それから何度かリサイクルされてるみたいで、私と奏のところに来たのは1年前くらいかな。奏には言ってないんですけど、私、いつも自分が飼うピョコルンの、リサイクル前の人間の情報、調べることにしてるんです。だって、家の中うろうろしてるのが、たとえば実は父親とかだったら気持ち悪くないですか？」

「えー、そうなんだ。でも、それならなおさら、知ってる人って気まずくない……？」

「少しそう思ったんですけど、たまたま見つけたんで、珍しいし今は無害だしいいかなーって。私と奏はピョコルンで性欲処理はしないっていうのも大きいんですけど。でも料理とかも、なんか誰が作ったかわかんないと気持ち悪くて。明人さん、けっこう料理うまくて助かってますねー。会いにきたりします？」

「え、どうしよっかな……」

ピョコルンになってる明人を見て、もし、「汚い感情」が湧きあがったらどうしよう、と思う。私はできるだけ自分の精神世界を清潔にしておきたかった。

「あ、奏から聞いたんですけど、空子さんもピョコルン飼い始めたんですよね？　どうですか？」

「ああ、うーん。うちのピョコルンは家事があんまりできなくて、正直それにはがっかりしてるかな……。見た目は凄く綺麗で、波ちゃんも夢中なんだけどね」

「あれ、空子さんってピョコルンに発情する人でしたっけ？」

私は、「あ、うーん、えっとね、昔は違ったし、今も特に凄くそうってわけでもないんだけど。最近は、少し綺麗だなーとは思ったりするかな。昔は本当にまったくなかったんだけどね。なんか、性欲がトレーニングされてきた感じがしちゃってて」と早口で述べた。音ちゃんはまったく動揺も嫌悪も見せず、朗らかに頷く。

「あ、それ、わからないでもないですねー。これってかなり人によるんだと思いますけど、私、発情の基準がわりとゆるいっていうか。子供の頃は、人間に発情する人間だったはずなんですけど。世界がこうなってくると、あっけなくピョコルンに発情しますねー。エロ系の漫画とかも最近はそういうのしか読まないですし。人間が誰も傷ついてない感じがしてラクなんですよね、読んで」

音ちゃんは当たり前のようにピョコルンを人間扱いせず、性欲処理と出産と家事のための家畜として扱っている。白藤さんと話しているよりずっと気楽になれた。

「あ、元が明人さんだってわかってるので家のピョコルンとはまさかって感じで、なんなら気持ち悪いんですけどね、もちろん……っていうのも、失礼かもですが」

「え、他のピョコルンとはあるの？」

思わず聞くと、音ちゃんが軽く頷く。

「はい、前のピョコルンとは何度か。でも、結局あんまりしなかったですねー。性愛に自分が参加しないほうが性に合ってるんですよね、たぶん」

音ちゃんはあっさりと言い、自分も数年前までは絶対にそうだったのに、と思う。なぜ、ピョコルンに発情するような形で性欲をトレーニングさせられてしまったのだろう。性愛の感覚を音ちゃんと共有できず、なぜそうなのかすら自分で説明できない。

いつのまにか雨音が止み、観覧車の外の自然の音が消え、子供の笑い声とピョコルンの小さな鳴き声が響いていた。さっきまでの雨が全て幻覚だったように、青空が広がっている。窓の外にびっしりとついた雨粒だけが、切断された空の痕跡だった。

「おつかれさまでしたー」

係の人がドアを開き、はっとする。奇妙に高揚していて、ふわふわと足元がふらついた。ショッピングモールのあちこちに水溜《みずた》まりができて濡れている。係の人の制服の肩の端っこも、雨で色が変わっていた。

「あ、そうだ。これ、覚えてますか？」

音ちゃんがセミロングの髪をゆっくりと持ち上げる。

髪の毛の陰で暗闇だった彼女の耳と首が光に塗《まみ》れていく。

それと同時に彼女の指の中へと移動していく闇に目を奪われて、気がつくのがワンテンポ遅れた。

「あ、それ……」

イヤリングになって音ちゃんの耳にぶら下がっているのは、私たちが最後に会った日、コンビニのガチャガチャで引いたコーヒーのミニチュアだった。

「これ、加工してイヤリングにしてるんです。大切な日につけてて。ウエガイコクの人、こういうの好きで喜ぶんですよー」

私の方が愛情が重いから大丈夫ですよ？

「感情」を示していいんですよ？　もし、空子さんにあれば、ですが。

音ちゃんが発信している信号に、どう応えていいのかわからず立ち尽くした。

「空子さんは、本当にからっぽですね。私、からっぽの空子さんに会いたかったんです。だって、愛し合うって、究極のデータ交換だと思ってるんで」

音ちゃんの言葉が孕む快楽に切り刻まれながら、私はぼんやりと音ちゃんの耳たぶを見つめていた。

私のミニチュアは、父の遺骨の中に隠して、私の部屋の押し入れに置いてある。これは笑える話だろうか？　重い話だろうか？

口から事実を吐き出すことができずに、音ちゃんの手が作る小さな暗闇を見つめる。音ちゃんがくれる暗闇だけが、自分の出口のように思えて、どこよりもそこが眩しかった。

「これ、ずっと大事にしてたんです。空子さんが私にくれたデータは、私の人生を象徴しているから。世界⑲で暮らしていると、空子さんと一緒って気がするんです。空子さんと生きてたんですよ、だから。誇張じゃなくて、私、本当にずっとそうだったんです」

真っ青な空だった。もう雲はどこにもないのに、私たちの乗った観覧車の表面に、ショッピングモールの床に、観覧車のそばの人工の大木に、行き交う人間たちの洋服の裾に、その隣でピョコルンが押しているベビーカーの手すりのカバーに、雨の痕跡が染み込んでいる。

ベージュに塗られた音ちゃんの唇が開き、「ウエガイコク」の人のように整えられた真っ白な歯が開き、その奥の暗闇が震える。おぞましいほど心地よい言葉が振動になって私へ届き、私が何か考える前に、私の「キャラ」が呼応して振動を返す。

私は音ちゃんの口の中の暗闇をずっと見つめている。その闇は、人間の中にあるとは思えないほど深い漆黒で、その美しい暗闇が音ちゃんの言葉に合わせて隠れたり、姿を現したりする。なにか、最後の手段を見つめるような気持ちで、必死に焦点を合わせて、濡れた視線でその黒い光の塊にしがみついている。

＊

波ちゃんの部屋から、笑い声の小さな破裂が聞こえる。聞き慣れた波ちゃんの声に、それよりもう少し高い声が重なる。少女たちの声は空気に裂け目を作り、その向こうでなにが起きているのかと胸をざわつかせる。

二人の少女の囁き声は、私が思春期だったころの鳴き声に少し似ていて、少し違う。少女という生き物の鳴き声も、時の流れで変化するのかもしれない。小さな破裂は重なっていて、それに紛れてピョールの「キュー」という甘さで爛《ただ》れたような雑音が加わる。

スマートフォンのカメラの音。それは水溜まりに何かが飛び込んだ音を人工的に作った音声にも聞こえる。

「……子だね、ピョール、こんどはこっちに……そうそ……」

「すごくピョ……きれいな目……触っ……」

断片的に聞こえてくる言葉は、少女とピョールの他愛もない戯れに思える。

「……波、………なの……それは……」

波ちゃんの声と重なって聞こえる声は、琴花ちゃんのものだ。波ちゃんは、今日も朝から琴花ちゃんを部屋に招き入れていた。二人の少女がピョールと遊んでいる声と振動が、このところ毎週日曜日になると和室まで微かに届くようになっていた。


ピョールを飼い始めてからも相変わらず学校には友達がいない様子だった波ちゃんが、突然琴花ちゃんを家に連れてきたときは驚いた。ある日曜日の真昼間、汗だくの波ちゃんが帰ってきて、その後ろから、申し訳なさそうにおどおどした様子の琴花ちゃんが現れた。

琴花ちゃんは、以前アミちゃんの家で私に会ったときのことを覚えているのか、顔を伏せたままだった。

「あの、おじゃまします……。突然来てごめんなさい、もし迷惑だったらすぐに帰りますから……」

「小高琴花さん。小高さんはピョコルンが好きなんだけれど、お家がすごく厳しいんだって」

「この前、散歩させていた白藤さんに、たまたま会って、ピョールを撫でさせてもらって」

「今日、駅前のコンビニでたまたま会って。本当に偶然だったんだけれど」

自分自身では結局子供を育てなかったせいか、ぼうっとしてるといつまでも自分が子供サイドに立っているような気がしてしまう。けれど、萎縮した少女たちが早口で必死に弁明している姿を見ると、それは錯覚で、自分は「大人」という彼女たちにとって恐れるべき存在の生き物になったのだと感じる。

私はなるべく高圧的に聞こえないように明るく、しかし過剰に親しげに振る舞って「友達ぶって自分たちの領域に踏み込んでくる大人」にもならないように気をつけながら、子供が遊びに来ることなど全く気にしていない、私は大人だから大人の付き合いで忙しいので勝手にどうぞ、という雰囲気と言葉のリズムで、彼女たちに告げる。

「もちろんどうぞ。気にせず自由に過ごして。いいよね、白藤さん？」

「……ええ、もちろん」

頷いた白藤さんは硬い表情だった。波ちゃんも白藤さんも「白藤さん」であることに一瞬混乱した様子の琴花ちゃんは、低い声を出して自分たちを眺めている女性が波ちゃんの母親にあたる人物なのだと理解した様子だった。更に緊張した声で、「ありがとうございます、じゃあ、少しだけおじゃまします……」と深く頭を下げた。

二人はピョールを部屋に連れて行き、ドアを閉めて、少しの間はひそひそ声で話している様子だった。時間が経ちリラックスしたのか、時折笑い声が聞こえてきた。白藤さんはダイニングテーブルの椅子に座ったまま、何か考え込んでいる様子だった。

息苦しくなりトイレに行くふりをして廊下に出ると、俯いた琴花ちゃんと鉢合わせした。琴花ちゃんは私の顔を見ると慌てて近寄ってきて、「あの、ここに遊びにきていること、母には……」と言いにくそうに呟いた。なんとなく察していたので、「アミちゃんには言わないよ。約束するから、安心して」となるべく優しい口調で告げた。

琴花ちゃんは少しだけ安心した顔になり、でもまだ完全には私の言葉を信じていない様子だった。それも道理で、私は琴花ちゃんよりもアミちゃんとの人間関係を優先する必要があるので、そう判断したときには琴花ちゃんを裏切り、彼女との約束を破るつもりだった。そういう空気を含んだ僅かな言葉の振動を、琴花ちゃんは敏感に感じ取っていたのかもしれない。

琴花ちゃんがなぜアミちゃんにピョールと遊んでいることを知られたくないかはわからないが、アミちゃんはピョコルンに対して何か思うところがありそうだった。だから叱られると思っているのかもしれない。

それから毎週日曜日、琴花ちゃんはおずおずと家に遊びにきた。

少女たちの会話は断片しか聞こえてこない。けれど、琴花ちゃんは「波さん」と少しよそよそしく波ちゃんを呼び、波ちゃんは琴花ちゃんを「琴花」と明るく呼ぶ。

波ちゃんは「クリーンな人」で、ラロロリン人に対して負の感情は一切なさそうに見える。それなのに琴花ちゃんは相変わらず自信なげで、波ちゃんの表情を懸命に読み取って、彼女が所望している言葉を差し出そうと必死な様子だった。

二人は学校ではほとんど口をきかないらしい。

「だって、琴花は『恵まれた人』だもん。私とは本当は住む世界が違うラロロリン人だもんね。すごいなあ。それなのに私なんかと口をきいてくれるなんて、心もすっごくきれいだよね、さすがラロロリン人は違うなあって思う」

波ちゃんはいたく感激している様子だった。

今日も、昼過ぎに遊びにきた琴花ちゃんと波ちゃんは、ピョールを2階の波ちゃんの部屋に連れてあがり、ドアを閉め切って遊んでいる。

少し気になって、ベランダの窓を開けてみた。窓からは少女たちの声がもう少し鮮明に聞こえた。

「ピョール、何を着てもすごく綺麗」

「今度はこれを着せて撮ろ！」

二人は無邪気にピョールを着せ替え人形にして写真に撮っているだけらしい。窓の中を覗くことまではせず、そっと窓と障子を閉めた。

中学生の女の子たちが、清潔な発情で繋がっている。それは自分たちのころにも、学年で人気があるということになっている男の子や、テレビの中の男の人、漫画の中の男の子などを相手にしていたことで、波ちゃんたちにとっては自然なことなのだろう。けれど、実際にその生体が家で寝泊まりしていて、腕力が少女たちより弱く、人間からの性行為を許されているということは、自分たちの時代にはなかった状況だった。

リビングに降りていくと、白藤さんがピョールが作った昼食の後片付けをしながら、溜息をついていた。

「ドアを開けろって言ってるのに、どうして伝わらないのかしら」

「私が14歳のころ、友達が遊びにきてドアを開けたことなんてなかったよ」

「それとは話が違うでしょう。ピョールがいるんだから……」

白藤さんは頭を抱えていた。

綺麗な服を着せて写真を撮ることがピョールに対する性的加害にあたるかどうかわからない。二人と一匹がいる部屋の中は、時折、しんとして物音も声もしなくなる。そこで性的なことが行われているかどうかはまったくわからなかった。

私は自分がずっと性被害者側の経験を重ねていたので、「ピョールが波ちゃんや琴花ちゃんを襲ったらどうしよう」と想像してしまうが、白藤さんは違うようだった。

「ピョコルンが相手でも、いいえ、だからこそ、性的同意が必要だってこと、それにピョコルンの精神年齢を考えると、性的同意があっても犯罪になる可能性が高くて、するべきではないって、何度も教えてはいるんだけれど。ぼんやりした返事ばかりで、ちゃんと伝わってるのか……」

ピョコルンは人間の大人より一回り小さく、腕力も弱いので、「悪ノリ」の先で本当に性行為ができてしまう。それを責める人も今のこの社会ではほとんどいない。ピョコルンは、性的行為をなんでも喜ぶようにリサイクルされてるんだから、何が悪いのだろう、余程のことがない限り同意してることになるだろうと感じるし、そのほうがずっと楽なのでそういうことにしておきたかった。けれど潔癖な白藤さんはそれを許してはくれなかった。

「ピョールを守らなきゃ。でも、あの二人が仲良くなったのはよかったわ。琴花ちゃんは、ラロロリンキャリアなのよね」

「うん、あ、家に来てることはアミちゃんに言わないでね。琴花ちゃんに口止めされてるんだ」

「小高さんに会う機会なんてないからいいけど。でも、波がフェアな目で友達を選んでくれているならよかった」

白藤さんは鋭く目を光らせているようでいて、どこか間抜けなところがある。

波ちゃんは琴花ちゃんに頻繁に、「だって、琴花は私とは全然違うもん、優秀だもんね」と言う。そのたびに琴花ちゃんは複雑な顔で、何かを諦めたように無言で小さく笑う。

最近は、「持ち上げ」という排除がウエガイコクで問題になっているらしいと、インターネットの記事で読んだ。どこまで信じていいのかわからないが、波ちゃんが、夕飯の時、会話の隙間で、「ん、琴花は、学校ではかなり持ち上げられてるから」と溢したこともあり、おそらく、私たちが権現堂さんにしていたのとはかなり違うやり方で彼女は除外されているのだろう。

この二人が仲睦《なかむつ》まじいのが私には危ういことに思えるが、白藤さんはそうした危機感はまったく抱いていない様子だった。

「あの、今日も、おじゃましました……」

晩ご飯の時間が近づくと、二人とピョールはやっと部屋から出てくる。玄関で深々と頭を下げて琴花ちゃんが帰っていく。

アミちゃんのマンションは駅前にある。薄暗い遊歩道は、私たちが頻繁に痴漢にあっていたころより本当に安全になっているのだろうか。送ったほうがいいかいつも悩むが、琴花ちゃんは断るだろう。

不安な気持ちでその小さな背中を見送っていると、小さな声で波ちゃんが呟いた。

「琴花、お母さんにバレないかな」

「バレると叱られる？」

波ちゃんは肩をすくめた。

「そうみたい。琴花のお母さん、ピョコルンが嫌いっぽくて。嫉妬してるのかな、ピョコルンが可愛くて家事もできてみんなから愛されてるから」

「さあ、どうかな」

琴花ちゃんの背中が遊歩道の先の暗闇に溶けて見えなくなっていく。波ちゃんはしゃがんで両手でピョールを撫でた。

「なんだか、琴花のお母さんって、母ルンって感じなんだよね」

「母ルン……？」

「一人っていうか一匹で、家のこと全部やってて、すごく便利なの。でもご飯はあんまり美味しくなくて、よく琴花のお父さんに叱られてるんだって。なんかね、ちょっと、ダメなピョコルンっぽい感じ」

「ああ……」

その生き物なら子供のころからずっと家にいた。母の背中を思い出しながら、そう口には出さず、ぼんやりとした相槌を返した。

「母ルンがどの家にもいれば便利なのにね。ピョコルンも楽になるし」

ピョコルンが普及した歴史や経緯を全く知らない様子の波ちゃんの無邪気な提案にぎくりとする。

私は、波ちゃんが言う「母ルン」たちの待遇を少しでもましにするためにピョコルンができたという歴史をはっきりと認識していて、それを疑ったことなどなかった。波ちゃんは違う歴史を生きているらしい。

「じゃ、ご飯まで部屋でごろごろしようかなー。いいよね、ピョコルンがいる生活。ピョールのおかげでずっと楽になったなー」

私は波ちゃんの世界を吸収するのをやめて、やや強引に会話を中断した。

自分には珍しい種類の疲労だった。実際には、ピョコルンが作る少しも食べたくない料理を身体の中に流し込み、ピョコルンがやり残した掃除、中途半端な家事の続きに追われる惨めな夜が待っている。これ以上、自分の内部に、「クリーンな感情」以外の「汚い感情」を発生させたくなかった。虚無でいたかった。

部屋に戻ると、キッチンに移動したらしいピョールが料理をしている音が1階から聞こえた。

朝から断続的に眠っているのに身体は疲れ切ったままだった。

ピョコルンを使用している自分だって十分世界から使用されている。波ちゃんが「ピョールの人権」という言葉をいつか吐き出し始めるのではないかと思うとぞっとした。

今のところ、私の周りでピョコルンを人間扱いしようと言っている人間は白藤さんくらいでリアルではほとんど見当たらない。インターネットの中にはいるが、迷惑アカウント扱いであまり相手にされていない印象だ。どこかで爆発的に増えていたらどうしようと、不安になる。

ふと思いついて、以前音ちゃんとＤＭのやりとりをしてから放置していたＳＮＳにログインをした。白藤さんのアカウントを探して、「かわいそうな人」が今どんなことを話しているのか確認しようと思ったのだ。

「あれ」

呟きが漏れた。白藤さんのアカウントが一瞬見つからず、消えたのかと思ったが、代わりに見覚えのない真っ白なアイコンを見つけた。

シロ　@fuji_moon_room

いつの間にか非公開になっていたアカウントを、ＩＤから白藤さんのものであると確認する。「藤の花びら」から「シロ」と名前を変えたアカウントをざっと見ると、今までの投稿は全部削除されているようだった。代わりに、直近1か月くらいで、ぽつぽつと日記のような呟きを投稿しているようだった。

7月2日　2:00
キサちゃんは今日も元気。

7月17日　4:00
キサちゃんは食欲がない様子で心配。

8月2日　3:32
キサちゃんに会いたい。

8月4日　4:15
キサちゃんが恋しい。

8月5日　4:40
キサちゃんのことを助けたい。

8月6日　3:46
早くキサちゃんに会いたい。

私は思わず「怖、大丈夫かな、この人」と呟いた。

かわいそうに。そんな人はどこにもいないと、6年もかけてゆっくりと教えてあげたのに。私は敷きっぱなしの布団の上で目を閉じて、スマートフォンを枕の遠くへと放り投げた。

40歳

大きなリュックを背負った白藤さんが私の家に来た日の光景はあまりに奇妙で、今でも玄関を見ると、6年前にドアの前に背筋を伸ばして立っていた白藤さんの姿をふと思い出すことがある。

14年前の「リセット」の後、離婚した私は仕事を失い、小さなマンションに引っ越していた。明人は離婚してすぐ行方不明扱いになったため、慰謝料などの交渉はできないままだった。田舎に住む姑《しゅうとめ》と舅《しゅうと》は行方不明の原因が私ではないかと微かに疑っている様子だった。早く関わり合いを絶ちたくて、逃げるように夫婦で借りていたマンションを出たのだった。

仕事を失った私が新しい仕事を見つけるのは大変だった。なんとか派遣の仕事を見つけて働き始めて数年したころ、父が癌《がん》で入院した。

入院した当初から父は「ピョコルンになりたいなあ」とよく溢していた。

「無理よ。あなたはラロロリン人ではないのだから」

母は、父の世話をしながら、そう繰り返した。

「明人くんはピョコルンになったんだろう?」

こちらを向く父に、「うーん、本人はそう言い残してたけれど、本当のところはわからなくて」と曖昧にぼかし、苦笑いをして首を傾げた。

「明人くんはラロロリン人なのだものなあ。科学の力で新しい動物になれるなんて、素晴らしいよ」

父はウエガイコクに失望した様子はまったくなかった。それどころか、より一層、その光しか見えなくなっているように見えた。

光は麻酔なんだな、と父を見て私は思った。人生や日常、肉体の苦しみや痛みを麻痺《まひ》させる。よく皆が「光」と呼ぶものは、そうした痛みを和らげるための麻薬のようなものなのではないかと思うと、父以外のさまざまな人間が見せる「光」に対する反応にも腑《ふ》に落ちるものがあった。

父が死ぬ瞬間を私が見なかったのは、どこかでその役目を母に押し付けようとタイミングをずらしたからだと思う。父は、母を虐げていることに最後まで気が付かなかった。不幸でも幸福でもないまま、光を夢見て死ぬことができた。

父の衰弱はやわらかかった。ごきごきと弱っていくのではなく、静かに萎んでいった。母が「空ちゃんは仕事があるから、たまに顔を見にくるくらいでいいわよ」と言うように仕向けるのは簡単だったし、仕向けなくてももはや母は自動的に彼女の人生からその言葉を排出する状態だった。

会社に電話がかかってきて、「あのねえ、今、病院から連絡があって。お父さん、亡くなってるみたいなのよ」と母の声が聞こえてきたときも、さほど驚かなかった。そろそろかなと思っているのにけっこう長いな、と思い始めた頃合いだった。

父の遺体は彼が好きだった和室に寝かされた。

「ラロロリン人、やばかったね」

「ピョコルン、人間だったね」

「ウエガイコク、やらかしたよね」

父の光にひびを入れる言葉は最後まで言わなかった。

葬儀のことは何もわからなかったため、適当に決めた葬儀屋の言う通りに進めた。父の棺《ひつぎ》に何を入れていいかわからず右往左往する私に、母は「別に何も入れなくてもいいわよ。あんたはとにかく親戚への連絡だけして、それだけでいいから」と力無く言った。

母は気を落としているというより、世界に使われ続けることに諦めきっているように見えた。

「あのさ。お父さん、ピョコルン好きだったよね。今でも好きかな。ピョコルン、昔、家でも飼ってたよね。でも、あれ、人間だったよね」

なんでそんなことを母に言ったのかわからない。母は視線すらこちらに寄越さず、「ああ、あれね」と溜息をついた。

「よくわからないけど、あんないい暮らししてたんだからいいじゃないのねえ。あの程度のことが、なんであんなに騒ぎになったのかしらね」

母の声は低いのに、まるで甲高い声を聞いているように、何かをひっかくキーキーという音が混ざって反響した。暗に、自分の方がよほど非人間的扱い、家畜扱いされている、と言いたげだった。

父の葬式には、アミちゃんやサキの他に、意外なことに白藤さんも現れた。白藤さんはこのころはまだげっそりと痩せており、喪服が肌にぴったりと吸い付いていて、まるでそういう皮膚の生き物のようだった。

「このたびはご愁傷様です」

深々と頭を下げた白藤さんに、

「久しぶりだね。来てくれてありがとう」

とからからの声で言った。父の会社関係の知らない人に「生前は父がお世話になりました。いらしてくださってありがとうございます」と言い続けて疲れていたので、見覚えのある顔に少しほっとした。

そのときは慌ただしくあまり言葉は交わさなかったが、わざわざ東京から来たのかと聞くと、最近はほとんど実家で暮らしているのだと少し苦しそうに溢した。奏さんとの生活は終焉《しゅうえん》を迎えつつあるらしいと察知した。

父の葬式が終わると、今度は母方の祖母の病気が発覚した。母は介護のために田舎に帰ることになり、空き家にするのは心配なので、クリーン・タウンの家で暮らしてくれないか、と母から切り出された。そのときの職場は東京だったので、通勤時間が長くなることにかなり悩んだが、家賃がなくなると考えればいい話だとアミちゃんからもサキからも言われ、結局実家で一人暮らしをすることになった。

家を出ていく母は身軽だった。

「介護ができるピョコルンもいるらしいよ。少し高いみたいだけど、それでもよくない？　どうして飼わないの？」

私が中学生のころ修学旅行で使ったグレーの鞄に少しの着替えを詰め込んだ母は、このときも視線をこちらに寄越さなかった。

「あんたはまったくわかってないよ。あんな生き物にできることじゃないわよ」

母の低い声は、「お前は、よくもこの重責から逃れたな」と言っているようにも聞こえた。私にも、父にも、親戚にも、散々こき使われてきた「母ルン」としての凄みと恨みのある声の振動に、「私のせいじゃない」と言おうとして、やめた。「母ルン」を便利に使い続けてきたのは紛れもなく私だった。

父も母もいなくなった家は、ぞっとするほど広く、静かだった。

父の遺骨を分骨して、父が旅先で買ったウエガイコクの骨董《こっとう》品のつぼに入れ、和室に置いた。仏壇をいつかちゃんと買おうと母と話してこうなった気がするが、そのあたりの記憶は曖昧だ。今では、父の遺骨は押し入れの中に置いてある。

奏さんに呼び出されたのはそれからしばらく経ったころだった。私と白藤さんがルームシェアをして、奏さんから家賃を受け取る。かなりおいしい話だと思った。駅から遠いこの家に住み、しかもルームシェアをしてくれる人などいないだろう。

白藤さんを、いつか二人でバイト帰りに食べたラーメン屋に呼び出したときは緊張した。少しでも不審がられないよう、「白藤さんに懐かしさと親しみを感じている」「二人の思い出を私は実は大切にしている」と認識してもらおうと、

「懐かしいなあ。ここ、覚えてる？　白藤さんとアルバイトしてたころのこと、今もなんだか鮮明に記憶にあるんだよね」

と過剰に繰り返し説明した。

「ああ、うん」

白藤さんはこのとき、なぜ呼び出されたのかわからず戸惑った様子だったと思う。父の遺品に白藤さんが喜びそうな本があったから、という苦しい言い訳だったが、実際には父はさほど読書家ではなかったので、古本屋で何冊かそれらしい本を見繕って白藤さんに差し出した。

「これ、かなり価値があるものだから、あなたが持っていた方がいいと思うわよ」

白藤さんはむしろ怪訝《けげん》そうに、不審そうに私の目を真っ直ぐに見つめた。

「あのね。実は、遺品っていうのはちょっとした言い訳で。少し驚くかもしれないけど、あの、誘いたいことがあって」

白藤さんは傍目《はため》にもわかるほど警戒し、今にも席を立ちそうだった。そういえば彼女には「民間プロ殺菌クリーンニスト」の通信講座にのめり込んでお金を注ぎ込むところを見られていたな、と思い出した。白藤さんは私を馬鹿だと思っている。おそらく、何か胡散《うさん》臭い勧誘だとでも予想しているのだろう。

私は息を吸い込み、まるで歌でも歌うように、なるべく白藤さんに心地よいリズムで、静かに言葉を吐き出し始めた。

「あのね、実は、母が祖母の介護のために、山形で暮らすことになって。私、今、あの家に一人で住んでるの。子供のころ、白藤さんが遊びに来てくれたこともあるよね、あの家。一人だとがらんとして寂しくて。だからってわけじゃないんだけど、白藤さんも実家だって言ってたでしょう？人のおうちのことに口を出すのは好きじゃないんだけど、勇気を出して言うね。

白藤さんと奏さんが一緒に暮らさなくなっても、白藤さんは波ちゃんのもう一人のお母さんであり続けるんだろうって勝手に想像してるのね、それは変わらないことだろうって思ってるの。二人の考え方が違ったらごめんなさい。もしそうだとして、白藤さんが実家にいるのが、もし経済的な理由だったら、家《うち》で暮らしてほしいの。週末は自由に波ちゃんを連れてきていいし、もちろん奏さんだっていつでも来てほしいの。白藤さんの家でそれが安心してできているなら、余計な提案だと思うから忘れて。本当に、とてもデリカシーがないことを言ってるってことは自覚しているの。でも、もしこの提案が白藤さんにとって不快だったり迷惑なものでなかったら、前向きに検討してほしいの。検討してくれるだけで私はうれしいって思う」

一気に喋った自分の台詞《せりふ》が、どこから来たのか、自分ではわからなかった。会社や地元の友達といるときとは完全に違う喋り方になっていた。白藤さんは、じっと、私の目を見つめていた。掠れた声で、

「キサちゃん……」

と彼女が口にして初めて、自分が、無意識のうちに彼女の中に存在している「30年以上後のキサちゃん」になっているのだと気がついた。

「ありがとう、キサちゃん。キサちゃんが私や波、奏のことまでそんなに真剣に考えてくれていた

なんて」

そのとき、私は不思議な光景を見た。あれほど変化を拒んでいた白藤さんが、微かに「呼応」しているのを感じたのだ。

「シロちゃん」

少し声のトーンを下げ、ゆっくりとしたリズムで語りかける。

「遠慮はしないでほしいの。実は母の許可はもうとってあって、だからシロちゃんさえよければ本当に。心配なだけなの」

人間の体の中には、孤独が浮かんでいる。それはコントローラーに似ていて、それを摑むのに成功すると、目の前の人間をある程度操作できる。

孤独は人間を単純にする。あれほど警戒心が強かった白藤さんは、私の言葉にいとも簡単に「呼応」し、「シロちゃん」の状態に陥っていた。「キャラ」はペルソナというよりもう少し奥深く食い込んでいるもののように感じる。仮面ではなく人間の状態を示す言葉なのかもしれない。「シロちゃん」の状態になった白藤さんは、いつも少し硬直している顔の筋肉が弛緩した表情、微かに恍惚としてふらふらと揺れる黒目、少しうわずった声、そわそわと膝の上で動く指先、いつもの「白藤さん」とはまったく違う状態になって、私を見つめていた。

「……本当に、いいの？」

このような少しおどおどとした態度を、奏さんといたときの白藤さんも見せていたのだろうか。

「もちろん」

「キャラ」は、捨てたつもりでも身体の中で生きている。30年以上時を重ねた「キサちゃん」が確かにここにいて彼女に微笑みかけていることを、「キサちゃん」という状態に陥っている私自身も感じていた。

白藤さんはリュック一つで家に来た。

「シロちゃん、リュックなんて持ってるんだね。なんとなく意外」

かっちりとしたバッグを持っている白藤さんしか見たことがなかった私は、何気なくそう言った。

「これ、大学生のころのなの。キサちゃん、バイト先でも、シロちゃんリュック珍しいね、って言ってたわ。覚えてない？」

「そうだっけ……？」

私にはその記憶はまったくなかった。白藤さんと私は、当時はアルバイト先でそんなに気軽に言葉を交わすような関係ではなかったはずだ。それに、大学生の私が彼女を「シロちゃん」と呼ぶはずはない。少し引っかかったが、「キサちゃん」らしく上品に微笑んで彼女を迎え入れた。

「どの部屋がいい？」

「ええ、どの部屋でもいいなんて、贅沢すぎるわね……」

白藤さんは、「じゃあ、この夕日が見える部屋にする」と西側の、父が書斎として使っていた部屋を選んだ。

「私は、隣の和室にしようかな」

白藤さんは、「きっと、キサちゃんはそうだと思った」と、自分は私よりずっと深いところまで「キサちゃん」を知っている、といった風情《ふぜい》で頷いた。

私の実家は、父が家を建てたころに流行っていた造りで、リビングルームとダイニングルームが別になっている。一人だとダイニングで食事を済ませてしまうので、リビングルームは物置のようになっていた。

「もったいないわ。せっかく、お庭が一番良く見える部屋なのに」

「そうなんだよね。父の遺品がほとんどなんだけど、いらない洋服や外国のお土産ばっかりだからなあ。2階の空き部屋に移動して、ここに椅子を並べようか」

ちょうど藤の季節で、庭の藤棚には薄紫色の藤が満開だった。

「いいのかな。お父様の大切な遺品なのに。私、なんだか、すごく図々しいみたい。キサちゃんといると、どうしてもなんでも咀嚼《そしゃく》せずに言葉にしちゃうの」

「すごくうれしい。私、シロちゃんの本音をいつも聞いていたい。シロちゃんと気持ちよく暮らしたいの。私たち、誰よりも心地よい家を作れると思う」

私の記憶のデータベースには、この日の夜、白藤さんがこの部屋を「藤と月の部屋」と名づけたと記録されている。二人が夜、お茶を飲んだり語らったりするための部屋にしようと提案されたはずだ。

「自分の名字は大嫌いだけれど、藤の花は好きなの。窓が大きいから月も見える。白藤と如月、二人が生きた絵になってそこにいるみたい」

近くのリサイクルショップで買った椅子を並べ、ワインを飲んだ白藤さんが、随分と浮かれた様子なのを珍しく思ったので、よく覚えている。

白藤さんが「キサちゃん」の中毒になりかけていると気がついたのは、白藤さんが家に越してきて1年あまり経ったころ、白藤さんが作った梅酒を飲んでいるときに、彼女が、「キサちゃんとの子供を考えているの。私と友情婚をしない？」と朗らかに、しかしその裏側に緊張を滲《にじ》ませながら、切り出したときだった。

「私たちが最初に出会った雨の日のこと、覚えてる？　私あれから、雨が降るたびにキサちゃんのことを思い出して安心するの。まるでキサちゃんの魂に包まれてるみたいな気持ちになる。

学校で言葉をあまり交わさなくなってからも、私とキサちゃんはどこかで通じ合ってたよね。ファミレスで再会してからは、キサちゃんに教えてもらうことがたくさんあったな。キサちゃんは、自分は『キャラ』を作ってる、って言っていたけれど、そうやって自分を守って、そうすることでしか防御できないいろいろなハラスメントと静かに対峙していたよね。口に出してぶつかるタイプの私や奏とは違うところもたくさんあったけれど、魂は似ているっていつも思ってたし、キサちゃんがそう思ってくれてるのを感じてた。私と奏が友情婚したときも、一番喜んでくれたのは、あのときのメンバーの中でも本当はキサちゃんだったよね……」

「シロちゃん」の記憶は、私とは全く違うものだった。

「この部屋をキサちゃんが『藤と月の部屋』って名付けてくれたときも、すごくうれしかった」

私はあえて訂正せず、

「そうだったかな。なんだか、もうその名前が自然すぎて覚えてない」

とはにかんで俯いた。

私の記憶と白藤さんの記憶、どちらが正しいのかはわからない。おそらく、どちらも実際の事実関係とは異なっているのだろう。世界は違う脳で録画され続け、その録画データである記憶は改竄され続けているのだから。生きていくために脳はなんでもするのだと、白藤さんを見てしみじみ思った。

月が美しい夜だった。藤の花はとっくに枯れて、ソラマメに似た実を大量にぶらさげたつるが、巨大な掌のように2階のベランダまで覆いかぶさっていた。

普段、お酒はあまり飲まず、たまに飲むときもグラス一杯程度の白藤さんが、この夜は何杯も自分の作った梅酒を唇の中に流し込んだ。

お酒が回った白藤さんと話しているうちに、「シロちゃん」と私の脳では、人生の記憶だけでなく時代の記録データも大きくちがっていることがわかってきた。私が自分を分裂させ、世界を分裂させてきた時間を、「シロちゃん」はまったく違う認識で語った。

「私たちの世代、学生時代は辛《つら》かったけど。でも、それからはちゃんと、確かな希望があったわよね。仲間だってたくさんいたし、『世界』はいい方向に動いてた。でも、平気そうに見える人たちも、みんなやっぱりどこかで苦しかったのかな。ラロロリン人がピョコルンを使って世界を支配しているなんて、くだらない陰謀論がこんなに流行ってしまうなんてね。奏まで騙《だま》されて、本当に悲しかった。でも、きっと大丈夫だって、キサちゃんと話してると思えるの。きっと、みんな『戻ってきてくれる』。キサちゃんがいてくれて本当によかった」

白藤さんが共通の経験のように話す記憶は、白藤さんが生成している過去だった。私の過去と事実関係は同じはずなのに、彼女は違う時の流れの中にいた。

『『ひそやかな緑の交換』もとっても懐かしいわね」

恍惚とした表情で白藤さんがうっとりと口にした言葉にはまるで身に覚えがなかったが、私は
「うん、とっても懐かしい」と頷いた。

「校庭で落ちている葉っぱの中から美しいものを探して、セーラー服のポケットに入れて持ち歩いてね……廊下ですれ違うときに、誰にもわからないようにこっそり交換するのよね。思えば、言語がなくてもあれが私たちの会話だった」

白藤さんが、彼女が口にしていた「サラー」を私に手渡した。

「今、もうみんなちゃんとこれを食べるのをやめてしまったよね。だからなかなか手に入らなくて」

「ありがとう」

私は粉状のサラーを受け取り、「私もインターネットでずっと探してたんだけれど、見つからなくて」と囁いた。

「見て。グラスの中に、キサちゃん」

呂律《ろれつ》がまわらなくなった白藤さんが、両手で持ったグラスの中に映った月を見つめた。

「昔、4丁目の公園で、キサちゃんが、あたたかい紅茶の中の月を飲んだの。覚えてる？」

「うん」

白藤さんの言葉に呼応して、私の中に朧《おぼろ》げな記憶が発生する。

「たしか、あのとき、キサちゃん、『共食いだわ』って笑ってた」

「そうだったかな。あはは」

「あはは、あはは、あはははは」

「あはははは」

白藤さんが、私と白藤さんの子供を産む。その赤ん坊を二人で育てていく。いつの間にか目の前に備わっていたその未来に合わせて、少しずつ、自分の記憶が改竄され始めているのを感じていた。


その年の冬の出来事がなかったら、私はそのまま白藤さんの世界へと溶けていき、過去を改竄し、違う時の流れを「キサちゃん」と「シロちゃん」として生きていただろう。あれから藤のつるの塊は、毎年、どんどん大きく膨らんで空中に浮かんだ巨大な妖怪のような姿になり暴力的に花が咲き誇っているが、「藤と月の部屋」で「キサちゃん」と「シロちゃん」が笑い合う夜はもう二度と訪れないだろう。今はもう存在しない「キャラ」二人が笑い合っていた部屋で、今はピョールが眠っている。

休日の昼間、仕事で疲れ切った身体で微睡《まどろ》んでいると、遠くから子供の笑い声が聞こえることがある。「シロちゃん」が産んだ子供が部屋を走り回り、「キサちゃん」と「シロちゃん」が「藤と月の部屋」で困ったように顔を見合わせて笑っている。私が選択しなかった世界の幻聴が、浅い夢の中で響き渡る。目を覚ますと、もうその足音は消えて無くなっている。代わりに、波ちゃんの気配とピョールの甘い鳴き声が、この家をそっと振動させている。

「いや、悪いですね、急にお呼び立てして」

白藤さんのお母さんが開けたドアの奥に現れた匠くんが、最後に会ったときと全く違う口調で話すのに、一瞬頭がついていかなかった。姿形はあまり変わっていないので、彼に会わなかった9年という年月がぐにゃりと縮んで伸びたような、時間の流れが歪む感覚に襲われた。

一年ほど前に白藤さんと一緒に暮らすことになり、彼女のお母さんにはきちんと席を設けて挨拶をした。私は菓子折りを持って白藤さんの家に行くことを提案したが、白藤さんは私が匠くんと鉢合わせしないように、駅前の和食レストランの個室を予約した。家に引きこもっているはずの匠くんは来なかった。

「キサちゃんを嫌な気持ちにさせたくないの。あの人は、キサちゃんとは正反対の人だから」

白藤さんは明確に匠くんを「この世界における穢《けが》れ」として扱っていて、当人に聞かれたら逆上されるのではと心配になるほどだった。

「お久しぶりです」

私はどの「キャラ」の声色がこの場にふさわしいか考えた。

攻撃を受けないために最初から媚びておくのが安全ではあるが、玄関には白藤さんの母親もいる。それに、過剰に「匠くん」に擦り寄ってしまうと、本当に白藤さんと私が友情婚をしたときにキャラの統合性がとれなくなる。

私は一瞬で判断し、「キサちゃん」と「大人になって自分の賞味期限がとっくに切れていることをちゃんとわきまえているプリンセスちゃん」の間くらいの、おとなしいながらも過剰に従順ではなく、少しだけ凛《りん》とした空気の声で、

「忙しくてなかなかご挨拶に伺えずにすみません。大事な妹さんを預かっているのにお盆にもお正月にもきちんとご挨拶ができず、失礼ではないかと気にしていました。匠さんにも長いことご連絡しないままで申し訳ないです」

と無難な挨拶をし、過剰な愛想は抑制したまま、唇をそれらしく動かして、自分が微笑んでいることを匠くんとお母さんに示した。

「そんな、あなたはもう娘みたいなものなのだから、気にしないで。甘いもの、好きだったわよね？」

白藤さんのお母さんは、見た目は白藤さんによく似ている。太い毛がびっしり生えたまっすぐな眉毛に、目とは顔の切れ込みなのだとしみじみ思わせるような、皮膚と眼球の境目がぎくりとするほど強調された瞳と、太くて長い睫毛。尖《とが》りすぎているため整っていることよりその骨に触れたら痛みを覚えるのではないかという感覚のほうが先立って湧き上がってくる高い鼻。遠目に見ても、空気が彫られているような印象があるのではっと視線をやってしまう顔立ちだった。

白藤さんのお母さんは、年齢は私の母より10歳近く上のはずだが、言動や表情が母と少し似ていると感じるときがある。白藤さんと話しているときは安心しているように見えるが、匠くんに対してはいつも微かに緊張している様子だった。

白藤さんの父親が「リセット」になる前に病気で亡くなっていたことは、ご両親に挨拶をすると申し出たときに知らされた。「私、母を守る立場なのにキサちゃんのところへ逃げてきてしまったようなものね」と白藤さんが溢したことがあったので、大体の家の様子は想像がついていた。白藤さんの母親は、過剰に思えるほど匠くんに従い、世話をし、尽くしている様子だった。

「どうぞ」

案内されたのは白藤さんの家のリビングだった。小学生のころ、白藤さんの家に行くと白藤さんの家の匂いがして、ここは彼女の巣なのだと感じたことを思い出した。一緒に暮らしている白藤さんからは、いつの間にか白藤さんの匂いが感じられなくなっていた。

「空子ちゃんが来てくれてうれしいわあ。遥もねえ、今の生活がとっても楽しいみたいで、ろくにこっちの家に顔を出さないんだから、困った子よねえ」

過剰に朗らかに振る舞うお母さんがキウイのタルトを、匠くんにはチョコレートケーキを出し、紅茶を淹れてくれた。

匠くんの皮膚は脂でつやつやと光り、それはどこか昆虫の表面を思わせた。匠くんは王のように振る舞っていて、一方で監視もされていた。

「では、ごゆっくり」

お母さんはドアをしっかりと開いて部屋を出ていった。キッチンの方でこちらの様子を窺いながら何か料理らしきことをしている音が聞こえてくる。匠くんはケーキを一口口に入れ、深刻な雰囲気で喋り出した。

「いや、遥にはね。君に会うときは絶対に自分を通せって言われていてね。僕は、君に嫌われているのかな、なんてことも、思っていたのだけれども」

「そんな、まさか。離婚した夫が匠さんと親しかったので、遥さんが私の気持ちを気遣ってくれているのだと思います。すみません、嫌な気持ちにさせてしまって」

「ああ。そう、その明人さんのことなんだよ。実は、遥と君が一緒に暮らし始める少し前かな。こんなものが家に送られてきていてね。彼は自殺したそうだね、痛ましいことだけれど……とにかく、明人さんから、君に渡してほしいというような手紙が入っていてね。しかし、遥が反対するものでね。どうしたものかと思ったまま、預かったきりになっていたんだよ」

重々しい雰囲気で匠くんが、リビングの奥にある亡くなった白藤さんのお父さんのゴルフのトロフィーが並んだ棚の引き出しを開けて取り出したのは、一辺が15センチくらいの立方体の桐の箱だった。

「これは……？」

「君は明人さんと暮らしていた家をすぐに出ただろう？　本来、君宛のもののようなのだけれどね。届け先がわからなかったようで、僕のところに届いたんだ」

「明人と暮らしていた家でずっと暮らすべきだったのに、家を出たりするからこんなことになり、自分まで迷惑を被《こうむ》った」というニュアンスが言葉の奥でりんりんと鈴のように鳴り続けているような口調だったが、私は匠くんが鳴らしている鈴の音には気がつかないふりをして、

「そうなんですね。それは具体的にいつごろですか？」

と尋ねた。

「2年前くらいかな」

「あ、そうなんですね」

明人の自死がいつだったかは正確にはわからないが、8年前には明人がピョコルン手術をしたことを元姑から知らされていたので、死後数年経って送られてきたことになる。

「遺品のようなものでしょうか？」

「まあ、開けてみて」

なんとなく得意げに匠くんが促すので、薄気味悪く思いながら仰々しい桐の箱を開いた。

箱の中で綿に包まれて入っていたのは、古びているとも新しいとも判別しにくい、直径10センチメートルほどの淡いクリーム色の球体だった。

高価なものなのかもよくわからず、触れていいかも判断できなかったため、私はそっと桐の箱を持ち上げて、自分の瞳をその球体に近づけた。

「本当は警察に行こうか、とも考えていたのだけれどね」

過剰に芝居がかって、深刻そうに匠くんが言うのでもう一度それを眺め、黒い小さな蟻のようなものが表面にあるのを見つけた。それはひょうたん形の黒子《ほくろ》だった。

明人。

その名前が先に頭の中で弾《はじ》けた。それから、その見覚えのある黒子があるのは明人の右の太腿の皮膚だという理論が私の頭の中にすんなりと構築された。

「なるほど。警察もあり得るかもしれませんね。この球体の表面のことはわかりました、本物か偽物かまでは私の肉眼では識別できませんが。この球体の中は何でできているのでしょうか？」

長期間家に置いていたくらいだから調べているかもしれないと思って聞きながら顔を上げると、匠くんが不愉快そうにこちらを見ていて、「匠くんが想定していた、明人と離婚した女性のリアクション」と私の反応にズレがあることに苛立っているのが伝わってきた。

今までの人生で「匠くん的なキャラの人」に何十人も会ってきて、自分の想定と違う反応を女性がすることに不快感を示す人が多いことは理解していた。この状況で、あえて匠くんが納得する反応をしてみせて、彼を満足させることが合理的なのかどうかの判断は難しかった。

匠くんは、

「鑑定ならしましたよ。あ、代金はこちらで支払っておきました。普通の鑑定と違って予想外に金額は高かったんですけれどね、明人さんからお預かりした責任というのもこちらにあるので、そこは」

と言うので、

「すみません、お手を煩わせてしまいましたね。それはもちろん、本来の受け取り手であり明人さんの元家族である私がお支払いいたします。立て替えてくださって、また保管してくださってありがとうございます」

頭を深々と下げると、不機嫌だった匠くんは少し態度を軟化させた。

「いえいえ、こちらも明人さんにはお世話になりましたから、それくらいは。ネットで探して秘密を守って鑑定士に家まで来てもらったのですがね、中はただの発泡スチロールだそうなんですよ。ですが彼が言うには有名なアーティストの作品だそうで。買い取りたいとしつこく言われましたが、こちらもお預かりしている品ですからね。きちんとお守りせねばと、もちろんきっちりお断りしましたよ」

「まあ、それは大変なご苦労をおかけしてますます恐縮です。本当に心より感謝いたします」

しみじみとした表情をみせながら桐の箱を持ち上げると、そこには小さく「ＯＴＯ」と刻印してあった。

意味不明の物体が急に頭の中の情報と接続した。

当時の音ちゃんはすでに「ピョコルンになったラロロリン人の遺体の残骸をリサイクルするアーティスト」になって5年以上経っていた。本物の彼女の作品は容易には入手できないはずで、それっぽくつくられた偽物なのだろうと理解した。

「手紙もついていたんですよ。僕は胸を打たれましてね。遥にいくら反対されても、これは絶対に君に渡さなくては、と、使命感がね、僕にもありますから」

匠くんが差し出した手紙は、コンビニで買ったような白封筒で、中身はルーズリーフの用紙に書かれたものだった。

遺書とは便箋を買う余裕もないものなのだろうか。桐の箱に添えられるとなんだか胡散臭さが増して思えた。

一応、そこそこ胸を打たれている感じを出しながら開くと、そこには確かに見覚えのある、明人の神経質そうな文字が並んでいた。


僕を人間たらしめているものすべてをここに置いていく。

それは僕が強制されてきた典型的な僕だ。

典型的なラロロリン人としての人生だ。

僕は最後まで、典型的なラロロリン人としての人生を生きるしかなかった。これは証明だ。誰にも見られない告発だ。僕の人生が空虚であることの証明だ。

僕は僕の残骸でピョコルンになる。

人間としての僕の核心はここにいる。

僕は典型的な空虚だ。ラロロリン人としての典型的な空虚を、君に渡して僕は消滅する。

月城《つきしろ》明人

何を言っているのかわからず、このような馬鹿馬鹿しい手紙を音ちゃんが作品につけるはずはないので、これが偽物だろうということはよくわかった。

「私の何となくの感覚では、皮膚は本物だと思います。けれどおそらくは刻印されているアーティストさんの作品ではないのではないかな、と感じます。私の方でも調べてみて、もし価値がありそうなものなら、受け取った匠さんにも所有権があるかもしれませんね。そこはご相談しないといけないかな、と……」

「いえ、いいんですよ。鑑定料だけで問題ありません。こちらもね、損得での行為ではありませんから。明人さんには生前よくしてもらいましたし、あなたは遥の友人でもありますからね」

匠くんに「ありがとうございます」と深々と頭を下げる。匠くんは「女性に頭を下げられる」とさまざまな気持ちが満たされる様子だったので、過剰なほど何度も、深々と頭を下げておいた。

「遥からね、連絡があって、君たちが正式に結婚をするかもしれないと聞いて。その前にね、きちんと明人さんに託されたものをお渡ししておかないとと思いましてね。奮起したわけですよ。僕は何度も注意しているのですけれどね、遥は自分がレズだと言ってきかないものですから」

私は目の前の匠くんが、今の世間で友情婚が一般化しつつあることに気がついていないということに、このとき気がついた。

人間が人間との恋愛を忘れ始めている時代に、友情婚をする女性二人に対して、同性愛に対する差別的な言葉を言っても頓珍漢なだけだと思うのだが、そのことすらわかっていないのだろうか、と不思議だった。

老人ならまだしもインターネットやテレビなどから情報は入ってきているはずではないかと違和感があったが、とりあえず丁寧に説明をした。

「あ、大変、ご心配をおかけしてごめんなさい。なぜだか、白藤さんからの説明で誤解があったみたいですね。私たち、友愛なんです」

「いや、僕もね、君たちが『ちゃんとしたレズビアン』ならもちろん応援しますよ。僕はそうしたことに差別はまったくないですし。でもねえ。あなたは、明人さんと結婚していたわけですから。もちろんあなたたちがピョコルンを飼っていて、ピョコルンに子供を産ませるつもりだったことは知ってますが、それだけじゃないでしょう、男と女は」

もしかして、人間の性欲対象を全てピョコルンに移行しようという世界中のゆったりとした流れにも、ずっと気がつかないまま生きていたのだろうか。この時代に、そんなことが可能だろうか？ピョコルンと性行為はしていたはずだから、情報がまったく入ってきていないわけではないのは確かなのに。

匠くんは年齢差を考えると今は50歳過ぎのはずで、それなのに出会ったときとあえて精神年齢を変えていないようにも見える。時も情報も、意図的に止めているのかもしれなかった。

私にはだんだんと、目の前の匠くんが、「匠くん的な言葉」を生成するための装置に思えてきた。

「それにしても、ここまで酷い時代になるなんて信じられないですよね。明人さんは僕にもラロリン人であることを隠していてね。ショックでしたよ」

「はい、本当にその通りですね」

「亡くなった人の悪口は言いたくありませんがね。彼は『ピョコルンに人権を取り戻す』と口走っていたこともあったのですよ。手紙と矛盾していてそれにも驚きましたけどね。つまりは、自分がいるところに人権があれば、他の虐げられている人間なんてどうでもいいんですよ」

「はい、本当にその通りですね」

「あんないい思いして暮らしておいて、その上ピョコルンになろうだなんて、僕は恐ろしいですよ。ラロロリン人は本当に人類に取り憑《つ》いたウィルスそのものですね。白アリといってもいいかな。このままでは僕たち、とくに非ラロロリン人男性は食い尽くされてしまうと、危機感を抱いているんですよ。ラロロリン人に搾取されて、ピョコルンに搾取されて、女性にも搾取され、ずっと殴られ続けてるようなものですからね」

「はい、本当にその通りですね」

私が合いの手を入れると、匠くんは彼の内部で自動生成された言葉を吐き出す。女性差別、ラロロリン人差別、容姿差別や職業差別などを搭載したＡＩのようで面白かった。

匠くんと話しているうちに、自分以外の人間も人間ロボットなのだということがどんどん自分の中で現実味を帯びてくる。

哲学的ゾンビではない人間などいないんじゃないかと奏さんに言ったらどう答えるだろう。

そう思うと、部屋に入ったときは昆虫に見えた匠くんが、今はテーブルの上の物体と同じ、皮膚を貼った発泡スチロールに見えてきた。

「あの、遥さんからメールが入ったみたいで。少しショッキングなことなので、彼女にはすぐに話さないほうがいいと思うんです。久しぶりにお会いできてとても感慨深いので、もっとお話ししたいのですが、遥さんには友人とお茶をすると伝えてしまっていて……」

スマートフォンの画面を見てハッとしてみせながらそう言うと、私は匠くん的言語生成マシーンから解放されようと試みた。

「それはそうでしょう。あいつにも困ったものだな。僕の方からも一度、あまり調子に乗って空子さんにご迷惑をかけないように注意しておきますから」

「はい、あの、鑑定費の件、本当にありがとうございます。お振込先もお知らせください」

私は立ち上がり、明人が入った箱をトートバッグに入れると、もう一度深々とお辞儀をした。


私は明人から送られてきた物体のことは白藤さんに言わず、その後の日々を過ごしていた。死んだ人のことだし、私にとってはどうでもいいことだった。

残業を終え、ロッカーへ行きコートを取り出していると、同じ部署の三木元《みきもと》さんがこちらへ来るのが見えた。

「おつかれさまです」

声をかけて軽く頭を下げると、

「あー、おーつーかーれーさーまーですー」

と三木元さんがゆっくりと言いながら会釈をした。

三木元さんは私と同じ派遣社員で、ひとまわり以上年下の女の子だった。三木元さんが入ってきたときに、やけにゆっくり喋るのでスロー再生をしているようなもどかしさを感じた。けれど、いつのまにかそのテンポに慣れていた。

「おーつーかーれーさーまーでーす」

自分の返しも、少しゆったりになったように思う。

若い人はせっかちだと上司は言うが、三木元さんを見ていると若い人はむしろのんびりと、ゆっくりとした性格の人が多く、休憩時間などの雰囲気は穏やかになってきているように感じる。

「あー、ひーさーしーぶーりー」

そのため一瞬、アケミさんの名前が表示された電話をとったとき、三木元さんの顔が浮かび、次の瞬間、「アケミさんも変化してるんだ」と理解した。

「わーあーひーさーしーぶーりーでーすー」

私も自然と、アケミさんと同じ速度で言葉を返す。

アケミさんとは、SNSのダイレクトメッセージでたまにやりとりをしていたが、メッセージの言葉では話すときの速度がわからないので気がついていなかった。けれど、アケミさんは世界②でもいつも最先端で世界②に適応し、皆に情報を流す側だったので、考えてみれば当然のことのように思えた。

アケミさんの口調に耳が少しずつ慣れて、ゆっくりとしたリズムの言葉が流れ込んでくる。

「そう、今は、本当に、おだやか。なんだか、むかしが、ゆめみたい。そう、今は、家にも。きれいな、ピョコルン。まるで、いつかの、初恋みたいな。新しい、清潔な発情、きっと、これこそが。これこそが、本物の。これが、おだやかな、人生の、かたちだな、ということが、いまは、ほんとうに、よくわかる。」

そうか、この「キャラ」が、私たちの「典型的な性格」になっていくんだな。アケミさんの言葉が昔よりずっとゆっくりと鼓膜の奥底へ沈んでいくのを感じながら、私はそう予感した。きっと、私も。白藤さんも、すぐには無理だろうけど、私から伝染すればきっと彼女もそのうちに。この典型的な人間の姿に。

そういえば電車の中も、ゆっくり発語する人が増えてきている。若い人特有のものかと考えていたが、自分にも伝染するほどの大きな流れだったのだなあ、と私は思った。

「ただいま」

アケミさんとの通話を切って家に入ると、笑顔の「シロちゃん」に出迎えられた。

「おかえりなさいキサちゃん遅かったわねあれ通話をしながら帰ってきたの自転車に乗ってないわよねとても危険なのよ心配だわそう今日は懐かしいシチューを作ったのキサちゃんと出会った日もこの白いシチューを食べたわねご飯にかけて食べたのよねお行儀が悪いけれど私は本当はあれが大好きで家ではやったことがなかったからとてもうれしかったのやっと無垢《むく》な子供になれたみたいでキサちゃんあなたといると私は本当の私に」

うん、うん、と頷きながら、なんとか、三木元さんやアケミさんと喋ったあとでは早口に聞こえる白藤さんの言葉のリズムへと自分のリズムが調整されていく。

「そういえば、今日は帰りの電車の中で、おばあさんがすごく大きな声を出していて。それで、びっくりしちゃった」

困った顔をして少し笑いながら言うと、白藤さんが怪訝な顔をした。

「大きな声？」

「うん、そうなの。大きな声を出す人を久しぶりに見たから、びっくりしちゃった」

「なにかあったの？」

「うーん、電車の中でベビーカーを蹴った男の人がいたの。それで、ベビーカーに乗っていた赤ちゃんが泣いちゃって。だから、おばあさんも驚いて大きな声を出したんじゃないかな」

「それは怒ってたんでしょう？　その場に居合わせたのに声をあげなかったの？　あなたは怒らなかったの？」

白藤さんの口調で、あ、そうか、「怒り」か、と思った。

その言葉を、最近使う機会が減ってきていた。忘れたわけではないが、咄嗟にその発想が出てこなくなっていた。

「怒り」を宿した表情や言葉に対して、「怖い」という感情を瞬間的に抱くようになっていた。恐れる気持ちからか、それらに「汚い感情」という言葉を使う人も増えていた。

私の周りの人間、アケミさん、会社の人たち、アミちゃんら地元の友人、気がつけば「新しい性格」はどんどん伝染していた。近いうちに、ほとんどすべての人にこの性格がダウンロードされるだろう。

だって私たちはみんな、からっぽの人間ロボットなのだから。

そこまで思考したところで、白藤さんの目玉が不安げにぐらぐら揺れているのが目に入った。即座に、「そう思う。私は、お母さんがショックを受けすぎていたせいか、なんだか上の空で、そのことのほうが心配で、反応が遅れてしまったのね。でも、なんだかおばあさんが『怒ってる』ことを、みんな少し笑っているような、困惑しているような雰囲気だったの。そう伝えたかったのだけれど、言葉が足りなかったみたいね、ごめんねシロちゃん」と「キサちゃん」風の言葉を適当に吐いた。

いつもなら矛盾を許さない白藤さんが、

「そう。怖いわね、なんだか」

と溜息をついた。彼女は「キサちゃん」からの感染なら受け取るだろう。いずれ、この新しいスタンダードな性格は、白藤さんにも伝染するだろう。「シロちゃん」を眺めながら、このときはそう思っていた。

その夜、「お風呂で読みたい本があるから」と白藤さんは文庫本を持って浴室に向かった。白藤さんは洗面器に本を入れて浴室でゆっくり読むのが好きだ。だから、いつも私は白藤さんより先に入浴を終える。最初に暮らし始めたときは、白藤さんの行動にしてはお行儀が悪いような気がして少し意外だったが、今ではすっかり慣れていた。

気がつけば外は冬の空気の匂いになっていた。

「藤と月の部屋」で京都に旅行した社員さんからもらった玄米茶を飲んでいると、ソファの上に、白藤さんの半纏《はんてん》が置きっぱなしになっていることに気がついた。

白藤さんは冷え性で、部屋着の上におばあさんからもらったという半纏をいつも羽織っている。湯上がりには欠かせないといつも言っているので、脱衣所へ声をかけた。

「キサちゃん、ありがとう。そこへ置いておいて」

言われた通り白藤さんの黒いスウェットの上に畳んだ半纏を置いた。

「ごめんなさい、この本、本棚に戻しておいてくれるかしら？」

突然、風呂場のドアが数センチほど開いて、古い文庫本が差し出された。

「間違えて初版のほうを持ってきてしまったの。大切なものだから濡らしたくなくて」

「シロちゃんらしくないね、今日は、疲れてるんじゃない？　ノンカフェインのお茶を淹れておくから、お風呂から上がったら身体を温めて、ゆっくり寝たほうがいいよ」

隙間から見える白藤さんの肌は、濡れたプラスチックのようにつるつると光っていた。白藤さんの瓜のような顔に切り込みが入っていて、そこから、真っ黒な目玉がこちらを見ていた。

「ありがとう、キサちゃん。あなたは、やっぱり、私のたった一人の親友だわ」

「シロちゃん、大げさだなあ」

私は呑気に笑ってみせて、少し湯気で湿った本を手に、２階へと向かった。

私も白藤さんもお互いのプライバシーを大切にすることにしていて、私室に入ったことはほとんどなかった。

ドアを開けて、私は思わず静止した。

部屋自体は何も不思議なことはない。アンティーク調の家具がいくつか持ち込まれた、白藤さんの部屋だ。私がぞっとしたのは「音」だった。

世界③の音がする。

反射的にそう思い、思わず部屋を見回した。世界③はずっと昔にばらばらになったはずなのに、世界③の人たちに接続したときにいつも聞いてきた「音」と同じものが、この部屋に流れている。はじめて、それぞれの世界にはその世界の音があったことを認識した。世界①にいるとき、②にいるとき、③にいるとき、確かにそれぞれ違う音が流れていた。

文庫本を抱きしめたまま部屋の中を歩き回った。遠くから奏さんの声が聞こえる。皆の笑い声の重なり。「サラー」を食べる音。飛び交う言葉。クローバーちゃんが好きで聴いていた音楽。世界を傷つけない新しい素材でできた靴の音。皆が使っていたバッグのファスナーの音。食器の音。

部屋中を探し回り、小さなスピーカーをいくつも見つけた。開いたままのパソコンからは、奏さんと暮らしていたときらしき映像が流れている。

『遥、見て。波が笑ってる』

映像は奏さんが撮影したものらしく、赤ちゃんだった波ちゃんが映し出されている。10年近く前の白藤さんへとカメラが動き、微かな笑い声が重なる。

白藤さんは世界③の「音」を保存していたのだ。そして、この小さな部屋の中で再生し続けているのだ。

本棚にはびっしりと、私にも見覚えのある世界③の皆が読んでいた本が並んでいた。パソコンはもう一つ画面が開かれていて、それは「リセット」の前に多くの人がやっていたSNSで、白藤さんのアカウントには世界③の残党らしき人の言葉が並んでいた。

白藤さんは、ここで人格を補充していたのだ。

白藤さんは意図的に世界③の白藤さんをダウンロードし続けていたのだ。だから、白藤さんは「リセット」のあとも世界③の白藤さんであり続けているのだ。

白藤さんに世界③をダウンロードしている白藤さんは、一体どの世界の白藤さんなのだろうか？手の中の湿った文庫本が、白藤さんの体液に思えた。なぜ、意図的にこの音で満ちた部屋に私を導いたのだろうか。私は、いつか白藤さんが私をダウンロードして、私の断片が彼女に入っていき、「新しい性格」になると思っていた。けれど、自分が相手に伝染することを望んでいたのは白藤さんのほうだったのだ、もっと、強く、激しく、計画的に。

明人だった物体が頭に浮かんだ。白藤さんの部屋の天井も、床も、シーツも、全部が白藤さんの皮膚に感じられ、貧血でしゃがみこみそうになった。

白藤さんは、私に、白藤さんをダウンロードさせようとしている。

他の世界をダウンロードすることを許さず、白藤さん自身をダウンロードさせて、完璧な友愛パートナーを完成させようとしている。

私は白藤さんの本を本棚に押し込み、急いで部屋を出た。

廊下に飛び出して息を呑《の》んだ。そこには、裸に半纏を羽織った白藤さんが立っていた。真っ黒な白藤さんが、窓からの街灯の光でぼうっと表面だけ発光しているように見えた。

「シロ……ちゃん、どうしたの？　風邪をひいてしまうよ？」

「キサちゃん、私の部屋、懐かしかったでしょう？」

私は急いで、何度も頷いた。肩が震えていたが、わからないように明るく声を張り上げた。

「うん、そうだね、なんだか、子供の頃の、記憶の中に、トリップしたみたい、だったよ」

「そうよね。私、キサちゃんの原点は、あの部屋にあると思うの。だから、一緒に暮らすことができてよかった」

「そうだね、うん、そう、そう思う」

私は急いでここを立ち去りたかった。そのことを見抜いているかのように、白藤さんがそっと私の頬に触れた。

「『キサちゃん』は、私のために生まれた女の子ですものね。そして、それこそが、あなたの『本当の姿』ですものね」

私は喉が詰まって声が出ず、小さく頷くことしかできなかった。

「シロちゃん」のむこうで雨が降り始めていた。私たちが出会ったときに似た音がこの家を包んだ。発光する糸が絡み合うような雨が、窓を叩き始めていた。


「お帰りなさい、お母さん」

お正月の準備は、父が亡くなってからは母が帰ってきても簡素なものになっていたが、その年は違った。駅前のショッピングモールで適当に済ませていたものも白藤さんがわざわざ都内まで買いに行き、きちんと準備をしていた。しめ縄、鏡餅などがささやかながら飾られ、冷蔵庫の中には黒豆や筑前煮《ちくぜんに》、年越し蕎麦の準備がきちんと揃っている家を、母は恍惚とした顔つきで歩き回った。

「遥ちゃんは完璧ね。空子は、こういうことは全然駄目だから」

それはそうだろう。私は、「母ルン」であるこの人に、全てを押し付けていた。母はずっと私が「娘ルン」になり、自分と同じ労働を課せられる日を待っていた。私はそれを知りながら、そうならないように細心の注意を払って生きてきた。

母の顔色は青白く、ストレスのせいなのかげっそりと痩せて手足がミイラのようになっていた。大晦日《おおみそか》に母が帰ってくることを知らせたとき、白藤さんは、「私、この家で過ごしていいかしら。お邪魔かしら、せっかくおばさまが帰ってくるのに」と不安そうだった。

「お邪魔なのはわかっているけれど、できればこの家で過ごしたいわ……。兄にも母にもあんまり会いたくなくて」

「キサちゃん」は不安げな白藤さんの肩を抱き、「もちろんだよ。ここが今のシロちゃんの家なんだから」と微笑みかけた。母は白藤さんのことを「理想の娘」だと思っている様子で、私しかいない家に帰ってくるよりずっと幸福そうに見えた。

「お母さん、おばあちゃんはいいの、今年は？」

母に介護されている祖母は、お正月を大事にする人で、母は実家にいるとできるかぎりのことを祖母にしなくてはいけない。母は毎年、この時期は「空子が寂しがっているから」と私を言い訳にできるだけクリーン・タウンへ帰ってきており、今はそれだけが母の休日だった。去年は祖母が腰を痛めて帰ってくることができず、よほど鬱憤が溜まっていたのだろう。

「遥ちゃんがいると、お正月が華やぐわあ。お雑煮なんて、うちでは旦那が死んでから全然作ってなかったから、食べるのがたのしみだわあ、本当に！」

母は白藤さんを前にするとすこし不気味なくらいはしゃぐので、別に母が白藤さんを手に入れたわけではないのに、と恥ずかしい気持ちになる。それとも、私と白藤さんが本当に友情婚をしたら、白藤さんは母の所有物になるのだろうか。そんなことをぼんやり考えながら、浮かれた様子の母と、朗らかに礼儀正しく母の相手をする白藤さんを眺めていた。

和室が私の部屋になったので、母は私が子供の頃使っていた大きな窓の洋室で眠ることになった。

「ベッドで寝るなんて久しぶりねえ。この部屋、余らせておくなんてもったいないじゃない？　あんたのものを処分したら遥ちゃんがこっちの部屋で眠れるでしょう、ここのほうが日当たりもいいし」

祖母が暑くていやだといって着なかったというパジャマの上下に、父に買ったけれど一回も着なかった半纏というちぐはぐな余り物の寝巻きで部屋の中を動き回る母に、私は小さな声で切り出した。

「あの、まだちゃんと説明してなかったかもしれないと思うんだけれど。私、シロちゃんと本当に友情婚をするかもしれない。シロちゃんは子供を産むかもしれない」

母は、「久しぶりに会った娘に対する穏やかな母親」の表情のまま、「え？」と、顔面の動きが表示しているデータに合わない言葉を吐き出した。

「何言ってるの、空ちゃん？　そりゃあ、若い人の間で友達結婚？　が流行ってることくらい知ってるけれど。遥ちゃんなら私も歓迎だけれど、そのときは空ちゃんが産むべきじゃないかしら？」

提案のようで、命令じみた、断定的な口調だった。

私にはそれが母の言葉なのか、母自身が世界から浴び続けている命令を、彼女が媒介になって私に手渡しているだけなのか、わからなかった。

「遥ちゃんは、空ちゃんと違って大きい会社に勤めているキャリアウーマンでしょ？　空ちゃんが産むべきでしょう、それはどう考えても？」

母はくすくすと笑った。

ピョコルンがいてもなお、私の子宮はずっと見張られてきた。明人に、匠くんに、アミちゃんに、サキに、奏さんに、そして母に。

『次はお前の番だ』

母はどこかで、そのことを支えにしていたのではないかと思う。母が、今まで見たことがないほど楽しそうに笑い、その姿は話題とちぐはぐで奇妙だった。

「空ちゃんったら、いつまでも子供なのねえ。遥ちゃんに甘えきっちゃって。だめじゃない、ちゃんと自分のことを冷静に見て、判断しないと。大事なことなんだから」

「でも、シロちゃんは自分が産みたいって言ってて……」

母の認識は歪んでいて、白藤さんが今勤めている会社はそれほど大きい会社でも、お給料がいいわけでもなく、私とさほど変わらなかった。白藤さんは私より偏差値が高い大学を出ており、彼女が最初に勤めた会社はたしかに私の会社より大きかったが、人間関係がうまくいかず転職してからの白藤さんと私にそれほどの経済的な違いはなかった。母の中では「優秀で大会社に勤めている素晴らしい遥ちゃん」と私の間には歴然とした差があるようだったが、それはほぼ母の妄想だった。

そもそも、母が想像するような成功したキャリアを持つ女性など、私の周りには奏さんくらいしかいなかったし、彼女ですら、同世代の男性にくらべればずっと賃金は少ないはずだった。

あなたは優秀な白藤さんのためのピョコルンでしょう？

母の透明な声が、がんがんと私を殴る。よろめきながら、なんとか説明をする。

「シロちゃんは、奏さんが波ちゃんを産んだときに、次は自分だって言って卵子を冷凍保存していたんだって。私はしてないから、」

「だったら、その卵子で、あなたが産めばいいでしょう？　もう、空ちゃんったら、言い訳ばっかりするんだから」

母はくつくつと笑った。当たり前のように白藤さんが自分で産むと言い、準備を整え始めていたので、私は自分が産むという発想は一切なかった。

「でもね、シロちゃんが……」

「わかったわ」

母が低い声で私を遮った。母の表情を見ようとしたが、ベッドサイドのランプは母の背後にあり、母の顔は真っ暗で見えなかった。

「産ませるのね。そうなのね。あなたが産ませるの。そう。あなたは産ませる側になるの。そう。そうなのね。」

母の表情がまったく見えないので、私は母は本当にロボットで故障したのではないかと怖くなり、身体を引いて母と距離をとりながら、

「まだ、完全に決めたわけじゃないけど」

と掠れた声を絞り出した。

「あんたはそういう子だったわね。昔から」

母はそう言い捨てたあと、半纏を脱ぎ捨てて私に背を向け、ベッドに潜り込んだ。母が何を指してそう言っているのか、誰よりも心当たりがあるようにも、なにもわからないようにも感じられた。

「おやすみ」とかろうじて、小さな声で母に呼びかけた。母は身動きせず、死んだように横たわったまま何も言葉を発さなかった。

正月が明け、母が田舎に戻っていくとほっとした。あれ以降、母は私と白藤さんの出産について触れることはなく、それまでの母以上に、異質に思えるほど上機嫌な様子ではしゃぎつづけていた。車で駅まで送っていった白藤さんに「ありがとうねえ」とハグをした母を見て仰天した。母が私や父を含む誰かとスキンシップをとっているところなど見たことがなかった。

母は、また、家族と親戚に使われる日々に戻っていく。ああならなくてよかったと、ぞっとしながら背中が丸まった母を見送った。

母がいなくなると、再び家の中には静かで穏やかな空気が流れた。

「今日は、あったかいお蕎麦とかでいいかな。簡単なもので」

「お餅もまだ余ってるんだけどね。お蕎麦に入れようか？」

白藤さんと言葉を交わしながら、安全な日常が戻ろうとしているのを感じた。

母が寒がるといけないと「藤と月の部屋」に出したこたつで、私は死んだ父宛に送られてきた数枚の年賀状に寒中見舞いを書いていた。白藤さんはノートパソコンを開いて、精子バンクについて調べていた。「キサちゃんは、希望とかある?」白藤さんに問いかけられてもすぐに上手い返事が思い付かなかった。彼女と一緒に精子を選んでいると奇妙な気持ちだった。

「波のときもこうやって選んだの。といっても、ほとんど奏が自分で探していたけれど」

「どういう基準で選んだの?」

「ラロロリンキャリアの精子は日本ではあのころニーズがなくて、そのことが問題になっていたの。だから話し合って、ラロロリンキャリアから選ぼうってことだけは二人で決めたんだけれど。でも、こういうものを選別しているだけで、なんだか、すごく恐ろしいことをしている気持ちになる。普段は、人間の選別なんて絶対にしないって言っているのに、自分の生き方と相反するようで」

「そうだよね、シロちゃんの気持ち、すごくわかるな。それでも大きな病気がなさそうな健康な子のほうがいいのかな、とか、ある程度は考えてしまうし、葛藤するよね」

「そう、本当に、そうなの」

自分の代弁をしてくれている、と言いたげに、白藤さんが安堵のため息をついて私を見つめた。

母がいるときの癖で、テレビがつけっぱなしになっていた。お正月番組が終わり、報道番組が流れていた。

「あ、ごめん、テレビ、煩《うるさ》いよね? お母さんがずっと観てたから癖でつけちゃってた」

こたつの端っこにあるリモコンに手を伸ばした私は、白藤さんが「ご」の形に口を開いたまま止まっているのを見て、画面に視線を投げた。

「あ、懐かしい」

思わずそう呟いたのは、画面に映っているのがお台場《だいば》の光景だったからだ。

世界③の人たちにとって重要な場所で、白藤さんもこの場所には特別な意味を感じていたはずだ。

どうしてだったのか、と思い出そうとした瞬間、石碑に刻まれた文字が画面に大きく映し出された。


「ピョコルン人権記念碑」


そこに刻まれた文字を見て、一気に記憶が蘇ってくる。明るい空、遠くまで広がる芝生の中の石碑、皆でシートを敷いてピョコルンと一緒にピクニックをして、ピョコルンの人権を祈ったこと。

あの形は、ピョコルンと人間の遺伝子を模したものだったはずだ。

テレビでは、昔からピョコルンを人間として扱うべきとしてきた団体の女性が、インタビューされている。

そうだ、あのときは音ちゃんもいて、皆でここでピクニックをした。ボランティアの女性が羊のようなふわふわの毛のピョコルンを何匹も連れてきて、撫でたり餌をやったりしながら楽しく過ごしていたはずだ。

「あ、シロちゃん。ほら、ここ、皆で行ったよね……」

白藤さんは私の声が聞こえない様子で立ち上がり、テレビの画面に向かってぎょっとするほどの大声で叫んだ。

「改竄されてる！！！！」

「え？」

「そんな！　こんな、ひどい！　過去が改竄されてる！！！！！」

また白藤さんの記憶の改竄か、と思ったが、自分の記憶にもあまり自信が持てずにいた。

「ええと、この広場にみんなで行ったよね。ボランティアの人が、ピョコルンを連れてきたよね？」

それだけは確かだと思って言うと、白藤さんがぎょろりと眼球を剝き出しにして私に詰め寄ってきた。

「なにを！　言って！　いるの!?」

白藤さんがなぜそんなに怒っているのかわからず、何か手がかりが欲しくて急いでスマートフォンを手にした。地図から画像を検索すると、すぐにあの日の写真が見つかった。記憶より重い、灰色の空の下で、世界③の皆が並んでいる。中央にはボランティアらしき女性と石碑が写っている。ピョコルンの姿はなく、画像を拡大しても、石碑に何の文字が書いてあるのかはわからなかった。

「覚えて……ないの？　キサちゃん……」

白藤さんが呆然《ぼうぜん》として言った。覚えてはいる。けれど、自分の頭の中に広がっている光景が、白藤さんのものとは違うことがわかった。

私たちは事実を録画できない。私は私の頭の中に広がる記憶を信じることができない。白藤さんの記憶がどこまで信頼していいものなのかもわからない。

私は自分の手を見た。それはピョコルンを切開したときに出てきた人工皮膚とほとんど変わりがなく、蛍光灯の光でつやつやと光っていた。


この日に生まれた記憶がある。

この記憶が事実なのか、捏造《ねつぞう》なのか、改竄なのか、私には確信が持てない。白藤さんがこの後、さんざん泣きじゃくり、ぐったりとして自分の部屋に籠ったのは事実のように思える。けれど私にはこの手で彼女の肩を抱いて慰めた記憶はない。もしかしたら白藤さんはそのまま自分の部屋に駆け込んだのかもしれない。

そこからどう過ごしたのかは覚えていない。私にあるのは夜の記憶だった。

白藤さんと一緒の家にいるのが気まずかったのか、夕飯を食べ損ねてどこかで食べようとしていたのか、外に出たきっかけも思い出せない。私は、最初に白藤さんと出会ったときの「分裂」を思い出しながら、夜のクリーン・タウンを一人で歩いていた。

真っ暗な夜、霧雨が降っていた。雨は夜より暗い雫《しずく》になって、私の服の袖を濡らしていた。

今はもう誰も使わない遊歩道が、墨汁の川のような底の見えない暗闇になってクリーン・タウンを切り裂いていた。

私はその闇の川の中を泳ぐように歩いた。自分の足のつま先も、手の指先もほとんど見えないほどその日の闇は深かった。

向こうからのっそりと、闇よりさらに深い黒色の塊が近づいてくるのが見えた。思わずびくっとしたが、笑い声がして、子供だとわかった。微かな街灯の光が反射して、赤いワンピースを着た子供が、大きなピョコルンと散歩しているのだとわかった。

息を呑み、顔を伏せ、通り過ぎていく子供とピョコルンを見送る。

どれだけ歩いたのかは覚えていない。いつのまにか、私は白藤さんと自分が出会った公園の前を通り過ぎていたようだった。

自転車で通勤する時も大通りを走っていて、最近はこの遊歩道をまったく使っていなかった。頭の中の地図と実際の道が異なっている。池の横を通り過ぎたあたりにトンネルがあって、それを抜けると私と白藤さんが出会った公園が見えてくるはずなのに、いくら歩いてもトンネルに辿《たど》り着かなかった。

頼りない気持ちで歩いていると、遊歩道は工事現場に突き当たり、先を塞がれていた。どこかで道を間違えたのだろうか。そう考えて引き返そうと思ったとき、

「キュー」

と小さな声が聞こえた。

声がするほうへ向かった。歩いていると生き物の気配と共に光が近づいてきた。いつのまにか自分が駅を通り過ぎていて、子供の頃たまに遊んだ工事現場があったあたりへ来ていたのだと気がついた。レナと一緒に権現堂さんを泥の沼の中に突き落とした場所だ。その工事現場には底なし沼があるから近づかないようにと大人たちに言われていた。権現堂さんの下半身が沈んだくらいで、

「やばくね」とレナが言い、そのまま置いて帰った。権現堂さんがそれからどうしたのかはわからないが、翌日ジャージで登校してきた権現堂さんを、「生きててウケる」とレナが笑っていたことはよく覚えている。

工事現場だった場所はすっかり整えられ、間抜けに見えるくらい広々としたグラウンドになっていた。

グラウンドに設置されたライトの中で、若い大学生くらいの男女数人が、ピョコルンを公園に放っている。放たれているピョコルンには首輪とタグがついていて、それらでしっかりと管理されているようだった。

「見学ですか？」

厳しめの声で若い女性に声をかけられ、「あ、いえ、近所の者で……」とまごついて答える。

近くにいた男性がこちらへと走ってきた。

「失礼しました。僕たち、近くの大学の学生で。ピョコルンの研究所の手伝いをしているんです」

皆、真面目そうで優秀そうで、服装も派手ではなく、堅実な学生たちに見えた。ああ、「典型的なラロロリン人」だ、ととっさに思う。実際には彼らが本当に全員ラロロリンキャリアなのかわからないのに、理屈より先に感覚で納得している。クリーン・タウンのそばにある大学にはラロロリン人を専門に集めた学部があると聞いているので、きっとその子たちだ、と考え、一気に尊敬の感情が湧き上がってくる。

私は自分の表面に、「典型的な、優しく無害な非ラロロリン人」の人格が形成されているのを感じていた。その新しい輪郭の自分が自動的に言葉を生成し、私はただそれを吐き出す。

「そうなんですね。私はピョコルン激動期というか、小さい頃はペットだったピョコルンがどんどん進化するのを間近に見てきた世代なんです。素晴らしい研究ですね。ピョコルンのおかげで、どんどん世界が美しくなっているのを日々感じています」

言葉に引き摺《ず》られて更に尊敬の気持ちが盛りあがり、自然と目尻に涙が浮かぶ。

「ピョコルンたちは集まって何をしているんですか？」

やけに熱心に尋ねる私に微かに戸惑いを見せながら、眼鏡をかけたショートカットの生真面目そうな女の子が答える。

「これは、ピョコルンがより人間といることを喜ぶように、更にトレーニングできるかどうかの実験なんです。もしうまくいけば、人間にとってだけではなくピョコルンにとっても、幸福な結果になるはずなんです」

女の子の後ろにいる背が高い男の子が説明を加える。

「少しかわいそうだけれど、しばらく人間と会わせずに狭い部屋で餌だけを与えるんです。1週間くらいしたらこうやって人間と会って、広いところへ連れて行き、遊ばせてあげるんです。ピョコルンは元から人間といることを喜ぶように手術はしてあるんですが、生まれたてのピョコルンにこうしたトレーニングをすることで、よりいっそう大きな喜びを感じて人間に寄り添うことができるんです」

「そうなんですか、それはとても素晴らしいですね」

感嘆している私を見て、女の子がほっとした様子で息をつく。

「ご理解頂けて有り難いです。残酷だと言う人もいるので、こうして夜に実験してるんです」

「まあ、そんな人がいるんですか。こんなに私たちのために尽くしてくださっているのに」

憤慨しようとしたが、私の中で悲しみのほうが勝っていて、激しく切ない気持ちになり胸が締め付けられた。背が高い男の学生が、強張《こわば》っていた表情を緩めて私を見つめる。

「あなたが『クリーンな人』でよかったです」

「クリーンな……？」

「あなたのような、心が純粋で綺麗な人のことです。みんながそうだとうれしいんですが」

「いえ、そんな」

謙遜しながら、その「人格」が新しい私の仮面にしっくりと馴染んでいるのを感じていた。

私から仮面が生まれるのではなく、仮面から言葉が生まれていく。

目の前のピョコルンたちは、与えられた環境に「呼応」し、「適応」し、互いに「トレース」し合い、どんどん喜びの感情を増幅させていた。人間の姿を見ると明らかにうれしげにはしゃぎ、ますますピョコルンが「ピョコルン的」に振る舞っているように見える。

ピョコルン的に振る舞えば振る舞うほど、学生たちは「いい子だね」「かわいい」と褒め称《たた》え、ピョコルンを撫で、餌を与える。

私は、いつか教室で見た世界に媚びる祭りの光景を思い出していた。世界に媚びるために皆が「キャラ」になっていく。私はますます感動に震え、それを必死に伝える。

「なんて愛《いと》おしいの。ああ。ピョコルンを見ていると、私、心から感動するんです。私たちのために尽くしてくれて、繁殖を手伝ってくれて、なんて美しい、尊い存在なんだろう、って」

私の新しい人格が叫び、その言葉に「呼応」して、女の子はますます「典型的なラロロリン人」に相応《ふさわ》しい表情を浮かべ、優秀かつ生真面目な様子で頷く。

「そうなんです。私たちのメンバーは、ほとんどラロロリンキャリアなんですけれど。いつかピョコルンになるのが、もちろん怖くないわけじゃないんです。でも、それ以上に誇りを持ってるんです」

大きな感動に揺さぶられ、涙を拭う。それにつられて、少し誇らしげに、それでも謙虚さは失わず、凛と立っている女の子は、霧雨の中で咲いているように見えた。

「『クリーンな人』の中には、私たちを『恵まれた人』と呼んで崇めてくれる人もいるんです、でも、私たちはそんなものじゃなくて、ただ、世界のために尽くしたいだけなんです」

「『恵まれた人』！」

目の前に咲いている美しい花に、急に名前を付けられた感覚だった。その人格の輪郭がくっきりと光り輝き出していくのがわかった。

「そう、『恵まれた人』、あなたのような人をそう呼べばいいんですね。才能と知能に溢れているだけじゃなく、心が豊かで、その恵みを私たちに分け与えてくれるような。その知性を私たちのために使って尽くしてくださるような。見てください、目の前のピョコルンがどんどん、よりいっそう『ピョコルン』として完成していってる。あなたたちは、私たちに美しい人生の喜びを与えてくれる人たちなんですね」

私の言葉は、最初は驚きの波動、それから誇りと自覚の振動になって、彼女や彼らに「人格」を与えていく。彼女や彼ではなく、「恵まれた人」が口を開き、言葉を歌い出す。

「そんな。そんな勿体無いお言葉、私なんてまったくそのようなものではないんです。でも、全ての人が、全てのピョコルンが、幸福になるように、その『祈り』に、突き動かされているんです」

人格が彼女に言葉を与え、自分が吐き出した言葉に支配され、ますます「恵まれた人」は「恵まれた人」として完成されていく。

そうか。

私は心の中で叫んだ。

どうしてあの教室で、「プリンセスちゃん」になったときに確信しなかったのだろう？　私たちはみんな人間ロボットで、自動的にできたペルソナに支配されているだけの空洞なのだと？

私はますます「クリーンな人」として完成していき、「恵まれた人」に微笑みかける。

「あなたのような『恵まれた人』を尊敬し、精一杯応援し、励ましつづけることこそ私の『祈り』です。私たち、『祈り』で繋がっているんですね。ありがとう、ありがとう……」

更に強く私たちに降り注ぐ霧雨が、温かく感じられていた。私の言葉や涙、振る舞いが、感動になって「恵まれた人」たちへ伝染していく。私に「呼応」し、彼女たち、彼らは決意を新たにし、どんどんその人格を完成させていく。

「あれ、あの子は……？」

そのとき、公園の端で、ぼんやりと虚空を眺めているピョコルンがいることに気がついた。

さっき出会ったときより一層「恵まれた人」の表情になり生き生きとしていた男の子が、私の視線の先を見て、祭りに水を差されたような一瞬の微かな不快感を示した後、俯いて困った表情になる。

「ああ、あの子は、その、手術がうまくいかなかったピョコルンなんです」

彼のか細い声に、不安な気持ちが湧き上がった。

「手術がうまくいかなかった、というのは……？」

「説明がむずかしいのですが、ピョコルンとしての自我を、持てる子と持てない子がいるんです。たぶん、手術の微妙な差異によるものだと思うんですけれど。そういう子は、ピョコルンとしては生きていけなくて。残念ですけれど……」

「そうなんですね。よくわかります。いくら姿形がピョコルンでも、ピョコルンとしての自我がなければ、それはピョコルンではありませんよね」

大きく頷いた私を見て、男の子は安堵した様子だった。

「そう、そうなんです、でも、なかなかわかってもらえなくて……」

「私にはよくわかります」

私はそっと、どこか呆然としたように宙を見上げているピョコルンに近づいた。

かわいそうに。「ピョコルン」の人格になれなかったら、あなたは処分されるのに。

「人間」の典型例になれなかった失敗作が静かに排除されるように。

とても簡単なことなのに、あなたにはできなかったのね。

私がそっと撫でると、その生き物は警戒したように唸《うな》り、震えた。

「今までよく頑張ったわね」

優しく声をかけると、その真っ白な生き物はますます用心深く、後ずさりをし、私の指先から離れていった。

「そう、本当に、手術にも耐えて頑張ってくれていた子だったんですけど……」

私に「呼応」し、センチメンタルな感動が学生たちに広がっていく。

「かわいそう」

「かわいそうに」

「最善を尽くしたのに」

「なんてかわいそうなんだろう」

私たちのざわめきは呼応し合い、大きな祈りになってピョコルンになれなかった生き物へ向かっていく。

「どうか、穏やかに天国に行けますように」

ピョコルンになれなかった真っ白な生き物は、霧雨の中、じっとこちらを見ていた。自分の未来を全く予測できていない様子だった。

皆の啜《すす》り泣《な》きの中、白い生き物は震えていた。儀式の生贄《いけにえ》のようでもあった。

私はぼんやりと、遠い日の教室を思い出していた。あの日から、途切れることなく、人間が世界に媚びるための、ピョコルンが人間に媚びるための、それぞれがそれぞれの世界で生きるための祭りは、静かに、厳かに、清らかに、ずっと続いていたのだ。

不意に、すとんと腑に落ちてそのことが感じられた。

「あの、拍手をしませんか？　一生懸命生きてきたあの子に……」

私の外側の「クリーンな人」が口を開く。皆の外側の「恵まれた人」が一斉に口を開き、歯を見せ、同意の声を漏らした。

私たちはもうすぐ殺される生き物に惜しみない拍手を送った。

私が人間ロボットではなく人間であるとしたら、自分の本質を証明するものが、自分の内側に結晶のように存在するのだろうと、どこかで考えていた。けれど、空虚こそ本質なのだった。私の中の空洞にこそ、私が人間であることの証明が、核心が、はっきりと宿っているのだった。

真っ暗な中、雨はいつのまにか雪の結晶に変わっていた。真っ白な光が、「クリーンな人」と「恵まれた人」と「ピョコルン」たち、そしてそうなれなかった一匹の生き物に降り注いでいた。

そこから後、どうやって家に帰ったのかはよく覚えていない。まるで光の中を歩いているような感覚だった気がするが、よほど記憶が改竄されていないかぎり、あれは真っ黒な夜の中だったのだろう。

「ただいま」

家に帰ってそう呼びかけた私の声色が、「キサちゃん」ではないことに、白藤さんはすぐに気がついた様子だった。

玄関に現れた白藤さんは、少し怯えたように、確認するように、

「キサちゃん?」

と小さな声で呼びかけてきた。私は、「クリーンな人」の声色のまま、彼女に、もう一度「ただいま」と声を出した。

このとき、私は完全に世界99へ「帰ってきた」のだった。

そして自分が一生ここを出ることができず、世界99で生きていくことを、確信していたのだった。

少しずつ、「キサちゃん」をやめて「如月さん」に戻っていく私と暮らし続けることは、白藤さんにとってどれほどの絶望だったろう。

白藤さんのストレスは過食に向かい、膨れ上がった彼女が生活習慣病になって倒れるのではないかと心配なほどだった。

私は、白藤さんを見ると、あの日、ピョコルンになれなかった真っ白な生き物を思い出すときがある。頑《かたく》なに祭りに参加しなかった者の末路を、彼女は想像できているのだろうか?

はやくここへ来て。私は、彼女にずっとそう願い続けている。

白藤さんの部屋のドアから、今でもたまに、世界③の音が漏れてくることがある。私はぞっとする。なぜ、彼女は「人間の典型例」に変容することを拒否し続けるのだろうか?

今日も家のドアを開くと、ピョコルンと、波ちゃんと、白藤さんが家の中を泳いでいる。白藤さん

は今も世界③にいる。「キサちゃん」が「目覚めて」くれて、「キサちゃん」にかかった恐ろしい洗脳がとけ、彼女の世界に「戻って」くるのを待ち続けている。

49歳

暴力が小さな爆発を起こしている音が聞こえることがある。

そういう音に敏感なのは、そうした音に付随する経験のなかで、殺される、と思ったことが何度かあり、それが自分の中に蓄積しているためかもしれない。

理屈で何かを考えるより先に、そういうときは振り向かず走ることにしている。「それって、かえって危なくない？」とアミちゃんに言われたこともあるが、長いこと身体に染み付いてしまってそうではない反応をするのは難しかった。

だから、会社からの帰り道、自転車に乗っていて、家の近くの公園からその暴力の爆発の音が聞こえたときも、迷わず、反射的にスピードを上げようとした。歩道をコンビニのレジ袋が舞っていて、タイヤに巻き込んでしまいそうになりブレーキをかけなければいけなかった。そうでなければそのまま走りぬけていただろう。

「すみません、違うんで、あの、急いでいるんで」

か細い声は琴花ちゃんのものだとすぐにわかったが、それでもいつもの自分なら無視していたのではないかと思う。けれど、なにか自分の意識を超えた大きなものに操られている感覚から抜け出せず、そこから逃げ出すことができなかった。なるべく音をさせずに自転車を降りて、そっとその声に近づいていく。

「どうせそのうちピョコルンになるんでしょ？　ね、練習だよ、練習。だって、『恵まれた人』だもんね？　いいなあ。おじさんなんて、ずっと、ラロロリン人のための奴隷みたいなものだよ。俺も、きみみたいにラロロリン人に生まれたかったなあ」

自分を過剰に下げるような言い方とは裏腹にどこか高圧的な、ねっとりと絡みつく声を男性が出しているのは子供の頃からよく見てきた光景だった。ああ、やっぱりなくなるわけないよな、と、思わず笑い出しそうにすらなるのを堪えて、足音を立てずに、男性からも琴花ちゃんからも見えない角度から様子を窺った。

男性が、「『恵まれた人』なんだからさ。ほら、ちゃんとピョコルンになって鳴いてよ、キューキューって」と言いながら琴花ちゃんの制服のスカーフに触れた瞬間、

「ナナコちゃん！　ごめん待たせたね。こっち！」

と、琴花ちゃんの手首を摑んで引き寄せた。「荷台に座って」と小さな声で指示を出し、まだ戸惑っている琴花ちゃんを乗せて走り出す。

公園にも歩道にも他に人影はなく、「加害してくる人間を周りから奇妙な目で見られるように仕向ける」という、自分が琴花ちゃんの年齢のときに実践していた最初の抵抗は、ここでは難しそう

だった。

人目がない場所はどんなに広くても密室で、「自分の世界」から出てこないままに感情を増幅させ、平然と抵抗なく異常に暴力的な状態になる人間もよく見てきた。数えることもできないほどそんな出来事があったので、具体的に人相と場所と年齢を挙げてみせろと言われても、もうそれらは溶けて一つの光景になっていてわからなくなっていた。なんどか「失敗」して身体を触られたり精液をかけられたが、何事もなく逃げるのに「成功」したいくつかの記憶の中の私がしている行動パターンをとにかくなぞっていく。

男性が何か怒鳴っているのを完全に無視して、自転車のスピードを上げる。無意識に自分の家に向かってしまってから、アミちゃんの家まで送るとしたら反対方向だったと気がついた。

後ろを何度も振り向いて男性が追いかけてきていないのを確認しながら、「琴花ちゃん、強引に連れてきてごめんね、ちょっと危ないかな、って思って」と囁いた。

「……ありがとうございます」

琴花ちゃんの感謝の声には感情がなく、何もかもを麻痺させることでやりすごしている人間の振る舞いに感じられた。

「とりあえず家のほうに走っちゃったし、少し時間を空けてから家まで帰ったほうがいいと思う。家でお茶でも飲んでいかない？　波ちゃんも、それにピョールも喜ぶと思うし」

自転車についたミラー越しに様子をうかがうと、琴花ちゃんは無表情なまま微かに頷いていた。もしかしたら自転車が揺れた拍子に顎が動いただけかもしれないと思うほど無気力な動きだったが、暫定的にそれを肯定と判断することにして、家へと急いだ。

「ああいう人、私が子供のころにもよくいた。最近は、減ってるってニュースで見てたんだけどな」

鏡の中の琴花ちゃんがまっくらな、「なにもわかっていない大人」を見る目でこちらにぼんやり視線を寄越した。

「そうですね。きっと、そうなんだと思います。昔より、ずっとよくなっているんですよね。だから大丈夫です、すみません」

「それにしても、なんで琴花ちゃんのDNAのこと知ってるんだろ。どこかで会ったことがある人？」

琴花ちゃんは微かに首を横に振った。

「知らない人です。明日は、学校で感謝の会が行われるんで、どこかからそれを知った人なのかもしれないです。毎年、この時期はこういうことがあるんで、別に、たいしたことじゃないです」

「感謝の会？　それってなに？　私が通っていたころはそんなのなかったけどな」

琴花ちゃんは説明をするのも億劫そうに、「ええと、非ラロロリンキャリアの人たちが、ラロロリンキャリアに感謝の手紙を書いて、みんなで読み上げるんです」と掠れた声で言った。

「そうなんだ、それは誇らしい日だね？」

私の問いかけに琴花ちゃんは返事をしなかった。

「ピョールがね、琴花ちゃんに随分懐いてるって、波ちゃんがちょっと羨ましそうにしてたよ。琴花ちゃんが家に来たときのほうが、ピョールがリラックスしてご飯もよく食べるって」

「そうですか」

興味がなさそうな琴花ちゃんに、「私もね、正直波ちゃんのこと心配してたの。白藤さんともあんまり仲良くないしね。だから琴花ちゃんが来てくれるようになってほっとしてるんだよね、本当は」と、一般的な大人の言葉と少しずらした台詞を投げてみた。

「波ちゃんは私の子供なわけじゃないからさ。正直、よくわからないところもあって」

少しつついてみようという気持ちが湧き、わざと波ちゃんのことを突き放した言い方をし、琴花ちゃんの出方を待つ。自転車の速度は疲れで遅くなっていたが、大通りに出たことで犬の散歩をする男性や買い物袋を提げた夫婦の姿を確認し、少し緊張が解けて琴花ちゃんにわからないように小さくため息をついた。

もう一度後ろを確認したが、男性らしき人影はやはりいなかった。

琴花ちゃんは何度も後ろを振り返る私の挙動に気がついているのかいないのか、興味がないのか、小さな声でこぼした。

「仲良いかどうかは、わからないですけど。まあ、でも、あの人は、ちゃんと卑怯だから」

「卑怯?」

「卑怯なのは、清廉よりはだいぶ安心できます。『きれいな感情』のほうが怖いので、私は」

意味を聞く前に家に到着していた。自転車を停め、もう一度こちらを追っている人影がどこにもないか確認し、ドアへと導く。

「たまたま会って、ピョールに会いにおいでって私が誘ったことにするね」

「はい」

ドアを開き、「ただいまあ」と呼びかけた。白藤さんはまだ帰っていないようだった。リビングから、スウェット姿の波ちゃんが顔を出し、「あれ琴花！」と声をあげる。

波ちゃんの後ろから、薄青い毛を靡《なび》かせたピョールも姿を現した。

波ちゃんの瞳には、ピョールに対する発情が明白に宿っているように見える。横を見ると、琴花ちゃんは、口元も、頬の筋肉も、両手も両足もだらりと力が抜けて無気力で、瞼も重そうなのに、瞳だけはピョールを食い入るように見つめてぐつぐつと煮込まれているようだった。

「えー、どうして？　来るなら連絡くれればいいのに！」

「たまたま帰り道で会ってね、私が誘ったの。今日、会社の人からカステラもらいすぎて困ってたし、おやつを食べついでにピョールに会いにおいでって。ね？」

琴花ちゃんは小さく頷いた。

「ちょっとまって、じゃあもう少しましな服に着替えてくる」

波ちゃんは毛玉だらけのスウェットが恥ずかしい様子で、階段を上がって自分の部屋へ走っていった。

波ちゃんに一瞥もくれずピョールを見続ける琴花ちゃんに、「本当に、ピョコルンが好きなんだね」と声をかけると、視線を動かさないままか細い声で返事があった。

「だって、ラロロリン人には死がないから、自殺できないじゃないですか？　でも、ピョールは、永遠に続く死の中にいるみたい。いつか自分も全部忘れてあんな生き物になるんだ、って思うと、安心します」

早くピョコルンになりたい。

いつか琴花ちゃんのノートのページの片隅に落ちていた言葉が、瞼の裏側に浮かんだ。

琴花ちゃんはさっきの出来事を忘却したように、頬を紅潮させてピョコルンを見つめていた。彼女に確かに宿っているように見える発情は、もしかしたら琴花ちゃんにとっては全く違う意味を持っているのかもしれなかった。

「あれ」

ダイニングルームのドアを開き、いつもならそこにいるはずの白藤さんも波ちゃんもいないテーブルを見て、思わず間抜けな声をあげた。

カレンダーを確認すると、日曜日のところにバイオリンのシールが貼られていて、波ちゃんが奏さんに会いにいく日だったことを思い出した。

この家に住むようになってから、波ちゃんは一月に一度、奏さんと会う日を設けていた。波ちゃんは中学生なので一人で行く場合がほとんどだが、今回は進路の話をするために白藤さんも同席するので、ピョールの世話を頼まれていたことを思い出した。

リビングの戸をひらくと、ピョールが待ちくたびれた様子で出てきて、朝食の準備をしにキッチンにゆっくりと向かっていく。

私は慌ててピョールの肩を叩いて振り向かせ、ハンドサインを送った。

「ピョール、おはよう。あのね、今日、波ちゃん、白藤さん、いない。朝ごはん、いらない。わかる？」

ピョールの朝ごはんはいつも大きなおにぎりで、私は胃が重いから自分で用意したトーストでい い、と伝えている。だが波ちゃんが『何種類も作らせるなんて手間だしピョールが可哀想』と庇うので、ほとんどの朝、胃もたれに耐えながら渋々食べている。一人の時くらいは、トーストやコーンフレークなど軽いもので好きに済ませたかった。

ピョールはなんとかハンドサインが通じた様子で、食事の準備はやめて、自分の朝ごはんに、冷蔵庫から昨日の残り物のカツカレーを取り出し、冷たいまま食べ始めた。朝からよくそんな重いものが食べられるな、と見ているだけで胃がもたれ、美しいピョールが意地汚い生き物に見えた。

ピョールが来てから、私は家で心からリラックスする時間を失った気がしている。一人で部屋にこもっているときですら、ピョールの足音やピョールと戯れる波ちゃんの笑い声が気に障る。

ピョールと出会ってから、自分の記憶が「分裂」し、「キャラクター」になって立ち尽くしているような感覚が、ずっとある。

一人はピョールの中に立っている。

もう一人は私の中に立っている。

そのことはいつも私を混乱させ、不快にさせる。だから、なるべくピョールと顔を合わせたくないのだった。

ピョールは食事を終えるとのっそりと洗濯を始めた。あ、洗濯機を先に使われてしまった、と心の中で舌打ちをする。ピョールは複雑な操作はできないので、タオルや丈夫なTシャツなどの洗濯しか任せることができない。私たちそれぞれの部屋には、ソフト洗いの設定にして乾燥機にかけたくない下着や少し質のいいシャツなどを洗濯かごに入れて置いてあり、いつも週末は洗濯機を使う順番を待たなければならない。波ちゃんも白藤さんもいないのなら自分の洗濯がしたかったのに、と溜息をつきそうになる。

昼ごはんを作られてしまうまえに家を出たほうがいいかもしれない。なぜ疲れている自分がこんなに気を遣わないといけないんだ、と苛々している自分の中に、ぼんやり、「明人」が立っているのを感じる。

過去に自分が見つめていた明人の行動と、ピョールに対する自分の感情が同期しているのは、時間を超えた「トレース」なのだろうか？　ピョールの中に過去の自分が立っているように思えるのも、「トレース」の一種なのだろうか？

ここ数年、ピヨコルンのポルノを散々見ていたせいで、家の中にピョールと自分しかいないシチュエーションが、自然と繰り返し見ているポルノ動画の状況に重なって感じられる。同時に、これまで自分が対峙してきた明人、徳岡さん、匠くんなど、様々な人物もこういう感覚だったのだろうかと、過去の光景が裏返しになっていく感覚でもあった。

ピョールと成人女性には体力差があり、私はいつでもピョールに対して無理矢理性的な行為ができるし、してしまうかもしれないと密かに危惧していた。けれど、こうして二人きりの家でピョールが無防備にうろうろしていても、ピョールの中に過去の自分が立っているように感じられる。そのせいか、ピョールに対してなにかをするような気には、不思議とならなかった。

ただ自分の人生を食い潰されているような苛立ちはあるので、ピョールと一緒の家にいるのは息が詰まる。どちらかというと性衝動ではなく暴力の衝動を堪えている感覚になるのは、自分でも意外であり奇妙だった。

部屋に戻ってもう一度眠ろうとしたがピョールが家の中を歩き回る音が鬱陶しくて寝付けず、結局駅前まで散歩がてら買い物に出かけることにした。

身体は疲れでずっしりと重かった。ショッピングモールでカフェにでも入ろうかと思ったがその元気もなく、漫画喫茶に入り、ブランケットを借りて個室の中で椅子をフラットにして身体を横たえた。

なぜこんなにピョールに気を遣わないといけないのかと思うと苛立ちが強まった。漫画喫茶の雑音はピョールのたてる音よりもずっと騒がしいのに、「あれは自分が苦労して養っている生き物だ」という意識がないからなのか、まったく気にならなかった。

いつのまにか深い眠りについていた。コートに入れっぱなしになっていたスマートフォンの振動で目が覚めた。

確認すると、音ちゃんからのメッセージだった。

『今日、さっきまで家に、白藤さんと波ちゃんが来てたんですけど、今度家でランチ会でもしましょうって話になりました。空子さんもよければご一緒にどうですか？（ついでと言ってはなんですが、ピョコルンになった明人さんの様子もよければ見てあげてください！）』

白藤さんと波ちゃんの前で、奏さんに対して「久しぶり」のふりができるか自信がなく、返事を躊躇していると、またスマートフォンが震えた。

『あ、あと波ちゃん、ピョール？　も連れてくるって言ってました！　いい子ですけど、時代と世界に適応し過ぎててちょっと怖い子ですねー、私が言うことじゃないですけど。空子さんが来てくれるならワイン開けます、貰い物のいいやつ。』

ワインセラーの中にあるらしいワインの瓶の画像が送られてきて、『それなら行こうかな。』と返事をした。少し迷って、『ただ、奏さんと接触してることがバレないか不安なんだよね。』と追加で本音を送った。

『大丈夫です、フォローします！』

頼もしく、そして期待していた返事が来てほっとする。

ピョコルンになった明人を見て自分がどう思うのか、想像できなかった。ドリンクバーから持ってきたままになっていた氷が溶けたアイスティーを飲み、また目を閉じてブランケットに潜り込んだ。

「夏期講習はどう？」

後部座席の波ちゃんと琴花ちゃんを振り向いて声をかけると、波ちゃんは少し困ったように「普通」と言い、琴花ちゃんは緊張した様子のまま、「がんばります」と少しずれた返事を小さな声で溢した。

波ちゃんと琴花ちゃんの間にはピョールが座っている。ピョールは背筋を伸ばして、凛として座っている。強すぎる冷房はピョールの身体に悪いから、とエアコンを切って窓を開け、ピョールに自然の風を当てている。波ちゃんも、琴花ちゃんも、白藤さんも私もぐっしょりと汗をかいていて、ピョールだけが風に吹かれて心地良さそうに目を細めていた。

波ちゃんが「夏休みだし、琴花も誘っていい?」と言い、私も白藤さんも奏さんたちもすんなりと了承した。当の琴花ちゃんはどういう規模の会なのかほとんど知らされていない様子で、リラックスしたホームパーティーとしては場違いなほどきちんとした綺麗な白いワンピースを着て、贈答用の果物が入ったデパートの紙袋を提げていた。ちらりと中を見るとさくらんぼとマンゴーが入っているようだった。琴花ちゃんは車に乗り込む前、私たちの比較的ラフな服装を見てはっとして、ワンピースを隠すように紺色のカーディガンを羽織り、暑い車内でも脱ごうとしなかった。

「私と琴花、コースは違うんだけど塾は一緒で。でも琴花は全然違うよ、私とはレベルが」

「波も大学付属の高校を目指すことにするって決めたでしょう」

白藤さんの言葉に、波ちゃんは「わかっていない」大人である白藤さんを許すようにゆるく笑って、「まあ、一応そうなったけど。でも、琴花と私とでは頭の出来も人生のコースも違うからさ」と明るく言った。

白藤さんは波ちゃんをもっと追及したそうだったが、琴花ちゃんの手前か堪えて、黙ってハンドルを握っていた。

ピョールからは微かに牛乳のような匂いがする。酔いそうで、私は窓をさらに大きく開いて風を顔に当てた。

ホームパーティーには音ちゃんと奏さんの他に音ちゃんのお兄さんも来るらしい。匠くんも招待したいと音ちゃんは言っていたが、白藤さんは匠くんには何も伝えていない様子だった。

途中でショッピングモールに寄り、ケーキと子供たちが飲むためのジュースを買った。白藤さんは運転があるのでお酒は飲めないが、白藤さんが漬けた梅酒を持っていくと伝えると、奏さんは「ああ、あれ美味しいんだよね」と喜んでいた。

クリーン・タウンから車で2時間ほどで、音ちゃんと奏さんの住むマンションに着いた。二人は一時期、海のそばがいいと鎌倉《かまくら》に住んでいたが、通勤が大変だからと、結局鎌倉の家は別荘扱いになり、都心にも部屋を借りたのだという。

「奏さんってさ、やっぱ結局、『恵まれた人』だよねー。ラロロリンキャリアじゃないのにすごいとは思うけど、まるで気がついていないみたいに振る舞ってて、笑えるときある」

先に車を降りた波ちゃんが、白藤さんに聞こえないように囁き、私は少しだけ歯を見せて笑ってみせた。琴花ちゃんは青白い顔のまま表情を変えなかった。

車をマンションの来客用の駐車場に停めた白藤さんが「ごめん、これを持つのも手伝ってもらえる?」とトランクを開いて荷物を指差した。

音ちゃんと奏さんの家は、セキュリティがしっかりしたマンションだった。和室がある部屋がいいと音ちゃんが言い、二人でずいぶん探したらしい。以前、なぜ和室を希望したのかと聞いたとき、

「空子さん的に言うとウエガイコクの人が、あるとやっぱ喜ぶんすよね。だから一室あると便利で。まあ、媚びの一種ですかねー。伝統文化っぽいものを差し出す媚び？　特にうちは、そういうお客が多いんで。掃除大変だから個人的にはあんまりなんですけどね」と笑っていた。

そんなことを思い出しながらエレベーターに乗り込む。エレベーターは広く、ポストに郵便物を取りに来たらしい男性も軽く会釈して乗ってきた。

男性の視線はまずピョールを捉え、それから琴花ちゃん、波ちゃんへと移動した。経験則からそれが発情を宿している動きだと瞬時に解析され、少し緊張して身体が強張る。この前の件を考えると、人間に発情する人間がピョコルンのおかげでいなくなったというわけではないのだろう。琴花ちゃんや波ちゃんは同じ年齢だったころの自分に比べて随分と無防備に感じられた。

男性から伝わってくるその、動物や子供を愛《め》でるにしては不自然な視線の動きが、肌で感じる不安感とどこまで本当に一致しているのかはわからなかった。人間が発情される文化の中で育った私と白藤さんはすぐにそれに気がつき、「もう少しピョールをこっちに寄せて。私たちだけのスペースじゃないんだから」とさりげなく少女たちとピョールを移動させた。

表向き、性欲の対象を傷つかない相手に限定し、「そうではない性欲」は特別な施設で処理しましょう、ということになってはいるが、そう簡単に変わるはずはなく、知識のない子供たちが増えているだけのように感じられる。自分のようにポルノを浴びることで興味がなかったし自分が持つものだとも思っていなかった性欲を身体に宿すようになる人間は、むしろ少数派なのだろうし、白藤さんはこの乱暴な上辺だけの「安全な世界」に怒りを抱いている。無理があるのは私にもわかるが、「怒り」という「汚い感情」でしかそれを表明しないので、それについて対話したことはほとんどない。考え方が同じでも、「汚い感情」と長い時間対峙することは、私にとってすっかり苦痛なこととなっていた。

言葉を発さないままなら考えていることは似ている場合もあるんだな、と思ったが、あえて白藤さんの目をみないまま、私は琴花ちゃんを自分の陰に隠した。

最上階でエレベーターを降り、一番奥の部屋のチャイムを押すと、奏さんがドアを開けて私たちを迎え入れた。

「いらっしゃい。あ、あなたが琴花ちゃん？　波からいつも話聞いてるよ、仲良くしてくれてありがとうね」

琴花ちゃんが慌てて頭を下げて、「あの、こちらこそお世話になっています。これ、母が……」とデパートの紙袋を差し出す。奏さんは、

「わあすごい、ありがとう！　気を遣わせてごめんね、お母さんにお礼言わないと」

と笑顔を見せて、どうも自分の行動はこの人たちのコミュニティにおいて正解だったらしい、と琴花ちゃんを上手に安心させ、部屋の中へと導いた。

波ちゃんは慣れた様子で琴花ちゃんと一緒にピョールを連れて部屋に入っていき、白藤さんがそれに続く。私はのろのろと最後に入り、4か所閉めるところがある複雑な鍵と格闘した。

「あ、大丈夫ですよ空子さん、どこか1か所閉めれば」

音ちゃんが声をかけてくれて、やっと金庫のようなドアから離れて私も靴を脱いで部屋にあがった。

実際に家を訪れることになるずっと前から、奏さんが自分が広くて家賃が高いマンションに住んでいる、それだけの収入がある「恵まれた人」である、ということを恥じているように感じていた。言い訳をするように、家具はシンプルで安価そうなものが使われていた。

「すごい家ですね」

素直な琴花ちゃんは思わずといった様子で、広いベランダを眺めながら呟き、「そんなことないよ。二人暮らしだからね、しかも音は家で仕事もするから、アトリエも兼ねてるんだよね」と奏さんが説明する。

波ちゃんは奏さんが「恵まれた人」として裕福に暮らしていることをどこかで恥じていることを見抜いているようで、少し呆れた様子で奏さんの説明を聞き流していた。一方で自分の親に当たる人物が「恵まれた人」であるため、波ちゃん自身も裕福な存在であることには気が付いていないように見えた。

夏期講習を受けるために、アミちゃんは貯金を切り崩し、パートもしている。白藤さんの収入は私と大して変わらず、日々の生活が豪勢というわけではないので意識していないのかもしれない。波ちゃんは志望校を決めるときに、学費の欄に目を通している様子はなかった。それを認識しないでいられる立場だということには無頓着で、むしろその点では琴花ちゃんのほうがかなり神経を使っているようだった。

「ピョコルンはどこ？　ピョールに会わせたい！」

元気に室内を見回す波ちゃんに視線を寄越し、音ちゃんがキッチンを指差した。

「うちの子は今、ご飯の準備をしてくれてる。ピョール、手伝えるかな？　慣れないキッチンだと難しい？」

「ああ、ええと……」

ピョールがあまり料理が得意ではないことを説明しようとして、音ちゃんも奏さんもピョールの美しい容姿について一言も触れていないことに気がついた。

奏さんも音ちゃんも、白藤さんと同じようにピョールを「人間扱い」しようとしているのだ、と肌で感じられた。

「見て、あれがこの家のピョコルン。ピョールに比べると、ちょっと冴《さ》えない感じだよね？」

波ちゃんの無邪気な言い方に、奏さんと白藤さんが瞬間的に咎《とが》める視線を向け、その価値観が今この部屋でマジョリティだと察した音ちゃんと私の視線がそれに続く。琴花ちゃんはそれを察知している様子で、一瞬言葉に詰まり、「ここからだとよく見えないよ、波さん。もっと近くで見たい」とかすれた声で告げた。

波ちゃんは琴花ちゃんの手を取り、キッチンの方へと導いた。ピョールはいつもと違う部屋なのが気になるのか、少し不機嫌そうに目を細めて窓の外を睨んでいた。

波ちゃんと琴花ちゃんの後ろから、私もキッチンの方へそろそろと向かう。顔を見合わせて笑いながら歩いている二人の少女の向こうに、冷蔵庫の前に蹲《うずくま》っている、少しオフホワイトに近い、黄色っぽさのある白い毛の塊が見えた。

「ピョコルン」

波ちゃんが声をかけ、白いもじゃもじゃとした毛の塊がゆっくりと振り向いた。

こちらを向いた二つの真っ黒な目に明人を思わせる光はどこにもなかった。右手に冷蔵庫から取り出したらしいラップに包まれた長ねぎ、左手には乾燥ワカメの袋を持っている。

「キー……キ、キー」

高くて甘いピョールの声とは少し違う、機械音のような甲高い声を漏らした。

「ね？」

いまいちでしょ？ と言いたげに琴花ちゃんに視線を向ける波ちゃんに対し、少し困ったように微笑んだ琴花ちゃんが、大人たちに見つからないように微かに頷いたのが見えた。

頭の中に、押し入れの中に仕舞った桐の箱の中の球体の像が浮かんだ。

あれが明人なのか、目の前のピョコルンが明人なのか。明人を明人にしていたものが一体どこに宿っていたのかわからなくなりながら、そっと近づいていくと、私の足元で床が微かに軋《きし》んだのに反応し、波ちゃんと琴花ちゃんは笑うのを止め、ピョコルンは咄嗟に少し首を傾げ、「可愛い生き物」になり切ってこちらを見上げた。

そっか。媚びるんだ。

反射的にそう思い、吹き出しそうになるのを下唇を噛んで堪えた。私のほうの性別を、得をしていて不公平で羨ましいって言っていたものね。「そっち」になったら、それはもちろん媚びるよね。生きるために。

でも可哀想、ピョールが横に立つと、あなたはとても野暮ったくて惨めで、頑張って媚びたところで誰も発情をしてあげることなんてないと思うよ。

過去から自動生成された言葉が頭の中を流れていく。奇妙なことだが、ピョコルンになった明人にその言葉を吐いているのは、私の中の「明人」のキャラクターなのだった。

一方で、白藤さんの価値観に普段から強制的に触れざるを得ない私の蓄積も、自動的に「白藤さん」の言葉を創り上げ、私の頭の中に吐き出す。「そんなことを考えてはいけないわ」「それは惨めな復讐で、差別と痛みの再生産に過ぎないのよ」白藤さんの声なのか、自分の声なのか、とにかくその言葉だけは鮮明に、まるで喧《やかま》しい楽器のようにがんがんと頭の中で鳴り響く。ずれて存在している二つの世界とその過去が、私の中に同時に存在していて、違う言葉を奏でていて、頭痛がしそうだった。

「ピョール！　こっちにおいで」

波ちゃんがピョールを呼び、明人だったピョコルンとピョールを並べてスマホで写真を撮る。遠慮がちに笑いながら、琴花ちゃんもカーディガンのポケットからスマホを取り出してカメラを2匹に向ける。

少し前にそれぞれ私の前で知らない男性に被害を受け、搾取されていた二人が、今は微笑み合いながらピョコルンを搾取している。その光景は、奇妙に純粋なものに思えて、二人の笑い声が耳を引っ掻き、いつまでもそこに痛みを残した。

チャイムが鳴り、「あ、兄ですね」という音ちゃんの声と、インターホンが繋がったのだろう、外の雑音が静かな部屋の片隅に一瞬現れて消えた。

私はピョコルンとピョールを撮影し続けている少女たちからそっと離れ、音ちゃんに声をかけた。

「お兄さん、ご家族とかも一緒に来るの？」

「あ、そうです、そうです。兄も友情婚をしたパートナーと、ピョコルンを連れてくるみたいで。子供はいないんですけどねー」

「あ、そうなんだ」

私が頷くと、白藤さんは「小早川さんとはお台場でお会いしたとき以来ですよね？　あのときの仲間とも、今はあんまり連絡がとれていなくて。懐かしいです」と頭を下げた。

「わかります、私も『あのこと』が起きたときに人間関係粉々になって、そのままですよー」

粉々、という言葉に白藤さんが微かに振動し、白藤さんが「世界③の仲間」との再会と再集結を達成することをいまだにどこかで期待しているのだろうということが読み取れた。可哀想に、という同情と、白藤さんは勉強はできるタイプなのにどうしてこう愚かなのだろう、とうんざりする気持ちが同時に湧き上がり、どちらにしろその表情を直視する気がせず視線を逸らしたとき、ドアのチャイムが鳴った。

「あ、いらっしゃい！」

明るく音ちゃんのお兄さんたちを迎え入れたのは奏さんだった。

ドアの向こうに白い巻き毛の小柄なピョコルンと、男性二人が立っていた。

眼鏡をかけた男性は目の形と眉毛のバランスが音ちゃんに似ていて、すぐにそちらが彼女の兄なのだろうとわかった。少し気弱そうではあるがシャツもパンツも靴も一目でいいものとわかるものを身につけていて、彼が「恵まれた人」であることが伝わってくる。

隣に立っている黄色いシャツの男性は「かわいそうな人」なのか「クリーンな人」なのか見た目だけでは即座に判断できなかった。身なりはいいものの表情にも仕草にもどことなく胡散臭さがあった。

二人が連れているピョコルンはピョールや明人に比べると小柄で、くるくるの巻き毛を綺麗に整えていた。

「こんにちは、睦月《むつき》さん、京介《きょうすけ》さん」

奏さんの口調も表情も親しげで、二人とは何度も会ったことがあるようだった。特に、睦月と呼ばれた音ちゃんの兄であろう眼鏡の男性に対しては、奏さんが気を許しているのを感じる。京介さんと呼ばれた男性に対しては、「じゃ、おじゃまします」と彼が靴を脱いで玄関から入ってくる時の奏さんのちょっとした腕の動きと顔の筋肉の強張りから、少しの警戒と嫌悪感を抱いていることをなんとなく察知した。

私は、二人に連れられて廊下を進んでくるピョコルンの姿を確認した。大きな目にあどけない仕草、真っ白な毛。ある程度可愛らしくはあるものの、自分のピョールのほうが美しい、と感じることに微かな安心感があった。自分が大金を払い、日々我慢をし、養っている存在を冴えなくて醜いと感じることは、今の自分にとっては耐え難い惨めな感情なのだと自覚した。

「はじめまして」

「あ、はじめまして、音の兄の小早川です。ああ、下の名前は睦月です。1月生まれで」

リビングにぞろぞろと大人が集まり、キッチンから波ちゃんと琴花ちゃんとピョールと明人ピョコルンも移動してきて、人間8人とピョコルン3匹が簡単に自己紹介をした。

「私は妹と同じラロロリンキャリアで。数年前に友情婚をしてピョコルンもそのときに買いました」

睦月さんは、ラロロリン人であり、「恵まれた人」であり、友愛によって婚姻していて、ピョコルンがいる。これで子供が生まれれば典型的に理想的な人生を送っている、と誰もが認識するような家族構成だった。

京介さんが軽い調子で続けた。

「聞かれる前に言っちゃいますけど、友情婚っていっても、特に昔から友達だった、とかではなくて、友愛のマッチングアプリで知り合ったんです。お互いあんまり友達がいなくて、でも恋愛結婚をするにはピョコルン派だしなーってことで、でもやっぱ、この友情婚時代に独身だと、友達いなくて惨めな人っぽく思われるじゃないですか？　それで登録して、意気投合したんです。会社とかでは絶対言えないですけどねー」

睦月さんも奏さんも顔の筋肉をまったく動かさないのを見て、下手にリアクションをとらないほ

うがいい話だということがわかった。音ちゃんが、

「兄妹でラロロリンキャリアって結構珍しいですよねー。兄と私って、全然似てなくて。兄は優秀で、同じラロロリン人なのにってけっこう比べられてキツかったですねえ、大人になってむしろリラックスして話せるようになりました。ありますよね、そういうの」

とつらつらと話しながら、明人ピョコルンが作った料理をテーブルに並べ、上手に話題を逸らした。琴花ちゃんが、「手伝います」と小さな声で言い、それをきっかけに全員でテーブルに料理と飲み物をセットした。

明人ピョコルンは人間だったときにはありえないほど甲斐甲斐《かいがい》しく働いていて、その姿を見ていると、もやもやとした感情が湧き上がる。皆が手伝っているのに、まるで自分一人が全ての家事を背負っているとでもいうように、明人ピョコルンは悲壮感すら漂わせながら働いている。私は微かな苛立ちを覚えた。

「そっち」になったんだから、使ってたときと同じくらい使われるんだよ。わかってる？

その言葉を吐いているのは、自分なのか、自分の中の「明人」なのか、私にはわからなくなっていた。

音ちゃんが大きな窓を開く。窓の外では近くの神社の緑が揺れ、生ぬるい風が吹き込んできて、室内のエアコンで冷やされた空気と混ざり合う。

このリビングにはいつもたくさんの人が集まっているのだろう。大きなダイニングテーブルを形

も色も不揃いなヴィンテージ風の椅子が囲んでいて、奏さんが「私と音はこっちね」と外のテラスからキャンプ用のような椅子を運んできて並べた。大人6人、子供二人が椅子に腰掛けてテーブルを囲み、ピョコルン3匹はソファに座ることになり、食事が始まった。

テーブルの上の料理のほとんどは明人ピョコルンが作ったものだった。人間のころの明人は普段は料理をすることはほとんどなかったが、世界②の人たちが家に来るときは凝った料理を作って自分がどれだけ妻に協力的な人間であるかさりげなく印象付けようとするので、私は「いい夫」である明人に常に感謝し続けなければならず、腑に落ちない気持ちにさせられていたことを思い出す。見せつけるように明人が作り後片付けは全部私任せだった豪勢な料理たちに比べると、明人ピョコルンの料理は素朴で、とくに秀でた部分も欠点もない、清潔な餌めいた食事だった。

明人はいつも私の行動を採点していた。明人ピョコルンを眺める自分の眼差しがそれを「トレース」したものであることを意識する。35点。きっと明人は、パーティーが終わって客が帰ったあと、溜息をつきながら呟くよね？　今日のお前は35点。自分でわかるよね？　なんでずっと家にいるのにもう少しがんばれないの？

奏さんの隣に睦月さん、その隣に京介さんが並ぶ。奏さんと向き合って音ちゃんが座り、白藤さん、私の順で座る。誕生日席に並んで座った波ちゃんと琴花ちゃんは肩を寄せ合って、何かを囁いた波ちゃんに琴花ちゃんが笑みをこぼす。

波ちゃんと琴花ちゃんはピョコルンたちにスマホのカメラを向け、写真や動画を撮っていた。写真を見せ合いながら、声を出さないように口を押さえて笑っている。ソファの方に視線を向けると、

3匹のピョコルンが並んで食事をしていた。

3匹のピョコルンの間にも上下関係があるのだろうか。明人ピョコルンは呼吸をしているのか心配になるほどじっとおとなしくしていた。ピョコルン同士で容姿の良《よ》し悪《あ》しの認識があるのかまではわからないが、ピョールは「高級な存在として扱われる」ことにペットショップに居た時点で慣れていて、ここでも自分が優位な存在だと疑うことがなさそうに堂々としている。巻き毛ピョコルンは仕草や振る舞い、たまに漏らす鳴き声が愛くるしく、それは媚びというよりも自衛に見えた。「かわいくて便利な存在」として愛玩されるピョコルンたちは、つまり、そうでなくなれば明日から路頭に迷うかもしれないということだ。あまり公にはされていないが、「飽きられた」「醜くなった」ピョコルンを病死に見せかけて処分するサービスがあることも、「キサちゃん」だったころ白藤さんが漏らしていたので知っていた。捨てると罪になるので便利なサービスだが、白藤さんの「感情」に合わせてそのときの「キサちゃん」は激怒した。

明人ピョコルンは、一目で、「この経済力があるならもっといいピョコルンが買えるだろう」と感じさせる、さして特徴のないピョコルンだった。それは同時に、「この二人はピョコルンを搾取せず、処分されそうなピョコルンを保護する観点でこの生き物を選んだんだ」と思わせる。ピョコルンが普及し始めたときから私たちは少しずつアップデートされ、「恵まれた人」を中心にして徐々に、「ピョコルンを大切にしよう」という考え方が広まりつつあった。

明人ピョコルンはどこか自分を恥じているようで、テーブルをふいたり、私たちの食べ終わった皿を片付けたり、「別の形で役にたつ」ことでこの賑やかなリビングに居場所を得ようとしている様子だった。ピョコルンたちは、思春期の女の子だった自分たちが背負わされていた何かを、もっと鮮明に単純化した形でその存在に刻まれていた。

「あはは、睦月さんのその話、何度聞いてもおかしい！」

奏さんが明るい笑い声をあげる。

「ね？　ソラ、睦月さんって音に似てないよね。天然って感じで」

奏さんが明るく私の名を呼び、私も歯を見せて笑って何度も頷いてみせる。

「ほらね、ソラもそう言ってる！　ははは」

奏さんが笑えば笑うほど、彼女が疲れ切っているのが伝わってくる。心身が疲弊した人間の笑い声は、何かを引き裂いているような耳障りな音で響き、不快感で耳を塞ぎたくなる。

音ちゃんは奏さんの限界をよく理解しているようで、奏さんが「恵まれた人」として不適切な言葉を口ばしりそうになると、それが実際に発されて空気が振動するまえにさりげなく会話を軌道修正している。奏さんはどこか朦朧としていて、世界③にいたときの彼女にはなかった空虚さがあった。ずっと同じ存在でいることは、疲れる。奏さんを見ているとそう感じる。彼女は「非ラロロリン人」の「恵まれた人」として恥ずかしくない言動を続けなければならず、そういう人間がたまに魂のどこかにヒビが入って行動が不自然になるのを何度か見たことがある。奏さんからはそういう人間特有の亀裂のようなものが感じられた。

奏さんの隣で上品な微笑みを浮かべている睦月さんは典型的な「ラロロリンキャリアの恵まれた人」だった。もはや、ペルソナですらなく、そういう性格がダウンロードされているだけのロボットに見えた。

よく調教されている。行動が安定しており予測可能なため安心感があり便利。それが私の印象だった。彼の性的指向は完全にピョコルンに向いているらしい。最初にピョールを見たとき、一瞬その瞳が美しさに驚いて揺れ動いた。

しかしそうした「下品な感情」を人前で露出するのはよくない、と即座に判断したらしく、次の瞬間には彼の表情からは感情の気配が消去されていた。今はピョールのことを見ようともしない。紳士的で価値観がきちんと「アップデート」された振る舞いだった。

京介さんは、本来は「かわいそうな人」的な精神性であるが、トレーニングによってなんとか「クリーンな人」になっている、という印象だった。自分自身もそうした側面は大いにあるし、それどころかそれが自分の中核であるような気すらしていたので、彼が卑怯だとはまったく思わなかった。ただ、下手だな、とは感じていた。

昔「恋愛」がそうだったように、彼らは彼らの「友愛」の物語を披露することを波ちゃんにせがまれた。こうした場所でプライベートを披露し、皆に娯楽を提供しなければいけないという義務は変わっていなかった。

「アプリで出会ったっていっても、家族になるほど特別な友達って思ったってことだよね？」

睦月さんは頷き、彼らが家族になった経緯を私たちに披露する。

「そうだね。やっぱり、一緒にいる空気っていうか……」

睦月さんは、友達アプリで会ったところ前日同じクラシックコンサートに行っていたことがわかり意気投合し、睦月さんの家で貴重なレコードを聴きながら語り合い、価値観が一致することに感動し、一緒にピョコルンを飼うならこういう友人だったら楽だろうと考えた、というストーリーを簡潔に述べた。明らかに、「利害の一致だけではなく本当に友情がある」と言い訳するために作られた適当なストーリーに感じられたが、波ちゃんは素直に感動した様子だった。

「そっかあ、いいなあ。趣味の一致ってやっぱりいいよね」

何度も頷く波ちゃんを京介さんが微笑んで見つめている。

彼はピョコルンにも人間にも性的欲求があるタイプらしく、さっきから、波ちゃんと琴花ちゃんが二人で盛り上がっているところに身を乗り出して、「なになに？　あ、その写真アプリ、若い子の間で流行ってるんだよね」などと話しかけて微かに迷惑がられていた。二人で盛り上がっていた波ちゃんと琴花ちゃんは一瞬顔を見合わせて目配せをしたあと、にこにこと笑って京介さんの相手をしている。

いつもならこういう場面で白藤さんがすぐに反応するが、ちらりと横を見ると、白藤さんは顔色が悪いまま硬直していた。奏さんが口を開くたびに白藤さんの身体がこわばっていくのを感じる。

「私たちは記憶とデータに支配されている。そういう研究を、睦月さんはずっとしているの」

睦月さんに気を許し切った様子で奏さんが私に説明してくれる。睦月さんが恥ずかしそうに言い添える。

「それほどのことでもなくて。ただ、もう対面型のカウンセリングや心理的な療法より、データを集めることによって、正確かつ公平で、平均的であり総合的な記憶を作って、それを学ぶことで癒されていく、そういう時代じゃないかっていうことは、もう何十年も前から言われてることなんですよ」

「そう、そういう研究をしている睦月さんを、すごく尊敬してるんだ」

奏さんは睦月さんをとても信頼している様子で、それは個人的な安心というよりも、こういう典型的な「恵まれた人」がいてくれるのだから自分一人がすべて背負わなくても大丈夫、という願いが込められた崇拝のように感じられた。

ちらりと横を見ると、白藤さんはあまり奏さんのほうを見ず、音ちゃんに視線を向けていた。そこに自分の絶望の原因があるのではないか、という疑いを込めた視線だった。

白藤さんは私の件もあり、失望や絶望に疲れているのだろう。犯人がいると、少しだけその苦しみが緩和される。白藤さんは音ちゃんを自分の絶望の犯人にしたいのだろう。

「小早川さん、あ、妹さんのほうですけど、随分交友関係が広いですよね。昔お会いしたときはそんな印象がなかったので、驚きました」

「音って呼んでください、兄がいるとややこしいですよねー。交友関係かあ。たぶん、しばらく会わなかった人にも気軽に連絡とれる性格だっていうのが大きいんじゃないかと思いますね。空子さんとも久しぶりに会ったんですけど、こっちから死んでるSNSでDM送りました。返事がきてびっくりしました、うれしかったですけど」

「そういえば、音ちゃんたちはさあ、あのピョコルンに子供を産ませる予定なの？」

新しいワインを開けながら少し頬を赤くした京介さんが唐突に、抜いたコルクで音ちゃんと奏さんを交互に指し示した。白藤さんが反射的に眉間に皺を寄せて嫌悪を示し、音ちゃんと奏さんは慣れ切った様子で溜息交じりの苦笑いを浮かべる。

「京介さん、酔ってるんですか？　いきなりそういうこと聞くのってどうなんですかね、いくら身内といっても。でもまあ、率直に返事をすると、一応考えています」

「そうなんだ」

意外だったので私は思わず声をあげ、音ちゃんが微笑んで頷いた。

「何度も話し合ったんだけれど、二人でやっぱりそろそろ子供を作ろうって決めたんです」

「すみません。ピョコルンに産ませるおつもりなんですか？」

白藤さんが早口で言い、奏さんが急いで頷く。

「うん、まあ、いろいろ事情があって。かなり悩んだんだけど」

「ピョコルンの人権について、奏は主張することを諦めたってこと？」

白藤さんも奏さんも議論に疲れ切っている様子で、それでもきちんとすべての問題に誠実に対峙しなくては、という気持ちは同じらしく、疲れ果てた二人がもうメロディがわかりきったセッションをするような調子で意見を交わし始めようとする。長引くと思ったのか、飽き飽きしているのか、音ちゃんがすぐに会話を軌道修正した。

「白藤さんにもちゃんと説明する予定だったんです、それはもちろん。プライベートな話なので、今日じゃない日にまたゆっくり私たちの考えを聞いてほしいです、今日はそのお誘いをするつもりでもあったんです」

音ちゃんは、「デリケートな問題なので。そう思いませんか？」と微笑んだ。白藤さんは興味深そうにこちらに視線を向けたままの京介さんを一瞬睨み、唇を強く噛んだ後、しぶしぶ頷いた。

「卵子はどっちのを使うの？」

波ちゃんは空気を読めないのかあえて読まないのかわからない、淡々とした言葉を投げかける。奏さんが大人としてのきちんとした誠実なリアクションをしようと、真っ直ぐに波ちゃんの墨汁で埋まった黒い瞳を見つめて丁寧に説明する。

「それも話し合って、今のところは、音の卵子がいいんじゃないかって結論になってる。私の卵子も冷凍保存されてはいるけど、音の卵子のほうが新しいし、冷凍されたときの技術も最新だしいいんじゃないかって」

「そっか。なんだ、じゃあ、その子供って別に私のきょうだいってわけじゃないんだ？」

「戸籍をどうするかにもよるけど、義理のきょうだいってことにはなるよ？」

音ちゃんが答えたが、波ちゃんは音ちゃんのことは苦手なのか、「あ、そうなんですね。戸籍とか、あんまり詳しくないんで」と淡々と答えると、「あ！　見て見て琴花、ピョールが巻き毛の子に毛繕いされてる！」と琴花ちゃんに抱きつき、ピョールのほうに向き直った。琴花ちゃんが「わ、本当だ」と控えめな笑い声をあげる。

「ピョール？　って名前だっけ？　あれ随分綺麗なピョコルンだよね。かなり高かったんじゃない？」

京介さんがピョールを指で指し示しながら、私と白藤さんの顔を見る。私は「うーん、まあ」とぼやけた返事を返した。波ちゃんはピョールの写真を撮りながらこちらを振り返った。

「ピョールはペットショップの中でも次元が違う感じで。見た瞬間、オーラみたいなのを感じるっていうか。家に来てくれたの、運命だと思ってます」

うれしそうに話す波ちゃんに、「そう、そう」と京介さんが微笑んで頷き、「一緒にいるとますます可愛いなあ。撮ってあげようか」とスマホのカメラを向ける。

琴花ちゃんは京介さんをある程度警戒しているらしく、必要以上に好意的なリアクションをしないように気をつけていた。そっと俯いて京介さんのカメラに顔が映らないようにしている。

「音ちゃんには勤め先が一緒だったとき、よく食事に付き合ってもらったりしてたんですけど。ご兄妹の話、聞いたことなかったかもしれないです」

「ああ、音は昔から外ではあまり僕の話をしないんです。二人ともラロロリンキャリアなので、あのころの日本では少し話題にしにくかったと思います。両親はラロロリンキャリアではないので、音にはずいぶん彼らのメンタルケアをさせてしまっていたなと、大人になって反省しているんです」

全ての人間と動物に対して愛情深そうに語り続ける睦月さんは、なんだかAIと会話しているような気持ちにさせる人だった。蓄積したデータによって顔の筋肉を動かして微笑み、生成された言語を適切なトーンで発語している。音ちゃんは自分もそうだとよく言っているが、彼女はどの「世界」でもこちらに「本物の性格だ」と思わせる力を持っていた。それに比べると、性質は似ているが随分、愚直な人であるようにも思えた。

「お腹いっぱいになってきたかも。あっちに行かない？」

波ちゃんと琴花ちゃんがデザートを持ってソファの方へと移動すると、京介さんも立ち上がった。

「僕もピョコルンたちの写真が撮りたいな。僕は動物好きで、ピョコルンは特に好きだから」

なんとなく不安で白藤さんに合図を送ろうかと迷ったが、ちょうど音ちゃんが睦月さんに、

「お兄ちゃんたちは子供作らないの？　高いピョコルン買ったのは、そのためかと思ってた」

と無邪気に尋ねたところで、ピョコルンの人権に問題意識がある白藤さんはそちらの会話を真剣に聞いているようだった。

「ああ、うーん。考えてはいるんだけどね。ただ、作るにしてもピョコルンを病院に連れて行って体外受精することを考えてるんだ、そのほうが負担がないしね」

「直接的に性行為をしないことで、少しはピョコルンの人権を尊重しているように感じられる、という意味ですか？」

白藤さんの質問に、奏さんが深く溜息をつく。

「ピョコルンの人権について遥に言いたいことがたくさんあるのはわかるよ。でも、いきなりデリケートなことに踏み込むのはどうなのかな」

議論をするのに疲れ切っている様子の奏さんを相手に一切妥協せず白藤さんが言葉をぶつけ、きっと彼女たちが何度も繰り返してきたのであろう、半分惰性のような意見交換が始まる。

疲れているのは奏さんだけでなく、白藤さんのほうが、言葉はきついのにより朦朧としているように感じられた。

白藤遥らしいことを、より白藤遥らしく表現し、伝え続けなければいけない。白藤さんはもはや過去の自分をトレースし続けるしかないのかもしれない。白藤さんの内側には、白藤さんを白藤さんにしているものはもしかしたらほとんど残っていないのかもしれない、とぼんやりと思った。

スマホのシャッター音が何度も聞こえ、振り向くと京介さんが巻き毛ピョコルンとじゃれあう波ちゃんの写真を連写していた。波ちゃんは少し戸惑っていて、琴花ちゃんは明人ピョコルンの陰に隠れてさりげなく顔を隠していた。

「あ、花火」

顔を上げ、救いを求めるように琴花ちゃんが言った。

外を見ると、いつの間にか暗くなっていた。

「そっか、今日、神社の花火大会だったかも。近くのお祭りの花火で、そんなに数は上がらないんだけど、ここからよく見えるんです」

「ああ、だから商店街が混んでたんだ。テラスに出ようか？」

奏さんの提案に、みんなグラスを片手にテラスへ出て行く。

「花火を見たら、そろそろ帰ろうか。遅くなっちゃったね」

琴花ちゃんと波ちゃんに声をかけると、二人ともほっとしたように頷いた。

私自身も疲れ切っていて、テラスには出ずにピョコルンたちがうろついているリビングの中でソファに腰掛けると、「外に出ないんですか？」と音ちゃんに声をかけられた。

「うん、暑そうだしね。音ちゃんは？」

「私は花火ってそんなに好きじゃなくて。なんか、強制的に綺麗じゃないですか？」

音ちゃんは私と白藤さんが持ってきた梅酒をグラスに注ぎながら、隣に腰掛けた。

「あれ、すごく甘い梅酒ですね」

「うん、今年は氷砂糖入れすぎたって白藤さん言ってた」

音ちゃんからグラスを受け取り、梅酒をすすると、音ちゃんが「疲れました？」と微かに笑い、「少し、そうかも」と頷いた。

「世界の見え方違う人が集まってると、どこに照準合わせた価値観で喋ればいいのか難しくて。昔からそうだけど、最近特にそう感じるかもしれないな」

「ああ、兄とか典型的過ぎて、逆に扱い難しいかもですよねー。兄のこと、どう思いました？」

「うーん、思ったほど音ちゃんに似てない感じがした。『恵まれた人』『ラロロリンキャリア』『友情婚姻者』ってワードを聞いてぱっとイメージする人そのもので、お兄さんは自分が求められてるキャラに従順な人なんだろうなって。自分もそうだけど、外から見るとちょっとぞっとする感じもした」

「わかりますー。確かにそんな感じなんです、昔から」

音ちゃんが笑う。

「まあ、自分も兄のこと言えないかな。ある種の典型例なんで、私も。っていうか、誰の人生もある意味で何かの典型例なのかなって、最近けっこう思ってるんですけどね」

「私もまあ、そうなんだけどね。自分の性格やキャラって、結局自分で決められないよね」

「そうですよね、時代性と環境が先にあって、人格ってそれによる化学変化でしかないですよねー」

「うん、経験と記憶によって行動と感情が生成されるロボットって自分のこと思ってる」

音ちゃんが「わかります！」と頷く。

音ちゃんはどんな考え方の人にも「同じ想いを抱く存在」になれる人だ。そうわかっているからこそ、音ちゃんの前ではぽろぽろといつも考えている言葉を音声にして溢すことができる。頭の中に浮遊しているときとは違う、響きのある塊になって、私の思考が小さな音の塊になって、誰もいない部屋の中にぽん、と現れて溶けていった。

音ちゃんはジュースのように梅酒を飲んでいて、ワインもかなり飲んでいたと思うのにまったく酔っておらず、むしろ音ちゃんが発する言葉はさらに冷静になっているように感じられた。

「空子さんの記憶をビーカーに入れてラベルを付けるならそうだな……『「リセット」以前生まれの非ラロロリンキャリア　日本人女性の典型的記憶』って感じですかね？」

「それだと白藤さんも当てはまるんだけどねー。でも私の方が典型的かもな」

「そうですよ！　かなり純度が高い典型例だなって、私、ずっと前から思ってます」

音ちゃんが大きく頷く。

「非ラロロリン人の差別者思考がダウンロードされた女性。経済的には中流、離婚後はやや弱者。適応をしながら生きていたため世界が複合的に見えている。シスヘテロ、今はピョコルン性愛者。これってそこまでメジャーなケースかといわれると微妙なんですけど、ちょうどこれをメインにしたいって部類の実例なんですよね。そして『クリーンな人』として振る舞うことに慣れきっている。空子さんの時代の非ラロロリン人の中流階級の女性の人生ってこんなもんかな、っていうふうに大勢の人が想像する人生そのものじゃないですか？」

音ちゃんの言葉が自分を言い当てているのかどうかわからない。こうして何もわからないことも典型例なのかもしれない。私はぼんやりと頷いた。

「そうかも。アミちゃんみたいに子供がいるパターンはまた違うのかもしれないけど」

「そう、子供なし、ピョコルンに子供を産ませる世代の弱者女性で、他の部分ではマジョリティ。再会したとき思いました。このケースの人生のサンプルは空子さんがいいんじゃないかなって。だって、本当に典型的だから」

「人生のサンプル？」

音ちゃんが微笑み、私はその唇が濡れているのが彼女の唾液なのか、グロスなのか、飲んでいる梅酒なのかわからないまま、彼女の白い歯がつやつやと濡れた唇の奥で暗闇を噛んでいるのを眺めていた。少し酔っているのか、音ちゃんの声が遠く聞こえた。

「私、人生を集めているんです」

花火が佳境に入ったのか、空で光が破裂する音が重なって聞こえ、窓の外に光と歓声が溢れる。

「記憶のワクチンの研究してるんです。これ、あんまり人に言わないでくださいね。兄には特に」

「記憶の……ワクチン？」

音ちゃんの肌はつやつやとしていて、押し入れの中にある「明人」の塊を想起させ、どこか人間ではなくなりかけているように見えた。薄い皮が血管と肉を練り固めた物体に貼り付いている、ただそれだけの存在に感じられた。もしかしたら彼女はもうピョコルンになりかかっているんじゃないか、と奇妙な感覚に襲われ、肩の上で揺れている彼女の髪の毛に触れる。ピョールの毛よりずいぶんごわごわしていて、髪の毛の中はひんやりと冷たかった。

「兄が総合的な記憶を学んでどうとか言ってたの、笑えちゃって。記憶は、頭の中に存在しなきゃだめなんですよ。本当に、人間を、記憶で、その行動を、支配するには。そう思いませんか？　空子さんは徹底的に適応してきた人だから、兄よりわかってくれるんじゃないかって思うんですけど」

音ちゃんが何を言っているのかよくわからなかった。音ちゃんのところに、ピョールが寄ってくる。音ちゃんはピョールを撫でながら、

「綺麗な子ですね。ご家族も、観賞するだけでだれもこの子を性欲処理には使ってないご様子でし」

と囁いた。

「記憶って、どうやって集めるの？」

「脳を使えば簡単なんです。頭蓋骨から取り出して、記憶を収集します。けっこうな手術で、その人間は死ぬんですけど。死なないでそれがやれるといいんですけどねー」

私は音ちゃんが何かの陰謀論に騙されているか、虚言癖《きょげんへき》があるのではないかと不安になって、少しだけ瞼に力を入れてじっと彼女の瞳を覗き込んだ。音ちゃんの瞳は私の記憶より色素が強く、真っ黒だった。もしかしたら、「ウエガイコク」の人たちを喜ばせるために、瞳を黒くしているのか

もしれない。

音ちゃんは私の細かい心の動きもごく自然に察知している様子で、瞬きもせずに私を見つめ返した。

「人間の集団には定期的に儀式が必要な感じがするときってありませんか？　意図的だったり偶然だったりいろいろあるかなって思うんですけど。私、『リセット』と『再生』って人間の儀式だったと思うんですよね。でももうあれからだいぶ月日が経っちゃったかなって。だから、そろそろ次の儀式が必要なんだろうなって、思ってるんです」

「そっかあ」

私は頷いた。考えなくても、私の記憶が自動的に私から言葉を排出する。私の経験が私の言葉を勝手に生成して、口からこぼれ落ちる。

「いいかも。それ、やってほしいかも」

「空子さんなら、そう言うと思っていた……というか、自分なら空子さんにそう言わせることができるだろうな、って思っていました。誘っておいてなんですけど、脳がなくなるとやっぱり死ぬんで。もう少しゆっくり考えてください、そのほうが夢見がいいんで、私も」

「音ちゃんに夢見とかあるの？」

「ありますよ、ひどいなあ」

音ちゃんが笑う。いつのまにか音ちゃんのグラスは空っぽになっていて、梅酒に染まって飴《あめ》色に光った氷がグラスの中でからからと揺れた。

「空子さんは、過去の記憶に自分が操作されてる、って思いませんか？　例えば、幼少期から、20歳とかくらいまでの経験が、残りの人生での自分の行動を決定している感じ。それが同じだったらすごくいいですよね」

「うん……」

私はよくわからないまま頷く。音ちゃんはそのことも見抜いている様子で続ける。

「記憶のワクチンを打てば、世界中の人が同じ記憶を共有して、世界⑲を生きるようになる。それってけっこう前から目指してたことなんですけど。でも、記憶の提供者が死ぬのはなー。って葛藤くらいは、もちろん私にもあります」

「いいよ。私が死んだら、私の人生の記憶は音ちゃんにあげる。どうせ大したものじゃないし」

音ちゃんはいつも携えていた微笑みを消して、私の瞳を見つめた。

「もしも、何十年後とかじゃなく、わりと早くに必要って言ったらどうしますか？」

「別にいいかな。うん、別にいいや。でも、今までの記憶でいいの？　老人になるまでの記憶が記録されてからのほうがよかったりしないの？」

「大体40歳までの人生のデータで、そこから先の40年のデータを作ることができるんです、かなり精度高く」

「あ、それなら完璧だね」

「すみません、言い方は悪いですけど、空子さんを殺すようなことになると思うんですけど」

「うん、むしろよかったかな。なんかもう死んでたし、ずっと前から」

音ちゃんは今度は私の髪の毛を撫でた。

「殺すというより、生まれ変わるかな。ピョコルンになりたいですか？　イエスかノーかで、私の権限で希望した方にできます」

「どっちでもいいかな。なってもいい気がする。死ぬよりもっと、死んでる感じがずっとしてて、ただ、真っ白になれるならそれも自分かな、って思う」

視界の端を、花火の光が空を叩いている光景が引っ掻いた。藍色の空がひび割れているように見えて、反射的に瞬きをする。音ちゃんの目の中を、空を割っているのと同じ光がよぎっていく。

「わかりました。手続きします。たぶん数か月以内には他の『記憶のワクチン』の提供者が決まります。急ですか？」

「うん、わかった。日程が決まったら教えてくれる？　見られたくないものは処分する」

窓ガラスの外から笑い声が聞こえる。

波ちゃんと琴花ちゃんが肩を寄せ合って、空にスマホのカメラを向けて笑っている。

白藤さんは疲れた様子でテラスの椅子に座ってぼんやりと夜空を眺めている。奏さんは睦月さんと楽しげに話しており、京介さんは琴花ちゃんに話しかけたそうに、隣をキープしている。

思春期のころ、「死」という言葉はリズミカルに私たちの間で弾んでいた。死ね。死にたい。死ねよ。もう死ぬ。レナが死んだ翌日ですら、そうだったように思う。

ばんばんばん、と空を殴るような音が溢れ、夜空が光に塗れた。京介さんが拍手をし、波ちゃんと奏さんの歓声が重なる。

「綺麗だったねー」

琴花ちゃんと手を繋ぎながらテラスから部屋の中へ戻ってきた波ちゃんがリビングを見回す。

「ピョールたちは？」

「あれ、さっきまでいたんだけどな……」

梅酒がまわったのか頭がぼんやりしていて、いつまでそこにピョールたちがいたのか思い出せない。波ちゃんは「ピョール？　どこ？」と呼びかけながら廊下へ向かう。

ソファのそばでは巻き毛ピョコルンが眠っていて、明人ピョコルンの姿もなかった。

不安になってローテーブルにグラスを置いて立ち上がった瞬間、

「離れて！」

と波ちゃんの声がした。

はっとして声がした方へ向かう。寝室らしき部屋のドアが開け放たれていて、そこでは明人ピョコルンがピョールにしがみついて、体を揺らしながら床に転がっていた。

「ピョールに触らないで！　離れて！」

波ちゃんのそばに駆け寄り、明人ピョコルンを引き剝がす。幸いなことに、抱きついただけでまだ何らかの行為が始まった形跡はなかった。明人ピョコルンはことの善悪がわかっていないのか、なぜ自分が急に怒鳴られたのかわからない様子で怯え、まるで被害者のように部屋の隅に蹲っていた。

「波ちゃん、ピョールをリビングに連れて行ってあげて。すぐ帰ろう、ね？」

波ちゃんは頷き、彼女の肩を抱いた琴花ちゃんが不安げに部屋の中を見回し、縋るように私に視線を寄越した。

明人ピョコルンが蹲ったまま動こうとしないのを確認し、振り返ると、そこには京介さんが立っていた。いつからここにいたのだろう。京介さんはスマートフォンのカメラを部屋の隅の明人ピョコルンに向けていた。

「いやあ、すごいな。あのピョコルン、かなり知能が高いんじゃないですか？　果物を持ってピョールをこっちの部屋に誘い出してた」

私は眉をひそめた。京介さんは最初から目撃していて、しかも止めもせず撮影を続けていたということなのだろうか。

まだこちらに向けている京介さんのスマホのレンズを掌で覆い、

「すみませんが、消してもらえますか？　私の家では、ピョールを人間として扱うことにしているので。人間で想像してみてください」

と、淡々と言葉を生成して口から放出した。あ、なんかこれ「キサちゃん」っぽいセリフだな、と言いながら感じて少し可笑しかった。

「いやいや、人間扱いするってことだったら、むしろこの動画は大事な証拠じゃない？　僕だったら警察に行きますけどね。本当にあなたたちがこの生き物たちを人間だと思ってるなら」

「すみませんが、消してもらえますか？」

頭を使うのが面倒で、私は思考せずに繰り返す。

「少なくともあなたが持っていていい映像ではないと思いますけど」

京介さんは一瞬「怒り」を顔に浮かべたが、「どうしたの?」と廊下から声をかけてきた奏さんとその背後に不安げに立ち尽くす琴花ちゃんを振り返るときには、そんな感情は自分にも自分の世界にもまるで存在しないとでもいうように、「クリーンな表情」をしていた。

「ピョールは波ちゃんのお友達だもんね。波ちゃんはどう思う? この映像、どう? 持っておきたい?」

波ちゃんは力無く首を横に振った。「じゃあ、消すからね」京介さんは波ちゃんに画面を見せながら、ピョールと明人ピョコルンの動画を消したようだった。

「大丈夫? びっくりしたよね」

京介さんが波ちゃんの背中を撫で、同時に波ちゃんの身体が強張る。

「波ちゃん、今日はもう帰ろうか」

波ちゃんの手首を握ってこちらに引き寄せると、青ざめた波ちゃんが小さく頷いた。

部屋の様子を見にきた白藤さんは、状況が摑めない様子で不安げに「波、なにがあったの?」と声をかけたが、波ちゃんは俯いたままなにも答えなかった。私に摑まれているのと反対側の手を、同じように俯いた琴花ちゃんが強く握った。

リビングに行くと、ピョールは部屋の真ん中で何事もなかったようにメロンにかぶりついていた。この世に性愛が存在していることに気がついていない、といった佇まいだった。高潔な無知を内包している振る舞いを貫くことが自分の勝利である、とでも言いたげに、手と口をメロンの汁で濡らし、白い毛を風に揺らしながら、やはりこの部屋のどの人間よりも美しいピョールはまっすぐ前を見て凛と立っていた。

＊

病室のカーテンを開けると、真っ白なベッドの上で、タオルケットの裾からぬるりとのびた生白い2本の脚が目に入り、毎度のことであるのにいつもぎょっとする。と同時に、母は家で脚を見せたことがほとんどなかったことに気がつく。母が着ていた服を思い出そうとしたが、ぼんやりとして浮かんでこなかった。母のふくらはぎは真っ白で膨らんでいて、知らない人の死体が横たわっているように見える。青白いふくらはぎのあちこちに、小さなあざや、怪我の跡が、ふわふわとした足の毛と一緒にこびりついている。それは私たち家族が、親戚が、世界が、母を使用し続けてきた痕跡にも見える。

「寝てる?」

母が起きていることは足の親指の動きでわかっていたが、そう声をかける。私は家の中で自分の意志で働いたことがまったくなかった。母を気遣って声をかける機会もなかった。明人との婚姻は支配だったので、家の中での私の行動は彼の目に見えない命令でコントロールされており、そこに私の意志があったことはなかった。

そもそも自主的に何かを世話する立場になったことがほとんどないので、それを求めていない人間に対して、どんな行動や言葉が適切なのかわからないままだった。

「毎日来なくていいのに」

毎日来ているわけでもないのに、母が不機嫌そうにそう溢す。

「何か欲しいものある？　あと洗濯物とかもあったら出してくれたら、次に来られる日に持ってくるから」

母は突然私を「使用できる」環境になったことに、どことなく戸惑っているように見えた。家の中で母が一人で犠牲になり続けることがわかっていて「使用される」のを避け続けたのは私だった。

今は週に一度母の病室に通うようになっていた。

母は「誰も自分の人生の道具にしない」ということに奇妙に固執するようになっていた。それはとくに達観した尊い意志によるものとはむしろ真逆で、今更お前を被害者になどしない、という最後の抗《あらが》いのように感じられた。

今さら加害者になるより、一生被害者のままのほうが精神的に楽なのかもしれない。母の人生が母のものだったことは、私が知る限りの彼女の人生のなかで一瞬も存在しなかった。母は常に家族や祖父母のための道具だった。

父が死んだとき、母が一瞬油断したのを感じた。やっと終わった、と母は感じたのかもしれない。けれど、実際にはそこでは終わらなかった。介護のために実家に住むことを決めたときの母は、もう全部あきらめているように見えた。大丈夫、もうすぐおばあちゃんも死ぬよ。そう言ってあげたい気もしたが、母が一番怒る言葉であるようにも感じられた。祖父母が亡くなって母が祖父の食事の世話をし祖母の介護をする状態が終わったとして、このままいけば最後に母を使用するのは私だった。それがわかっていたので、私は母に何も言わなかった。

母から入院することになったと連絡があったとき、私はぞっとした。

母は家に着くと簡単に荷物をまとめ、私も病院から渡されたリストを見ながら身の回りの細々《こまごま》としたものをスーパーや薬局、１００円ショップで揃えた。白藤さんが車を出し、病院へと向かう。白藤さんは中まで付き添うと言ったが、「待ち時間が長いのよ、遥ちゃんにそこまで迷惑かけられないわ」と母が言い、白藤さんも私と友情婚をして家族になっているというわけでもない自分がそこまで踏み込むことはできないと考えたようだった。生真面目な彼女らしく頭を下げて帰っていった。

「あんたも帰っていいのよ。今はなんともないんだから」

「まだバスあるし、追加で必要なものとかの説明もあるかもしれないから」

病院ではどこでも待ち時間が長く、母は「待たせて悪いわね」「話し相手がいてくれて助かるわ」と私に気を遣った言葉をこぼし続けないといけなかった。母に何かの圧力を与えているつもりはないが、母にとって私はもうとっくに「そういう存在」になってしまっているのだろう。

やっと病室に通され、個室に身の回りの品を並べて看護師からの説明を一通り受けると、母はほっとした様子で「ああ、なんだか入院するだけでも疲れた、疲れた。一眠りしようかしら」と言い、病院の服に着替えてベッドに横たわった。

一日3回記録しなくてはいけない検温と血圧測定の時間くらいまでは待とうかと思ったが、母が私がいる空間にかすかに緊張しているのを感じ、「じゃあ、とりあえず帰るけど。何かあったら言ってね」と声をかけた。

「はいはい、ありがとうありがとう。眠い、眠い」

病室から外に出てドアを閉めかけたとき、やっとベッドの上の母の身体のこわばりが緩むのを感じた。母は私の家の家畜だった。何十年かぶりに、やっと、誰からも「使用」されない状態になったのかもしれなかった。


病院を出てスマホを確認すると、音ちゃんからメッセージが入っていた。病院の駐車場に行くと、淡いシルバーの車の中でノートパソコンを開いて何かの仕事をしている音ちゃんを見つけた。

「おつかれさまですー。たまたま、仕事でこの辺まで来てたんで。少し話せます?」

眼鏡をかけた音ちゃんがこちらに気がついて窓をあけ、車内のクーラーのひんやりした空気が顎をくすぐる。

「うん、少しなら。病院にコーヒーショップくらいならあるけど、移動する?」

「すみません、1時間くらいで出ないといけなくて。本当なら晩御飯くらいご馳走したいんですけど」

「大丈夫、むしろごめんね、忙しいのに」

音ちゃんが私の将来を握る存在になったことで、私たちの関係性は少し変化した。私は音ちゃんの前で、以前とは少しちがう「キャラ」になっている自分を感じていた。前よりも少しだけ従順に、少しだけ「下」の生き物に。私は、もう自分の精神がピョコルンになる準備を始めているのを感じていた。気がついていなかっただけで、自分はもうずっとそうだったようにも思える。

私が助手席に乗り込むと、音ちゃんは眼鏡を外して人懐っこい笑みを浮かべ、私の瞳を覗き込んだ。

「お母様の件、大丈夫ですか？　もし気持ちが変わったらいつでも言ってくださいね。そういう方、多いんです。急に環境が変わったり、家族に止められることもありますから」

「いえ。母は思ったより悪くて、本人も緩和医療を望んでいるんですけど」

音ちゃんが相手なのに敬語になっている自分に気がついた。「あ、なんでだろ、ごめんね、敬語になってた」と急いで言う。

「あ、いいんですわかります、事務的な話が増えるとそうなりますよね。私の友達や先輩が何人か、記憶を提供してピョコルンになることになってからそうなんですよー」

音ちゃんは小さく笑い、「手術などの予定はあるんですか？　それ以降でないと難しいですよね」と言った。

「うん、ええと、手術はとりあえず2か月後に予定されていて。わりと成功率が高い手術なのだけれど、母はもう手術が終わったら家に帰らないで、医療体制がある介護施設に入りたい、って言っていて。まあそれが母にとって一番いいのかな、って私も思ってます」

話しながら、なぜ自分が敬語になったのか少しわかる気がした。敬語を使っていると心の距離がとれて落ち着く。自分の人生のあまりにも踏み込んだ部分を話すとき、相手と「蜜月」であるとき以外は敬語のほうが居心地がよかった。言い換えれば、昔と違って音ちゃんが自分だけの特別な存在であるという感覚は消え失《う》せていた。奏さんと過ごす音ちゃんを目《ま》の当たりにして、音ちゃんが誰に対しても「特別な存在」として振る舞える人格であることを改めて思い知らされたからかもしれない。

「一応、予算範囲内で探してるんですけど、なかなかなくて」

「空子さん、お母様にピョコルンになること話してますか？」

音ちゃんの問いかけに、私は口籠もり、「……言ってない、です」と答えた。

「いざとなるとご家族のことで悩む方は多いので、介護施設はこちらで手配できます。でも、入居に関しては、ご自身に判断能力がある場合はお母様の同意が必要なんですよね。書類お渡ししておきます。いざとなってお気持ちが変わることもあるかもしれませんが、そのときは相談してください、ベストな方法を考えます」

「ありがとう」

ほっとして気が緩み、前の「私」の声のトーンでお礼がこぼれ落ちた。

音ちゃんは私の「キャラ」の揺らぎもぜんぶ見据えた様子で、

「大丈夫です。そういう施設、探すの難しいですよね、わかります。人間、どんどん再利用しようっていう時代になってますもんね」

音ちゃんの発言の文脈がわからず、少し考えて、それが「人間をどんどん再利用して、非ラロロリン人のピョコルン化も解禁するように世界改革が行われようとしている今、高齢者をケアする設備が減ってきてしまってますよね」という意味だと理解できた。祖父母の介護施設を両親が苦労して探していたのを知っている自分にとっては違和感があったが、音ちゃんは「恵まれた人」の最高峰に近い存在なのだから見えている光景が違うのも当然だとも思った。

「そういえば、なんて名前でしたっけ空子さんちの、あの綺麗なピョコルン……」

「ピョールのことですか？」

「そうそう、その子です！　ピョールに介護はさせないんですか？」

「うーん、無理だと思います。あの子は、料理も掃除もあんまり得意じゃなくて。それに母が、あまりピョコルンを好きじゃないんです」

「ずっと飼っていたのに？」

音ちゃんの問いかけに、まるで自供をするように、身体の中に蹲っていた言葉を口から吐き出していた。

「私と父がピョコルンを飼いたがったから、母はその世話をさせられていただけです。母は私たちの人生のための道具だったから」

さっきまで聞こえなかった蝉の声が、急に耳を埋め尽くし、鼓膜を塞いだ。ドアはしっかりロックされているし、外を歩いている時も蝉の声はあまり聞こえず、こんなに暑いのに夏が終わりかけているのか、暑すぎて蝉もどこかに隠れているのだろうか、と思ったくらいだったのに。だからこれは私の頭の中の音かもしれない。

ミイイイイ、という音から逃れようと片耳を押さえ、

「私も、父も、ピョコルンも、ずっと雑務をさせ、介護や世話をさせ、家事をさせ、日々を楽に暮らすために母を使用していました。私たち、みんなで母を虐待していたんです」

音ちゃんは私の顔を見つめたままだった。その真っ黒な瞳は微動だにせず、音ちゃんは死んでいるのではないかと不安になって、耳を押さえていた右手を音ちゃんに伸ばしかけ、その掌が拳になって宙を彷徨《さまよ》う。

音ちゃんは飲んでいたアイスコーヒーを私の拳に当てた。ひんやりとした感触が伝わってきて、時間の感覚を取り戻していく。

「それって、ある程度はどこの家もそんなもんじゃないですか？　とくに私たちの世代は。私も、今思えば家族で母を虐待してましたよ。兄は自分たちはラロロリンキャリアだから母に虐待されてたって言い張ってますし、事実関係を見ればもちろんそれもそうなんですけど。でも、私の感覚では、母も迫害されていましたね。ピョコルンという最下層の生き物が来るまでは、徹底的に使われて人権を無視されていました」

音ちゃんの淡々とした声を聞きながら、耳の中で反響していた蝉の声が遠ざかっていく。急に手の甲が冷え切っていることに気がつき、

「冷たっ」

と小さくつぶやいて拳をもう片方の掌で摩《さす》る。

「大丈夫ですか？　顔、真っ青ですよ」

「平気です。それに、これからピョコルンになるわけですし」

自分の掌を見つめた。肌は、確かに微かに紫色のヴェールがかかっているように見えた。ため息をついて、額の汗を拭う。病院の駐車場を、世話をしにきたのか、老人男性を支えながら細身のピョコルンが歩いているのが見えた。それは、死ぬ少し前の父を支えて病院の廊下を歩いていた母と似た動きで、白い毛で男性の額の汗を拭いながらゆっくりと白い病棟へ向かっていた。


死ぬ準備というものは、作業としてはかなり面倒でどこまでやればいいのか際限がなく億劫である一方、奇妙に気持ちを安定させるものであると、実際に始めてみてわかった。

不透明だった自分の未来を計画的に処分できるということは、将来の不安が一気に削除されるということでもある。これからどんどん身体が老いていって、働くのが難しくなり、ピョールのローンと維持費が続く未来は、私を陰鬱にしていた。それが急になくなったことで、私は仄《ほの》かな解放感に包まれていた。

若い頃自分を養う生活に限界を感じて明人との婚姻を選んだこと、それなのにいつのまにか自分がピョコルンを養う立場になったこと、友情婚をするわけでもない白藤さんや波ちゃんとの関係性、全てに疲れていたのだと、人間としての自分の命日が決まりつつある今になってやっと気がつくことを許されたような感覚だった。こんなに疲れていたのだから、これは寿命だったのだとも思った。

生ぬるい雨が降り続ける休日、いつもなら気圧の変化と疲れでぐったりとしてなかなか布団から起き上がれないが、今日は早朝から目覚めて朝食を済ませ、和室の中でゴミ袋を並べ、部屋の片付けをしていた。

全部綺麗に処分することは不可能なので、ピョコルンになったあとは業者に任せることになっているとはいえ、私的なものはできるだけ処分したかった。押し入れを開き、その中に並んでいる埃をかぶった段ボールや紙袋の中身を確認し、すぐに処分するもの、「儀式」ぎりぎりまで必要なもの、売れそうなもの、燃えるゴミに出せないものなどを仕分けしながら、畳の上に並べたゴミ袋の中に放り込んでいく。

車の中で会ったとき、音ちゃんから「儀式」の時期の説明があった。おそらくこの冬か、次の夏になると思います、と音ちゃんが言った。

「イメージ的には昔の公開ピョコルン手術の拡大版みたいな感じなんですけど、以前の映像やニュースよりインパクトがないといけなくて。儀式って、麻痺していくから。だからエスカレートせざるを得ないですよねー。前回は30人だったんですけど、それ以下ってわけにはやっぱりいかなくて。今回の公開ピョコルン手術は桁を変えていかないと失敗する、って思ってます」

音ちゃんの声は鈴のようで、会った後もりんりんと頭の中で響き、その音色に従っていれば何にも考えなくてもいい、と心地よくなることができる。音ちゃんも、きっと結局は「世界に言わされている言葉」を口から吐き出しているだけなのだろう、という信頼が発生するほどに、優しくて体温のない音色だった。

「お盆か大晦日っていうことは決まってるんですけど。ウエガイコクが好きそうな儀式の日。お盆だったら来年、大晦日だったら3か月後ですね。大丈夫そうですか？」

大丈夫。ほんとうは明日でもいい。あのとき自分がその言葉を吐露したか、心の中で噛み締めただけか、記憶が曖昧で思い出すことはできなかった。

白藤さんと波ちゃんには最初から話さないことに決めていた。儀式の1週間前には希望者にホテルなどの宿泊施設も用意されるらしく、旅行だと言って誤魔化して家を出るつもりだった。音ちゃんも、「できればですけど、儀式は大衆に向けたショック療法みたいなものなので。最大限出力を上げられるよう、当日までネタバレはしないでもらえる方が、助かります。強制はできませんけど」と言っていた。

「どうして！」

波ちゃんの声が1階から響いて聞こえ、思わず顔を上げる。白藤さんの宥《なだ》めるような、けれど厳しさを孕んだ声が波ちゃんの叫びを覆い尽くす。

ホームパーティーの日以来、波ちゃんは、ピョールの写真を必要以上に撮影することを禁止されていた。ピョールと一緒に部屋に入るときはドアを開けること、ピョールを含むピョコルンたちの今までの画像は消去すること、ピョールが散歩を望んでいないのに一緒に歩きたいという理由で連れ出すことは止めること、鳴き声も録音しないこと、望まない服装をさせないこと。

白藤さんはあの日以来、ピョールの「人権」に対してさらに頑なになっていた。「男性」「女性」「その他」という人間たちの仕分けの下に出来た「ピョコルン」という生き物を、姿が違っているだけの人間と同列の存在として扱おうと改めて決意した様子だった。今まで以上に躍起になっていた。

食事の準備や掃除なども、積極的に手伝うように心がけている。私はそのおかげで今朝は自分が好きなコンビニで買ったクリームパンが食べられたわけだが、白藤さんは家事の負担が増えて毎日疲れ切っていた。ピョコルンの「人権」を主張する人たちは「恵まれた人」の中にもそれなりにいる印象だが、ピョコルンを存在させた理由であるはずの労働まで背負おうとするのは、私からみればやり過ぎに思えた。しかし、白藤さんが一歩も引かないことはわかっていたので、議論する気も起きなかった。

「ガアアアア、ガアアアアアアア」

ずっと「クリーンな人」として「汚い感情」を抱かないように生きてきた弊害なのか、波ちゃんは感情をコントロールできなくなると、鴉《からす》に似た鳴き声をあげるようになっていた。なぜそうなのかはわからない。「怒っている生き物」を肉眼で見たイメージが、駅前のゴミ箱を漁りながら威嚇する鴉くらいしか彼女には存在しないのかもしれない。そして彼女なりにそれを「トレース」した結果、あんな鳴き声をあげているのかな、と私は他人事のように思った。

「波、ちゃんと聞いて。ピョールは人間なの。今までがおかしかったの。だから私たちだけでも正しく生きないといけないの」

白藤さんの声は野太く、「怒る」ことに不慣れな波ちゃんを容易《たやす》く威嚇する。波ちゃんの声がどんどん萎縮し、か細くなっていく。

琴花ちゃんは二人の険悪さに気まずくなったのか、最近は波ちゃんのところへ遊びに来ることもなくなっていた。二人は学校や放課後の公園で寄り添ってピョールとの関係が引き裂かれていることを慰め合っているのかもしれないし、学校でもどこでももう挨拶もしていないかもしれない。それは大人には見えない彼女たちの世界だった。

ため息をついて、部屋の片付けを再開する。

押し入れだけでもぎっしりとものが詰まっていて、気が遠くなるような作業ではあるが、やはり念の為《ため》、自分がいなくなったあと見られたくないものはないか、確認しておきたかった。

明人が借りていたマンションを引き払ったとき、ある程度の荷物は処分したつもりでいたが、当時のものも想像以上に残っていた。世界①の皆がくれた結婚祝い、当時使っていたスマホ、皆で旅行したときに作った小さなアルバム。世界②の友人からもらったバッグ、アクセサリー、開けていない口紅。世界③の誰かから借りた古い本、みんなで行ったボランティアでもらった小さなキーホルダー。奥の段ボールを開くと、もっと前の「世界」のものもある。中学時代の制服のリボン、当時友達と撮った写真、初めて買ったマスカラ、高校時代に持つのが流行っていた他校の鞄。大学時代のアクセサリーやバイトの時つけていたバッジまで出てきた。屋根裏部屋に行けばこの類のものはもっと見つかるかもしれない。

燃えるゴミ、燃えないゴミ、売れそうなもの、一応とっておくもの、どんどん作業は事務的になっていく。売れそうなものはほとんどなかったが、それなりに高価だったはずのアクセサリーや食器などは一応まとめてリサイクルショップに送り査定してもらうためにケースにしまい、わかるように新しい箱の中に並べていく。

桐の箱に入った「明人」を燃えるゴミの袋に放り込んでよいものか、少し悩んだが、まだ捨てないことにした。明人ピョコルンを飼っている音ちゃんにあげたら面白がるかもしれない。彼女の作品を模倣したものでもあるが、音ちゃんは気にしないだろう。

スマートフォンのメモ帳には、やることのリストを打ち込んでいる。

①　荷物の処理
②　遺言書の作成（公証役場へ連絡）
③　最後に会いたい人リストを作成し、会う必要がある人には挨拶をする
④　死後の遺留品処理をする業者の予約
⑤　母が入る施設を決め、できれば「儀式」前に移ってもらう

法律的には家族ではない白藤さんや波ちゃんに余計な負担はかけないようにしようと思っているが、母は白藤さんには「甘えたい」姿勢を示すかもしれない。今は「誰にも負担をかけない」ことがむしろ母の精神を守っている様子だが、それがいつ反転するかはわからなかった。

家と僅かな資産は、できれば白藤さんと波ちゃんに継いでもらいたいと思っていた。ピョールもこの家の構造に馴染んで暮らしている。白藤さんが実家に帰れば匠くんがいるし、奏さんに頼ると音ちゃんがいる。白藤さんはどちらの選択も望まないだろう、というのが、私なりに白藤さんの行動と感情をシミュレーションした結果の予想だった。

自分の「遺品」を処分しながら、私自身の意志で買ったものがほとんどないことに気がつく。私は服装や身の回りの小物を、「キャラ」を作り上げるための部品であり、身に纏《まと》う情報だとしか思っていなかったので、当然といえば当然だった。

私が買ったものは、全て、誰かへ向けた、または分裂した世界に向けた「媚び」だった。ゴミ袋に放り込んでいるものたちが、もう今は消滅したそれぞれの世界の遺品に感じられた。

私は今は「クリーンな人」にふさわしい、シンプルなシャツとパンツを身につけ、「クリーンな人」という身分にちょうどいい微かな娯楽として適切な価格のシンプルなアクセサリーを纏って暮らしている。この世界もいつか消えるのだろう。おそらくは、これは「儀式」がうまくいけば、いずれ消えていく世界なのだろう。

「ガアアアア……ガアアア……」

階下からまた、波ちゃんのか細い鳴き声が聞こえる。次にピョコルンの姿で到達する「世界」で、私はどんな光景に出会うのか、まったく予想ができずにいた。捨てられた遺品たちは、世界を超えて交ざり合って、ゴミ袋をゆするとかたかたと音を立てて震えた。

「如月さん、最近やけにゴミが多くない？」

月曜日の早朝、ゴミ置き場に燃えるゴミを出して家に帰り、音を立てないように玄関のドアを開け、薄暗い家の中に入る。そっと階段を上がろうとしたときに白藤さんに声をかけられ、ひやりとして足を止めた。

「ああ、うん、最近少し断捨離《だんしゃり》してるから」

白藤さんは私の適当な言い訳にあまり反応を見せず、疲れのせいか紫色がかって見える顔のまま溜息をついた。

「お母さんの具合はどう？　私が行ける日に行ってもいいけど、かえって気を遣わせてしまうわよね」

「ええと、ありがとう。でもね、母の体調は今はわりと落ち着いているし、私の世話も嫌がる人だから。万が一のときには甘えさせてもらうね」

私がわざと言葉をぼかすと、白藤さんは空気を読んでそれ以上私の人生の深部に踏み込むことはできなくなった。

「それなら、いいけど」

溜息をつく白藤さんの後ろを、早朝なのにもう起きていたらしいピョールがのっそりと歩いているのが見える。

ピョールがいるリビングからこちらまで獣の臭いが漂ってくる。昨日、私は休日出勤で、白藤さんは疲れ切っていたため、ピョールをお風呂に入れることができなかった。先週もお風呂に入れる余裕がなかったため、ピョールは夏場ということもあって同じ部屋にいると息苦しくなるほど強い臭いを発していた。

「儀式」の日を迎え、私がピョコルンになってこの家から消えたあと、白藤さんはこの家を相続してくれるだろうか。私と彼女は友情婚をしていない。だから一線を引くべきだと白藤さんは考えるだろう。

生きているうちなら、私と白藤さんが直接話し合い、「呼応」しながら相手にも「呼応」を促し、彼女の意見をある程度までならコントロールすることができる。これは私でなくても、きっと誰しもがやっていることだろう。アミちゃんやアケミさん、サキや奏さんと話しているときも、彼女たちが「うんうん」と頷きながら私の返答をコントロールしようとしている瞬間は数えきれないほどあった。白藤さんですらそうだった。

生きているうちに話し合って、彼女に相続を認めさせたほうがいいだろうか。白藤さんが、私がピョコルンになることに賛成するはずがなかった。遺言書は残すつもりだが、彼女が受け入れてくれるかどうかは不明確だった。

「ピョールのお風呂、今日は私がやろうか？　私、今日は出勤が午後からだし。白藤さん、もうすこし仮眠をとったほうがいいよ」

少なくとも「優しさ」を与えておいたほうが操作しやすいことはわかるので、少しだけ「キサちゃん」の音色を混ぜて声をかける。

白藤さんは私が声に混ぜ込んだ「キサちゃん」の面影にすがるように顔を上げ、「……ありがとう、正直疲れていたから助かる」と掠れた声を溢した。

ピョールを湯船に入れ、洗面器の中で柔らかいネットを使ってピョコルン用のボディソープを泡立てる。洗面器にある程度の白い泡を作り終えると、それを手で掬《すく》う。ピョコルンは肌があまり強くないので、掌を使って洗ってあげるのがいいとされている。

ピョコルンの入浴は週に1、2回とされているが、今まで波ちゃんが喜んでやっていたこの作業を、「ピョールを恋愛または性的対象として見ている人間に任せるのは暴力」という白藤さんの意見で、私と白藤さんが交代でやることになった。

中学生のころ、レナと放課後、誰もいない保健室に鍵をかけ、こっそり隠していたアイスクリームを食べながらおしゃべりをしたことがあった。最初は恋の話だったが、いつのまにかレナが彼氏に車で送ってもらったあと、家のそばの公園で知らないサラリーマンに抱きつかれた話になっていた。

「うわ、気持ち悪。ありえない、死ねよー」

わざと大袈裟《おおげさ》に罵ると、レナは瞬きをして涙を下瞼の裏側で飲み込み、私に抱きついて頬を胸元に押し付けた。レナらしくないか細い小さな声で、レナが呟く。

「なんかさー。彼氏に言っても、お前が誘ったんだろって感じで、むしろ浮気したのかみたいに言われて。わけわからねーし、見えてる光景違いすぎね？　痴漢ワクチンができたらいいって思わん？」

「えー、なにそれ、うける」

レナは私に顔を押し付けたまま笑い、彼女の吐き出す息の熱が胸元に液体のように広がる。肩を撫でると、くすぐったいのか、また笑って背骨が震えた。

「いや、なんかさー。他人事って感じで、彼氏とかも。でもうちらは、電車の中とか、夜の暗い道とか、少しずつヤられてる感じっていうか。教祖は、彼氏がいつも送ってくれるしそんなことないかもしれないけど」

「ああ、そういう経験の記憶、みたいなのが人間全員にあればよくない？　って話ね。それならレイプワクチンがよくない？　女は免除。なぜなら、女の子はみんな、生きてるだけで少しずつ犯されてるから」

私がわざと「教祖」の口調で乱暴な理論を口にする。レナは私の露悪が好きだった。このときも、レナはうれしそうに笑った。

「やばいな、それはやりすぎじゃん？　かわいそう、男」

「でも、ナオト先生とかそれくらいしないとわかってもらえない感じするんだけどな、正直」

「こわいよ、教祖！」

そう話しながら、自分自身が打つべき記憶ワクチンのことも思う。たとえば権現堂さんから見えている世界を、私の脳にも宿らせるべきなのだろうか？　私は私の罪を自覚しているけれど、本当にそれを「知る」には、彼女と脳を共有するしかないのではないか？　現実には無理だし、だからといって加害の記憶が消えるわけでもなく、そんなことをしたら発狂するのかもしれない。これから狂うほどの「発狂していない私」が、本当に私の中に存在しているならば、だが。

空想でも、言葉でも、極端な妄想や暴力、差別的な言葉たちが、私たちを励ました。そんな感覚を、ピョコルンも抱いているのだろうか。孕ませるために製造され、性欲処理のために挿入され、命懸けで子供を産まされ、赤ん坊を育てる役目を負わされ、役割が終わってからも死ぬまで家事を請け負い、死んだら淡々とリサイクルされるだけの、私たちの人生がより便利になるためだけに存在しているかわいい生き物。私たちの受けてきた「負担」「被害」を受け止め、私たちをあっさりと加害者にしてしまう愛しい生き物。

ピョールは凜として、私の視線にもまったく気がついていないそぶりで、「キュー、キュー」と微かな鳴き声をあげる。私が受けていたはずの加害がいつのまにか自分に宿っている。過去に自分がからめとられていた地獄が目の前の生き物を決定的な被害者にしてしまう衝動を食い止めている。泡を流し、ピョールを湯船から出してタオルで包むと、柔らかいタオルの内側でピョールの筋肉が微かに弛緩したのがわかった。

気がついているのか。自分が人間のための家畜だということに。

かわいそうに。「賞味期限」がある私たちと違って、寿命が来るまで終わらない、性欲処理に使用できる妊娠機械。おつかれさま。

私は初めてピョールに対して、人間に対するのと同じ「呼応」をした。ピョールが求めているであろう、性的ではない無垢な手つきでそっと耳を撫でると、ピョールは無言のまま、いつもより少し緩んだ表情で、ぼんやりと宙を見上げて真っ黒な目を僅かに細めた。

＊

私のスマートフォンに匠くんの家から着信があったのは、会社での昼休みのことだった。

会社のハードワークも数か月後に自分が人間としての人生を終了すると思うとばからしく思えてきていたが、気を抜くと仕事のスピードが落ちて他の人にその分負担がかかってしまう。「儀式」で人間をやめることを決めてから、「なるべく誰にも迷惑をかけていない存在」になることに、今まで以上に心を配るようになっていた。人間をやめてピョコルンになり、「儀式」に身を捧げる人たちが「迷惑な人たち」になってしまうと、「儀式」は感動的なものではなく独りよがりなものに成り下がってしまう。人間としての自分が消滅したときに、なるべく皆がスムーズに「感動」できるように、善人として振る舞う必要があった。

忙しい職場で急にいなくなることは、私の会社では一番嫌がられる迷惑行為だった。ウエガイコクでは違いますよ、とSNSでも動画サイトでも繰り返し言われているし、奏さんも世界③にいたとき、彼女の会社では昔とは違ってきていると言っていた。けれどウエガイコクのような健全な労働環境は、私にとっては贅沢品に見えた。私の環境は明人と結婚する前とさして変わらなかった。

早めに辞めたほうが引き継ぎも時間をかけてできるが、波ちゃんと白藤さんにもぎりぎりまで隠したいので加減が難しい。毎日会社に行くふりをするにしても、あの広くない街で長い期間彼女たちを騙し続けるのは至難の業だろう。

「人手不足を引き起こした迷惑な人」になって、「世界のために犠牲になった純粋な存在」ではなくなってしまうことは避けなければ。

会社は相変わらず忙しく、八木さんが配属されてからも忙しい毎日が続いていた。行木さんが上司だとかえって仕事が増えるとチームの全員が薄々思っている状況は変わらなかった。何度か西山さんが行木さんより上の上司にそれとなく伝えていたが、他のチームから飛ばされてきた行木さんの行き先はなかなか決まらなかった。

八木さんは運命的に気が合う友人ができたそうで、趣味のダイビングを通じて知り合った彼女との「運命的な友愛」のストーリーと、今は二人で暮らしてピョコルンを探している段階だということを嬉しそうに話してくれた。

辞めるタイミングを窺っている状況にある自分としては、これが「恋愛」だったらと思うとぞっとする。八木さんの代わりにピョコルンが命懸けで子産みをしてくれる時代になっていてよかった、と心の中で溜息をついた。

私たちが働くフロアでは交代で昼休みの電話当番があるので、今日はそのせいでいつもより遅い昼食だった。なるべく時間とお金をロスしたくないので、朝、電車に乗る前に駅前のコンビニで買ったおにぎりと惣菜《そうざい》を会社の食堂の電子レンジで温める。

白藤さんがピョールの家事の半分を請け負うようになってから、ピョールの作ったお弁当を食べる必要がなくなり、その点だけは助かっていた。ほうれん草の胡麻和《ごまあ》えと軟骨串《くし》、温めすぎて生ではなくなってしまった生明太子のおにぎり。今の私の胃にはこれくらいの食事でちょうどよかった。

着信履歴があると気がついたのは、ご飯を食べながらSNSでも見ようとスマホを開いたときだった。登録されていない番号なので無視も考えたが、市外局番が家と同じなのが気になった。

母の病院の電話番号は登録しているが、別の科から検査の結果などが届く可能性もあるかもしれない。すこし迷ったが電話をかけると、

「はい、白藤です」

と女性の声がした。白藤さんの母親だと、すぐにわかった。

「あの、すみません。ええと、こちらの番号から着信履歴がありまして」

「ああ、ええ、あの……」

戸惑っている様子の白藤さんの母親に、急いで身元を告げる。

「あの、遥さんとルームシェアさせていただいている如月です。ごめんなさい、ご実家の番号を登録していなくて。でもお声でわかりました。驚かせて申し訳ないです、遥さんにはいつもお世話になっています」

なるべく丁寧に説明すると、白藤さんの母親はほっとした様子だった。

「ああ、こちらこそごめんなさい！　こちらこそいつもお世話になってます！　あら、空子ちゃんのお電話にこの番号から？　遥が家に来たのかしら？」

私が答える前に、こちらにも届くくらいの男性の低い怒鳴り声が聞こえてきた。

「おい！　おい！」

嫌な予感がした通り、怒鳴っているのは匠くんだったようで、「あら、あなただったの？」と、不思議そうなお母さんと必要以上に高圧的な匠くんのまるで夫婦のようなやりとりが聞こえた。

「すみません、そちらからお電話を頂いてしまって」

やがて奇妙に明るい匠くんの声がお母さんにかわってスマホから流れた。

「あ、すみません、こちらこそ着信に気がつけなくて。今の勤め先が業務上、スマホを持ち込めなくて……ロッカーに入れていたので折り返しお電話するのが遅くなって申し訳ないです」

私はちらりと時計を見た。休憩はあと30分しかない。なるべく感じ良く伝えなくては、と言葉を探しているのを察した様子で匠くんが言った。

「では今、お勤め先の休み時間ですよね、すみませんお忙しいときに。すぐ終わらせます。実は折り入って少しご相談したいことがあるので、どこかでお時間作っていただけないかと思っているのですが」

「はい、それは大丈夫です。遥さんには……」

なんとなく察しているようなそぶりで言葉を濁すと、「ああ、妹にはまだ内密にしていただけるとありがたいな。あいつは感情的で、議論ができないから。方針が決まってから、伝えたいと思っていて、まずは如月さんと建設的な対話をしたほうがいいかと」と匠くんがかしこまって答えた。

男性にも「クリーンな人」が増えてきている世界で、匠くんはまるで冷凍保存されていたかのように変わっていなかった。「リセット」前に匠くんがマンションに遊びに来ていたときの光景、心の感触、部屋の中の空気の澱《よど》み、そういったものの記憶が生々しく蘇った。あまりに鮮明なので、この記憶はきっと改竄されているのだろうな、と思うほど、匠くんの汗の匂いまで漂ってくるようなクリアな記憶に一瞬飲み込まれた。

「まあ、詳しい話はお会いしてから。メールアドレスは、以前のものと変わっていませんかね?」

「ああ、あれはフリーアドレスなんで今使ってなくて……あとでアプリのＩＤをお送りします」

最近多くの人が使っているメッセージアプリの名前を口にすると、「ああ、あれね。私も最近始めたんで使ってます。若い人はやっぱり早いなあ、私なんかは変化についていくのがやっとですよ」と言って笑った。なんだか過剰に、「私たちが30歳前後だった時代の、中年の立場ある男性像を演じているようで、今の時代のイメージはそういう感じじゃないんだけどなあ、と心の中で呟く。匠くんが時代の変化に適応していないことに反応しないように気をつけながら、「いえ、私も波ちゃんに教えられて」と慎《つつ》ましく、匠くんの中の女性像をはみ出さないように、見えてもいないのに少しだけ前髪を弄《いじ》り、目上の存在に対する微かな緊張を表現する。

「お母様のご体調は大丈夫ですかね？　私も心配してるんです。私は昔から、あなたのことを妹のように思ってますから」

すっと身体の温度が下がった。匠くんはなぜ母のことを知っているのだろう。入院のときに会社を休んだので上司には伝えたが、他の同僚にはまだ知らせていないようなことだ。白藤さんが話すことはありえない。

「波ちゃんから聞いたんですか？　波ちゃんはまだ子供だから。大袈裟に伝わってしまってるかもしれませんね。たいしたことないんですけどね。入院、ってだけでびっくりしちゃったのかな」

明るいトーンで告げると、匠くんがわざとらしく驚いた声を出す。

「そうですか？　私が聞いたときは、かなり深刻な感じだったけどな。波も、あれで、溜め込むところがある子ですから」

「すみません、お話というのが、もしこちらに気を遣ってのご提案だったらお気になさらないでくださいね、本当に」

私は容姿の上では匠くんの中でとっくに「賞味期限」が終わっているので、性的なくすぐりで彼を操作して波ちゃんやピョールなど、「賞味期限」が終わっていない性的な存在たちを守ることは難しくなっていた。それがわかっていながらも、せめて柔らかい声を出して彼が心地良くなるように努める。

「まあ、詳しいことはお会いしてからと考えているんですが。波からお母様のことをお聞きして、心配しています。愚妹が家賃も払わずお世話になっていることに改めて胸を痛めておりましてね。妹も、波も、そしてピョールもこちらに引っ越すことが、最適解なのではないかと」

「すみません、ご心配をおかけして。でも、母は遥さんのことをとても好いておりますし、ピョールもあの家に慣れてますので」

「そうですね。まあ、うちは経済的にピョコルンが飼えませんし、妹と姪だけでも、と考えています」

ピョール目当てなのではないかと思いたかったが、そうではなかったことにぞっとした。

波ちゃんは14歳。まだ、賞味期限が切れていない。

そのことだけががんがん頭に響く。畳み掛けるように、匠くんがいくつかの日程と場所の候補を挙げる。匠くんの中で彼の理想の箱庭が完成してしまうより前に話をしないと断るのがより難しくなる、という本能的な予感から、美容院をキャンセルすることにして、次の土曜日は一日大丈夫で、場所と時間はあとで決めましょう、と早口で伝えた。

「それでは、わざわざご連絡頂いてありがとうございます」

ほとんど人がいない食堂で頭を下げながら丁寧に告げ、電話を切った。休憩が残り10分だということに気がつき、おにぎりの残りを急いで口に押し込む。歯磨きをしてからフロアに戻るため急いで化粧室に向かう。

匠くんからはすぐメッセージが届いた。

『土曜日はたまたま母もいないので、家でお話するのはどうでしょうか!? 波の顔も久しぶりに見たいですしね！』

さっきまでの電話とは少し違う「キャラ」の匠くんの文字が並んでいる。歯磨きを終えて廊下を歩きながら、波ちゃんは部活だから来られないということと、駅前の喫茶店で会うことを提案するメッセージを送り、スマホを貴重品用のロッカーに放り込んだ。

匠くんはメッセージを読んで、私が「賞味期限がとっくに切れているのにもかかわらず自意識過剰な中年の女」であることをしばらく嘲笑するだろうが、そんなことはもうどうでもよくなっていた。

守りたいものなどないはずなのに、波ちゃんや琴花ちゃんは私の記憶を誘発し、揺さぶる。ピョコルンが全ての性欲処理を引き受けてくれれば。それがどんなに残酷な世界でも。

私の中で走り回っている幼少期の私、「若い女」だったころの私、「家事マシーン」だったころの私、過去の私の「キャラ」はごく自然に身体に痛みの石を宿している。いくつもの石が、「私」たちの中に転がっている。

私はほとんど痛みを感じたことがない。麻酔にかかったように、痛みは存在していたとしても私には知覚できないまま、ただ、転がっている。

「姫」が、「おっさん」が、「ソラ」が、「そーちゃん」が、知覚できない痛みを宿したまま、こちらを見ている。何を訴えるわけでもなく、ただ、こちらを見ている。

それぞれの人格に宿る、麻痺していた痛みが蘇り、全ての「私」が血を流しながらこちらを見ているような焦燥感と吐き気に襲われる。つばを飲み込むと、口の中を怪我した記憶などないのに、なぜか微かに血の味がした。


わけのわからない焦りに突き動かされたまま仕事が終わり、駅から自転車で家に向かう。私の家と、白藤さんの実家は500メートルも離れていない。そこに今この瞬間も匠くんがいるということにぞっとした。

「あれ、どうしたの?」

自転車で曲がり角を曲がると、門の前で琴花ちゃんが立ちつくしているのに気がついた。声をかけると逃げようかどうしようか迷った様子で、一瞬身を引き、それから顔を上げて「あの、今、波さんが……」とか細い声で言い、まっすぐに私を見た。

なにかあったのだろうか、と中の様子を窺う。

「カア、カア、カア、カア」

弱々しい鴉の鳴き声のような、波ちゃんの声がする。激しい息遣いと足音がそれに重なり、白藤さんが声にならないほどの怒りの「叫び」をあげているのが感じられた。

そっと音をたてずに家に入り、ダイニングルームに近づく。部屋の中央にピョールが立っている。その手前で波ちゃんが蹲っていて、白藤さんが手を振り上げていた。何があっても暴力は使わない、という白藤さんの考えをよく知っているだけに驚愕した。

「どうしたの?」

あえて空気にふさわしくない、呑気な声で呼びかける。白藤さんはこちらを振り向こうともせず、波ちゃんも顔を上げなかった。

こういうとき、自分は所詮、ただの住居提供者であって、彼女たちの「家族」ではないのだなと思う。母の入院に踏み込めない白藤さんと同じように、私は波ちゃんを育てる領域には入っていけず、傍観者でいるしかない。

「なにがあったの?」

できるだけ差し出がましくないように、無邪気さを声色に混ぜ込みながら、さっきよりも少しトーンを抑えて静かに尋ねる。

「……波、自分で説明しなさい」

白藤さんが低い声を絞り出す。

「言えるの? あなたは如月さんに説明できる? 胸を張って説明できるの?」

すっと顔を上げた波ちゃんの顔を見て、私ははっとした。

波ちゃんには表情がなかった。

表情がない、と誰かの顔を見て思ったことはあったが、ここまで感情と連動していない顔を見たのは初めてだった。波ちゃんの感情はもう彼女の中に存在していないのかもしれなかった。

「ピョールが妊娠しました」

凛とした声が響いた。そこに立っているのは、さっきまでおどおどとしていた琴花ちゃんだった。琴花ちゃんは奥歯を噛み締めてこちらを見つめていた。「人間ロボット」という、人生の中で幾度か、自分に向けて、音ちゃんに向けて、大勢の人間に向けて感じていた言葉が心の中でさらに鮮明に、からからと鳴った。

「典型的なラロロリン人」として振る舞おうとしているのに肉体に叩き込まれた「怯え」に邪魔されている様子は、人間は記憶に逆らえないことを体現しているかのようだった。琴花ちゃんは自分が痛々しく見えていることを理解しているのか、自分の肉体に宿ってしまった「キャラ」から必死に逃れようと、震えた声を張り上げた。

「私と波さんがピョールを妊娠させました。私と波さんは、二人でピョールの子供を育てます。私たちは家族です。結婚できる年齢になったら、波さんと私は友情婚をします」

「協力者は、誰なの？」

白藤さんはあまりにも哀れな目の前の少女を見て、彼女も波ちゃんも被害者であることを確信した様子だった。囁くような、救おうとするような柔らかい声で琴花ちゃんに呼びかける。

波ちゃんは差し伸べられた手を撥ね除《はの》けるように、必死に叫ぶ。

「そんなのいないよ！」

「あなたたちとピョールだけでは、肉体的に無理でしょう？」

「精子を盗みました」

震える声で、そう説明すると元から決めていたのか、台本を読むように琴花ちゃんが言う。

「学校の保健室のゴミ箱に、避妊ビニールが捨てられていました。その中に精子があるのを私が見つけました。私は波さんと相談して、それをピョコルンに流し込みました。それが誰のものかはわかりませんし、調べる手段もありません」

「卵子は私と琴花のを両方使ったから、どちらのかわからない。それに、どちらのかなんかどうでもいい、私と琴花の子供なんだから！」

二人の支離滅裂な説明を聞いて即座に脳裏に浮かんだのは、最近の性教育がピョコルンに妊娠させることが前提になっており、性知識がない子供が増えている、というニュースだった。

避妊ビニールというのはコンドームのことらしい。確かに最近のピョコルンの動画で、ピョコルンを犯す人間が「避妊ビニール」と口走っているのを何度か見た。コンドームという言葉が若い世代に伝わりにくくなっているので、正式名称ではないがこちらのほうが使われるのだと、ＳＮＳで誰かが言っているのを何度か見たことがある。

空気に長時間触れた精子を使っても妊娠する確率はかなり低いこと、検査で遺伝子は簡単にわかること、精子と卵子を使ってピョコルンを妊娠させるには病院に行き体外受精をする必要があること、彼女たちはそんなことも習っていないのだろうか？

不安に思って白藤さんを見ると、彼女の顔の筋肉と皮膚が連動し、「哀れみ」の表情に顔面が変化した。白藤さんは器用に瞼を動かし瞳を潤ませ、苦しげに波ちゃんと琴花ちゃんを見下ろしていた。

「哀れみ」が「汚い感情」かどうか私にはわからないが、波ちゃんはそう感じたらしく、咄嗟に汚らわしいものを見てしまったという、悲しげな表情に変化する。さっきまでの「表情がない」状態より人間らしく見えてほっとした。

「それでも、ピョールの妊娠には病院が必要でしょう？」

「私がやりました。自分でやりました」

琴花ちゃんの声はか細いままだったが、今度は震えていなかった。

「私はラロロリンキャリアなので、特別なプログラムでの学習を許されています。ピョールを妊娠させる設備は整っています」

白藤さんはそれを嘘だと思っている様子だった。私は嘘か本当かわからず呆然としていた。自分自身も長い期間、妊娠や出産についての知識を更新していないことに気がついた。

私と明人が夫婦としてピョコルンと暮らしていたころは、病院に行き、私の卵子と明人の精子を体外受精してピョコルンの身体の中の人工子宮に植え付ける、という方法しかなかったはずだ。今の医療のことはわからないが、少なくともあのころは。

自分にはさして関係のないことになってから、私の情報はゆるやかに更新を停止し、今の科学技術がどうなっているのかわからなくなっていた。

白藤さんは私と違ってきちんと「アップデート」しているのだろう、と思う一方で、いまだにあんな古いＳＮＳで一生懸命「世界③の活動」をし続けているような人が、本当に最新の情報を更新し続けることができているのか、かなり疑問だった。白藤さんは世界③のころから情報収集にあまり長《た》けたほうではなく、皆がインターネットを駆使する中、図書館や資料館に出向き、古い資料を見つけたりするのが彼女の役割だった。彼女の知識の更新は、奏さんを始めとする「世界③の仲間」に依存していた。

「今は精子と卵子の寿命に関する研究もかなり進んでいます。数日前の精子でも十分妊娠できる。私は将来ピョコルンの出産に関する研究をするための進路を希望していて、大学には臨床実験を体験できるプログラムもいくつかあります。母は私の進路に賛成していて、私はすでに何度かプログラムを体験しています」

「アミちゃんが……？」

アミちゃんはいつも次女の莉愛奈ちゃんの話ばかりするので、ラロロリンキャリアで性格的にもおとなしい琴花ちゃんの進路をそんなに熱心に考えている印象はなかった。

私が考えていることが大体予想できたのか、琴花ちゃんが目を伏せて小さく笑った。

「私は、両親と妹の老後のための金稼ぎ機なので。別にそれでもよいのですが、自分の家族も欲しいんです。自分が稼いだお金を自分の遺伝子に使うことができる人生にしたいんです。波さんと、ピョールと、子供と一緒に、自分の人生を生きた、って思いたいんです。本当のことなんてどうでもいいです。せめてそういう幻想の中で生きてから、終わりたいんです。働き続けて老衰してピョコルンになる前に」

波ちゃんは琴花ちゃんの言っていることが完全には理解できていない様子で、少しだけ不思議そうに目を細めた。

　ああ、この子たち、知能が違うんだ。

　波ちゃんと琴花ちゃんの表情を見比べながら、私は関係がないことを考えていた。かわいそうに。知能が違うのに家族になるんだ。

　私の足元で、蹲った白藤さんが、もう怒鳴り声と悲鳴を身体から出し尽くした、といった様子で、「ゔ、ゔ、ゔ、ゔ、ゔ、」と呻《うめ》き声《ごえ》の破片を口から溢した。

「キュー、キュー」

　白藤さんの鳴き声とまるで「呼応」するように、小さな声でピョールが鳴いた。琴花ちゃんはピョールとその中の子供、波ちゃんを守るように、静かに歩いてその前に立ちはだかった。小柄なセーラー服の肩は、今は震えていなかった。

「キュー、キュー、キュー」

　ピョールは微かに甘えを含んだ柔らかいトーンで、もう一度鳴いた。白藤さんは蹲ったまま、震える唇を開き、漏れ出そうな呻きを噛み締めるように唇を閉じて歯を食いしばった。

　私と白藤さんがピョールを連れて産婦人科に行ったのは、波ちゃんと琴花ちゃんがピョールを妊娠させたことを知ってから1週間ほど経ったときだった。

　白藤さんがピョールの妊娠を知ったのは、ピョコルンにもあるはずの生理がまったくなくなったので、医者に連れていくという話を波ちゃんにしたときに、目に見えて二人が動揺したためだったらしい。問いただすと、波ちゃんはあっさりとピョールを妊娠させたことを喋ったのだという。あれから、波ちゃんとピョールの接触は白藤さんによって完全に遮断され、波ちゃんは学校にはかろうじて行っているものの食事も自分の部屋に閉じこもって食べており、まったく私たちと言葉を交わそうとしなかった。

白藤さんが医者にざっとピョールの身体のことを説明した後、ピョールと医者は診察室に入っていった。

「妊娠2か月ですね」

あっさりと医者に告げられ、生理不順でもないことが確定した。妊娠2か月ということは受精は11月くらいということだろうか。出産予定日は来年の8月だと医者はハキハキと説明した。「儀式」が来年のお盆になりそうだと音ちゃんから連絡がきていた私は、内心ぎくりとしていた。私はピョールの出産を見届けることはできないかもしれない。そんな私の動揺に気付かず、白藤さんが身を乗り出して医者に尋ねる。

「すみません、私の知識ではピョコルンは中絶できず、ピョコルンごと処分されると聞いたことがあるんですが、今の医学でもどうしてもそうなのでしょうか？　それとも本当はなにか方法があったりはしないのでしょうか……?」

婦人科医の男性は不思議そうに首を傾げた。

「え、なにか、とはどういう意味でしょうか?」

「あの、人間の女性がしてたみたいに、ピョコルンに中絶の処置をするという意味です」

「ピョコルンが中絶……？」

医者の表情はますます険しくなった。

「私は聞いたことがないですが。そんな処置をする医者もいるんですか？　それは違法になりますよ。でなければ詐欺だと思うので、どちらにしろ通報したほうがいいと思いますが」

訝しげに逆に問いかけてきた医者に、白藤さんは目に見えて失望した様子で、必死に医者を見上げていた目をすっと伏せて溜息をついた。

「いえ……最新の医療のことをよく知らなくて確認したかっただけなので。わかったのでもういいです。出産の際の入院日数や手続きなどを教えてください」

あの日波ちゃんに怒鳴って以来しわがれた声が、ますます干からびて吐き出され、診察室の中で力無く反響する。ピョールは診察用のベッドに横たわったまま、真っ黒な目でじっと宙を見つめていた。

出産までの健診の説明をされ妊娠手帳を受け取り、病院を出た。12月に入ってから、寒さが日に日に増している。異常に思えるほど暑い夏が終わったあと、ぎくりとするほど急に冷え込み、そのまま冬になった。私も白藤さんもダウンを着込んでいた。私たちはいつのまにか秋を喪失してしまったのではないかと思う。外の冷気に突き飛ばされたように足元がふらつき、ぐらりと視界が歪みよろける。

「気をつけて」

白藤さんのしわがれたままの声に、背骨を掴まれたようでぞくりとした。

「この人のことを守らないといけないのだから。キサちゃんと私で」

はっとして白藤さんを見ると、寒さのせいか疲れのせいか彼女も朦朧としている様子だった。白藤さん自身も足元が覚束《おぼつか》ないのに、ピョールを支えようと腕を摑んでいるので、一緒に転倒してしまいそうでかえって危なっかしく見える。けれど、白藤さんはせめて体勢だけでも「ピョールを支えている」状態でいたいようで、決して手を離そうとしなかった。それは白藤さん自身が安心するためであるように見えた。

ピョールは身体を冷やさないようにと雨の日用の分厚いポンチョと白藤さんのストールを身に纏っていて、ふさふさの毛に包まれたピョールには過剰なのか、白い毛が汗で濡れている。白藤さんはそんなピョールの様子に気がつく余裕がなく、ずりおちたストールをピョールの首にしっかりと巻き直す。

「今日も冷えるわね。お弁当を買って帰らないと……」

ピョールをできるだけ休ませるため、疲れ切った白藤さんと私が食事当番になってから、夕食はほとんどコンビニのお弁当だった。波ちゃんも学校帰りにコンビニで買ったおにぎりやお菓子を夕食にしている様子だった。

私の鞄の中にはピョールの子宮のエコー写真が入っている。

こんなことを考えてはいけないとわかっているのに、ピョールのお腹の中を泳いでいる奇妙な形の生き物が女の子であってくれればいい、という気持ちが胸をよぎる。白藤さんを、波ちゃんを、琴花ちゃんを、彼女たちの人生を粉々にしながら生まれてくる子供が、彼女たちと同程度には踏み躙《にじ》られる未来を携えた生き物であればいいと、どこかで願っている。

木枯らしにふらついている私や白藤さんと違って、ピョールは真っ直ぐに立っている。ピョールに微かにあったはずの「表情」のようなものが最近なくなっていることに、密かに怯えている。ピヨコルンは小さな身体で人間の子供を産むので、出産時の死亡率が高い。けれどそんな数字のことをどうしてもすぐに忘却してしまう。琴花ちゃんも、波ちゃんも、そして私も、子産みマシーンとしての役割を終えたピョールを、ごく当然に「使用」し続けるつもりでいる。私の脳裏には、生きて赤ん坊の世話をするピョールの横で微笑んでいる波ちゃんと琴花ちゃんの姿が、ごく当たり前に浮かんでいる。


「そう。ありがとうソラ、教えてくれて」

急に会う約束をしたので個室のあるカフェの予約ができず、私は奏さんをカラオケボックスに誘った。奏さんの家には音ちゃんが、私の家には波ちゃんと白藤さんがいる。日曜日の東京はどこも混んでいて、困った様子の奏さんにおそるおそる提案したのだった。

ざっくりと経緯を説明すると、奏さんは溜息をついた。

奏さんはカラオケボックスが似合わない。私は、子連れの友達とカフェがわりに利用したことがあり、奏さんよりはまだ仕組みがわかっているので、タブレットでほうじ茶ラテとあたたかいジャスミン茶を注文する。

「お腹すいてないですか?」

世界③にいたときから、奏さんは経済的には富裕層だった。そのことをずっと恥じていたことを久しぶりに思い出したような表情を浮かべた奏さんが、「ううん、ランチミーティングだったからお腹いっぱい」と微笑んだ。

そうですよね、こんなに劣悪で、しかも地球に悪い食べ物、奏さんは食べられませんよね。「恵まれた人」ですし、その対価として「正しい生き方」をしないといけないのですもんね。

私はそれらの言葉を口に出さず、

「あ、これ、この前ニュースで問題になっていたデザートですよ。甘すぎるのと古い粉が使われていて若い『クリーンな子』が何人かパンケーキシンドロームになりましたよね……今のは大丈夫だと思いますが、このボリュームで250円のデザート、やっぱり何か身体に悪いものが入ってるかもですよね」

とタブレットの中の写真を指差した。

「あ、そう、この問題ね、本物はまだ見たことがなかったな……」

「恵まれた人」としてリーダーの役割を求められ続けている奏さんは、いつもあらゆる問題に対して「正しい人」でいなくてはならない。

今の奏さんが心身を犠牲にしても頑張りたいトピックは、本当はそんなに多くないのだと思う。ラロロリンキャリアの過剰な特権をこの世から排除すること、非ラロロリンキャリアの人権を取り戻すこと、本当は奏さんにとって重要なのはこのトピックだけなのだろう。けれど、それを叶えるために彼女はすべての場面で「正しい人」であり続けなければならない。

彼女は「正しいリアクション」をしているかどうか常に見張られている。

そういう意味では、多くの「クリーンな人」「かわいそうな人」が彼女を「優遇された立場」としながらも、ある部分では支配しているようにも思える。

「波と琴花ちゃんのことはショックだけれど、それ以上に、遥がこんな重大なことを私に言わないなんてね。波の進路のことでも揉めてるし」

奏さんは小さく溜息をつき、ジャスミン茶を口にした。

「波はあれでけっこうできる子だから。ラロロリンキャリアじゃないからって、やる気がないだけで、本気を出せばもっとできるし、リーダーになれる子なのよ。今の時代に波が自分に期待できないのはわかるけど、もっと希望を持って欲しくて。だから説得してもっと志望校のレベルを上げようとしてるんだけど、遥が、ラロロリンキャリア迫害のリーダーにするために子供を洗脳するなんておかしい、って言い張って。洗脳なんてしてない。あの子は感化されやすいだけ、私だって波にはある程度の情報を与えて自分で選択させるつもりでいる。遥のほうが偏ってるって思うんだけどな」

「波ちゃんは琴花ちゃんと友情婚をして、子供とピョールと暮らすつもりです」

奏さんは、「まあそうだよね」と溜息をつき、カラオケボックスのエアコンが暑いのかカーディガンを脱いでバッグの上に放り投げた。

「彼女たちの考えに、実は私はそこまで反対じゃないんだけど。でも波が学歴を諦めることになるのは賛同できないかな。琴花ちゃんも、甘く見ているんじゃないかな？　自分が養う気なんだと思うけど、波もある程度の学歴を得て仕事について、嫌な言い方だけれど富裕層にならないと、難しいよ。そうじゃないとあの子たちが予測してる未来よりだいぶ『かわいそうな人』寄りの生活になると思う。そういう現実をちゃんと説明したいかな、まずは」

「でも、結婚には反対じゃないってことですか?」

奏さんは二人に中絶、つまりピョールの処分を求めるかもしれないと思っていたので、少し意外だった。

「うん、そうだね。遥は反対だろうな。というか、私の意見が違うってわかってるから言わないんだろうけど。琴花ちゃんのご両親はなんて言ってるの? ソラの友達だったよね?」

私はアミちゃんの顔を思い浮かべて、首を横に振った。

「認めないそうです。波ちゃんが琴花ちゃんをそそのかしただけで、卵子は琴花ちゃんのものじゃないに決まってる、と言われました。琴花ちゃん本人には私も白藤さんもそれ以来会わせてもらえません。波ちゃんは学校で会っていると思いますが、会話を禁止されているそうです」

アミちゃんの逆上ぶりは意外だった。

アミちゃんはがんばって「クリーンな人」をやっている、というイメージだったが、あの日真っ暗になった街の中でアミちゃんの家に琴花ちゃんを送っていったときの激昂ぶりは凄《すさ》まじかった。

疲れのせいか、恐怖や悲しさよりも笑いがこみあげ、「なんだアミちゃん、まだ全然、『汚い感情』たくさん持ってたんじゃん?」と言いたくなった。唾を飲んで笑いを堪え、「私は波ちゃんの親じゃないし、できるだけ中立の立場でいようと思うから」となんとか伝えた。

アミちゃんにとって私が状況を自分の意思通りに動かすのに必要な駒だと感じたのか、「まあ、確かに姫はただの家主なわけだもんね。それにしたって、琴花がそんなに頻繁に自分の家に遊びに来てるのに黙ってるなんて、ちょっとありえないと思うけど?」と怒りを示しながらも、微かに私への態度が軟化したのを感じた。

「ごめんね、白藤さんに子供同士の秘密は尊重するべき、って言われてて。琴花ちゃんにも何度も口止めされてて、私もかなり悩んでいたんだけど」

「……まあ、とにかく今日はもう遅いから」

アミちゃんに腕を引かれて琴花ちゃんはクリーム色のドアの向こう側の光の中へと押し込められた。琴花ちゃんは私の目をまったく見ることがなかった。琴花ちゃんにとって私は「味方」ではなく、最初から自分が彼女にそんな期待をまったくされていなかったことを思い知らされた。私自身も、彼女の年齢のころ、大人に「味方」がいるなどと考えたことがなかったので、それはそうだろうな、と思った。当時の私には賞味期限が切れる前の若い女の子を恋愛に引き摺り込むことができる簡単な大人が、かろうじて「彼の都合によってはこちら側についてくれるかもしれない人」なだけだった。その人たちが私たちを攻撃する弱点だけが、私たちの武器だった。波ちゃんと琴花ちゃんが互いを共犯者に選んだという事実が、純粋すぎて意外に感じられるほどだった。

アミちゃんの家のドアに押しつぶされて、彼女の家の光が目の前から消えた。それを見届けると、私は自転車に乗って波ちゃんとピョールと白藤さんが待つ家へと走り、口論を続ける彼女たちに付き合いきれずお風呂にも入らずに眠ったのだった。

アミちゃんとは改めて会う約束をしていたが、奏さんにはそのことは伝えなかった。

「あの、私が伝えたってこと、白藤さんには言わないでもらえますか？」

「もちろん。私からさりげなく波に連絡してみる」

「それと、その……もう一つ、これは全然、急ぎでもなんでもないのですが」

口ごもる私の前で、奏さんが覚束ない手つきでタブレットを弄り、追加のお茶を選んでいる。

「どうしたの、ソラ？　水臭いこと言わないでよ、私にできることならなんでも言って。こっちはいくら感謝してもしきれないくらいなんだから」

「あの、もしもなんですが。私に何かあったときに、遺産を波ちゃんか白藤さんが受け取るような手続きを、その、少しだけ考えていて」

「え？」

意表を突かれた様子で奏さんは顔を上げて私を見つめた。

「あの、そこまで深い意味はないんですけれど、母のことがあって、私もいろいろ考えていて。遺産というか、具体的には今私たちが住んでいる家のことなんですけれど。母も施設に入るし、でもまだ祖母も祖父も生きているので、私はいつかそっちで仕事を探すことになるかもしれないし。それで考えたんですけど、もし自分に何かあったとき、あの家に二人に変わらず住んでもらえたほうがいいのかな、なんて。今、なんとなく家族みたいに白藤さんと、あと波ちゃんとも暮らしてますけど、法的には他人なわけで。私は子供もいないし。奏さんの経済力を考えれば、必要がないかなとも思うんですけど、でも、奏さんも音さんと子供を作るんですよね。それを考えると……」

奏さんは吹き出して、ぺらぺらと喋り続ける私を遮った。

「そうか、そうなんだ。うん、うん、わかった」

奇妙な物言いに、奏さんはもしかしたら「儀式」のことを知っているのではないか、と感じた。確認していいものかどうかわからず、「何か歌いますか?」と間抜けな問いを投げかけた。

「はは、そうだね。うん、何か歌おうかな? こんなところ、それこそ中学生のころ友達に無理矢理連れて来られたとき以来かも。ああ、その前に何か飲んでいい?」

「お酒は一通りありますけど」

「はは、なんか懐かしいな、サワーとか最近飲んでないかも」

奏さんは運ばれてきたワインに口をつけ、「ぬるい、これ」とらしくなく微かに蔑むように呟いたあと、一気に飲み干した。

「恵まれた人」と「クリーンな人」になった私と奏さんは、たまにお茶やランチをすることがあったが、そのときの話題はほとんど白藤さんと波ちゃんのことだったし、そうしたときの奏さんの振る舞いは世界③のころの彼女とそれほどの違いを感じなかった。

私は運ばれてきたレモンサワーに口をつけ、ぼんやりと外を見た。ワイヤー入りのガラスの向こうに灰色の空が見える。明日は今日よりさらに冷え込むのだと、カラオケボックスのテレビでCGキャラクターが天気予報を告げる。明日は雨。今日よりもさらに気温が下がるため注意。あたたかい服装をしましょう。そんな予報が信じられないくらいに暖房が効いたカラオケボックスで、奏さんの笑い声が響く。奏さんが入れた古い曲のタイトルに、私も声をあげて笑う。私たちの声はまるでピョールの鳴き声のように楽しげに反響し、奏さんが手にしたマイクがハウリングして耳を切り裂くような音がそれに重なる。

「同じだね。私とソラって、けっこう似てるのかもね」

笑い声に紛れて楽しげに振動しながら吐き出された言葉の意味は、すぐにわかった。私は反応せず、もう一本のマイクを持ち今の自分ではないようなあどけない声で、奏さんの歌声に合わせてうろおぼえの曲を、喉と舌で叩き始めた。


「こんにちは。お久しぶりです」

会社を出てきた睦月さんは、突然声をかけた私にかなり驚いた様子だった。

「すみません、突然。あの、以前、音さんと奏さんのお家のホームパーティーでお会いした如月です」

警戒されているのがわかったので、逃げられてしまう前にと、早口で名乗る。睦月さんは少しだけ目を細めて考えたあと、「ああ」と頷きながらこわばった表情を緩め、小さく笑みを浮かべた。

「すみません、どなたかすぐにわからず失礼いたしました。遥さんと一緒にピョコルンを連れていらした……」

「そうです、あの3匹ピョコルンが集まったときの。こちらこそごめんなさい、驚かせてしまって。連絡先を知らなくて、会社のお名刺しかなかったので」

「なにかご用ですか？」

警戒を解いて親切そうに更に目尻を下げて微笑んだ睦月さんに、「1時間くらいお時間いただけませんでしょうか？　今日じゃなくても、連絡先だけでも教えていただければまた出直しますので」と早口で告げると、睦月さんは快く応じてくれた。

会社から少し離れた場所にしませんか、という睦月さんの提案でタクシーで移動し、古い喫茶店に入った。

コーヒーが運ばれてきた後、声をひそめてできるだけ淡々と経緯を説明した。彼は私の話を聞いて息を呑んだ。

「大学の研究室を琴花さんに紹介したのは確かに僕です。でも、まさかピョールにそんなことをするなんて」

波ちゃんが京介さんに連絡先を聞かれて無防備に交換している傍らで、琴花ちゃんが睦月さんにおずおずと話しかけ、丁寧にお辞儀をしながら名刺を受け取っていた様子は目に入っていた。琴花ちゃんが帰りの車の中で「進路のことで、実際に働いてらっしゃる方にお話を伺って勉強になりました」とさりげなく言ったときは気にならず、やっぱり「恵まれた人」は違うなあ、と思っていた振る舞いが、今は違う意味を持って感じられた。

睦月さんによると、その後すぐに琴花ちゃんから丁寧なメールが届き、まだ中学生なのに外国の論文まできちんと読んで勉強している熱心さに胸打たれ、睦月さんの出身大学の研究室を案内してあげたのだという。

「その後丁寧なお礼のメールをもらったけれど、僕とのやりとりはそれが最後ですよ。まさか、その後も研究室に出入りしているなんて思いもしなかったです」

睦月さんはまだ信じられない様子だった。

「琴花さんが『研究室』という言葉を使ったんですか？　それにしたって、どこかの病院に大人と行った、ということなんじゃないでしょうか。何か大切なものを隠すために嘘をついてしまうのは、大人も子供も人間なら誰しもそういう一面があるのではないか、と思いますが？」

「最初は白藤さんも私もそう思ったのですが、ピョールの受診履歴にもなにも残ってなくて。琴花ちゃんは、大学に『親切な人』が何人かいて、琴花ちゃんの出入りを歓迎してくれた、と」

「……そうですか」

睦月さんはすっと目を細めて、「親切な人」の候補を何人か思い浮かべている様子だった。私は慎重に説明を続ける。

「私が中学生のころも、『親切な人』は沢山いました。私は賞味期限が切れるまでの辛抱だと思っていたので、なんでも甘受していましたし、なんでも利用していました。睦月さんは私とあまり世代が変わらないので、そういう雰囲気もわかってもらえると思ってるんですけど」

「……そうですね。僕たちくらいの年齢には、琴花さんくらいの年齢の女の子に『親切』な人間がたくさんいるでしょうね。実際、京介がそうですし」

声のトーンが全く変わらないので、私には睦月さんに自分が言いたい「意味」が確実に伝わっているのかどうかすぐに見極められなかった。微笑みを浮かべ優しい声と口調で漏らした言葉を頭のなかで文字にして、彼が私に見えているのと同じ光景を精密に把握している人なのだと理解できた。

「どういう形で育てていくかわかりませんが、少なくとも夏には子供が生まれます。これは万が一のときのためにお聞きしておきたいだけなのですが、生まれる前の遺伝子の検査などは可能ですか？　どちらの女の子の卵子が使われたのか、精子についてもある程度推測がつくのか」

「そうですね。生まれる前にそこまで調べるのは難しいですね。技術的な問題もありますが、倫理的に制限されているからでもあります。ラロロリンキャリア以外、または全てのラロロリンキャリアが処分される未来もあり得ますから」

「あ、そうか、そうですよね」

「ピョコルンの中絶の研究は確かにあまり進んでいませんが、妊娠したピョコルンごと処分されるのはそんなに珍しいことではありません。そのほうがコストも安いので、実際には希望者に行う医者もいます。表向きは妊娠したピョコルンと子供が同時死亡となるだけですし、あまり綺麗な仕事ではないので、『クリーンな人』には伝わっていないかもしれませんね」

淡々と説明する睦月さんの表情を見て、なんとなく「あ、今から私は『話』をされる」と感じた。この感覚は久しぶりだった。

学生時代「姫」や「教祖」だった私に、たまに自分の性的指向について話してくれる人がいた。当時の自分にとって性愛はあくまで人間関係の潤滑油でしかないこと、本心では興味がないと思っていることを、どこかで悟られていたのかもしれない。私はそうしたことをそのときだけ無責任に受け止めて、水道の水を淡々と吞み込む排水口のように、さまざまな言葉が自分に吸い込まれてどこかへ消え去っていく経験をした。

やがてピョコルンに妊娠させることが定着し、性欲は「どこかへ吐き出して処理するもの」へとイメージを変えていった。恋愛より友愛の話をみんな求めるようになった。恋愛は自分の肉体を使わず見学するだけだという人も増え、同時に自分の性愛について話す機会は激減した。私も、自分が今はピョコルンに欲望を抱くようになったことを、音ちゃんにしか話していない。ただ自分のそうした性欲処理が「多数派」であることはだいたいわかっていた。

「なんとなく、空子さんは気がついているのではないかと思いますが。感じていらっしゃる通り、私は琴花さんや波さんに欲望を抱くことはありません。けれど、研究室では未だにそういう話をする人がよくいますし、私もそれなりに参加します。そうしたことは潤滑油なので」

睦月さんの言葉に、私は小さく首を横に振った。

「いえ、わかっていませんでした、あの時は睦月さんがピョールに対して少し『反応』しているように見えたので。でも、睦月さんのことは元から疑ったりはしていません、これはただのなんとなくの勘ですが」

とありのままに言った。

「それはよかったです。京介と友情婚をしている以上、少しそういう仕草は必要不可欠だというだけで、ピョールに対しても何も感じませんね」

「研究室に誰かが琴花ちゃんを案内してあげるとしても、それ以外の人を連れてくることまでは流石《さすが》に無理ですよね？」

「そうですね。また、その人物がピョールに直接精液を注いだとしても、卵子が入っていませんからね。少し調べてみます」

「すみません、お手数をおかけして。お願いします」

深く頭を下げた私に、睦月さんが微笑んだ。

「いえ。でも、先日お会いしたときとは少し印象が違いますね」

「え、私のですか？」

「はい。あなたは、ご自身があくまで彼女たちの『部外者』であることをまったく疑っていないご様子でしたので」

よく見ている。私はひやりとしながら、
と説明した。

「そうですね。今もそう思ってます。ただ、『子供の頃、本当は自分が会いたかった大人』を演じているとうっとりとする気持ちになりませんか？　そういうのってインナーチャイルドが喜ぶとかなんですかね。なんか、自分で自分をカウンセリングしてるみたいな快楽で恍惚とするような感じなんですけど。たぶん、これってそういう類の娯楽なんです」

「なるほど、理解できます」

睦月さんは微笑んで小さく頷き、胸元のポケットから名刺を取り出した。

「私も、自分のことを話すときに『典型例』にあえてなることがあります。そういうときに、相手がどんな人物を求めているか大体わかるので。誰でもそうだということは、『子供の頃会いたかった大人』なんて本当はどこにもいないということなのでしょうね」

「琴花ちゃん、久しぶり」

学校から帰ってきた琴花ちゃんは、私が自分の家のリビングで紅茶を飲んでいる姿を見て息を呑んだ。

「突然家に来てごめんね。ピョールの今後のこと、話し合わないとと思って」

アミちゃんにはもう話をつけてあったので、目配せをする。琴花ちゃんの目を見ないまま、あくまで「日常」の素振りでテーブルの上のみかんに手を伸ばしつつ、はっきりとした声でアミちゃんが告げた。

「琴花、制服から着替えたら如月さんと話し合ってきなさい」

琴花ちゃんは大人たちの間でとっくに自分の処遇が決められていて、選択肢がないことを察したようだった。

「琴花ちゃん、学校帰りで疲れているところごめんね。もしよかったら、落ち着いて話せるように家に来るのはどうかな？　ピョールとも久しぶりに会えるし。あ、今日、白藤さんと波ちゃんは奏さんの家に泊まることになっていていないから安心して」

「拒否権があるような言い方なんですね」

琴花ちゃんは小さな声で言い、「すぐ着替えてきます」と2階に上がっていった。

「ああいう生意気な態度なのよ」

とアミちゃんは溜息をついた。

「じゃあ、よろしくね、姫」

私は小さく頷いた。自分がすっかり「子供の頃会いたかった大人」どころか「一番嫌いだった大人」になっていることは自覚していたが、私にもさして選択肢があるわけではなかった。

私の家のダイニングに睦月さんがいるのを見ると、琴花ちゃんは全てを察した、という様子で溜息をついた。

「まるで尋問ですね」

白いセーターとチェックのスカートに着替えた琴花ちゃんは、小柄なせいか、制服姿のときよりさらに幼く見えた。諦めたように呟くと、大人しく椅子に座った。

睦月さんが口を割ったと気がついた時点で、琴花ちゃんは粘ることを諦めたようだった。

未来のために最善を尽くしているつもりの子供が作り上げた、まるで箱庭療法のような未来予想図を粉々にするのは気が引ける。良心の呵責《かしやく》というより、それがどれほどの恨みを買うことか知っているからだ。

だから子供の浅知恵と行動力を億劫に思う。賢いんだから、その未来予想図が実現する確率くらい計算できないのかな、とも。

私は琴花ちゃんがよく好きだと言っていたフレッシュハーブティーを淹れ、睦月さんと琴花ちゃんの前にティーカップを並べた。こんな話をするときに必要なのかわからないが、チョコレートとクッキーと林檎《りんご》も並べた。子供を尋問するのには慣れていない。

琴花ちゃんはティーカップには口をつけず、凜と顔をあげて話し始めた。あなたたちが知りたくて暴きたいのはこれでしょ？　という内心の侮蔑を隠しきれていない姿に、ああ、やっぱりこの子ってまだ子供なんだ、と当たり前のことを思った。

「プラトニック恋活って言ったらだいたいわかりますか？」

私は首を横に振り、睦月さんは溜息をついた。

「つまり、僕の後輩が琴花さんを買っていたということですね」

「安心してください、行為はないんです。プラトニックな恋愛を女子中学生と楽しみたい人に時給でお金をもらうだけなんで。会えるエロゲみたいな感じです。あ、性行為はないからギャルゲのほうが近いかもしれないですね」

琴花ちゃんは淡々としていたが、「淡々としよう」という気負いのようなものが読み取れていて、やっぱり化け物ではないよな、と私は心の中で呟いた。ただの子供の中に化け物がいることは実際にはほとんどなく、モンスターに仕立て上げたほうが理解がしやすくて楽だとおもえるような人間も結局は平凡な場合が多いと昔からよく知っていた。

「それにしても、中学生を買うなんて。曽根《そね》は何を考えているんだか……」

睦月さんはまた溜息をつき、「ピョコルンを強姦するより健全なのではないでしょうか？」と淡々と琴花ちゃんが答えた。

「1時間3000円なので、私にはかなりいいバイトでした。あ、もちろん一般的な相場はもっと安いんですけど、曽根さんは本気度をお金で証明しようとする思考回路の人だし、『恵まれた人』

でお金持ちだったので。私は研究室を使わせてもらえればそれでよかったので、頂いたお金には手をつけてません」

睦月さんからは事前に簡単に説明を受けていた。曽根という30歳くらいの男性が琴花ちゃんと連絡をとって、早朝や休日に研究室を使うことを許可していた、と話した後、「曽根と琴花さんとの関係性はわからないけれど、僕のせいです」と睦月さんは深く頭を下げていた。

「曽根の話では、君は本当に優秀で、本当は海外の大学に進学したいと。その大学の論文をたくさん読んで研究していたと」

「はい。じゃあ、もうピョールに使った精子と卵子についてもご存知なんですね？」

それについては聞いていなかったのでちらりと睦月さんの横顔を見ると、彼は微かに感嘆した様子で琴花ちゃんを見つめた。

「いや、中学生の女の子ができることかな、と正直今日まで思っていたんだけれど。それじゃあ、あれはピョール自身の精子か卵子を使ったということで間違いはないんだね」

「はい。正確には、ピョール自身の精子と卵子です。両方ピョールのものです」

私は、そんなことが可能なのかどうか知識がなく、理解を超えた会話を空気で判断しようと、琴花ちゃんの表情と睦月さんの顔の筋肉の動きを見比べる。琴花ちゃんは淡々としていて、睦月さんは琴花ちゃんを見直し、「賢い人間」の一員として認めたような目の動きをしていた。

「両方！　もちろん技術的には可能だけれど、それを一人で？」

「いいえ、かなり曽根さんのお力をお借りしました」

「ああ、曽根は不妊治療の専門家で、学生時代からそういう研究もしているから。動物では何度か聞いたことがあるけど、人間でも。しかもピョコルンから。かなり苦労したんじゃない？」

「そうですね。でも、実際にピョールは妊娠しました」

私は自分の知能の低さを諦めているので、どんなにシリアスな場面でも、自分の知能を超えた会話が始まると脳が努力することをやめてぼんやりとしてしまう。「恵まれた人」の会話は知能が高くないとわからないから、聞いているふりをしていればいいや、という態度が身についている。

そういうとき、大体私は宙を見て真面目な顔でぼんやりする。もっと「聞いているふり」をすることもできるが、「ああ、この人は話についてこれていないな」とわかるぐらいに表情と視線を調節する。そうすると話をふられずに放っておかれることが多いからなのだが、睦月さんは私のそういう「逃げ」のポーズに気がついているのか、それとも本当に気がついていないだけなのか、あえて私にきちんと言葉を投げかけた。

「如月さん、専門的な話をしてしまいすみません。なにかわからないところがあったらご説明いたします」

「ああ、ええと、漠然とは理解しました。なんか、外国のニュースでそういうのそういえば見たことある気はするんですけど。実用化されてるってことなんですかね？」

「精子」「卵子」「両方」「ピョール」くらいの言葉は理解できていたので、適当に「ちゃんと興味を持っていますよ」という意思表示程度の雑な質問を投げかける。

「そうですね、確かに実験はかなり前からあります。とはいえ、人間での実用化はまだまだずっと先の話ですね、予算的にも、技術的にも。だから僕もとても驚いています」

睦月さんからは少し興奮して嬉しそうな気配すら感じられた。

「倫理の問題で使用されないだけで、実際には人間だったころのピョコルンの精子や卵子を取り出すことは可能なんです。ピョコルンは生きている人間の遺伝子を残すためにリサイクルされた存在だから、その機能はほぼ無視されているというだけで。でも本来の性別でない精子、卵子を作るのは、ピョコルンからだとかなり難しいはずなんですよ」

琴花ちゃんは睦月さんが自分を「まだ中学生なのに大人がするような研究を実行し、成功してみせた優秀なラロロリンキャリアの女の子」として扱い始めるのを制止するように、何度も男性の名前を出して訂正した。

「いえ、私は論文をいくつか読んでいただけで、やっぱり私はまだ子供だし、一人では到底無理で。だからほとんど曽根さんにやって頂きました。私はプラトニック恋活で時間制である程度お小遣いをもらっていましたが、曽根さんの意識の中では私たちはビジネスの関係ではなく、曽根さんは私を完全に信頼して『幼いパートナー』として扱っていたので。実際の実験はほぼ曽根さんです。こうして妊娠に成功してからは、曽根さんは身バレを恐れて連絡をほぼして来ないんです。すみません、一応秘密を守る契約をしているので、曽根さんのご家族や同僚には内緒にしてください」

「それはもちろんそうするけれど……」

その曽根さんという人がパートナーや子供がいる人なのか、どういう人柄で本当に琴花ちゃんに危険はないのか、そちらのほうが気になっていたが、どんなきっかけでまた琴花ちゃんが口を閉ざしてしまうかわからないので飲み込んだ。

「私はお二人みたいに頭がよくないからちょっと私の知能ではちゃんと原理は理解できてないけど。とにかく結論としては、正真正銘ピョール自身だけの精子と卵子からできた子供だってことなんだね？」

私の言葉に、睦月さんも琴花ちゃんも一瞬うんざりしたような、聞き飽きた言葉にげんなりしたような表情になった。睦月さんはすぐに表情を戻してハーブティーを飲み、琴花ちゃんは、

「知能が低いって、すごく便利な言い訳ですよね。波さんもすぐそれを言うので、もしかしたら私たちはパートナーには向いていないのかもしれない、と思います」

と呟いた。睦月さんも小さくうなずく。

「琴花さんの感覚はよくわかります、ラロロリンキャリアとして『恵まれた人』に適した行動をしていると、いつの間にか自分が全ての責任者になっているということばかりですから。昔はむしろ逆だったんですけどね」

私は二人のげんなりした顔に自分もうんざりした気持ちを微かに抱えながら言った。

「そうですね。馬鹿でいるのは楽ですから。誰もが、疲れていて、自分が綺麗でいられる言い訳さえあれば、いくらでも人に押し付けて楽に生きたいと思っていますから」

「そもそも知能の違いという基準も曖昧ですし、私たちは『恵まれた人』として持ち上げられて一生こき使われる立場に追いやられていますよね。不満を言いたくはないですが、正直、すでに疲れています」

睦月さんはもう議論をすることにすら飽き飽きしているのか、感じよく私に微笑みかけた。

「立場が違うと見える世界は違いますからね。疲れてない人なんていないと僕は思っています。とにかく、ピョールを見せてもらえますか？　僕は出産の専門家ではないですが、特殊なケースなので。ピョールはどこにいますか？」

「リビングに。あそこは、もうピョールの部屋になっています」

私は睦月さんと琴花ちゃんをリビングに案内した。

ドアを開けると、薄暗い部屋の奥で、ピョールがぐにゃりと横たわっているのが見えた。睦月さんがあかりを点《つ》ける。動かないせいか少し丸みを帯びたピョールが、「キュー」と小さな鳴き声をあげた。

琴花ちゃんの目の動きはピョールを久しぶりに見た感じではなく、むしろピョールの変化を知っていることを悟られないように、とでもいうように不自然に視線が逸らされた。

白藤さんが仕事で遅い日、私たちが買い出しに行っているときなど、たまに少しリビングに人の気配の残留を感じるときがあった。疲れ切っている白藤さんは気がついていない様子だったし、私も何も言わなかった。

波ちゃんはほとんど2階に閉じこもっているし、琴花ちゃんはこの家に来ることをアミちゃんに固く禁止されている。

白藤さんの気持ちはわかるが、波ちゃんが精液を直接注ぎ込んで妊娠させたわけではないため、波ちゃんの何を規制しようとしているのか私には正直把握しきれないところがあった。もっと言えば、白藤さんが少女だった時代に少女を妊娠させた人間が受けるべきだった、と彼女が思っている罰を、形式的に波ちゃんに与えているだけのようにも感じられた。

ピョールは部屋で身体を休め、お腹の赤ん坊とともに毎日、ゆっくりと生きることだけが仕事になった。それは白藤さんがピョール自身を思っているというよりは、「これ以上罪を重ねられない」という強迫観念によるものとも見えた。

ピョールは悪阻《つわり》はほとんどなく元気そうだが部屋で休まされ、私と白藤さんが交代で世話をしていた。

ピョールが家事をしなくなったらなったで洗濯や掃除などがそこそこ増え、悪阻がそんなにあるわけでもないんだから少しくらいピョールにやらせてもいいんじゃないかと思ったが、白藤さんにしてみればピョールが妊娠させられたこと自体が「非人道的」で、その上ピョールに家事をやらせるなんてあまりにもひどい、という感覚らしい。「そのためにリサイクルされてる人間なんだからそれくらいできるんじゃないの?」「ピョール自身がそうしたがってるならわかるけど、なんで白藤さんが代弁するの?」と思ってしまう。私と白藤さんの仲も、元から大して良かったわけでもないが、さらに険悪になっているように感じる。

部屋の奥で眩しそうに目を細めてこちらを見ているピョールに、ゆっくりと睦月さんが近づく。

「ピョール、少し身体の調子を見ますよ。大丈夫ですか? 嫌だったり、体調が悪かったりしたらノーと言ってください。ピョールの嫌がることはしません。わかりますか?」

ハンドサインでピョールの意志を確認し、ピョールが億劫そうに「ＹＥＳ」のサインを返したことを確認すると、睦月さんは私たちを振り向き、

「すみません、少し外で待っていていただけますか？」

と言った。

ドアの外で立ち尽くしている琴花ちゃんに、「廊下、寒いよね。あっちの部屋で待ってようか？」と声をかけた。琴花ちゃんは小さく首を振った。

「いえ。遺伝子はどうあれ、ピョールを孕ませたのは私ですから。全責任が私にある、私の子供なので」

琴花ちゃんはどことなく目がうつろで、自分が作り上げた未来予想図の中をぼんやりと漂っているように見えた。

私は琴花ちゃんに「呼応」しようと瞳を覗き込んだが、その瞳は真っ暗だった。

何も見たくない。何も知りたくない。夢の中で死にたい。

琴花ちゃんの脳に降り注いでいる無気力な霧雨のようなものをすんなりと感じ取ることができたのは、それが14歳だった私の内側で降っていた、そしてあれから35年経った今の私の中でもずっと降り続けている雨と同質のものだからかもしれなかった。

「じゃあ、これから月に1回面会にくるから」

「そんなのいいのに」

電車とバスを乗り継ぎ、入居することになった施設に母を送り届けたのは、2月の終わり、冬の一番寒い日だった。

冷たい雨がみぞれに変わり、「雪ならいいのに。みぞれは汚いからきらい」と母が溜息をついた。母はこんなに喋る人だったろうか、と思いながら、「積もると大変だから」と無難な返事を放り投げた。

母が入居する施設は緑に囲まれていて、比較的新しい綺麗な建物だった。正直、ぎょっとするような値段だったが、音ちゃんが全部支払ってくれた。

大体の説明を受けて荷物を置き、1時間に1本のバスが行ってしまったばかりなので母の個室でしばらく過ごした。

「庭でも散歩する?」

「いい、いい、なんだか疲れたわあ」

ベッドに横たわる母に愛用の膝掛けを渡す。

「思ったより遠いわねえ。荷物もね、もし足りないものがあっても自分で買えるし、宅配便でもいいからね。あんたも忙しいんだから、面会もそんなに来なくていいからね」

母が会話を纏めに入っているのを感じ、息を吸いこんで切り出した。

「うん、ええと、ばたばたして言いそびれていたんだけれど。ちょっと、お願いしたいことがあって。だから次の面会はとりあえず予定通り来るから」

「頼み事?」

反射的に母の身体がこわばった。家事介護をする便利な生き物扱いされていたことが身体に染み付いているのだろう。私は母が話から逃げる前にと、急いで説明した。

「ええと、贈与契約書を作りたいの。具体的には、私が今住んでるあの家の登記簿の名義を私に移したいのね」

「え？　なに？　登記？」

母にとってはよほど意外な話題だったのか、拍子抜けした様子で、「別にいいけれど、どうしたの急に？」と不可解そうに首を傾げる。

「ええと、遺言書を作ろうと思うんだけれど。専門家のところで相談したら、贈与契約書が必要だって話だったのね」

「遺言書……？」

「ええと、別にそんなに深刻な話ではないんだけれどさ。なんて言えばいいのかな、うんとね、まあ、私は多分子供を作らないからさ。あの家を波ちゃんに相続させたいのね。

それで、生前贈与とかいろいろ考えたんだけれど。お母さんが波ちゃんに生前贈与するのもなんかそれはそれで変かなって。だから私が一旦受け取って、っていうのがいいかなって。もちろんもしお母さんが反対だったらしないよ、お母さんの家なわけだし」

「私より先に死ぬ予定があるの？」

母の言葉に、私が口ごもると、「病気とか？」と母が続けて聞いた。

私は腹を決めて口を開いた。

「あのね、今年の夏、私、人間じゃなくなる。ピョコルンになる。ええと、まだ本決まりじゃないんだけれど」

「……どうやって？　そんなことが可能なの？」

私はどこまで説明するか思案しつつ口を開いた。

「ええと、昔の仕事の部下だった人が、今、ボランティアみたいな感じでピョコルンになれる人を募集していて。それに応募して、協力することになったの。だから、うまくいけば夏にはピョコルンになる。極秘の話だから、誰にも言わないで」

「そう、そうなの」

母があまり驚いていないことが意外だった。覗き込むと、母の瞳は真っ黒で感情がなかった。瞼、眼球、頰、口元、すべてから力が抜けて、物体になっているように見えた。

母はやっと、「母」という道具であり続ける未来から逃げられる、と思えたのかもしれない。こちらを向いた母の顔は、表情が削《そ》ぎ落とされて静かに佇んでいた。

「そう。それは大事なことね。がんばってね」

あ、母って人間だったんだ、とそのとき思った。意識したことがなかった。生まれたときからずっと、母は便利な道具だったから。

私がもう母を「道具」として扱うことが絶対にできない状態になることは、真っ暗な中の光として降り注いだようだった。

少しずつ、母から以前の「母」とは違った雰囲気の表情が湧き上がってきた。私自身が誰かの

「道具」になることが、母にとっては大きな解放と喜びなのだろう。母はずっと誰かに復讐したかったのかもしれない。

私と「母」だった女性の間に、今までで一番温かい空気が流れていた。母はテキパキと自分の荷物を片付け、私に目を細めて、

「ありがとうねえ」

とうれしそうになんども繰り返した。

「その手術、私も見学に行けるのかしら？」

「ああ、どうなんだろう。聞いてみるね」

「行きたいわあ、空ちゃんの晴れ舞台だものね」

何を言っているのか、どういう価値観の発言なのか、私にも、おそらく母自身にもわからない状況だったが、母が協力的になってくれたことは助かった。生きているうちに母が私に復讐できたと感じてくれているなら、本当によかった。

私は隙あらば自分側に引き摺り込もうとする母を警戒し、ずっと牽制《けんせい》してきた。けれど同時に、人生すべての時間で徹底的に利用してきた存在に対する罪を感じていた。どこかで、死ぬ前にちゃんと処罰されたいと願っていたのかもしれなかった。

ピョールのお腹はどんどん大きくなっていった。

白藤さんは波ちゃんと琴花ちゃんが二人で会うことを禁じたままだったが、一方で月に一度の健

診には必ず一緒に来るようにと指示した。家では最初は波ちゃんとピョールの接触を禁止していたが、今は白藤さんの監視下でピョールのケアをするようにと命じている。

白藤さんは出会った小学生のころから、弱いものを正しくきちんと守り、それに味方する存在でありたい人だった。そのことが彼女自身の軸になり、本人を支えていた。しかし今の状況の中では、白藤さんは、何が正しいのか、誰が弱者なのか、どういう順番で優先して何を守るべきなのか、彼女自身が混乱し続けている様子だった。

睦月さんに紹介してもらった病院は彼が事情をある程度説明していて、担当医の若い男性もピョールを出産させるのが二人の中学生の女の子だということを最初から把握してくれているので助かった。精子と卵子がピョールのものだということも知っているらしく、遺伝子的に珍しいケースなので、と念入りに診察や検査をしてくれていた。

「出産には立ち会いますか?」

医者に聞かれると、波ちゃんは一瞬躊躇し、口ごもった。琴花ちゃんは迷わず「はい」と頷いた。

琴花ちゃんの毅然《きぜん》とした横顔をちらりと見た波ちゃんがおそるおそる医者に尋ねる。

「あの、それって、けっこう、血だらけ、みたいな感じなんですよね……?」

医者は出産のことがよくわかっていない人間に慣れている様子で、微笑んだまま頷いた。

「そうですね。大人の方でも、出産には立ち会わない方も多いですよ。かなりショッキングですし、その後何年も子供やピョコルンを見るたびに思い出してしまうという方もいますから。特にお二人ともまだお若いですし、無理なさる必要はないですよ」

「波さん、無理しないで。私がピョールのそばについているし、後で見たければ出産ムービーも撮影するから」

波ちゃんはその提案を受け入れることが卑怯で臆病なことなのか、合理的で誠実なことなのか判断に迷っているようだった。

「でも、琴花だって一人じゃ怖いでしょ？　私も家族になるんだし、ちゃんと立ち会うよ」

「無理して血を見て倒れたからって、ピョールの家族として適切かどうかが決まるわけじゃないと思う。私、進路のためにいろいろな資料を見てるから慣れてるの。それぞれ得意分野を頑張るのがいいんじゃないかな？」

波ちゃんは納得できないのか「でも」と口を開きかけ、

「まあ、今すぐ決める必要は全くないですから。ゆっくり話し合ってくださいね」

と医者が言うのを聞いて言葉を飲み込んだ。

「今回もエコーって見ることはできますか？」

「もちろんです」

医者は琴花ちゃんに笑顔で頷いてみせ、エコーの準備を始めた。ピョールの薄青い毛にゼリーを塗る医者の手元をまっすぐ見つめている琴花ちゃんは、波ちゃんが不安げに目を伏せたことにも気がついていない様子だった。

ピョールは自分の身体が自分のものではなくなった、ということを完全に理解している様子で、ぼんやり宙を見上げていた。

人間の妊婦と違って洋服を着ていないので、ピョールのお腹が膨れているのがよくわかる。一歩間違えれば私も、明人やその他の誰かに産まされていたのだと思うとぞっとする。

私は琴花ちゃんに、ピョールが人間だったころの性別を聞きたい衝動に駆られるときがあった。けれど、琴花ちゃんはかなり慎重にそれを隠していて、波ちゃんにも伝えている様子はなかった。

「かわいい。見て、波さん」

画像を指さして琴花ちゃんが微笑みかけると、波ちゃんも身を乗り出して画像を覗き込んだ。

「男の子かな、女の子かな？」

波ちゃんの無邪気な言葉にぎくりとする。琴花ちゃんは「まだわからないですよね、先生」と医者にさらりと言った。

白藤さんは少女たちから離れて、かすかに苦しそうに制服姿の彼女たちが微笑み合う様子を睨んでいた。

「白藤さん、大丈夫？」

私が声をひそめて言うと、白藤さんはぱっと俯き、

「平気。……すこし、ぞっとしているだけだから」

とか細い声でつぶやいた。

何に、とは聞かなかった。自分も今、何かに吐き気を感じている気がした。琴花ちゃんと波ちゃん、ピョールとエコーの中の赤ちゃんが一緒に暮らしている光景を思い浮かべる。それが悍《おぞ》ましいのか、美しいのか、今の私には判断ができずにいた。

50歳

「あまりにも物が少ないんじゃない？」

私の部屋を久しぶりに訪れた白藤さんは部屋を見回すわけでもなくまっすぐにこちらを見ていた。今部屋に入って気がついたわけではないこと、彼女がもうずっと前から違和感を抱いていることに、私も気がついていた。

「母の物をいろいろと処分したからね」

実家が一戸建てなのに甘えて子供の頃からの物を処分していなかったが、奏さんが手配してくれた業者に頼んで一度一気に捨てた。夏以降は人間ではなくなるので、コートなども必要ない。母から私への贈与契約書も、自分の遺言書の作成も済ませた。それらは押し入れの奥にしまってある。白藤さんは、短く「そう」とだけ答えた。何かあることは勘づいているけれど、まだ踏み込む気はない。踏み込むとあなたは逃げることを知っている。だから猶予をあげます。

口に出さないことに意味があるのかというくらい強烈に白藤さんの考えていることが伝わってきて、「うん、そう」と小さく頷いた。

「キサちゃん、苺《いちご》食べない？　母が贈答品でもらったらしいのだけれど、アレルギーで食べられないからって連絡がきたの」

少し前から、白藤さんは私を再び「キサちゃん」と呼び始めた。それが彼女なりのサインだとわかっていながら、私はあえて「呼応」せず、「うん」と頷いた。

ダイニングルームへ行くと、ピョールと波ちゃんが苺をつまんでいた。

「すごく甘いよ、この苺」

波ちゃんが、「ピョールは栄養をたくさん摂《と》らないとね」とピョールのお腹を優しく撫でる。

「なんだか、この苺、琴花みたい」

波ちゃんがそっと手に取った苺は、一つ一つ宝石のようにネットに包まれて、プラスチックのケースに入っている。「一粒5万円の苺をね、たくさん貰ったって母が言うの」と白藤さんが溜息交じりに言った。

「そうなんだ」

高いフルーツは世界②の人たちがよく食べていたから驚かないが、白藤さんのお母さんは「かわいそうな人」寄りだと感じていたので意外だった。白藤さんのお母さんと匠くんは共依存のような状態で、あまり近寄らないほうがいいというのが白藤さん、奏さん、私の共通認識だったので、急にこんなに高い贈答品のお裾分けをしてきたというのも不気味だった。

「きれい。いいなあ、琴花ってラロロリン人だしやっぱり特別な感じがする、才能もオーラもあるし」

白藤さんは波ちゃんのこうした、無自覚で不用意な発言を注意することが減ってきた。もう疲れていて、思春期の一過性のものだと思い込むことにしたのかもしれない。自分が正しくあることすら難しいのに、子供にまで美しい精神状態でいてほしいと願うのは白藤さんにできる範囲を超えていることなのかもしれなかった。

「キサちゃん、牛乳とお砂糖、用意するわね。好きだったでしょ？」

「……うん、ありがとう」

白藤さんは苺をネットから出しお皿に放り込み、牛乳をかけた。その上に砂糖をぶちまける。

「はい、キサちゃん」

「ありがとう……シロちゃん」

私は囁くような声で彼女をそう呼んだ。最後のサービスのつもりだった。白藤さんは、私が消失したあとさらに孤独な人生を送ることになるだろう。

白藤さんは反応を示さず、自分のお皿にも牛乳と砂糖をぶちまけた。ピョールが興味を示して白藤さんの手元を見ている。

「ピョールにもあげたい！」

波ちゃんの無邪気な発言に、「いいけれど、あんまりたくさんは駄目だからね」と静かな声で白藤さんが言う。

私自身もピョールにどう接していいか悩んでいた。ピョールを人間として接しようとすると、自分の中の「明人」や「匠くん」をぼんやりと感じる。私はその場しのぎでピョールをどう扱ってもいいが、白藤さんが混乱しているので彼女に「呼応」していればよかったはずの私も混乱し始めていた。

牛乳と砂糖に塗れたつぶれた苺を、波ちゃんがピョールの口元へと運ぶ。波ちゃんの白目は墨汁で真っ黒に塗りつぶされていて、彼女が「愛される存在」であるピョールに今も憧れているのが痛いほど伝わってくる。それは、彼女がまだ搾取され、尊厳を踏み躙られた経験があまりないことを意味している。自分が彼女の年齢だったころに比べると幸福にも思えたし、危うくも感じられた。

私がいない未来で、白藤さんは彼女たちを守り続けなければいけないのだと思うとぞっとする。

同情から、私は白藤さんに「サービス」をしてしまう。

「……シロちゃん、今日は、お庭で晩御飯を食べようか？　昔、よくしたよね」

私が微笑みかけると、白藤さんははっと私を見て少し混乱した様子のまま、

「……ありがとう、キサちゃん」

と掠れた声で応じた。


夏に「儀式」が行われることが本決まりになったことで、私は計画的な晩年を過ごしていた。

荷物の処分を進めながら遺言書の作成も終え、会いたい友人に挨拶することなども考えたがほとんどいないと気がついた。

会社には介護の関係で退職すると伝えてあり、今は新しく入ってきた派遣社員の女性に仕事を引き継いでいる段階だ。順調に消滅が近づいているようで、どんどん世界との関わりが薄れていく気がしてほっとする。

私は座って寝るために朝早い電車で通勤することにしていたが、最近は早い時間でも混んでいて座れないことが増えた。クリーン・タウンの隣の駅にもマンションが立ち並び始めていて、どんどん人間が増えているのだと思う。ピョコルンに気軽に産ませることができるからだろうか。公園も、人間やピョコルンが小さい子供を連れてくるので賑やかだ。

今日は運良く座ることができて、座った瞬間眠気に襲われてうとうとしていた。家で深く眠れていないのかもしれない。スマホが震え、ぼんやりとしながら開くと、音ちゃんからのメッセージだった。

「儀式」の場所は新宿御苑《しんじゅくぎょえん》で、一斉に手術が行われることになったという説明と共に、詳しい場所や説明がファイルで添付されている。

文字の世界にも明確に人格はあって、音ちゃんはわざとフランクな言葉を交ぜ込み、他の人には一斉送信しているのだろうけど自分は特別枠なのだな、と思わせるのがとても上手だ。音ちゃんなりの「サービス」なのだろうと思う。彼女が与えてくれるホスピタリティを心ゆくまで味わいながらピョコルンになるまでの空子としての余生を過ごそう、と決めていた。

実際にやりとりをする音ちゃんと、インターネットやニュースで見る「公の人としての音ちゃん」はどんどん乖離していた。

音ちゃんは自分の両親が「かわいそうな人」の層に当たる人たちであること、ラロロリンキャリアの子供が二人生まれたことにうまく精神的に対応できなかったことを、過剰に悲劇的にならない程度に説明するようになっていた。

幸福や、社会の旨《うま》みだけを知って育ったわけではないイメージはちょうどいいバランスで広まっていた。彼女のことを「クリーンな人」の多くが、「儀式」を率いるのに相応しい人物だと感じるようになっていた。音ちゃんはもはや社会や大衆と「呼応」するようになっていて、その姿は巫女《みこ》のようにも見えた。

『音ちゃんって、卑弥呼《ひみこ》っぽいですよね』

私はメールにそう打ち込み、そのまま送るか悩み、消去した。

計画的な消滅は人生を楽にする。レナが自殺したとき、レナにとって自殺はもっと切実なものだったと感じる。世界①、②、③にいたときは、②の世界が一番自殺が多く、次が③だった。そういうときにもいつも感じていたが、死にたくて死のうとしている人よりそれが最後の生きる手段だから死のうとしている人のほうが圧倒的に多くて、死を止めることは最後の生きる道を遮断することに等しかった。なので、「あ、この人はそろそろかもしれない」と感じても止めたことはなかった。

私は、自殺をするほど生きる気力を持っている人間ではないので、どこか遠いことのように感じながらも、一定の理解はできる気がしていた。

私が未来に備えた私の消滅は、今まで見てきたどの死とも異なっていた。音ちゃんは私に「穏やかな誇り」と「安心感」を器用に与えた。

なんとなく手持ち無沙汰で、もう一度眠るには乗り換え駅が近いため、ＳＮＳを適当に眺める。みんなが音ちゃんの「かわいそうな人生」を楽しみ始めていた。

私はレナを思い出した。見て、みんな感動してるよ。レナが死んだときみたい。あれから30年以上も経ったのに、人間って変わらなくて笑えるよね。

レナが、そんなの当たり前じゃね、と笑う声が聞こえた気がした。


「すみません、如月さん、ここなんですが……」

新しく入った森《もり》さんに尋ねられ、「ああ、すみませんこれマニュアルが古いですね。システムが変わったので、新しいのがあるはずなんですけど」と立ち上がる。森さんは「ありがとうございます」と丁寧な発音で言い頭を下げ、小さく微笑んだ。

森さんは、苗字は森さんだがそれは日本人と結婚をしたからで、ウエガイコク出身で、見た目でそれがわかる女性だ。「日本語お上手ですね」「何か国語喋れるんですか？　僕とは違うなあ」など、一通りのウエガイコク差別の洗礼を受けて、表には表さないがすでにこの会社に失望している様子だった。私は自分が辞めたあとを引き継ぐ予定の森さんが辞めたりしないように最大限の注意を払っていた。

森さんは私と大体同い年くらいの女性で、結婚して10年以上経っているそうで、日本で外国人差別に遭うことへの慣れと諦めと、静かに蓄積した絶望を内包しているようだった。

「あ、最悪」

電話当番があるため私たちより先にお昼の休憩に行っていた八木さんが、コンビニの袋を覗き込んで呟く。

「どうしたの？」

「紙パックのコーヒー買ったんですけど、ストロー入ってないんです」

「ああー」

西山さんは溜息をつき、目玉を動かさないまま視界の端で森さんの様子を窺いながら、「まあ、しょうがないわよね」と用心深く言った。

最近、会社の隣の街にたくさんシタガイコクの人が引っ越してきて、コンビニやレストランでも見かけるようになった。森さんが来る前は八木さんも西山さんも行木さんも、また他のチームの人たちも、「別に差別するわけじゃないんだけど」を枕詞《まくらことば》に言いたい放題文句を言っていた。ウエガイコク人である森さんがチームに加わってから、皆は森さんの目を気にして少しだけ「アップデートされた人間」として振る舞うようになった。

「日本に来て働いているってだけでもすごいものねえ」

森さんは私たちの頓珍漢な「差別をしているわけではないですよ」というアピールにも、媚びにも、向き合って反応することを諦めており、少し困ったように微笑むだけで対応を済ませて、会話に参加せずに真剣にパソコンに向かっていた。

八木さんと入れ替わりに休憩の時間になり、私は家のそばで買ったコンビニのトルティーヤとつくね串を持って食堂に向かった。食堂はそこで食べ物が買えるわけではなく自動販売機がいくつかと、無料で飲める緑茶とウォーターサーバーがあるだけだ。この会社ではデスクで食事ができないので、テーブルと椅子が並ぶだけの食堂でもお昼の時間になるとそこそこ人がいた。

食堂に森さんが入ってくるのが見え、一瞬対応を迷う。会社では休憩のときまで顔見知りと気を遣って話したくない、という人がほとんどだが、ウエガイコクではどうなのだろうか。選択肢を相手に与えるために気が付かないふりをする場合がほとんどだが、森さんは不自然に思うかもしれない。私はいつもより少し朗らかに軽く会釈をした。手を振ると「日本人」にしては過剰に親しげな感じになってしまうので、数秒手のひらを見せて控えめな挨拶をする。

森さんはすぐに反応し、私と同じように会釈をして私のそばへ歩いてきた。

「如月さんもここだったんですね。お隣、いいですか？」

「はい、もちろんです」

森さんは10年以上日本に住んでいるので、私たちの「日本人的な振る舞い」を理解しているし、自分もそのように行動できる人だ。けれど、見た目は「ウエガイコク」の人なので、「そっちの人」という認識で対応されたり反応されていることが日常茶飯事なのだろう。

「お弁当ですか？」

「はい、家のピョコルンが作りました」

「おいしそうですね」

うちのピョコルンなんて料理が全然だめで、といつもの癖で大袈裟にピョールの能力を「謙遜」しそうになり、反射的に「森さんのお家もピョコルンがいるんですね」と話題を方向転換する。

「はい。夫も私も、いい友人だったので、友情婚をしようという話になったんです。それでピョコルンも家族になりました」

「そうですか」

食堂には薄型のテレビがあり、今日のニュースが流れている。地上波ではなさそうな内容で、天気予報とニュースが延々と繰り返されている。

そこでは新宿御苑についてのニュースが流れていた。

新宿御苑の大規模な改装について軽く触れているものの、医療実験のため、としか報じられておらず、私の周りでも「クリーンな人」は、「恵まれた人」が何かをしてくれているんですね、というだけで、それ以上の関心を示さなかった。

新宿御苑が真っ白なビニールで塗りつぶされていくことに、「恵まれた人」も「クリーンな人」も特に反対しなかった。白藤さんを含む「かわいそうな人」の中ではそれなりに反対の声があがっていたが、もはや大多数を占めている「クリーンな人」はそんなふうに「汚い感情」や「強い言葉」を発したり受け止めたりするほど元気ではなく、興味も持たなかった。

「どうですか、慣れましたか？」

森さんは小さく頷いた。

「そうですね。前の会社と違って、だいたい定時で帰ることができるので助かります」

「そうですよね。それ、最近良くなってきたんです」

あなたが育ったウエガイコクではそれって当たり前のことですよね。心の中の言葉を口には出さず、私はつくね串を齧《かじ》る。

ウエガイコクだもんね。いいなあ。素敵ね。日本をどう思う？　どうして日本に来たの？　日本のどこが好き？　すごいね、日本語を喋ることができて。彼女は日本に来てからどれほどこの手の言葉を浴びたのだろうか？

「少し前に、違う部署ですけど帰国子女の方が来て、びっくりして辞めていきました。少し、古風なところがありますよね、この会社は」

「そう、かも、ですね。私は初めて日本に来たときは驚きましたが、今は少しずつ日本のスタイルにも慣れている自分がいます。見た目ではわからなくても、住んでからずいぶん長いので。もう自分が日本風の性格になっている気がしますよ」

「わかります、私も他の国に行ったらそこの文化に合わせて性格が変わるだろうなと想像します。環境って、性格工場みたいな感じがします」

「工場？　ふふ、おかしい。でもそうかもしれないですね」

森さんがやっと少しリラックスした笑顔を見せた。少しだけ訛《なま》りのある日本語に、食堂にいる何人かの社員が視線をよこし、森さんの顔を見て納得したように顔を伏せる。うっかり差別してしまわないように、見ないことが一番安全だから。

奏さんや白藤さんは世界③でよくそうした人間たちに怒っていた。ずっと怒り続けるのはつらい。白藤さんと違って最近の奏さんは正しく怒り続けることに疲れ切っているように感じる。

「あの、森さんとは少しケースが違うとは思うんですけれど。私も、父が海外に赴任していた経験があるせいか、ギャップを感じるときがあって。今もこの会社や環境にすっかり順応した振る舞いをしているんですけど、微かに、変だな、って無意識に感じ続けている気もします」

森さんがかすかに私を「話が通じる人」だと感じているのがわかる。人がいいのだろう。私が筋金入りの差別主義者だということに気が付いてはいないようだった。

「森さんが送別会、来てくださってうれしいです。辞めた後も仕事でわからないことがあったらいつでもメッセージくださいね」

日本人っぽい親切さで丁寧に伝えると、森さんは微笑んで「ありがとうございます」と頭を下げた。

送別会では美しいピョコルンが何匹かお酌をし、ピョコルンが足りない席では女性社員が「ごめんなさいね、ピョコルンじゃなくて」と自分を蔑みながらお酒を注ぐ。彼女の前の会社がどれくらい「アップデート」されている環境だったかわからないが、事前に教える必要はないだろう、きっと、これから何度も絶望することになるから。

送別会から1週間で、私は会社を辞める。「儀式」までは、二つ先の駅の図書館で時間を潰すつもりだった。

未来がないと世界が明るい。

私は微笑んで彼女に「どうぞ。あ、あのマシーンのお茶は自由に飲んでいいんですよ。って、そんなことわかりますよね」と紙コップを差し出す。「親切な日本人」に会えてほっとしたような、あまりに典型的なので薄気味悪いような、曖昧な表情でカップを受け取る彼女を、私はもうすぐ見捨てる。見捨てる相手には、人間はとても優しくすることができることに、もうすぐ消滅する私は初めて気がつく。

＊

『すごく突然なんで断ってくれていいんですけど。今、新宿にいるんですけど。一瞬会えませんか？　全然そっちまで行くんで、よかったら……って、いきなりすぎますよね』

音ちゃんから連絡がきたのは、残業を終えて会社を出たときだった。

『すぐ行きます』

即座に返信し、白藤さんに今日は遅くなるとメッセージを送った。すぐに既読になったが、几帳面《きちょうめん》な白藤さんらしくなく、返事はなかった。

帰るのとは逆方向の快速に飛び乗り、乗り換え駅で満員の電車を見て発作的にタクシー乗り場へ走った。いつもならしないことだが、もう晩年の私は今まで節約してきたお金が自分のガソリンのように思えていた。

タクシー乗り場は空いていて、すぐに乗り込むことができた。行き先を告げ、ほっと息をついて汗を拭く。

会いたい人に向かって夜にタクシーを飛ばしていると、今まで自分には彼女を除いて会いたい人なんていなかったことに気がつく。

擬似的かもしれないが自分の人生でそれを体験させてくれる音ちゃんに感謝した。

音ちゃんと、「リセット」で彼女に会わなくなる前に他愛もない話をしたことを思い出す。

「恋愛ゲームって昔流行りましたけど、友愛ゲームもできたらいいですよね。攻略キャラをぜんぶ落として親友にしてくんです」「なんか、結局私って理想の友達を演じられるから、みんな『あ、落としたな』って瞬間があって。それって、たぶんもうすでに一般的な感覚だって思いません？私の中では恋愛よりメジャー感あるんですけどねー、個人的にはずっと前から」

私は同意しつつ、「友愛はモノガミーのほうが少ないから、ゲームにするにはそれが難しいんじゃない？」と答えた。「そこなんすよね」と音ちゃんは笑った。音ちゃんの明るいオレンジ色の口紅が彼女の淡いベージュのカーディガンの襟にべっとりとくっついていることに気を取られて、そこからの会話は覚えていない。

音ちゃんが指定したのは、新宿のサインリングだった。

『やった！　じゃあサインリングのあたりでどうですか？』

音ちゃんのこのメッセージを見て何のことかわからず、急いで画像検索をした。見覚えのある新宿西口の写真が何枚も出てきた。新宿のビル街の中にある大きな円を見て、脳の中が捩《ねじ》れたような感覚に陥った。

自分はこの新宿西口の不思議な景色がなぜか好きだと、私は音ちゃんに話したことがあったのだったろうか。これも音ちゃんの「サービス」の一環なのだろうか。

都内に電車が滑り込んでから増え続けていた看板やネオンの色彩が消えて、灰色のビルの窓と街灯の光が静止した波のような形で佇んでいる、人がたくさんいるはずなのにどこか死を感じさせる光景が窓の外に広がる。光がたくさんあるのに、人の匂いがしない。幼いころ、父が運転する車の後部座席からぼんやりと眺めていたクリーン・タウンの光景にうっすらと重なった。

「すみません、ここで」

交差点の近くで降りて、サインリングの下から交差点を見回す。紺色のワンピースを着た女性がこちらに向かって手を振っているのを見て、それが音ちゃんだとわかる。同時に、音ちゃんが衣服が与える情報を更新したことがわかる。誠実で、質素で、清らかに見えるよう、彼女が彼女の衣装のコンセプトを変え、彼女の衣服が他者に与える情報を変化させたことに、とん、と突き飛ばされた気がした。

信号が青に変わり、音ちゃんが私に近づいてくる。

「お久しぶりです。直接会うの、すごく久しぶりですよね」

まだ春先で肌寒いのに、音ちゃんは薄手のカーディガンしか羽織っていなかった。最後に会ったときミディアムくらいの長さでパーマをかけていた音ちゃんは、髪を伸ばし、茶色い地毛を黒染めしていて、一瞬別人に見えた。私の視線に気が付き、苦笑いして髪の毛の先をつまむ。

「ああ、これ。ウエガイコク向けの儀式でもあるので、その人たちが喜ぶ感じのアジア人になるとやっぱり成功率上がるみたいなんですよー。

うけますよね。正直、この島国の中だと、空子さんや私みたいなアジア人の容姿で日本語を喋ることができたら、特権の中で透明な存在でいられるじゃないですか？　でも、ウエガイコクからシタガイコク仕草、みたいなのを求められて初めて、あ、シタガイコク、というかシタジンシュなのかな？　それなんだなー。って思って。今の仕事始めたときからそうだったんですけど、シタガイコクならではの苦労エピソード、みんな『欲しがる』んですよね。適当に話してあげると凄くうれしそう。差別って部外者からはいい娯楽で笑えますよねー。私、この島の中では特権の中でのびのび差別して生きているのに、外に出たら被害者の切り札使えるんですもんね、ラッキーですよねー」

音ちゃんは少し痩せていて、それも彼女なりの「役作り」の一環なのだろうと思った。「大衆が望む物語」の中に飛び込んでそのまま死ぬことを決めているのだな、とごく自然に感じさせた。表情のせいか喋り方のせいなのか、以前より幼さが増したように見える。化粧をせず眼鏡をかけているせいか、どこか無防備さもあった。

「あ、すみません、なんか久しぶりの生の空子さんを見たら、はしゃいですげー近づいちゃった。3日お風呂入れてないからくさいかも」

音ちゃんがわざと過去の私たちの関係性を強調するような喋り方をするので、少し悩んだ後、私も彼女と「蜜月」だった時期に使っていた言葉を選択して口を開いた。

「全然気にしないよ、うちなんて面倒でピョールのお風呂週一以下になってる、私のほうが臭うかも。それより寒そうなのが気になるよ、これ使って」

自分が羽織っていた深緑色のストールを音ちゃんの肩にかけると、音ちゃんが微笑んだ。

「えー優しい、空子さんっていつでも欲しい言葉くれますねー、人工愛情の自動販売機みたい」

音ちゃんはくすくすと笑い、目尻に皺が寄る。ビル街の清潔な光の中で、その姿は今度はあどけない老婆のように見えた。

「私、新宿では夜の西口が一番好きです。光ってるけど死んでる感じがするから。人間もいるのにひとりで前を向いて歩いている人ばかりでロボットに見えるし、ぜんぶ生きて活動してるビルなのに廃墟っぽくて」

「ああ、なんかわかる。人間が滅亡したあと、ここってどんな風に思われるのかなーって想像する」

「あ、私もそれ考えます。とくにこの輪っか、なんだろ？　ってなりそうですよね。宗教的な、儀式の何か？　みたいに」

笑った音ちゃんがよろけて、

「わ、危ねー。すみません実はここ数日寝てなくて、準備やらなんやら諸々で。家にいると仕事しちゃうからちょっと逃げてきたんです、奏も嫌な顔するし」

と言った。たしかに、音ちゃんの顔色は悪く、青と紫のフィルターがかかったようだった。

「そんなに忙しいのに大丈夫？　少し眠る？　ホテルとか漫画喫茶とか、どこかで仮眠すれば？」

「へへ、大丈夫です。けっこーこれ、最近いつものことで。でもお風呂入りたいな。明日、朝イチで対面の仕事あるんすよ。銭湯とか、ありますかね、このへん？」

音ちゃんの雰囲気に引きずられ、私も音ちゃんを「忙しくて偉い立場の『恵まれた人』」として扱う言葉が脳から消え去り、音ちゃんとセッションしているように、彼女から引き出された言葉だけを吐き出す「人工愛情自動販売機」になっていく。

「銭湯いいね。やってるとこあるかな、このへん？」

「銭湯趣味なんで、割と詳しいんすよ。スーパー銭湯と昔ながらの銭湯どっちがいいですか？」

「えーなにそれすごくいい、そんな趣味あるならもっと早く誘えよー！」

あ、少し間違えた、これはレナとよく話してた、中学生のころの私だ。そう思ったけれど、音ちゃんは少し目を細めただけであえて特別な反応はしなかった。

私たちは音ちゃんのスマートフォンの地図アプリを頼りに夜の新宿を歩き続けた。途中のコンビニでシャンプーとタオルと1泊分の化粧水と乳液と洗顔のセットを買い、銭湯に向かう。

クリーン・タウンの夜は建物が低く闇の量が多いのだと、違う街の夜を歩いて気がつく。スマホを確認したが、白藤さんからも波ちゃんからも連絡はなかった。今頃、家に帰った白藤さんが妊娠したピョールと波ちゃんの食事を作っているところだろうか。白藤さんは波ちゃんとほとんど口をきいておらず、ピョールは可愛い鳴き声をあげることしかできない。静かな食卓を想像して陰鬱な気持ちになった。

高層ビル街を抜けて生きている人間が住んでいる気配が増してくると、夜の空気も変わって感じられる。音ちゃんはいつもの彼女らしくなく饒舌だった。

「うれしいな。私、ラロロリンキャリアだったから、地元では大勢が入るお風呂って避けてたんですよ。私がお湯に入るとクレーム入るから、銭湯のおばさんに断られちゃって」

「そうなんだ」

「こういう『いかにもエピソード』いくらでもあるんで、嘘つかなくても人が勝手に感動してくれるんでラクですね。いかにもエピソードって、永遠に似たようなものばっかりなのに、なんで感動する側って何度もおかわりするんですかね？　ほんと、人ごとだとこういうのって娯楽ですよねー。自分も当事者じゃない差別に関してはそういうの大好きで感動して消費するほうなんで正直めちゃくちゃわかりますし。虐待とか自殺とかって、安全な場所からみるとテンション上がりますもんねー」

私には音ちゃんが故障したように感じられ、少しだけ彼女が怖くなっていた。私よりずっと優秀な人間ロボットであるはずの音ちゃんが、大人数の「呼応」を一遍に処理しすぎてオーバーヒートを起こしているような感触だった。

「……そういえば、今日、会社に新しく入ってきた日本に来て10年以上経つ派遣社員さんと話をしてて、まるで自分たちは性格工場にいるみたいだって思ってたの」

「あ、すごくわかりますそれ。というか、たぶんどこに行ってもその環境に合わせて人間の性格はカスタマイズされるってことのような気もするんですけど。私は仕事でウエガイコクの人と話す機会もけっこうあって、それはそれで違う性格工場出身って感じがして。やっぱり、人間って基本的に、その環境で良いとされているふうに発達？　進化っていうのかな？　しますよね。そういう意味では、この島国は、私たちの性格工場。しっくりきますねー」

「ん、そうかも」

深夜の銭湯は思ったより混んでいた。音ちゃんと私は並んで身体を洗い、「電気風呂」というあまり人気のない風呂を選び、二人で並んで入った。

「今日の朝、電車の中で音ちゃんに卑弥呼みたいですねって送ろうとしてたんだ。みんなが求める儀式の巫女みたいな存在になりつつある気がして」

「ああ、でもわりと近いです。私、これから人工感動製造機として生きていこうと思ってて」

「人工感動製造機?」

音ちゃんは昔から造語が好きで、自分の状況を奇妙な言葉に当てはめる。口にすると、それは今の音ちゃんそのもののように感じられた。

「ふふ、空子さんが人工愛情自動販売機なら、私は人工感動製造機。似たような感じですよね。なんか落ち着くんですよね、空子さんといると。自覚したまま突き抜けてくれるから。私より酷い人工感動製造機なんてそこらにいっぱいいるのに、感動させてるほうもするほうも自覚なくて面倒くさくなるときあります。無自覚人間ロボットに囲まれてるからこんなこと言えませんもん、いつもは」

銭湯や温泉は不思議な場所で、性行為の対象がピョコルンになってからも知人の全裸を見ることがある唯一の場所だ。ピョールを見慣れていると、頭部と股にごっそり毛が生えている人間という動物が奇妙に見える。毛が生えてない生き物にしては皮膚が薄く、人によってはうっすらと青い血管が透けていて、随分と薄気味悪く思えた。

奥まった場所の電気風呂に私たちの声が反響する。お湯に触れた肌がちりちりと微かに痛み、長時間入っていると具合が悪くなりそうで、人が少ないのも合点がいった。

「でも、人類みーんな、記憶が同じになったら。みんな同じ、人工記憶を動力にした、人工清潔行動製造機。楽しみですねえ」

「うん、うん、そうだね。音ちゃんは、いつから今みたいな立ち位置というか、人工感動製造機になったのかな。それってきつくない？　『クリーンな人』になるのが一番ラクな時代って気がするけどな」

「うーん、私、友達が死んだとき、そこそこ落ち込んじゃったんですよね。そのとき、あの、『ラロロリン・ガール・ラブ』わかります？　映画の。ああいう感じで、ラロロリン女のドキュメンタリー撮ろうとしている人がいたんですよね。それが本当に自分としては無理で、それよりいい娯楽になるんでやめてもらえませんか？　って何度か交渉して、私のドキュメンタリー撮ってもらったんです。死なないんでインパクト薄かったんですけどね。でもそれを好いてくれる人がそこそこいて、というかそれをそれなりに娯楽にしてくれる人って言えばいいのかな。あとは流されてーって感じなんです、実は」

「そうなんだ」

私はレナが友達であることは話さなかった。音ちゃんは興味がないだろうと思った。

私の出会ってきた人間には大抵、「吐き出す日」があって、記憶や、痛みや、浴びている毒、身体の中で疼《うず》く毒、そうしたものをとにかく言葉にして口から吐き出し続けるのだ。

自分や音ちゃんのようなからっぽ性が高い人間は、「吐き出す日」を必要としない、受け止める側として重宝される存在なのだと思っていた。けれど意外なことに、今日は音ちゃんの「吐き出す日」なのだと、このときようやく気がついた。

私はお湯の中に手を滑らせ、電気の元はどこなのか探していた。電気風呂の仕組みはわからないが、もしジェットバスのようにこの痺れの源流があるなら触れてみたかった。湯船のぬるりとした底に指先が触れ、同時に今自分が入っているお湯に対しての信頼が損なわれ、急に「穢れ」を感じて手を引っ込める。いつも注意深い音ちゃんは私の一連の動きにも気が付かず、タイルを見つめながら喋り続けていた。

「卑弥呼っていうのがしっくりくるのは、儀式っぽさだけじゃなくて。感動を、娯楽だけでなく信仰する人多くありませんか？　無宗教が多いから特にそうなんすかねー？　幸いというべきか、感動されるだけの陳腐な不幸属性がけっこう揃ってて。たぶんこれからもそんな感じの人生になるんじゃないですかね、人間の形をしているうちは。だから、みんな、しばらくは、私に感動せざるを得ないんじゃないかな。『感動しないと冷たい人間になってしまう感動』って、娯楽であると同時にほぼ脅迫ですから」

「ああ、脅迫、わかる」

「ですよね。あ、でも、評判がいい不幸話とめちゃめちゃ反発される不幸話もあって、良さげなのをピックアップするのもコツで。

私、実はラロロリンキャリアなだけじゃなくて、いわゆる……シタガイコク？　あれ、さっきから普通に使ってますけど、これって前に空子さんが言ってたワードですよね？　とにかくその血も入ってるんですけど。でも自分が感情移入できる綺麗な悲劇がみんな好きじゃないですか？　清潔な被害者のほうが自分の中で処理しやすいし感情移入もしやすいし。私もそういうドラマとか観るときって絶対そうですし。なんで、そっちのエピソードはむしろ厳禁で。私、ラロロリンキャリアの映画観て、みんなが楽しそうに泣いてるのに合わせながら、じゃあシタガイコクのほうも、そのうちこんな感じの娯楽になるのかな？　とかって想像してたんですけど。こっちは結局なりませんでしたねー。まあ、あんまり変わるもんじゃないですよねー、人間って」

「……まあ、そうだよねー。そっちは会社の人とかもみんな無理って言ってるね、今日もそんな感じだったなー」

　可哀想なカミングアウトを前にすると、可哀想ではない立場の人間としては、「理解者」のリアクションをしなければいけない。ずっと「呼応」と「トレース」を繰り返してきた私が、一番難しく思うのはこの瞬間だ。音ちゃんには何もかも見抜かれているだろうと思うと、かえって偽善を取り繕う必要もなく、気が楽だった。

「わかる。つーか、今いきなりいい感じになるより、むしろそのほうが慣れてるんでマシかもしれないっすね。

　それにしても、差別されるのって、いいですよね。一種類の差別をされているだけで、まるで自分が他の種類の差別をまったくしていないような気持ちになれませんか？　そんなわけないのに」

　音ちゃんが、彼女らしくない甲高い声で笑う。

「差別者じゃない人間なんていないのに、あたかもそうであるような気分になれるのが、差別される唯一のいいとこですよねー」

「はは、そうかも」

「私も趣味で感動することってけっこうあって。楽でいいですよね。あと、感動って、一時的にめちゃくちゃ視野狭くなりません？　結局、感動って安全な場所にいる人間の娯楽なんだなーって思います。すごい盛り上がって一瞬、エネルギーっぽくて、中毒性ありますよね。一回味わうと、どんどん強いの欲しくなりますしね」

音ちゃんがお湯の中の私の手を取って、電気風呂の内側に近づけた。

「空子さん、これが電極板ですよ。近づけると痺れが強くなるのわかります？」

「あ、うん」

音ちゃんの手の冷たさに驚きながら、私はいそいで頷いた。

「あー、なんか話しすぎたかも。私、お酒は耐性あって全然酔わないんですけど、仕事しまくって睡眠不足が続くと酔ってるような、ふわふわして判断力なくなって、妙にテンションも高くなるんです。すみません、ふだんあんまりこうならないんですけどねー、奏以外にはやったことないのになー」

「平気、人の話聞くの慣れてるし」

「ですよね。空子さんは、そうですよね」

電極板のそばに浮いている私の手を握り、もう一度近づける。私の手はぎょっとするほど痺れて、音ちゃんが笑う。

「あ、痛いですか？　私これぜんぜん平気なんです、いっつも電気風呂に入るとやってて慣れまくってるんで」

私の手を離さないまま、音ちゃんが微笑んだ。

「儀式に空子さんがいてくれてうれしいです。私は人間として生きたまま、空子さんはピョコルンになることで、世界を最高に感動させたいな。これこそ、最高の『世界に媚びるための祭り』じゃないですか？　ほら、空子さんが昔、話してたやつ」

私はその話を音ちゃんにしただろうか？　音ちゃんはゆっくりと私の手の甲を撫でた。本当に人の皮膚なのか不安になるくらい、ゴムのような感触で分厚く、よく見れば彼女の首にも鎖骨のあたりにも血管はまったく見えなかった。

「楽しみだな、儀式。それで」

「それで？」

「終わりにしたいんです」

なにを？　とは聞かなかった。私だからこそ音ちゃんの気持ちが完璧にわかるような気もしたし、まったくわからないようにも思えた。

「そうだね。終わりにしよ。最高の儀式になるようにがんばるよ」

私が「空子さん」の口調で言うと、「ありがたいです。焼肉おごります、手術体力いると思うんで！」と音ちゃんが笑った。

「なんか、お腹すいたな。あと20分ある、牛丼屋行っていいですか？」

「うん、私も食べる」

それから私たちはほぼ喋らなかった。もしかしたら人間の姿で音ちゃんに会う最後の日になるのかもしれないな、とぼんやり思った。

リビングから笑い声と、ピョールの鳴き声が聞こえる。

ドアは白藤さんの指示で開かれているが、二人の少女は大切な言葉はノートやスマホのメールでひっそりと交わしていた。二人は私に対しては白藤さん相手のときほど警戒しておらず、トイレに行こうとリビングを通ると、仲睦まじく受験勉強をしている二人の姿があった。

春から学年が上がり、波ちゃんと琴花ちゃんは中学3年生になっていた。二人は志望校に合わせた別々の塾に通っているが、休日になると、ピョールが妊娠する前のように琴花ちゃんが家に勉強道具を抱えて来るようになっていた。

波ちゃんは奏さんと琴花ちゃんの説得でもっと上の高校を目指し、琴花ちゃんも高卒ですぐ就職するのではなく大学進学を目指して進路を切り替えた。それまで育児は白藤さんと奏さんがサポートすることになった。

中学生の行動を制限することは難しい。白藤さんも、最終的にはピョールのそばで二人が勉強会をすることを認めた。彼女たちが性的行為をする可能性がそれほど高いわけではないのだが、ドアを開けさせている。白藤さんの中にいつも毅然と存在していた彼女の倫理が、すっかり混乱しているのを感じていた。

アミちゃんは、「成績が悪い『かわいそうな子』が娘を誑《たぶら》かした」というスタンスを崩さなかったため、最初は決して話し合いには参加せず、ピョールの処分を主張した。私が代理人としてアミちゃんの希望を二人に伝えた。

琴花ちゃんが波ちゃんに「私は両親と妹の老後のための金稼ぎ機」と言っているのを耳にしたとき、さすがに思春期の自虐にしても可愛げがないのではないか、と思ったが、アミちゃんの態度を見て考えが変わった。それは事実だった。奏さんも白藤さんも、すぐにそのことを察知し、「アミちゃん夫婦と妹がゆったりと生きていけるだけの金銭的条件」「アミちゃん一家にとって不利にならない二人の友情婚のプラン」を提示すると、拍子抜けするほどあっさりと受け入れた。

生きていくには、ラロロリンキャリアの娘に寄生するしかない。

アミちゃんは、ごく自然にそう考えているのだろう。生きていくために明人に寄生するしかなかった自分にとっては身近な感情で、ああ、システムが変わっても世界って結局それほどには変わらないのだな、と思った。

奏さんは彼女たちが家族にならないほうが残酷な結果になると白藤さんを説得したらしい。

中絶がない以上、白藤さんにピョールを殺すという判断ができるはずがなかった。彼女は結局、娘たちの描いた未来予想図に可能な限り協力することが一番「ピョールを人間として扱う」対応であることを受け入れざるを得なかった。少女たちの未来を、同時にピョールと生まれてくる赤ちゃんのことを守るため、赤ちゃんの世話をする覚悟をしている様子でもあった。

子供を持ったことがないので世話がどれだけ大変であるのか、実際に自分が体験しているわけではないが、どんどん消耗し、衰弱して自分の意思を確認する余裕も時間も失っていく母やアミちゃんの姿が自然に浮かぶ。私自身が「母から母自身の人生を奪った存在」であるだけに、育児とは自分の人生を終わらせる可能性を孕んでいる出来事だとわかっていた。

しっかりと自分の身を守る環境を確立してからにしないと、自分はピョールに並んで産ませた人間に従属する家畜になる。白藤さんがそのことをわかっていないはずはなかったので、それを受け入れるつもりなのだろう。白藤さんは二人の少女の都合のいい母として、ピョールの子供を世話し続ける日々を送るのだろう。かわいそうに。その未来に私はいない。本当によかった。

荷物の整理を今日も進めようと部屋に入ると、障子の向こうから物音がした。障子を開けると、窓ガラスの向こうのベランダで、手袋をした白藤さんが藤のつると格闘していた。

「シロちゃん、どうかした?」

「つるが伸びて、波の部屋のシャッターが閉まらないの」

「ああ、それは困ったね。でも、危ないよ、花が咲いているのに」

藤の花の季節、クマンバチが大量に飛ぶので私たちはいつも窓を開けないように気をつけ、波ちゃんにも庭に行かないように命じていた。

「ここからでも、藤の花が見えるのね。いつのまにかずいぶん成長したのね」

白藤さんが微かに期待と媚びを滲ませ、私はきちんとそれに「呼応」する。

「『藤と月の部屋』はいまはすっかりピョールと子供たちの部屋になってしまったものね。この部屋でお茶をしようか?」

「そう?　キサちゃん、お邪魔じゃない?」

「まさか。いいお天気だし、蜂がいなければベランダでお茶をしたいな、と思ってたの」

白藤さんは嬉しそうに頷き、ベランダから私の部屋へ入ってきた。

「お茶を用意するわね」

私はちゃぶ台を窓の側に置き、窓を向くように座布団を並べた。障子を外して庭がよく見えるようにしていると、お盆にお茶とお菓子を並べた白藤さんが今度は襖を開けて部屋に姿を現した。

「久しぶりね、キサちゃんと二人でお茶なんて。最近はピョールのお世話にかかりきりだったから」

「そうだね。シロちゃんが頑張っているから、波ちゃんも勉強にやる気が出たしよかった」

「そう、でも、私、琴花ちゃんのことが少し怖いの」

白藤さんが声をひそめて言った。

「波の話によると、クラスにもう一人、鹿島《かしま》さんっていう大人しい女の子がいるみたいで。三人婚のほうがバランスがいいんじゃないか、って波にそれとなく言っているみたいなの。経済的にも家事育児の負担を考えても、ピョールの能力を考えるとそのほうがいいんじゃないかって。波はあんまり気が進まないみたいなんだけれど、なんだか、うまくコントロールしている感じがするの」

「うーん、それは少し怖いね。波ちゃんは良くも悪くも素直だから、心配かも」

「三人婚をするなら、キサちゃんがしてもいいわよね。だって、これからキサちゃんも一緒に赤ちゃんを育てていくんだから」

私はあえて表情を変えずに、「そうだね、そういえば血縁ないから、それもできるね」と言った。

「そうしたら、私とキサちゃんが親子になっちゃう。ふふ、でも楽しいかもしれないって思うの」

「シロちゃんの発想って、ユニークで刺激的。昔と変わらないね」

「そう？　キサちゃんも、初めて会った時とまったく変わらない」

私は曖昧に笑いながら白藤さんが並べたお菓子に手を伸ばそうとして、ふと動きを止めた。

「シロちゃん、これはなに？」

私が指さしたのは、練り菓子と湯呑みの横に並んでいる、平皿の上に並べられた紫色の花びらのようなものだった。

「ああ、それはね、藤の花の砂糖漬け。キサちゃん、好きだったでしょう？」

私は慎重に、

「そんなもの食べたことあったかな？」

と首を傾げた。

「藤の花って、毒があると思っていたんだけれど」

「そう、だからちゃんと加熱して作ってあるの。キサちゃん、覚えてないの？　毎年、これをお茶に浮かべて飲むのを楽しみにしていたじゃない」

「そうだったかな」

藤の花に手をつけず、横にある金平糖に手を伸ばす。私を見て、白藤さんが笑う。

「キサちゃん、変わっていないのね。いつも、春の始まりのときには、藤の花の毒が怖いって言うの。でも、夏が来る頃には藤の花の砂糖漬けが食べたい、って強請《ねだ》るから、私、笑ってしまうの」

「そうだったかな？」

白藤さんが私の手のひらに紫色の砂糖漬けをのせ、瞳を覗き込んでくる。まつ毛が長すぎる白藤さんの目は、真近で見つめ合うと大きな昆虫がごそごそと動いているように見えた。

「大丈夫よ。お腹が痛くなったりしないわ。キサちゃんのことは、私が守るからね」

かわいそうに。なにかを守っているのだと盲信することでしか自分が保てない、世界③を生涯生き続けた人間の成れの果て。

「ありがとう」

私は口の中に藤の花の砂糖漬けを放り込んだ。甘さと微かな生臭さが喉を引っ搔きながら胃に落ちていく。

「とっても、おいしい」

私が「無邪気な笑み」を浮かべてみせると、白藤さんは満足そうに笑った。

「そうでしょう?」

白藤さんは未来が怖くないのだろうか。波ちゃんと琴花ちゃんがこのまま二人で友情婚をしたら、自分が彼女たちの人生の家畜になることに気がついているはずだ。私だったら3人目の少女を家の中に招き入れることで家畜としての未来から逃れようとするだろう。

白藤さんは私が消滅したあとも、世界に使用され、踏み躙られ、きっと希望があるはずだと自分を鼓舞しながら生きていくのだろう。彼女の人生に、少しでも温かい思い出を与えることで、彼女の正気が長持ちしますように。

砂糖漬けを飲み込んだ私に、「もっと食べるでしょう?」と、白藤さんが囁く。私が頷いてぱかりと口を開くと、白藤さんはなぜか一瞬怖気付き、唇を噛み締めながら私の唇の中に、甘い毒を放り込んだ。

「儀式」まで2か月になった。私は無事に会社を退職していたが、今まで通り出勤時間に家を出る日々が続いていた。近所だと友達や友達の家族、知り合いなどに鉢合わせする可能性があるので、面倒だが二つ先の駅で降りている。長い時間を潰せるところは少ないため、休館日以外はほとんど図書館で過ごしていた。

変化が激しいクリーン・タウンと比べ、この駅の周りは子供時代の自分を取り囲んでいた景色に近く、そのせいかどことなく居心地の悪さを覚える。記憶から逃げるように図書館に行き、窓際のいつもの席に座ると見覚えのなさに安堵する。この図書館は最近建った近代的な建物で、自分がクリーン・タウンの近くにいることを忘れることができた。

図書館は飲食禁止なため、お昼の時間になると食事をするためにコンビニに行き、ネギトロ巻きとつくね串を買って公園のベンチで食べる。雨の日は屋根のあるベンチを確保するのに苦労するが、今日は晴れているので日陰にある居心地のいい場所に座ることができた。

子供のころ、両親とたまにこの駅前のスーパーまで買い出しに来たし、レナが付き合っていた担任の先生もここに住んでいた。少し古びてはいるが当時のスーパーやドラッグストアが残っていて、常に記憶に叩かれているような感覚に襲われる。

今はこの街にもたくさんのピョコルンが歩いている。今の技術ではピョコルン一匹で完璧に育児ができるわけではないので、だいたいそばには母親らしき人影があった。

食事を終えて、図書館に戻り時間を潰す。最初のころは子供のころ読んだ本を読み返したりしていたが、それにも飽きて、最近はピョコルンの本をよく読んでいた。性教育の本を読んでも、昔と違って今は必然的にピョコルンを説明するページがある。改めて性愛と繁殖が確実に変化していることを感じ、薄気味悪さを覚えながらページを捲る。

昼間の図書館にはほとんど人はいないが、夕方になり学校が終わる時間になると学生や子供が増えてくる。図書館にはピョコルンも何匹かいるが、言語を理解できないピョコルンたちは子供用スペースの端に並んで大人しく座っている。ピョコルンにもたれかかって絵本を読んでいる子供や、ピョコルンに向かって読み聞かせをしている子供もいる。

アミちゃんが、ピョコルンを育児に使っている「恵まれた人」を中心とする富裕層は卑怯だと言っていた。ピョコルンを使っている母親はずるい、とアミちゃんはよく溢していた。ピョコルンには本来そこまでの能力はなく危険だとも言っていた。私から見ると世間が思うほど育児の戦力になっていないまま、それをカバーしている人間の存在が都合よく忘却されているように見える。

図書館でも、暗くなったころには疲れ切った母親たちが子供とピョコルンを迎えにくる。ピョコルンよりも料理や家事は得意なピョコルンたちなのかもしれないが、それでも自分に置き換えて疲れ切った彼女たちを家で待ち受けている大量の労働を考えるとぞっとした。

外が暗くなってから、電車に乗って家へ向かう。明かりがついた窓を見ても、そこにあるのは団《だん》欒《らん》ではなく労働なのだと感じるようになった。自分の消滅は、いつの間にか、その牢獄からの唯一の脱出手段だと思うようになった。

クリーン・タウンで降りる人は多いので、突き飛ばされるようにホームに降り立つ。そのとき下着の中に違和感を覚え、そういえばそろそろだ、と溜息をつきながら駅のトイレに行く。下着を下ろすと、案の定生理が始まっていた。

子宮を処理している波ちゃんたちの世代が羨ましい。産むわけでもないのに几帳面にどろりとした血を流し続けている自分が、合理的ではないとげんなりする。

生理用品がなかったのでトイレットペーパーを丸めて簡易的にナプキンを模したものをつくり下着と膣の間に挟んだ。がさがさして安定感はないが、私はいつも初日は比較的軽い体質なので、20分程度ならこの雑な処置で洋服を汚さずに家に帰ることができる。

個室を出ると、近くの私立の制服を着た波ちゃんと同い年くらいの少女が目の中に墨汁を入れ、熱心に化粧をしていた。

「え、めちゃめちゃ綺麗じゃん、これがお兄さんのピョコルン?」

「そうなの、でもさー、お兄ちゃんの子供を産み終わって生きてたら私の子供も産ませようってお母さんが言うんだけど、なんか嫌《いや》くない? 中古って感じするし、やっぱ自分だけのピョコルンがいいよー」

「確かに気持ち悪いねそれ、あんたんち金持ちなのにそこでケチなのえぐい」

女の子たちは笑っていて、彼女たちに子宮はなくて、でも子供を産ませる段階になったら卵子を取り出すことになっている。私たちは「賞味期限」がある子宮を持った生き物を、笑う側になったんだ。そちら側になれたんだ。あのころの自分にその可能性が与えられたらどう感じるのだろうと考えそうになり、本能的に思考を停止させて手を洗いトイレを後にした。

ピョコルンは躾《しつ》ければ電車の乗り降りくらいはできるはずだが、家事と育児と出産が彼らの仕事であるため駅や電車ではほとんど見かけない。改札の外には、何匹かのピョコルンがのそのそと歩いているのが見えた。一瞬立ち止まり、息を吐き出して改札の外に出る。ピョコルンたちはちゃんと風呂に入れられていないのか、微かに獣じみた臭いがして、人間たちが顔をしかめ、ひそかに顔を背けている。私も息を止めてその白い生き物たちから顔を背け、自転車置き場へ向けて足を速めた。

＊

ピョールが破水したのは、7月に入ったばかりのころ、予定日よりずいぶん早い日曜日の午後だった。

琴花ちゃんと波ちゃんはその日、いつも通りリビングで勉強をしていた。見張りのつもりなのか白藤さんも同じ部屋で洗濯物を畳んでいた。

「ピョール、寝てるんじゃない？　風邪をひかないようにタオルケットかけてあげれば？」

親戚から送られてきたお歳暮のゼリーの賞味期限が切れそうだったことを思いだし、お皿に載せて二人に運ぶ。波ちゃんはいつもダイエットをしているのでこうしたデザートを嫌がるが、琴花ちゃんと一緒だといつもより食べる。波ちゃんはピョールが妊娠してからますます熱心にダイエットをするようになっており、特に主食に当たるものはほぼ口にしないので白藤さんが頭を悩ませていたのだ。

「あ、本当ですね。さっきまでピョールもご飯を食べてたんですけれど」

琴花ちゃんがさっと立ち上がり、寝そべっているピョールに近づき、はっとして素早くピョールの身体に触れる。

「破水してる」

と琴花ちゃんがつぶやいた。

私も白藤さんもその言葉に仰天した。まだ予定日までは日があったし、ピョコルンは陣痛が起きると助けを呼ぶようないつもと違う鳴き声を出すからすぐにわかります、と医者から言われていたのだ。こんなに静かな破水がこの世にあるということがすぐに認識できず、信じられないままにピョールに近づく。確かに、ピョールの下腹部とシーツがぐっしょりと濡れていた。

「波さん、病院に電話をしてくれる？　遥さん、病院から指示がきたらすぐに車を出せますか？　そこのバッグにピョールの荷物をまとめてあるので乗せて欲しいんです」

琴花ちゃんがてきぱきと指示をだし、咄嗟のことに全員がおろおろとそれに従う。

「琴花、先生がすぐに病院に来るようにって……」

波ちゃんの言葉に琴花ちゃんが頷く。

「わかった。できればバックシートで横にしてあげたいの。波さんは空子さんとタクシーで来てくれるかな」

「わ、わかった」

琴花ちゃんと白藤さんとピョールが乗った車が出て、私と波ちゃんはタクシーを呼び少し遅れてそれを追う。波ちゃんへの扱いが雑なように思えて心配だったが、本人はそれどころではなさそうだった。

まるで自分が出産するかのように青ざめた波ちゃんが、スマートフォンでお産のページを検索し、「どうしよう」と小さな声でつぶやいている。画面を食い入るように見つめている波ちゃんを、そうか、今日までそれを調べることもしなかったのか、とどこか冷淡な気持ちで眺める。

病院に到着すると、ピョールはちょうど医者の診察を終え、陣痛室へ移動しているところだった。検査によるとさっきピョールが下腹部を濡らしていたのは間違いなく破水だったようで、ピョールは痛みに強く陣痛が起きても声を出さずに我慢してしまうようで判断しづらかったんです、と医者が淡々と告げた。

「ピョール、痛かったら手を握って。わかる？」

琴花ちゃんのハンドサインにピョールが反応するが、『NO』のサインしか返ってこなかった。看護師さんは「本当に我慢強いですね」とピョールを褒め、「我慢強いのはとても素晴らしいことですが、万が一のときに見逃してしまうこともありますから。なにか異変を感じたら呼んでくださいね」と私たちに告げた。

「ここから最低でも10時間か、もっとかかると覚悟していてください。ご家族の方も、身体を休めながら交代で見てあげてくださいね」

看護師さんは物腰柔らかで、毎日たくさんのピョコルンの出産を見続けているのだろう、と感じさせる振る舞いだった。ベッドの上で声を上げずにのたうち回っているピョールに彼女だけが動じていない。他の看護師さんも、医者も、この場所で働いている人たちには、信頼できる麻痺が備わっているように見えた。そのことは、私を少し安堵させた。

自分が出産するわけではないのにすでにどっと疲れていて、どこかで横になって身体を休めたいのが本音だった。時計を見るとまだ午後3時で、深夜のお産になるのだろうと思うと、交代で仮眠をとったほうが合理的だと思う。けれど波ちゃんや白藤さんがすでに感傷的になっているのを見て、その提案がピョールに対して差別的で残酷だと判断されるかもしれないと、なかなか口にできずにいた。

波ちゃんはすでにお産のピークであるかのようなヒステリックにも見えるほどの盛り上がりを見せており、うっすら涙を浮かべながら白藤さんにしがみついていた。

「私、ずっとついていたい。遥さん、明日学校休んでいいでしょう?」

白藤さんが困惑した表情で彼女の背中を撫でる。

「私はさっき母に連絡を済ませました。朝までそばにいます」

琴花ちゃんの冷静な声に、いつその暇があったのか、おそらく嘘なのだろうと判断し振り向く。

琴花ちゃんはそれも見透かした様子で、メッセージアプリの画面を開いて私にスマートフォンを渡した。

「以前から母には話を通してあったんです。受験校のレベルを上げるかわりにピョールの出産には必ず立ち会わせてもらえるように。確認してくださって大丈夫です。ここから長くなると思うので、交代で身体を休めたほうがいいと思います。ピョールは初産だし、たぶん夜中か、もしかしたら朝になるかもしれないし」

琴花ちゃんの冷静な提案に安堵する。波ちゃんは、「でも、ピョールが大変なときなのに」と反論したが、「今からがんばりすぎて、いざというときに全員がくたくたになっていたらむしろ困ると思う。波さん、冷静に考えよう。泣きながら起きていても、ピョールの痛みが軽減するわけでもないし、何人もいるんだから交代でそばにいたほうがピョールも心強いと思う。自分たちにできることをきちんと考えたいの」と説得され、最後には頷いた。

ピョールが「ヴィヴィヴィヴィヴィヴィ」と、電子音のようなうめき声をあげた。波ちゃんがぱっとピョールに駆け寄り、琴花ちゃんは冷静にピョールの背中を撫でた。

話し合い、波ちゃんと白藤さんがこのままピョールのそばについて、私と琴花ちゃんは車で休むことにした。一旦家に帰ることを提案したが、琴花ちゃんは「大丈夫です。ひとまずは」と短く私に囁いた。

車の中は想像以上に暑くなっていた。窓を開けて空気を入れ替えながら、「少し様子を見て、長くなりそうだったらどこかで仮眠をとろうと思うのですけれど。空子さん、お疲れじゃないですか?」と琴花ちゃんが言う。

「私は大丈夫」

「駅前に漫画喫茶もありますし、ここから別行動でも私は大丈夫です」

琴花ちゃんの態度に微かに違和感を覚え、

「いや、私も一緒に行動するよ。何かやることとかあるなら付き合うけど？」

と尋ねる。琴花ちゃんは一瞬迷ったあと、「いえ……ただ、一人、友達を、連れてこようかと少し考えています」と小さな声で告げた。

「それはもしかして、波ちゃんと複数婚しようとしている友達？」

「そうです」

「でも、波ちゃんは納得していないんだよね？」

「はい、そうです」

私は少し悩んで、口を開く。

「あのね、私、馬鹿だからわかるんだけれど。賢い人って、とても簡単に馬鹿を操作できてしまうのね。きちんと尊重しているつもりで、でもそのほうが説明するよりずっとてっとり早いから、そんなつもりがなくても、無意識に善意で操作しようとするの。でも、馬鹿で愚かな側は、いくら馬鹿で愚かでも、やっぱりそのことに気がつくものだと思うよ」

琴花ちゃんは少し目を細めて、まるで品定めをするように私を見つめた。

「……そうですね。今回は、控えます」

私たちは夕方までここで身体を休め、徹夜になった場合の食料を買い出しに行ったあと、その時点でまだ子宮口が開いていなくて時間がかかりそうだったら一旦家に帰ろう、と大体の流れを決めた。

「意外でした」

シートを倒して目を閉じた私に、後部座席で横になっている琴花ちゃんが呟くように言った。

「こういうとき、空子さんは本音を言わないと思っていました」

「ああ、うん、というか私にはいつも本音なんてないよ。私の名前は空気を読む子の空子だから、今のも読んだといえば読んだだけだと思うよ。コミュニティの空気じゃなくて、社会の空気で喋ってる感じ」

「目の前のコミュニティだけを処理していく人だと思っていました」

琴花ちゃんの言い方は、「私は大人のことをなんでも知っている」と言いたげで、自分の中学時代と重なって苦笑いが浮かぶ。琴花ちゃんもけっこう恥ずかしい人間だな、と微かな嘲りが心に広がっていたせいか、続けて、

「もうすぐだからですか?」

と彼女が続けたとき反射的に振り向いてしまった。琴花ちゃんはじっと私を見つめていて、墨汁の入っていないきれいな白目が瞬きをしていないことが薄気味悪かった。

知っているのか、と思いながら、「それもあるかもね」と短く答えた。

琴花ちゃんはそれ以上なにも言わず、おとなしく仮眠を取り始めた。私は眠れず、窓の外を見ながら、蟬の声が今年もしない、と思った。引っ掻き傷のような奇妙な細長い雲が、青い空にいくつも浮かんでいた。

ピョールが出産したのは翌日の朝だった。子宮口が全開になったと医者が判断するまで14時間かかり、朝の5時にお産が始まった。そこから3時間かかり、8時に子供が生まれた。

波ちゃんは大量の血を見て貧血を起こしてしまい、廊下で休んでいたので、私がスマホで出産の様子を撮影した。白藤さんは分娩室の端で自分の右手首を左手で握りしめていた。白藤さんの右手の血が止まって真っ白になっていくのを眺めていた。

隣の分娩室から、

「ギュウウウウ、ギュウウウウアアアアアクァア」

と別のピョコルンの声が漏れていて、ピョールのお産を録画したい自分としては邪魔に感じられた。ある程度いい映像を残さないと波ちゃんは私を感情的に責めるだろう、と想像しただけでうんざりした。

「ヴィヴィ」

ピョールが吐き出すように、やっと呻き声を発した。

破れた、というのがその時の印象だった。ピョールが裂けて、中から人間の肌の丸い塊が現れた。

ピョールが裂けたとき、あ、ピョールは死んだ、と思った。中から出てきたものも、知識では人間だとわかっていてもぶよぶよしていて色は青黒く、もしかして死んでいるのではないかと撮影を停止しそうになった。

「がんばって、もう少しですからね！」

言葉が通じないなりに看護師さんがピョールを撫でて軽くハンドサインをしているのを見て、お産は順調で特殊な出来事が起きているわけではないのか、と思い直して股の間から外しかけていたスマホをぶれないように両手で支えた。

「ヴィヴィヴィヴィヴィヴィヴィヴィヴィヴィヴィヴィヴィヴィヴィ」

ピョールはさっきまで静かだったのが嘘のように鳴き声をあげはじめた。琴花ちゃんと看護師さんがピョールの手を握り、背中を撫でる。私はピョールの股の間で起きている衝撃的な光景に何度も突き飛ばされたようによろめきながらも、同時に自分が飽き始めている感覚に襲われていた。

わかったわかった、もう大体わかった、凄いですね。壮絶で感動的ですね。でも私、疲れてるんだけどな。もうわかったんで、なるべく早く産んでもらえないかな？

口にしたら軽蔑されるであろう言葉を飲み込みながら、暑すぎて夏場にほとんど聞こえなくなった蟬の代わりに鳴いているようなピョールにスマホを向けたまま、そっと視線を背ける。

出産で10％のピョコルンは死ぬ。そう、数字だけでは知っている。高い確率か低い確率か考えたことはなかったが、人間だったら「すごく死亡率が高い」と思うだろうから、きっとその確率は高いのだろう。

私は人間が出産しているときに性教育を受けたので、出産の映像を授業で見せられたことがある。といっても、薄暗い視聴覚室で隣に座っていたレナが、「目を瞑《つむ》るんだよ」と言ったから、私は強く目を瞑って何も見なかった。何も。

レナに「どうして見ないほうがいいの？」と聞いたら、「だって、うちら、いつかみんなあれ、やらされるんだよ。それなら見ないほうがよくね？　何も知らないほうが痛くないよ」と言っていた。レナは死んだし、私は産まなかったし、少女たちはピョールに子を産ませている。

結局、決定的な瞬間を私は見なかった。じっと、スマホを持ったまま、床を見ていた。吐くかもしれなかったし、吐く権利はなかった。

同時に子供の泣き声なのか、「ヱーーー」という音が聞こえ、分娩室の中の空気が弛緩したのを感じた。視線を上げると、担当医がうれしそうに赤ん坊を抱き上げ、琴花ちゃんに見せているところだった。

血だらけのピョールはぐったりとしていて死んでいるのではないかと思ったが、担当医が簡単に脈を測り、

「ピョコルンも無事ですよ」

と私たちに告げた。

まだ使えますよ、この動物。まだまだ便利に使えますよ。よかったですね。

私は小さく頷き、琴花ちゃんは赤ちゃんしか見ていなかった。

「よかったですね。やっぱり、子供を産んだピョコルンが世話をするのが赤ちゃんには一番いいですから」

「本当、そうなのよね。でも、随分お姉さんに懐いているわねえ」

看護師さんにまで事情は伝えていないのか、琴花ちゃんを赤ん坊の歳《とし》の離れた姉だと認識しているようだった。

子供のころ、匠くんに何度も叩きつけられた「賞味期限」という言葉が頭に浮かぶ。

今私たちを、正当だということにして行動を肯定している、この倫理の賞味期限はいつだろうか？

赤ん坊が大きくなったころ、私たちはこの映像をこの子供に見せて「感動しろ」と迫ることができるだろうか？

ほら、お前のための犠牲者だよ。ちゃんと感動しなさい。お前のために血だらけになったこの生き物を見て感動しろ。感動しろ。感動しろ。お前も将来そうなりたいと言え。なりたいと言え。なりたいと言え。

外から波ちゃんがよろよろと入ってきて、担当医は私たちに微笑んで告げた。

「おめでとうございます。女の子です。検査の結果、ラロロリンキャリアではありませんでした」

疲れ切った、それでも誇らしげな波ちゃんと、うれしそうな琴花ちゃんが並んで頷いた。

波ちゃんが慣れない手つきで赤ちゃんを抱き、琴花ちゃんが微笑んで赤ちゃんを覗き込む。ピョールは出血が落ち着き膣壁と会陰裂傷の縫合を終え、身体を休めていた。赤ちゃんが泣き声をあげ、波ちゃんと琴花ちゃんが顔を見合わせて微笑む。

ピョールを引き裂いて生まれてきた命を囲み、典型的に幸福な光景が広がる。ふと、人間の気配が減ったのを肌で感じて見回すと、白藤さんの姿が消えていた。

廊下に出ると、白藤さんが看護師と会話をしていた。

「出産後のピョコルンは命に別状がない場合、すぐ回復しますから。明日の朝には退院できますよ」

「でも、かなり具合が悪そうに見えて、明日の朝に退院させるのは酷な状態に思えるんですけど」

「大丈夫です、ピョコルンは強いですから。特に子供を産んだピョコルンはびっくりするくらいすぐに回復して、赤ちゃんから離れないものなんですよ。子宮動物の神秘ですね」

白藤さんがピョールを「人間扱い」しようとしていること、そして病院にとってそれが迷惑であることを悟った。

家畜は家畜として扱ったほうがいい場合もあるんじゃない？

私はその言葉を白藤さんに投げない。白藤さんは、少しずつ、思い知らされていくだろう。世界が作ったシステムに従ったほうが、結局はピョールの負担を減らす結果になるのだということを。白藤さんの「人間扱い」は彼女自身を慰めるものでしかないことを。

私は音をたてずに分娩室にもどった。そこではピョールの毛が舞っていて、さっきまでの光景が幻覚ではないことを思い知らされる。

「やだ、ピョール禿《は》げてる」

波ちゃんがピョールを指さして笑う。看護師さんも笑い、

「そうなの、どのピョコルンも半分くらい毛が抜けるんです、やっぱり大変なのよねえ。がんばったわね」

と教えてくれる。

「すごいねえ。あ、空子さん、動画、すぐ送ってね！　午後から学校だから、友達に見せるんだ」

私は「うん、すぐやる」と頷いた。赤ちゃんの泣き声が大きくなり、「あ、ごめんねえ、雨《あめ》、うるさかった？」と波ちゃんが言った。

「雨？」

「あ、そうなの、もう私たち名前決めてたんだ」

琴花ちゃんがやっと赤ちゃんから視線を外し、こちらを向いた。

「雨。私たちが出会った日、雨の日だったんです」

私は返事をせずに頷いてみせた。ピョールは彼女たちの背後で蠢《うごめ》き、起き上がって彼女たちと赤ん坊のために再び身体を動かす準備をしている。毛が抜けた白い身体は、巨大な蛹《さなぎ》のようにも見えた。

事実は、自分を正当化するためにどんどん歪曲《わいきょく》されていくものだとしみじみ思う。自分を許すためなら、私たちは以前に見えていた世界を簡単に手放す。

雨が生まれてからも、私は図書館通いを続けていた。言い訳はたくさんあった。私が8月に「儀式」でいなくなっても大丈夫なように。不自然に出勤をやめて「儀式」のことが知れ渡ってしまわないように。白藤さんを傷つけないように。人間として終わりを迎える直前の1か月間を、自分のために生きてみるために。

自分を上手に許すための言葉を全て除去すれば、「げんなり」の4文字がしんしんと降り積もり、胸の奥底でひんやり佇んでいるだけだった。

雨の性別が自分と同じであることに少し安堵しているのは、今私たちの人生の時間を食い潰し奪っているこの生き物が、これから私たちと同程度に踏み躙られる人生を送るだろうという同情心があるからなのだろう。

雨が生まれる前に想像していた通り、白藤さんは子供たちの未来を守りながらピョールの人権を守り、そして雨を守ろうとしてすでに限界を迎えていた。

「ただいま」

いつも通りの時間に家に帰り、ドアを開けて薄暗いリビングに向かって小さく呼びかける。白藤さんは、私の声に応答する余裕もないようだった。卓上ランプしかついていない部屋にはおしりふきやおむつ、ウェットティッシュが散らばっており、ベビーベッドに寝かせると泣き出してしまうせいだろう、雨を抱いたままぼろぼろのソファに白藤さんが虚《うつ》ろな目で座っていた。

「シロちゃん、お疲れさま。代わろうか？」

部屋の明かりをそっとつけて、雨を起こさないように小さな声でそう言うと、「キサちゃん……ありがとう」と白藤さんがこちらをみる余裕もないまま、掠れた声で答えた。

アミちゃんから提示された「育児は琴花の勉強の邪魔にならない範囲でしか協力させられない。琴花の偏差値が落ちて志望校が替わることが絶対にないように」というルールを白藤さんは忠実に守っていたし、同時に波ちゃんの未来も守ると白藤さんは固く決心していた。

波ちゃんも「ちゃんと勉強をして大学を目指す」という方針に納得した。必然的に子育ては白藤さんとピョールがやることになっていた。白藤さんは、「キサちゃんは大丈夫、波と琴花ちゃんの問題なんだから」と言い、私は「そんなことないよ、もう私たち、家族みたいなものだと思うよ」

と答えたが、少し言葉のトーンを白藤さんが期待してしまわない程度に淡々としたものに調整した。

それが的確に伝わったかどうかはわからないが、白藤さんは自分とピョールで子育てをしようと必死だった。

「じゃあ、私が見てるよ。ピョールは？」

「あんまり体調がよくないらしいの」

「そっか……」

ピョールは育児の戦力としては驚くほど頼りにならなかった。図書館で調べると短時間の子守りくらいならできるピョコルンもいるようだが、ピョールにそれは無理だった。たとえ元気になっても、ピョールの能力ではおむつを替えたりミルクを適切な温度にしたりできるわけではないので、白藤さんは育休をとっていた。

白藤さんによると、会社に育休を申し出たとき、「でも、ピョコルン飼ってるよね？」とかなり詳しく事情を説明するように要求されたという。娘が結婚し子供を作ったが体調が悪くなったと説明したそうだ。会社内で会議が行われ、孫休暇という名目でなんとか休みをとることができた、と疲れた顔でこぼしていた。

「金銭面で奏に負担をかけることになったのが、情けなくて」

「そんなことないよ。奏さんは波ちゃんの母親なんだから、本当はもっと力を貸したいって思ってるんじゃないかな」

白藤さんは小さく笑う。

「そう。そう割り切りたいんだけれど。奏が音さんと友情婚をするって聞いたときに、波は自分が育てようって思ったの」

「そんなにがんばりすぎないほうがいいよ、シロちゃんの悪い癖だと思うよ？　ピョールがもう少しいろいろできると負担ももっと分散できるのにね」

珍しく、あ、外した、と思った。自分の言葉が相手にとって「ハズレ」だったときはすぐにわかる。

「波ちゃんは？」

「波も、かなり疲れているみたいで。微熱があるから寝かせたわ」

「そっか……」

波ちゃんは学校と塾の勉強を終えると雨の世話をし、お風呂はそのときにだいたい波ちゃんが入れてくれるのでその15分間が唯一の白藤さんの休憩時間だった。

白藤さん宛に、白藤さんの母親と匠くんから頻繁に固定電話で連絡が来るようになり、元からそんなに使っていなかったからと、固定電話の契約を先週切った。どこにも繋がっていない電話が処分されないままドアのそばに置きっぱなしになっていて、雨を抱いた誰かがつまずいて転んだらどうなるのだろうと思うとぞっとし、急いで部屋の角へ寄せる。

「兄にだけは手伝ってほしくない、波も琴花ちゃんも危ないけれど、雨だってわからない」

そんなことないよ、と言ってあげたかったけれど、まあそうだろうね、という本音のほうが危険を考えれば最適な返答だった。しかし白藤さんには、匠くんへの不信感だけではなく多少は家族としての情があるかもしれないので、あえて彼を貶《おとし》めることはせず、

「お母さんにはまだ雨を会わせてないの？　ひ孫に当たるわけでしょう」

と話題をすこし逸らした。

「そうね。でも、父が死んで今母は私にも捨てられて、兄に支配されているの。人間は自分の身を守るためならなんでもするでしょう？」

くつくつと白藤さんが笑い、それはあまり彼女らしくない振る舞いで、これまで培ってきた彼女の様相、生き物としての佇まいに似合っていなかった。

「うん、そう思う。私たちはそういう生き物なのだと思う」

私の言葉に、白藤さんは微笑んだ。

「そうね。キサちゃんは、そうでしょうね」

白藤さんの言葉にじわりと違和感を抱きながらも、唇が自然に「呼応」し、「そう思う」と言葉をこぼし、小さく頷いていた。

自分がどう「呼応」しているのか認識しようとするのは、防御でもあった。白藤さんの世界に逆らわないことが、白藤さんの感情を刺激しない一番の方法だった。

夜は長かった。雨は何度も泣き、私は自分の部屋を防音にしているのをいいことに耳栓をして気が付かないふりを決め込んだ。

雨の世話が始まってから、この家の空気全体に白藤さんの吐き出す「たすけて」が溶け込んで充

満しているのを感じる。

ごめんなさい。無理です。

あなたはあなたの人生を売れば、もっと身近で適切な人間に助けてもらうことができますよね。それをしてください。私は他人です。

脳はあっさりと自分に都合のいい世界を構築するもので、「そもそも友人にここまでの援助を求める白藤さんがおかしいし、母親でも、奏さんでも、助けを呼ばないのは甘えなのではないですか?」という理論の中に脳を浸してしまえば、案外とぐっすり眠れた。

たとえば忘却がそうであるように、または記憶の改竄がそうであるように、私を守るために私の脳は世界を変化させる。記憶の傷口は、まるで血小板や白血球が肉体にそうしているように、あっという間に修復されていく。その証拠に、雨が生まれた直後には確かにあったはずの鈍い痛みが、私の記憶から少しずつ消え去っているのを感じていた。


土曜日の午後、家のチャイムが鳴ると同時に、白藤さんと自分から一気に肩の力が抜ける。

琴花ちゃんは土日の塾を午前中だけにして、午後この家に来ることを許されていた。

玄関に琴花ちゃんが姿を現すと、こんな子供に頼ってはいけないと思いつつ、安堵した。琴花ちゃんは不思議と育児に慣れていて、突然泣き出したりする雨にも冷静に対応した。その冷静さがかなり有難かった。白藤さん、波ちゃん、雨、ピョールだけだと家の中が感情で吹き荒れて、育児にまつわる作業もだけれどその感情の波のようなものだけでもげんなりしてしまうのだ。

波ちゃんは特に感情の波が激しく、知識が足りていないせいか慌てたり混乱したりして消耗してしまう。琴花ちゃんは遺伝子や出産だけでなく、育児に関する知識もかなりあるようで、落ち着いて波ちゃんに説明していた。

一見仲睦まじい琴花ちゃんと波ちゃんだが、完全に主導権は琴花ちゃんにあり、そして少しずつ波ちゃんを「育て」ようとしているのを感じた。育児だけでなくさりげなく片付けなど他の家事もやるように促したり、雨が泣くと動揺してすぐ琴花ちゃんに渡してしまう波ちゃんに、根気強く説明し、教え、ちゃんと育児や家事を理解して将来的に一緒にできるように教育していた。

琴花ちゃんは「妹の世話をしていたので慣れてるのかもしれないですね」と言っていたが、妹とは2歳しか離れていないのでその理由は明らかに不自然だった。少しずつ琴花ちゃんがこぼす言葉の断片から、アミちゃんの夫には歳の離れた妹がいて、その育児を手伝っていた経験のせいでもあるらしいとわかった。ピョコルンがいないアミちゃんの家では、琴花ちゃんがピョコルン的な「人間家畜」として扱われているからかもしれないと、ぼんやり思った。

白藤さんは私と二人のときにはよく琴花ちゃんのことを、「何を考えているのかわからなくて、恐ろしい」と溢していたが、育児をしていく上では彼女の存在にかなり救われているのが事実だった。

何事も頑張りすぎる白藤さんが湯船にゆっくり浸《つ》かることができるのも土日だけで、他の日はシャワーか、綺麗好きで潔癖症に近い白藤さんがお風呂に入る暇もない日もあった。ピョールも最近風呂に入れる余裕がなく、あの美しさで人間たちを魅了したピョールが、毛が抜けて汗がきちんと出ていないせいもあるのか臭うようになっていた。

「じゃあ、少しの間、雨をおまかせするわね」

白藤さんは琴花ちゃんだけに任せることには抵抗がある様子なので、表面上は「私と琴花ちゃん」に雨の世話を任せているように振る舞うが、実際は私は横で様子を見守るくらいで、ほとんどの世話を琴花ちゃんがやっていた。

今日は、波ちゃんは塾の試験があり白藤さんと一緒に出掛けていった。自分以外には琴花ちゃん、雨、ピョールしかいない部屋で、私はお茶を飲みながらパソコンに向かい仕事をしているようなそぶりをし続けていた。

「すみません、少しだけ見ていてもらえますか？」

琴花ちゃんがお手洗いに行くときやミルクを温めるときなど、一時的に雨を見守るように言われる。

「見ていてもらえますか」とは、「死なないように見張っていてください」ということでもあり、軽い言葉なのに私には荷が重く、その言葉の残響に手首を摑まれているような感覚に襲われぞっとする。お前がきちんと弱くて可愛らしく穢れのないいたいけな存在を、傷つけずに守り大切にできるか、世界はお前を見張っている。もしこの期待を裏切れば、お前は残酷な存在として裁かれるだろう。そういう「声」がその一見何気ない言葉の裏側で響いているように感じる。

「うん、わかったよ」

リビングだった部屋は汚れ、ピョールの獣の臭いが染み込んでいた。ピョールはまだ雨を産むとき裂けた傷がふさがらず、部屋の一番奥で蹲っている。

ピョコルンは産んだ赤ん坊の世話を喜んでやるイメージがあるが、それはそういう風にコマーシャルされて販売されているだけだったのだなと、ピョールを見ていると思う。

「今、寝たばかりなので。少しの間ですから」

そう微笑んで腕の中の雨を私に差し出す琴花ちゃんは、私がぐにゃりとした弱々しい生命体をどこかで恐れていることを知っているようにも感じられた。

「わかった」

微笑んで雨を受け止める。同じ人間とは思えないあたたかい水の入った袋のような存在に自分の怯えを悟られないように、胸に引き寄せる。皮膚が薄くて剝き出しで、どうしてこんな無防備な生き物を自分に預けるのだろうか、と考え肌が粟立《あわだ》った。


夕方になると、白藤さんと塾を終えた波ちゃんが買い物袋を提げて一緒に帰ってきた。親子というには距離を感じる二人が穏やかに並んで歩いて帰ってくる光景を、雨が生まれてからたまに目にするようになった。

白藤さんはいくつもエコバッグを提げており、駅前のショッピングモールの書店と図書館に行き、散歩もしてきたようだった。

白藤さんの知性を支えている情報は、雨が生まれてからだんだんと量が減り、それにつれて白藤さんは自分が知性的な人物であり続けることに微かな困難を感じているのが見てとれた。それを取り戻そうというのか、休みになると白藤さんはたくさんの活字を手に入れてくる。結局疲れ切った白藤さんにそれを摂取する余裕はないのだが、信じていた指針がほとんど崩壊してしまった彼女にとってはお守りのようなものなのだろう。

「琴花、ごめんね一人で見させて！　ご飯作るね」

琴花ちゃんは「でも」とちらりと白藤さんの様子を窺い、白藤さんは久しぶりに穏やかな余裕のある様子で「アミさんには言ってあるし、よかったら今日も食べていって」と頷いた。

波ちゃんが作ったパスタを食べ終えると、私は頃合いをみて琴花ちゃんに声をかけた。

「じゃあ、もう遅いから送るね」

琴花ちゃんは少しだけ申し訳なさそうに躊躇したあと、「すみません、ありがとうございます」と頷いた。

「車、出さなくて大丈夫？」

雨を抱いた白藤さんが玄関にいる私たちに声をかけ、「もうタクシー呼んだから今日は大丈夫」と答えた。

「ありがとうございます」

タクシーを呼ぶのは金銭的には痛いが、バスの路線が変わってからは車と自転車以外の選択肢はそれしかなかった。それをわかっている琴花ちゃんも、毎回何度も遠慮するやりとりを繰り返すのもかえって面倒をかけると思っているのか、恐縮しながらもすぐに頷いてくれるようになっていた。

琴花ちゃんが頷く理由を私は知っていた。白藤さんが車で送るか、私がタクシーで送っていくときは現れないが、琴花ちゃんが一人で週末の夜にこの家を出ることを匠くんはよく知っていて、彼女に声をかける機会を探っている。それがわかっていたので、私も防御力が弱い自転車で彼女を送ることはせず、お金がかかってもタクシーを呼んで琴花ちゃんを送り届けていた。

「ありがとうございます」

琴花ちゃんは深々と頭を下げた。

ピョールのように性的に見られたらどんなに心が満たされて愛情に満足できるだろう、と波ちゃんはどこかでずっと夢見ていて、私はその無邪気な空想が内包しているおぞましい可能性にずっとぞっとしている。

自分の同世代で「女の子」として存在したことのある大人や、琴花ちゃんのように人間の女の子としてのニーズに応える経験のある子は、言語化しなくても警戒することに納得してくれるので、波ちゃんのように無防備すぎる子に比べると話が早く、扱いやすいと感じる。

到着したタクシーに乗り込みながら、薄暗い道路を見回す。遠くに、街灯に照らされた暗闇よりも真っ暗な塊が見えた気がして、運転手に「すみません、この住所までお願いします」と急いで伝えた。

アミちゃんの住むマンションに着くと、タクシーの運転手に「すみません、またさっきの家まで戻るんで少し待っていてください」と告げ、マンションの入り口まで琴花ちゃんを見送った。

入り口まで迎えにきたアミちゃんは、私の顔を見て、

「今日は白藤さんじゃないんだね」

と言い、「メーター上がっちゃうよね。ありがとう」と軽く頭を下げた。

同じ時代に同じ場所で同じ年齢の思春期を過ごした私たちの世界はひび割れながらもどこかで記憶が溶け合っているのだと、こういうふとしたときに思う。たとえば音ちゃんの世代の女性、もしくは違う街で、違う国で、未来で、過去で、違う記憶を重ねた脳は、同じ事象に違った反応を示すだろう。脳が持っているデータが似ているということは、あまり良好な関係とは言い難くなった今でも、不思議な安心感を私に与えた。

「遅くまでごめんね、おやすみ」

アミちゃんに小さく手を振り、私はタクシーに戻った。

「はいはい、戻ればいいのね？」

クリーン・タウンにはそれほどタクシーが走っておらず、私は琴花ちゃんを送るようになってから何度かこの高圧的な運転手に当たってしまっている。申し訳なさそうに、

「すみません、お手間を取らせて」

と下手に出てやり過ごす。

先に深々と頭を下げたほうが、後から攻撃されるリスクが減ると知っているので、高圧的な人間に対して、自然とこのような立ち振る舞いが身についている。

窓の外を見ると、霧雨が降り始めていた。墨汁のような闇の中、街灯の光の下で、無数の切り傷のような雨が発光しているように見えた。

雨と一日過ごす週末、夜になるといつも海を泳いだ後のように身体が重い。軽く目を閉じると、

今日一日の狭い部屋の中の記憶ががんがんと脳を叩く。雨の泣き声、雨の柔らかさと重み、ミルクの匂い、ピョールの獣の臭い、小さくて弱い生き物のそばでずっと立ち尽くしているまっさらな死の気配。唇を噛み締め、今日の記憶が早く解体されて薄れることを祈っていた。

＊

平日の昼間だというのに、新宿は混んでいた。クリーン・タウン周辺に籠り切りの生活をしているため、昼間に新宿の人混みを歩いているだけで疲れてしまう。東京へ来ること自体がこの前音ちゃんと会ったときぶりだった。私には基本的に用事のない街なので、昼間のこの街を見るのはとても久しぶりだった。

雑踏の中を、時折子供を抱えたピョコルンが横切る。街のポスター、雑誌、広告、色々なところに美しいピョコルンがいて、それらを、人類が繁栄するために生まれた綺麗な排泄物だと感じた。私たちの繁殖がピョコルンによって表向き浄化されたことを裏付けるように、少し治安がよくなったと肌で感じる。そのかわり、街全体が浄化されているような居心地の悪さがあった。

この都会でも、自分がきちんと「クリーンな人」に見えているのだろうかと、少し緊張する。私の記憶にある新宿からは、建築物も、人間も、道も、清潔に変化している。

駅前では、「かわいそうな人」が集団で「汚い感情」を吐き出している。「クリーンな人」は少し困った、戸惑った表情で、それらを避けている。

一目でそうとわかるほどの「恵まれた人」は人混みの中でもあまり見つけることができなかった。高層ビルで働いているか、電車や徒歩ではなくタクシーなどでもっと効率的に移動しているのだろう。

目の前の「恵まれた人」である奏さんが振り返り、

「疲れてない?」

と柔らかく微笑んだ。そう言っている奏さんも汗で首がぐっしょり濡れていて、ショートカットの髪が額と耳にくっついているのを鬱陶しそうにハンカチで拭った。

「大丈夫です。でも暑いですね」

バッグの中に日傘もあるが人混みがひどいので帽子で日差しを避けており、通気性のない遮光素材なので帽子の中が汗でぐっしょりだ。白藤さんが皮膚がんのリスクを気にしているのと、誰かと歩くときに自分だけ日光を浴びていると相手に気を使わせて日傘の相合傘になってしまうので、なんとなく紫外線を避けているが、来週にはばりばりに剝がされる皮膚を守ってなんになるんだろう、と思っている。奏さんもそうなのか、サングラスだけという軽装備だった。

直感で、今日は奏さんの「遺言の日」だとわかっていた。自分が人間として終わる日が決まってみてわかったが、そういう状況になると大抵の場合「遺言の日」が必要になるのだった。

奏さんは新宿御苑のそばのファッションビルにあるレストランのテラスに向かっていた。私たち、もうすぐここで死ぬのに。そう思ったが、奏さんは自分が消滅する場所を確認しておきたいのかもしれないので、言わなかった。

テラス席からは真っ白なビニールシートに覆われた新宿御苑が見えた。その様子は、こちらから見ても異様だった。

それは横から見ると繭に見えたが、こうして上から眺めると、治療された美しい歯に見えた。あのなかで、消えるのか。正確にはリサイクルされるのか。

向かいのオフィスビルの上に、ピョコルンと子供が草原で遊んでいる可愛らしいイラストの看板があり、「よりよい社会へ」という言葉が書いてある。「社会」という単語を久しぶりに見た。私は、いつも目の前のコミュニティや個人の空気の動きや顔の筋肉の反応に対応しているだけで、その向こうにある「社会」は、「恵まれた人」が私たちのために頑張って運営をしている、透明な城だった。私はそこに行く必要はなかったし、考える必要もなかった。

新宿御苑が「儀式」のためにゆっくりと砂になっていくことに、世界③で出会ったどれだけの人が、しっかりと抵抗しているだろうか。そのことに気がついてすらいない人たちが、レストランの中で笑っている。雨が生まれる前の白藤さんは必死に抵抗しようとしていたと思う。けれど、今の白藤さんは衰弱していて、世界が彼女の倫理と対立していることと向き合い、戦い、もはや亡霊のようになってしまった世界③を守るための戦士になる余力が残っていなかった。可哀想なことに「抵抗しなければいけない」ということだけはきちんと覚えており、自分を責め続けていた。

私たちに宗教がないことの意味を、白藤さんを見ているとたまに考える。白藤さんは、宗教が生まれたときからある国に生まれてきたほうがきっとよかったのではないかとも感じる。ずっと、祈る場所を探しているように見える。

白藤さんと同じ世界③の記憶を持っているはずの奏さんは光の中でずいぶんとリラックスして、幸福そうに見えた。

「そろそろだね」

奏さんが何を言っているのか、わかったまま核心に触れずに、

「そうですね」

と答えた。

「育児の調子はどう？　遥は大丈夫そう？　『儀式』の後も、波も雨も元気でいられそう？」

奏さんがその言葉を口にしたことは、私には意外だった。奏さんも核心に触れないことを望んでいると思っていた。それだけ守りたい存在だということなのかもしれない。

「琴花ちゃんが、かなりしっかりしている子なので助かってます。白藤さんは正直、限界という雰囲気です」

「やっぱり。そうだと思った……」

奏さんは溜息をついた。

新宿御苑に行ったのは一度だけで、私は少し気持ちが悪かった。あまりに整っていて、生きているはずの緑が調教されすぎていた。そう思っている自分ですら、真っ白なビニールで覆われた新宿御苑を見ると、あの中で消滅した大量の木々のことを考える。

「ピョコルンのための巨大な施設をつくる、ということになってるんですよね？」

「ああ、そうだし、それも別に嘘ってわけじゃないらしいよ。『儀式』に使ったあと、一気にたく

さんの人間を手術するための大きな病院になるから」

「そうなんですね」

奏さんは守秘義務をきっちり守るタイプだと思っていたので、軽く説明するのが意外だった。

「何人くらいとか、聞いてますか？」

奏さんはさほど興味はなさそうに、首を横に振った。

「最終的な人数はまだ音も把握してないみたい。今は1万って聞いてる」

「ここにそんなに入りますかね？」

「どうかな、そもそも全員一斉なのか時間差でどんどんやるのかもわかんない。音は他にも場所を用意してるっぽいけれど、そこまでは聞いてない。言えないだろうしね」

奏さんも私と同じ、「社会」というものの存在を忘却している人間の振る舞いに近づいているように見えた。

「私はお金がそこそこあるから、雨のために育児ができるピョコルンを買うこともできると思うの」

「音ちゃんに遺産が残るわけじゃないんですか？」

「うん、遺書書いた。面倒くさかったよ、久しぶりに実印が必要で実家まで探しに行った」

奏さんは遺産を波ちゃんに残すこと、大きなお金なので白藤さんが管理すること、受取拒否をされないように波ちゃんと雨のためだと書き綴ったことなどを説明してくれた。

「ソラ、遥のそばについていてあげてね」

「はい、でも、私も来週までなんで……」

「うん、でも一応遥の気持ちが軟化するようにちょっとそばにいてあげてほしいの。あとね、波がたぶんけっこうショック受けると思うから、ビデオレターを用意してあるのね。そういうのを、琴花ちゃんのお母さんに預けたくて」

「え、アミちゃんにですか？」

「いろいろ考えたんだけど、一番マシって思って。雨のおばあさんになるわけでしょ。遥のまわりは、ちょっとね」

「うちの母も、ある程度は白藤さんと交流できるはずです。私の人生の補助要員になることから逃げてるだけだから、むしろ私より白藤さんとのほうが関係は良好なんです」

「そうなんだ、じゃあ、連絡先教えてもらえると助かる。アミさんも、彼女の夫に知られずに連絡できる番号かアドレスを知りたくて」

「わかりました、繋げます」

「ありがと、ごめんね最後までいろいろ。ソラは家族やら子供やら戸籍やらとは関係ない遥の友達なのに」

「そのほうができることもあると思うんで」

食事を終えた奏さんは「遺言」をまた一つ終えたという様子で、さらにほっと力が抜けたように見えた。

消滅が近い人間は、こうして一つ一つ遺言を産み落とす。奏さんほどではなくても、自分もそうだと思う。遺言を出産するということは、自分が生きた分の廃棄物を誰かに手渡すということでもあるのだと思う。

テラス席から見える喫煙所の人影の一つが、せわしなく動いている。

「この店、何度か来ているしもう一つ入り口があるけど、そこから出る？　それとも警備員のほうがいい？」

ああ気がついていたのか、と思いながら、

「大丈夫です。今日はこのまま家に帰るだけですし、波ちゃんも今日は家にいます。琴花ちゃんは塾がありますが、アミちゃんに送り迎えするよう伝えてあるので」

と簡潔に説明した。

「この段階で警察に行くとかえって不利らしいんです、あなたはピョコルンでもないのにそんなわけないだろうって」

「そう。じゃあ、かえってこのままにしたほうがいいか」

「そうアドバイスされました。盗聴器もあるんですけれど、今のところそのままにしてます。今はまだ、一人にならなければ、話しかけてこないと思います」

奏さんは「怖いな。脳を改変されてるとしか思えない。行動が理解できない」と切り捨てた。

「友愛と出産の結びつきのほうが強くなって、ピョコルンが性愛を引き受けるようになって、でも実際には性行為をしなくてもピョコルンに子供を産ませることができますよね。人間の性欲ってどういう意味を持ってると思いますか？」

「中毒性のある娯楽だと、音はよく言っているけど。どうなんだろうね。低俗だと思うときもあるし、高尚だと思うときもあるの、昔から。でも、本能だと思ったことはないから、やっぱり娯楽なのかも。人生って、生命維持と労働だけしかないと精神が崩壊するんじゃないかな。音といると、友愛ですら麻薬に思える。最初は陶酔して、それからもっと強いのがほしくなる」

奏さんがピョコルンと性行為をしているとは考えたことがなかったが、もしかしたら何度かは行為をしたことがあるのかもしれない。目の前の奏さんからは、性愛に引き摺り回される姿は全く想像できなかった。

「奏さんは、音ちゃんと、子供を作ると思っていました」

「そのつもりで結婚したよ。でも、疲れちゃった。きっとけっこうそういう人がいるんじゃないかな？」

奏さんが溜息をついて、困ったように微笑んだ。

「もう、私にがっかりしてくれる人すら、ほとんどいなくなっちゃったな」

直感的に、奏さんはこの『儀式』に油小路など彼女が「存在」を弱体化させたい人間を運営の立場では関わらせないことを条件に、心を決めたのかなと考えていた。なので、自虐的な言い方をするのは意外だった。

私は少しの間のあと、

「がっかりするほど誰かに期待している人自体、そもそも、もうほとんど残っていないないですか？」

とつぶやいた。

「そうかもね。じゃあ、ソラは楽になったね。昔からそうだったもんね」

私は特に何の反応もせず、美しいレストランを見まわした。外をピョコルンが歩いているのはちらほら見るのに、ここには人間しかいない。ペット禁止ではないが、なんとなく衛生的に嫌だし臭う気がする、という理由から、大体のファッションビルやレストランにはピョコルンの待合室がある。お会計を済ませた男性３人が立ち上がり、巻き毛の大きなピョコルンを連れて帰っていくのが見えた。

「そうですね。期待って、私にとって一番意味がわからない言葉の一つかもしれないです」

「いいなあ。期待って、抱いても向けられても最後はずたずたになる。ソラのそういう感じって、ソラの人生がそこそこ不幸で、それなりに幸福だったたってことじゃないかな」

そうだろうか。自分の人生について思い返しても、それがどういうものだったのか自分ではよくわからない。この時代のごく平凡な人生だったのだろうとは思う。強いていえば、子供の頃と比べてずっとたくさん、私の内側に記憶とデータが積み重なっている。

空気と記憶に操作されている。あたかも人間という存在があるかのように振る舞っている。目の前の奏さんは、私に「呼応」し、少し目を細め、

「シャーベット食べていい？　せっかくのお休みだもんね」

と言った。家に帰ったら、また雨の泣き声に全身を殴られる。私自身は実際には大して育児に参加していないのに、家に蔓延する感情の渦に疲れていた。

そうか、奏さんも、自分の言葉じゃなくて、世界に喋らされている言葉を吐き出す装置になったんだ。よかった、話が通じやすくなった。そう思いながら私はデザートのメニューを手に取り、

「私も今そう思ってました」

と微笑んだ。


「明日の夜、お祭りに行かない？」

白藤さんの意外な提案に、私は何度か瞬きをした後、慎重に首を傾げてみせた。

「中学校のお祭りのこと？」

「そう。他にあるの？」

子供の頃から、町内会のお祭りが中学校の校庭で行われている。毎年夏の終わりにあるお祭りで、同じ地域に住む子供たちが集まる。白藤さんは、中学校にほとんどいい思い出がないので、あまり行きたくないし同級生にも会いたくない、と言っていた。

「他にはないと思うけど、シロちゃん、むしろ避けてたように思ってたから。珍しいなって」

「母から荷物が送られてきて。どうせ雨のことだろうと思ったんだけれど、祖母の遺品の浴衣だったの」

白藤さんが見せたのは、白地に藤の花が描かれた浴衣だった。

「キサちゃんのもあるのよ、ほら」

私は白藤さんが見せた薄紫色の浴衣にさして興味はなかったが、ちゃんと黒目にぐっと力を入れ

て、目の焦点を模様に合わせてしばらく静止させた。

「ほら、とってもキサちゃんに似合うでしょう？」

藤色に赤い水風船がたくさん描かれた浴衣を胸に当てた私を、リビングの端に置き去りにされている、母が祖母から受け継いだ古い鏡台の前に連れて行く。鏡の中の私は青白く、赤い模様が斜めにたくさん入っているので切り刻まれているようにも見えた。

「シロちゃんが行きたいなら。波ちゃんたちも誘う？」

「それも考えたのだけれど、今回はアミさんに任せたほうがいいのかなって」

週末、珍しく私と白藤さん、そして寝たきりになっているピョールだけになったのは、アミちゃんが波ちゃんに雨を連れて泊まりにこないか、と提案したからだった。

アミちゃんから電話がかかってきたとき、私は驚いた。

『こちらは助かるけれど、急にどうしたの？』

『急なことで動揺していたけれど、孫だと思うと。それに琴花も最近は覇気があるっていうか、悪い影響だけじゃなかったように思えてるの』

『それなら、よかった』

アミちゃんがすでに雨のことを、「将来、自分を世話し、養う存在」として自分たちの人生プランに組み込み、計算し始めているのを感じ、少し心がざわりとしたが、あえて何も言わなかった。

『それにジュンがね、女の子なら見てみたいって言うの』

通話画面ごしでもわかるくらいにアミちゃんの目玉は不自然にぐるぐるとまわっていて、私は瞼の裏側には丸い眼球があることを、久しぶりに思い出す。

『えー、どういう意味なんだろ？』

アミちゃんをほっとさせるために少し過剰にぽかんとした声を出してあげると、少しだけアミちゃんの声の緊張感が緩んだ。

『私にもちょっと理解不能なんだけど。ジュンって古いじゃない？　娘たちにも、雨にも、ピョコルンを交えないでちゃんと出産をして子育てしてほしいんだって。だから、ピョコルンに負けないくらい可愛く魅力的じゃないと女の子の遺伝子を残せない時代だからって言うの。雨がちゃんとできそうかどうか、ちゃんと見ておきたいって』

『そうなんだ。ジュンくん、雨のことをちゃんと孫として大切に思ってるんだね。よかったね』

わざと反応と話をずらしてあげると、アミちゃんの言葉がどっと私が開けてあげた道に向かって流れ込み、スマホから溢れ出す。

『そう、そうなの。古いけど理解があるんだよね。でもさすがにむずかしいんじゃないかな？　現実的には時代は変わってるよ？　とはもちろん、思うんだけれど。でも、愛はあるよね』

アミちゃんの眼球を動かしている筋肉を想像しながら、『うん、気持ちがあれば全然いいと思う』と応じた。

白藤さんが自己に対しても潔癖なので、久しぶりに電話でアミちゃんとゆっくり話して、ゆったりとした気持ちになった。生きるためにいくらでも卑怯になるのは自分だけではないと感じて安堵する。私はアミちゃんに予定を調整して連絡すると伝え、すぐに週末に波ちゃんが雨を連れて琴花ちゃんが待つ小高家を訪ねられるよう日程を調整した。

そうして、私は雨のいない静かな夜を手に入れた。

せっかくだから家でゆっくり身体を休めて眠りたいのに、私以上に疲労しているはずの白藤さんが妙にはしゃいだ提案をしてきたので、率直に言えば面倒で鬱陶しかったが、雨も波ちゃんもいない夜は今の自分たちには静かすぎるようにも感じられた。

結局、波ちゃんや琴花ちゃんには声をかけず、大きな姿見のある私の和室でそれぞれ浴衣を着た。私はスマホで調べて動画を見ながら着付けをし、それなりになったつもりだったが「だめだめ、おはしょりが膨らんでいるし、裾が広がっていてみっともないわ」と白藤さんがやり直してくれた。

「ありがとう。シロちゃんって、ごく自然にこういうことができるよね」

白い浴衣に、藤の花が描かれている。白藤さんのお母さんが白藤さんのお父さんと結婚したときに、祖母がこの浴衣を贈り、お母さんは一度も身につけなかったという。

「母が古い人だから。やりたいわけじゃないけれど、いつのまにか引き継がされているの」

藤色の帯も白藤さんによく似合った。髪をおろしているせいか幽霊のようだった。「このままじゃあみっともないわね」白藤さんはそう呟き、結局彼女が「いつのまにか引き継がされている」感受性を捨てることができていないことを露呈する。ヘアゴムでさっと髪を纏めた白藤さんに、私は呼びかけた。

「シロちゃん、母のかんざしがあるんだけれど、よかったら使って」

押し入れの中からスニーカーが入っていた箱を取りだす。母は自分の持ち物は全部処分してもいいと言っていたが、そこそこ価値がありそうなものもあったので、捨てるのに迷ったものはほとんどどこの箱に入れていた。冠婚葬祭用の真珠のネックレス、サイズが合わなくなったままケースに入った珊瑚《さんご》の結婚指輪。それと関係があるのかないのか、つけているのを一度も見たことがない珊瑚のかんざしが和紙に包まれて木の箱に入っていた。それを手に取り白藤さんに差し出した。

「よかったら。私は結えない長さだし、母も喜ぶと思う」

「ありがとう」

白藤さんの髪にかんざしをさした。少し脂ぎった毛の塊には白髪が交じっていて、雨が生まれてから染め直す暇もなかったのだろうな、と思う。私もピョールが妊娠してから美容院ではカットしかできていなかった。

急なことで下駄がなかったので、白藤さんは処分しそびれていた私の母の下駄を履き、私はビーチサンダルで出かけることにした。

「もう、花火終わったみたいだね」

もたもたしていたせいか、お祭りはほとんど終わっていてほっとした。

会場に入ってすぐにサキに久しぶりに会い、最近の生活について根掘り葉掘り聞かれ、お腹を満たそうと屋台に並んでいるときに肩を叩かれ、雰囲気がかなり違う権現堂さんに挨拶されたり、私にとって「過去の世界の人」である人物が何度も現れるのでぐったりと疲れていた。記憶が部分的に異常に鮮明になり脳にカラフルな絵の具を注ぎ込まれているようで、眩暈《めまい》がする。

なんとか売れ残りのたこ焼きを食べ、かき氷が食べたいという白藤さんに付き合ってブルーハワイのかき氷を半分食べて捨てたとき、お祭りの終わりのアナウンスが流れ始めた。

『ただいまをもちまして、夏祭りは全て終了いたしました。みなさま、どうぞお気をつけてお帰りください』

『みなさま、本日はご来場ありがとうございました。お帰りの際は、お忘れ物、落とし物にお気をつけください』

このような音源を売っているのか、それともわざわざ依頼して録音したのか、明らかに町内会とは関係なさそうなプロのナレーションの女性の声が何度も繰り返される。

お祭りが終わっても子供たちの多くが「これからが楽しい時間」と思っている様子で、ブランコや滑り台、花壇などに座り込んでおしゃべりを続けており、「早く帰りなさい！」と屋台の片付けをしている大人に注意されたりしている。

「キサちゃん、校舎の中に行ってみない？」

白藤さんの提案は予想の範囲内ではあったものの、どう応じるべきか悩んだ。

「どうかな、先生に怒られるんじゃない？」

白藤さんはくすくすと笑い、「キサちゃん、得意だったじゃない？　よく西川《にしかわ》さんや斎藤《さいとう》さんと夜に学校で遊んでた。私、塾の帰りに見ていたもの」と言った。

中学生のころ、同じ部活の友達が数学の先生と付き合っていたときによく深夜の学校に遊びに来ていた。先生は宿直室で彼女といちゃつくのが夢だった、と言い、今は使われていない宿直室に生徒たちを呼び出していた。

先生が友達を呼び出す回数が増え、友達の新しい彼氏に先生を殴ってもらう手筈《てはず》を整えたのは私なので、校舎へ入る方法はいくつか知っていた。

「30年以上前だよ。入れなかったら、諦めるよね？」

白藤さんは笑い声をあげ、

「そうよ。でも、如月さん、あのころとまったく変わっていないじゃない？」

と言った。その声は、大人としての精一杯の威厳や、苛立ち、疲れ、失望、微かな縋り付きたい衝動など、最近の白藤さんの声に含まれる感情が全て削ぎ落とされていた。それは、雨の日に出会った、まだ「記憶」を今ほど重ねていない子供時代の白藤さんの声に、響きがよく似て聞こえた。私はもうその声を覚えていないはずなのに、そんなふうに感じるのは自分でもとても奇妙だった。

教員用のトイレの窓の一つが、細長い棒を入れてうまく揺すると開くという方法があっさりうまく行ったので、私は驚いた。

校舎に入る方法はもっとあったが、これで開かなかったら諦めてもらおうと思ったので、面倒なことになった、と溜息をついた。

私は母のかんざしを白藤さんに手渡し、

「待ってて、ここから入って中から鍵開ける」

と言った。

私たちは身体は大人であるのに、すっかり昔の声で喋っていた。少なくとも、自分にはそう感じられた。声だけでなく、身体の動かし方、顔の筋肉の動かし方、それによって肉体に滲み出る全身の表情が、子供時代に戻ったようだった。白藤さんは「シロちゃん」ではなくなり、私も「キサちゃん」ではなくなっていた。

「警備の人がいると思うから、すぐ出るからね」

「平気よ。お祭りの夜だし、酔っ払ったとか、嘘をつけば警察沙汰にはならないわよ。如月さん、得意でしょう?」

私は見つかるリスクの低い多目的室のほうへ行こうとしたが、白藤さんは私を無視してすたすたと、中学生のころ自分たちが使っていた教室へと歩いて行った。

「来週のお盆なんでしょう?」

教室に足を踏み入れながら白藤さんが切り出したときに、私は驚かなかった。少し前に、奏さんと会うといって白藤さんが出掛けたときがあった。そのとき、それが奏さんの、白藤さんに向けた「遺言の日」なのではないかとどこかで思っていた。

私は白藤さんに対して遺言の日を設けるつもりはなかった。白藤さんに残す物理的なものについては遺言書にして母に預けてあるし、同居はしていたものの特に一緒に生きたという感覚を抱いているわけではないのだから、彼女に残す人生の残骸はどこにもなかった。けれど白藤さんの青白い顔を見て、遺言を自供させられるケースもあるのか、と思い直した。

「うん、そう。いつから知ってたの?」

「奏に聞いた。遺産の件、やっぱり生きている間に話し合うべきじゃないかって」

「そっか。フェアな人って迷惑だよね」

私はからからと声をあげて笑った。自分の遺言を伝える作業がある程度終わると、今度は善行に励むようになる。自分が消滅したあと、誰かの記憶の中で変容していく自分に、直感的に気がつくのかもしれない。死で美化される人間と、死をきっかけに悍ましい妖怪へ変化する人間がいる。少しでも、皆の記憶中の自分を浄化したいと思うようになる。奏さんは、「遺言」を終えて、すっかりそういう段階に入っているようだった。

お祭りが終わり、真っ暗になった校庭はクリーン・タウンの大きな穴のように見えた。ライトのない真っ暗な校庭は、夜と溶け合ってまだ中央にあるはずの櫓《やぐら》も見分けがつかず、墨を流し込んだコップを上から見つめているようで、均一な黒ではなく濃い部分と薄い部分が確かにあるのに、地面の凹凸の見当がつかなかった。

どこかで誰かが刺激的な行為を楽しもうと思っているのだろうか。ピョコルンの喘ぎ声が聞こえ、窓の外を見ると、裏庭で男性二人とピョコルンが行為に及んでいて、街灯の光で微かにその輪郭だけが見えた。

「如月さん」

私は暗闇の中の白藤さんの声に振り向いた。スマホのライトで微かに足元を照らしているだけなので、白藤さんも輪郭がかろうじて見える程度で、空中に開いた大きく真っ暗な穴のようだった。

「お願いがあるの。ピョコルンになる前に、私と一緒に、兄を殺してくれない?」

白藤さんの声は、相変わらず透明で、表情がなかった。

私は少しだけスマホの光を移動させ、白藤さんの顔の皮膚に当てた。白藤さんは朦朧として、「殺人」というたった一つの光しか見えていない様子だった。

殺意などの激しい衝動は人をセンチメンタルにさせる。白藤さんは元から精神的な波に呑まれやすく、その目の表情を見て、彼女がどれほど殺人には向いていないかよくわかった。

「私には、波と、琴花ちゃんと、雨と、ピョールを、全部守る自信がない。少しでも安全な未来が欲しい」

「そう」

「如月さんが昔言ってた『呼応』のこと、たまに考えるの。もしも精神が許さなくても、それをしなければいけないときがあって、それは今なのだと思う。波、琴花ちゃん、ずっと守っていくつもりだったけれど、雨もピョールも危ないかもしれない、わからないの、でも自分を裏切らなければいけないとしたら多分もう今なんだろうなって、ずっと思っていたの」

教室は私の記憶とは違っていて、迂闊《うかつ》に歩くと机を倒したり教卓にぶつかったりしてしまう。身体が覚えている暗闇というものがあって、今は、私にとって白藤さんや波ちゃん、雨と住む自分の家がそうだった。ドアの場所やスイッチの位置、廊下の幅を肉体が記憶していて、電気をつけなくても夜に1階のトイレまで容易に行くことができる。

この教室もかつてはそうだった。よく深夜にここに集まっていたころ、電気をつけない教室で、私たちは平然と歩いていた。でも、今はこの場所の位置感覚を肉体から喪失してしまっている。

「私たちは、みんな、それぞれ、家畜、だったし、誰かを、家畜にしていた、でも、もう、終わりにしたいの、私が、創り上げてきた私は、もう、いない。一度だけ、大きな呼応を、したいの。それが、きっと、これなの、これをする、私に。なる、こと。」

白藤さんの声は表情がないままで、ロボットのようだった。やはり白藤さんこそが人間ロボットだったのかもしれない、とも思った。最初にダウンロードしたデータでしか生きていけない人間ロボット。かわいそうに。

「わかった」

私の言葉がスイッチであるかのように、どっと白藤さんが再起動して、白藤さん的な反応を全身で表現し始める。

白藤さんが感情に呑み込まれているのがよくわかり、私は「感情」に飽きていた。うんうん、と何度も頷いてあげながら、私は白藤さんに告げた。

「わかった。でも、私一人で大丈夫」

白藤さんがはっと顔をあげ、その目が涙ぐんでいるのにもうんざりだった。殺人の話をしながら泣くやつ、殺人に向いてねーんだよな。頭の中で「如月さん」らしからぬ声が反響し、それはレナの口調だった。私の喋り方とレナの口調は違っていたが、脳のどこかに保存されているものなのかもしれない。

「白藤さんが欲しい未来を、白藤さんにあげるね」

「如月さん、あの、もう少し、ちゃんと、話を、」

「雨をよろしくね。私たちが最初に会ったのって、雨の日だったよね」

白藤さんは口を間抜けに半開きにし、眉間に皺を寄せて不安気に首を傾げた。

「如月さん？　あの日は真っ青に晴れていて、それなのに虹が出ていたのよ。如月さん、あの、大丈夫？　記憶が混濁しているみたい。私が突拍子もないことを言ったから……」

世界を録画し続けてきた私の脳に記録されているのは、そのとき見えた光景なのか、改竄されている景色なのだろうか。

「じゃあね、白藤さん」

白藤さんは私の声の性質から、今日が私の「遺言の日」であることを、今更認識した様子だった。

白藤さんが口を開く前に、私は彼女に告げた。

「あのね、たぶん、私はいなくなるけれど、白藤さんは、白藤さんが一番会いたかった人に、会えると思うよ」

もう特に彼女に伝える言葉はなかった。最初から、そんなものがあったことなど一度もなかったようにも思う。

白藤さんが私の言葉に突き飛ばされているうちに、私は走って校舎を出た。

校庭からはまだお祭りの残骸の気配がして、私は裏口の校門から闇の中に走り出す。

人間としてここに来るのは最後だろうと思った。

自分にも「遺言の日」があるとすれば、それは今日だった。私は白藤さんに遺言を告げたのだった。

これが、「儀式」の前に私と白藤さんが会った最後の夜だった。

＊

「おはようございます」

私はドライヤーで髪を乾かしている、自分より少し年上の女性に声をかけた。女性はすっぴんで、この時間に鉢合わせしたことにさして驚いた様子もなく、「おはようございます」と微笑んで軽く頭を下げた。

「儀式」に参加する人間が集められたビジネスホテルで生活して数日が経過していた。このビジネスホテルは部屋は狭いが共同浴場があり、最初はいいと思ったが実際にお風呂に入ろうとしたら混雑していてげんなりしたため、それ以降は部屋のシャワーを使っていた。

朝ならだれもいないかな、と思って訪れた早朝4時半の脱衣所で、もう髪を乾かしている女性がいることに驚いた。

私も女性もおそろいのピンク色のTシャツを着ていて、脳の3D画像がプリントされている。これはボランティアや運営の人に配付されているTシャツだそうで、ホテルに浴衣姿に巾着袋で現れた私に、よろしければ着替えにお使いください、と受付で差し出されたのを、ありがたく受け取ったものだ。

互いの素性がわかるような会話は、禁止ではないが「儀式」に協力することを約束したサインはもう撤回できないので、メンタル的には推奨できません、と受付で受け取ったパンフレットに書いてあった。

「早いですね、一番乗りかと思ってました」

「ああ、混みますもんね、いつもすごく」

化粧や洋服、アクセサリーなどはその人の住む世界を示す情報で、私はいつもそれらからその人間がどんな光景の中で暮らしているのか察知している。それを全て剝ぎ取ってしまっている人たちの断片を摑むのは想像以上に難しかった。ただ、足の指と手の指に綺麗なネイルが施されていること、こういう状況でも綺麗に剃《そ》られている産毛などから、かなり身なりに気を使うような生活環境だったのだろうと思う。

部屋に籠り切りだったので、どういう人がいるのかはわからない。食事を頼むこともできるが飽きてしまい、近くのコンビニに買い出しに行くと、たまに同じTシャツを着ている人を見かけることがあった。それがボランティアや運営の人なのか、自分のように着替えも持たず「儀式」までビジネスホテル暮らしをしている人の一人なのか、判別はできなかった。

「今日ですもんね。最後に朝にお風呂、っていう人、多いんじゃないかなあって」

女性が口にした言葉を、一瞬理解できなかった。受付の人も、「儀式」のことは直接的には口にしなかったからだ。このホテルにはロビーや休憩室もないため、私はほとんど人に会っておらず、「あたためてください」とコンビニの店員に言う以外の声をここへ来てから発していなかった。

「……そうですね。あの、晴れてよかったですね」

今日は「儀式」の日だった。それもあって、あまり眠れずに朝の4時に目が覚め、共同浴場へ来てみたのだった。

「ええ。いいお天気で、よかったですね」

女性の喋り方や表情から、彼女がかなり金銭的に余裕がある、「恵まれた人」の部類、たぶん少し前まで「世界②」にいた人のような、明るい無邪気さを感じ取ることができた。

「そうですね」

頷いた私を、女性のほうはどの「世界」の人間と判断したのかはわからない。女性は「では、お先に」とドライヤーを置き場に戻し、脱衣所を出ていった。


お祭りの日、白藤さんと別れて校舎を後にした私が音ちゃんに連絡すると、すぐにスマートフォンの地図アプリでこの施設に導かれた。浴衣姿のままビジネスホテルに到着し、名前を言うとスムーズに部屋のカードキーと当日までの生活に関するパンフレットを渡された。

ほぼ手ぶらで浴衣用の小さな巾着の中には財布とスマホしか入っていなかったので、歯ブラシやシャンプー、化粧水などのアメニティが揃っていて充電器なども快く貸し出してくれたのは助かった。案内された部屋でスマホを充電すると、白藤さんに一体どう説明されたのか、波ちゃんからたくさんメッセージが入っていたので驚いた。

『空子さんも私を見捨てる』

メッセージの一つを目にし、私はざっと心臓を引っ掻かれたような感覚と、「大人に守られている」感覚を波ちゃんは今まで抱いていたのか、と意外に思う気持ちが同時に湧き上がった。

波ちゃんの年齢のころ、大人が自分を守るというイメージを抱いたことは一切なかった。波ちゃんくらいの年齢の女の子はみんなそうなのではないかと、ごく自然に考えていた。

小さな部屋だが、ベッドだけでなく小さなテーブルもあり、過ごしやすくて助かった。小さな窓のカーテンを開けると、隣のビルの壁しか見えなかった。ビジネスホテルと隣のビルの間に、車のライトだろうか、移動する光が一瞬だけ過《よぎ》って、すぐに消えた。

入浴を終えて部屋に戻るとドアの前に脱衣所で見たのと同じかごが置いてあり、何だろうと近づくと、中には「儀式」のための衣装や手術用の下着などが一式揃えられていた。「当日の流れ」というパンフレットも添えられている。

部屋に入って中身を確かめると、衣装はつるつるしたサテンの白い着物だった。一応死装束をイメージしているようだが、白地に白い刺繡が入った生地で、足袋《たび》や手甲《てっこう》、脚絆《きゃはん》などの小物まで揃っていた。「当日の流れ」を開くと、ご丁寧に着用方法が印刷されたプリントが挟まっている。

帯締めだけが真っ赤な組紐《くみひも》で、羽織ると安っぽい生地なのに妙に派手で、ドン・キホーテに売っているコスプレ衣装のようだった。いくらなんでも「それっぽい衣装」すぎて吹き出しそうなのを堪えて着替えていると、控えめにドアがノックされた。

スコープで外を見ると、朝浴場の脱衣所で髪を乾かしていた女性だった。

「あの、ご迷惑かと思ったんですけれど。朝、共同浴場でご挨拶した者です。着物の着付けができなくて……同じフロアでも、どこのお部屋にどんな方がいるのかわからなくて。すみません」

ドアを開け、事情を聞くと、私のことは何度か同じフロアで見かけたことがあって、隣の部屋からはいつも男性の声がするけれど顔を見たことはなく、テレビの音かもしれず、顔を合わせたこともある私のほうが安心で、迷いながらもドアをノックしたそうだ。

彼女は、高崎《たかさき》さんというのだそうだ。レナの元彼と同じ苗字なのも、奇妙な偶然で面白かった。

「すみません、私、着物って本当にわからなくて。今日の手術って、中継とかもされるんですよね？　間違った着付けのままで全世界に報道されると思うと、不安でしょうがなくて」

「わかります、私もあんまりわからないんですけれど、でも浴衣の着付けくらいならしたことあるし、これ見ながらやってみましょう」

「ああ、よかった」

高崎さんは朝に見た時とちがってナチュラルメイクを施していて、そうか、知ってる人が見てたりすると思うと人間としては消滅するとはいえ、身綺麗にしたくなる気持ちもわかるな、と思った。

「なんか、ちょっと、やりすぎっていうか。おでこのやつつけたら、笑っちゃいそうで……」

「ああ、わかります。これいらなくないですか？　なんか、コントみたいで手術中に吹き出しそう」

「ですよねー？　いいですかね、つけなくて？」

「だって頭も切るんですよね？　言われたらつければいいですよね」

受付の人があまりにうやうやしいので茶化したら怒られる気がしていたが、他の参加者もこれくらいのノリなんだ、と思うと気が楽になった。お互いそうだったのか、顔を見合わせて笑う。

「あ、でも、気をつけたほうがいいですよ」

「え、なにがですか?」

「このホテル、今日のために貸し切りのはずなんですけど。昨日、近くのコンビニ行ったとき、絡まれちゃって。なんか、かなり幼い子供たちだったんですけど。自分もピョコルンになりたいって言うんですよね」

「え……」

「でも誰でもいいってわけじゃないじゃないですか?」

そう言った後高崎さんは、「汚い感情」は自分にはないのです、と強調したいかのように、「困った」顔をした。

「ああ、ええと、そうですよね」

自分以外の人間がどう選出されたのかわからず、なぜ高崎さんがこんなに誇らしい様子なのか把握できなかったが、適当に合わせて頷く。情報が少なすぎて「呼応」の精度がいつもより低いのが自分でもわかる。

「あ、『儀式』に出る理由って、人それぞれですよねえ、すみません」

と高崎さんが気まずそうな表情になった。

「いえ、あの、私、わりとたまたまって感じで決まってしまったんで」

「そうなんですね。私は、こんなこと最後だから言いますけど、コネがあったんで。お互いラッキーでしたね」

高崎さんが「少し下の存在」と私を判断し、にこにこと優しく振る舞ってくれる。コネが必要なほど希望者が多いのか、隠されているはずなのにどうしてなのかわからなかったが、「ほんと、運が良かったですー」と少し言葉のリズムを知能が低い雰囲気に変化させる。今度の「呼応」はうまくいき、

「たまたまなんて、如月さん、本当についてますよー。あ、お化粧とかします？　部屋に一式あるんで、着付けのお礼に貸しますよ？」

と高崎さんが私の背中を叩きながら、微笑んだ。


昼から始まるという「儀式」の前に、喉が渇いてホテル内の自動販売機でお茶を買おうとすると、どの販売機も売り切れで、甘いジュースやコーラしか残っていなかった。

今日はホテル内待機とあったので、受付に言い、水のペットボトルをもらう。

「ああ、だめだめ、立ち入り禁止だよ」

鋭い声が聞こえて振り向くと、ホテルの入り口の前で子供が警備員に止められていた。

「すみません、ずっと希望していたんです」

何人かの、波ちゃんたちよりも少し年上の高校生くらいの子たちも警備員にすがりつき、宥められている。男の子がふっとこちらに視線を寄越し、反射的に顔を伏せた。

急いで部屋に戻り、スマホで検索すると、「儀式」のことは具体的な場所や人数は伏せられつつ、

1週間ほど前にある程度の情報が解禁されていたらしい。自分も記憶のワクチンになりたい、と市役所や病院に手当たり次第に申し出る人が現れ、「各地で消えたい人が続出している」ことがネットニュースになっていた。

そうか、「恵まれた人」、「クリーンな人」、「かわいそうな人」、のもっと下に、「見えない人」がいたんだな。

ぴっと脳に引っ掻かれたような傷がつき、今そのことが刻まれたような気がしたし、そんなことはとっくに知っていたようにも思う。

「当日の流れ」の指示通り、もう必要がないものを着物が入っていたかごに放り込む。いらないものといっても、もう人間ではなくなるのだからほとんど全てだった。

スマホだけはどうしようかと悩んだが、結局、袖の中に入れて持っていくことにした。最後まで実況したり動画や写真を撮ったり家族と会話したりする人もいるようだが、私にはもうそういう相手はいない。けれど、なんとなく脱いだTシャツやコンビニで買った下着などと一緒に入れるには自分の情報が入りすぎている気がした。

「ご案内します。あと30分で集合時間です。お手洗いやご飲食などはお早めにお済ませください。繰り返します。あと30分で集合時間です」

ホテル内にアナウンスが流れる。いよいよなのか、という気持ちと同時に、なんか飛行機のアナウンスみたいで笑えるけれど、今までにないことをやるとき、とりあえず馬鹿丁寧にするしかないよなあ、というぼんやりとした考えが浮かぶ。ふとスマートウォッチをつけっぱなしにしていることに気がつき、少し悩んだがそれはかごの中に放り込んだ。

列になって歩くと、汗だくになった。小さなタオルを渡されていたので、それで目の中に流れ込んでくる汗を拭う。

ホテルのロビーに集合すると、老若男女様々な人がこのホテルにいたのだと初めて気がついた。所作や言葉遣いから「恵まれた人」か、「クリーンな人」の中でも富裕層が多いのではないか、と微かに感じたが、音ちゃんの話ではあらゆるパターンの記憶を持った人が集められているはずだ。今日が最後だからと、身だしなみを整えている人が多いのがそう思わせるのかもしれない。

多くはないが小学校高学年くらいの子供も時折いて、ぎょっとする。しかしなるべく顔に出さないように、俯いてあまり周りを見ないようにした。

ホテルから会場までは1キロほどだった。ぞろぞろと歩く白装束の私たちを、道ゆく人が写真に撮ったり、立ち止まって眺めたりしている。

「わ、多くない!?」

若い女性の声に、まだ人数は知らされていないのか、と思う。私たちの消滅に、ちゃんと皆が「感動」してくれるのか、不安だった。

新宿御苑のあった場所に着くと、そこに生えていた木々は消え失せ、大きな透明のドームに変わっていた。

外からよく見えるように、街路樹も切り倒されている。ドームの向こうにびっしりと見学客が並んでいるのが見える。

　ドームの中にはずらりと手術台が並んでいて、指示された番号の台の上に寝そべる。持参したカルテを渡すと、大学生くらいに見える医者が、

「失礼ですが、ご本人確認のためにお名前と生年月日を確認します。フルネームでお願いいたします」

　と言い、

「はい。如月空子です。○○年○月○日生まれです」

「ありがとうございます。本日はこの儀式へのご協力、誠に感謝いたします」

　頭を下げた人の善さそうな若い男性は少し涙ぐんですらいて、こんなセンチメンタルな人に手術をされて大丈夫なのだろうか、と不安になる。ちらりと周りを確認し、高崎さんが誇らしげに手術台に寝そべっているのを見つけた。高崎さんにはかなりベテラン風の医者がついていて、なんだよ、あっちのほうがよかったな、と思う。

「それでは、『表情』をお願いいたします」

　私は指示通り、微笑んで幸福そうな表情を浮かべた。手術は下半身は局所麻酔で、その後は全身麻酔で行われ、下半身の手術の間はなるべく歯を見せて笑ってくれ、と言われている。周りを見回すと、私の手術台から見える場所に立っている見学客は、少し不安げな、それでも興味を隠せないという複雑な表情でこちらを覗き込んでいた。

この場所に何人の人が集まっているのだろう。

ぎらぎらと太陽が眩しくて、空を見上げると日光に刺し貫かれて瞼の裏の粘膜がひりひりする。

実用的輪廻《りんね》転生《てんしょう》用大量均一記憶人間リサイクル製造施設、と名付けられたドームは、音ちゃんがこの「儀式」のために建築家と相談しながら創ったアート作品の一種だと聞いていたので身構えていたが、想像よりも簡素で実用的に見えた。

昔懐かしい植物園の温室のドームに少し似た形をしていて、わざとところどころいびつに繋ぎ合わせたガラスでできている。透明なステンドグラスのように見えるが、いくら眺めてもなにかの絵になっているということはなさそうだった。

これから、年に一度、「儀式」は行われ続けるのだそうだ。この「儀式」は、記憶奉納祭と呼ばれるのだと、今日受け取ったパンフレットで知った。ピョコルンになる前に記憶を世界のために奉納し、まっさらになるという意味らしい。「儀式」は、宗教的意味合いは排除し、民俗学的考察に基《もと》づいてデザインされたものだということも長々とパンフレットに書いてあった。

ドームの中にはぎっしりと手術台が並んでいてほとんど隙間がない。「お盆」というコンセプトには必要だったろう盆棚をイメージした祭壇らしきものが、苦し紛れに360度どこからでも見えるように丸い形のステージになって大々的に中央に設置されている。なぜかお寺にあるような大きな鐘が中央にあり、お供物や提灯《ちょうちん》も並び、かすかに線香の匂いがする。音ちゃんの作品らしく、祭壇の支えや支柱に人間の腕や足の形をしたものが使われているが、お盆のグッズが並びすぎていてとっ散らかって見える。

宗教的な自由を保持した上で今後世界中どこでも行うことができる「儀式」を目指しており、あくまで民俗学的アプローチでの「お盆」をイメージしている、ときっぱりパンフレットに書いてあったが、そんなに宗教を排除できているわけでもなく、かといって伝統も無視していて、中途半端でごちゃごちゃしている意味不明なものにしか見えない。文化的な背景を知らない人からはこれがそれなりの正解に見えるのかもしれない。来賓席には、「ウエガイコクの『恵まれた人』」だろうと一目でわかる人たちが並んでいる。彼らにとって、手術台に並んでいる私たちはシタガイコクの生き物で、同時に「ついさっきまで存在していなかった人」でもあり、ドームの外にいる人たちは今も「存在しない人」のままなのだろう。

ずらりと並んだ手術台は端が見えないほど遠くまで続いていて、人間でできた波のように見える。顔や髪型が見えなくても、手の大きさや足の血管や皮膚の様子などから、老人、若者、子供、私と同じくらいの中年、様々な年齢の人間が並んでいるのがわかる。

一方でそれはすべてアジア人で、他のルーツの容姿をした人はほとんどいない。ジェンダーもある程度見てわかりやすい具合に限られているようだった。

一見して日本人に見えない日本人は、「見えない存在」であり、ここには、少なくとも私の目に見える範囲には一人もいなかった。

きっちりと髪を結んだ喪服姿の女子中学生と女子高校生くらいの子たちが司会を務めている。ピヨコルンと違って自分たちは性的な存在ではありません、というように、波ちゃんのように墨汁の目薬を入れたりはしていない「自然体の女の子」が集められている。

波ちゃんたちと同じくらいの年齢の女の子がきっちりと着物の喪服を着ているのを見て、なんで少し変な感じがするのだろう、と思って、自分たちが彼女たちくらいの年齢のとき、いつも親戚の葬式は学校の制服で済ませていたからだ、と気がついた。制服にしなかったのは、そのほうが「いい」からだろう、ということも瞬時にわかった。

「たぶん『儀式』では、気丈に振る舞ういたいけな、涙を堪えた泣き女みたいな人を用意すると思います、そういうのって、国を問わず喜ばれません？」と音ちゃんが言っていたのを思い出す。

生演奏で少しお経のようにアレンジされた重々しい「蛍の光」が流れ、うそだろ、と思って高崎さんのほうを見ると、彼女も笑いを堪えていた。目が合い、思わず吹き出してしまう。

やばいと思って見上げると、人の善さそうな若い医者は涙を流していた。

この人めちゃくちゃ「染まって」るな。

なにに、なのかはわからないがとにかくその言葉が浮かんだ。同時に、自分がこの人生の中で何度もそう感じていたことを思い出す。

素晴らしいことであれ悍ましいことであれ、「めちゃくちゃに染まっている」人を、自分の人生の中で何度も見かけたし、自分自身も、「キャラ」の一人がそうなったことが数えきれないほどあった。

それにしてもこんなに見るからに即席の「感動」にあっさり染まっている人がたくさんいることが可笑しくて、喉が乾燥しているふりをして咳払いをし、笑い声が出るのを堪えた。

私が横たわっている手術台は新宿御苑だったときの千駄ヶ谷《せんだがや》門の方面で、外には観客席が用意されており、階段状の椅子席がぐるりとドームを囲んでいる。暑い中、たくさんの人が、高い場所から私たちの手術を覗き込んでいた。

観客たちの顔は深刻そうで、自分が感動という快楽を享受するためにここにいることに無自覚であるように見えた。むしろ、感動の大切な参加者である、当事者である、という雰囲気すら漂っている。

「では、『見守り人』の方に入場していただきます」

女の子の言葉に、手術台の上のピョコルン予備軍たちは不安げに顔を見合わせ、手術台から起き上がって司会の女の子たちのことを見ようとする。私は寝そべったまま、祭壇を見た。祭壇の中央の鐘の下は穴状の階段になっていて、その階段から喪服を着た人間たちが姿を現した。

黒い穴から真っ黒な喪服を着た人間たちが厳かに出てくる。墨汁が溢れているのを延々と眺めているようで、早くしろと言いたくなる。

喪服の人間たちの中に匠くんを見つけてほっとした。

ああ、ちゃんと死んでる。よかった。

匠くんの件で音ちゃんに連絡したとき、音ちゃんはあっさりとOKし、「わかりました。個人の匠さんは存在しなくなりますから、確かに一種の死ですよね」と笑った。

肉体は生きてはいても、もう元の存在とは違っている、という音ちゃんの説明を信じれば、死んだも同然だろう。

「見守り人」たちは、達観したような、表情を全て無くしたような、不思議な佇まいだった。

「見守り人」についてはパンフレットには載っていなかったので手術台の人たちはざわついており、私の横の医者は知っていたのか、大きく頷きながら目に涙を浮かべている。それを見て、へえ、情報ってめちゃめちゃ格差あるんだなやっぱり、と思った。

「彼らは特別な実験に協力してくださった方々です」

司会の女の子が説明する。

「今までに試験的に創ってきた記憶のワクチンを、誰よりも先に接種されました。加えられた記憶が人間にどういった影響を与えるか、何度も手術を繰り返して記憶を混合し、調合され、『同じ性格』になるように記憶をデザインされました。それは同時に、記憶によって製造される行動も、均一に、公平になるということでもあります。この方々は、その、最初の99人です」

私は目を凝らして、「見守り人」たちを眺めた。

同じ性格だということがどこまで本当なのかわからないが、「見守り人」は皆少しだけ目尻を下げた優しげな、同じ表情をして祭壇のまわりをぐるぐる歩いている。声を奪われてしまったのかと思うくらい何も発さずに、時折、手術台に寝そべる私たちに愛おしむような視線を寄越す。

ドームの外の見学客も知らなかったのだろう、身を乗り出して「見守り人」を眺めている。そのとき、私の手術台がよく見える位置の見学席に白藤さんがいるのが見えた。彼女が好きでよく着ていた、薄紫色のワンピースを着て、「見守り人」のことは一切見ずにこちらを睨むように見つめていた。

ショックが大きいので成人していないと見学はできないことになっている。貴重な席だと聞いていたので、たぶん音ちゃんが手配したのだろう。

余計なことを、と思う。なぜ私の手術台のそばにいるのだろう、と思う。このたくさんの手術台の中には奏さんもいて、白藤さんが「見送る」なら、きっと彼女なのだろうと思っていた。

「かわいそうに」

私は呟いた。

「記憶の調合がですか？」

泣いていたはずの医者が、意外そうにこちらを見る。

「いや、はあ、ええと、そうではなく、『見守り人』になれるのも、限られた人だけじゃないですか？　もう少し未来だったら、もっと楽に生きられたのにな、って思う人が他にもたくさんいるので」

「ああ、それはそうですよね。どんどん、完璧に調合された、善良な行動のみを生産する人間になるのに最適な記憶のワクチンが創られるようになっていく。そう思うと、今は、個人的な記憶を抱えて生きている最後の時代ですからね」

「そうなんです。これから私たちの記憶は統一されていく。記憶は個人的なものではなく、総合的な、善良な私たちになるための材料として、調合されることになる。そういう時代に、生まれたほうがラクですよね。見学席にいる私の友人は、典型的に苦しい人生だったんじゃないかと思うので。だったら、均一に記憶が調合されて、脳に配置されて、その記憶にきちんと操作されて清潔な行動と感情しかない世界で生きていく、これからの未来のほうが、本当はあの人には向いていたんです」

「そうですね。かわいそうに」

医者は頷いたあと、意外な言葉を続けた。

「でも、かわいそうなことは、素晴らしいですよね。僕、たぶん、将来、それって娯楽になると思うんです」

「え？」

「このまま世界が素晴らしくなっていったら、きっと、かわいそうな人っていなくなりますよね。みんな公平に幸福になる」

「はあ、そうですね」

「かわいそうな人って、僕、ずっと好きで、やっぱり、そういう人を見て泣くと、心が浄化されるじゃないですか。だから実際にはかわいそうな人がいなくなってからも、娯楽としての『かわいそう』は残ってくれるといいなって思います。かわいそうな人を見て泣くと、心が綺麗になるし」

若い医者が綺麗な涙を流しながらそう言うので、なんだか力が抜けて笑った。

「たしかに、それはいいっすね」

私はなぜか、昔アルバイトしていたときの「おっさん」の喋りかたで返事をした。そういえば、かわいそうな誰かはいつも自分や皆の娯楽だった。だから、白藤さんも、きっと誰かの娯楽なのだろう。

除夜の鐘のような音が響き、「見守り人」以外の人間たちが不安げにどよめく。

「すみません、これなんですか?」

「あれ、聞いていないんですか？　これが一応、手術の始まりの合図らしいんです」

「あ、そうなんですね」

「お盆をテーマに『儀式』をデザインして、コンストラクトしてるじゃないですか？　だから、『見守り人』の立っている場所は仏壇をイメージしているらしいんです。最初は大きなりんを作ろうとしたみたいなんですけれど、それもなんだか間抜けになってしまったみたいで。でも伝統あるいいお寺の鐘らしいですよ」

「はあ」

腑に落ちない上に、いきなり大晦日の夜のような雰囲気になってしまったドームの中で、次々と医者が手術を始めているのが見えた。

「では、手術を始めます」

私の担当医もそう言ったので頷こうとしたとき、ふと、奇妙な感覚がして、もう一度祭壇のほうを見た。「見守り人」たちはぐるぐると周りを歩き続けている。

「あ」

私は小さな声をあげた。

「どうしましたか!?」

医者が、過剰に思えるほど必死に私の手を握る。

「あ、すみません、大丈夫です、なんでもないです」

私はぶっきらぼうに言い、それが医者が望む「美しい犠牲者」の言動に則していないことに気がつき、「すみません、家族を見つけて」と言い、唇の両端を控えめに持ち上げて微笑んだ。

「家族!!」

医者が身を乗り出す。

「大丈夫ですか、最後に挨拶とかをしたいですよね!? 手術台から降りることはもうできませんが、アイコンタクトとか、何かの合図を送ることならできますよ! どこですか?」

「あ、すみません、大丈夫です。向こうもこっちに気が付いてないみたいなんで……」

「本当に大丈夫ですか、最期にお互いの顔だけでも……」

「あ、大丈夫です、それにあの、あっちなんです」

私が顎で中央の祭壇を指し示したことに、医者は驚愕したらしかった。

「え、『見守り人』のなかにご家族がいらっしゃるんですか……!?」

「はあ、あの、なんだろう、もう施設に入って好きに暮らしていたはずなんですけど、あんまり会ってなくてお互い知らなくて」

「そんな、ではご家族が『見守り人』になり、あなたは記憶を奉納するためのピョコルンになるということですか。魂で繋がった、素晴らしい親子ですね……!」

感銘を受けた様子の医者が、「僕、『クリスマス・キャロル』の絵本が子供の頃に大好きだったんです。まるであの話みたいですね」と洟《はな》をすすりながら言うので、そうでもないだろうという関係のないことのほうが気に掛かり、内心仰天していたはずが気が抜けて、なにもかもどうでもよくなり穏やかな気持ちにすらなった。

「見守り人」たちは、送り火のつもりなのか、いつのまにか藁《わら》に火をつけたものをそれぞれ手に持っている。

薄く口を開き、何かを訴えようとして、再び閉じた。匠くんをはじめとする、そこに並んでいる人たちは、だれもいない世界に降り続ける雪と、印象が似ていた。静かに、ただ、息をして、その内側に記憶が降り積もっている。表情も、仕草もなく、ただそれだけの容《い》れ物《もの》のように感じられた。

「では、始めますね?」

遠慮がちに聞いた医者に、大きく頷いた。

「では、足からいきますね。途中で全身麻酔が効いて、頭の手術をするころには、意識を失うはずです。説明があったはずですが、これは尊い犠牲者の方が最期まで世界を見ていられるように、というための措置なので、もしもご気分が悪かったり、微笑み続けるのがお辛いようであれば、すぐにもう一本の麻酔の点滴を開始しますから、お手元のボタンを遠慮なく押してくださいね」

私はわかったわかった、はやくはやく、と何度も頷いた。隣の女性の足はもう切断され、反対側の大柄な男性は腕と足を切断されながら、「すみません、もうそろそろ……」と掠れた声で言っているのが聞こえた。

「それでは、右足からいきます」

痛みはなく、それなのにごぎっという骨の振動が伝わってきた。思ったより大きい、ごき、ごき、という、手術というよりダイナミックな料理のような音がする。

血とは無垢な液体なのだなと、足を切られながら思った。足の血が頬に飛び、まるで口紅が顔に飛び散ったようになっているのではないかと思うが、鏡もなく両腕にもすでに麻酔が効いていて、拭うことも確認することもできなかった。

「では、左足いきますね」

右足に時間をかけすぎたと思ったのか、やや早口になった医者が、さっきより雑な動きで私の左足を切断する。何かの器具を使っているのだろう、ごごご、という激し目の、もはや工事に近い音がして、盛大に血が飛び散る。それは見ている側からすればかなりグロテスクかつ、世界のために身を捧げているという意味では感動的なのだろう、ガラスの外からかすかに「ああー！」というような叫びが聞こえ、来賓席のほうからは「h」の発音の連続に近い声がして、来賓のほとんどはウエガイコクの人なのだな、ということと、ウエガイコクの言葉と日本語では、「うわ！」という悲鳴もけっこう違う音声なんだな、というどうでもいいことを考えた。

ばしゃり、というよりぬるっとしたものが顔に飛んできて、反射的に目を閉じた。間に合わずに左目の中を涙ではない液体がぐるぐると動いているのを感じる。

「すみません、目に血が」

医者に言ったが、医者は懸命に私の左足を切断しており、耳に入っていない様子だった。

見渡す限り、足や手を切断された人間たちが手術台に並んでいて、皆笑顔で上を向いている。そうだ忘れていた、と私も笑顔になった。

そういえば、こんなことがもっと昔にあった気がする。小学校のころの教室の、世界に媚びるための祭りを思い出す。

私たちにはちょうどいいお祭りだった。過剰に誇張された文化を、ウエガイコクの人たちが喜んでいる。まるで自分たちもその一員であるかのように、皆が誇らしげに笑っている。

私は自分が生きてきた世界が、小さな箱だったことを知った。

私はこの箱の中で、殆どの特権のカードを所持している。そして、その私には存在すら意識されない「見えない存在」が、「私たちもピョコルンに」「すべての人の記憶をワクチンに Harvesting the memories of all」などのプラカードや紙を掲げて、こちらを見ている。

数人の「ウエガイコク」の人が、とても穏やかな顔で、「胸を打たれた」表情で、紳士的に、誠実に、ガラスの向こうからこちらを見ている。

ああ、外の世界の特権の人たちが、「シタガイコク」を見て感動している。外にも世界があってよかった。

入れ子構造、マトリョーシカ、様々な言葉が浮かび、あの「ウエガイコク」の紳士をさらに外の世界から見つめて胸を打たれている存在のことを想像する。

感動は、やっぱり、娯楽か。よくわかる。私も十分にそれを楽しんだ。

このまま手術が進んで、人間でなくなる瞬間って、いつなのだろう。

頭の中で、多分そんな言葉をつぶやいたと思う。足の切断が終わり、腕の切断が始まって、骨の振動に頭蓋骨まで揺さぶられている感覚に襲われると同時に、すっと、スイッチを押されるように、自分が静止した。晴れているのに、青空に無数の雨粒が見えた。

そういえば、雨粒を下から見るのが好きだった。自分が上に上がっているような気がして面白かった。

「雨が降ってきましたね」

「え？　いえ、晴れ渡っていますよ」

医者が不思議そうに言う。この雨は私にしか見えないものらしかった。

雨の向こうで、白藤さんが立ち上がってこちらを見ている。

早く世界が進んで、あの人が「理想的な記憶」に包まれますように。

何かの宗教に入っているわけでもないのになんとなくそう祈り、再び空を見上げた。青い空に、私にしか見えない雨が無数の傷のように散らばっていた。

それが、私が「人間」として見た最後の光景だった。

第四章

89歳

藤とは、かなり獰猛《どうもう》なものだと思う。庭の中を暴れ回り、太い蔓《つる》はなかなか切れず、すっかり庭を支配してしまっている。

藤の花が咲き乱れるこの季節、私は庭に行くのを嫌っている。虫がたくさんいて居心地が悪い。

「ピョール！　どうしたの、風邪をひくよ！」

私の飼い主の声がして、身を翻して声のほうに向かう。

髪の長い、ほっそりとした中年の女性が、心配そうに私の頭を撫《な》でる。

「ピョール、どうしたの？　あまり庭が好きではないのに」

「ナミ、そろそろアメが着くって」

ショートカットの女性がナミに言い、土で汚れた私の足を拭いていたナミが、「うん、ちょっとピョールが庭に出ちゃってて」と言う。

二人の表情はまるで同じで、穏やかで、憂いが一切ないように見える。

私の飼い主は3人の女性たちだ。複数婚が一般的になり、ナミ、コトハ、アズミの3人がピョールの家族なんだよ、とこの家に来たときに教えられた。

彼女たちがピョコルンを飼うのは4回目だそうで、ピョコルンが死ぬと新しいピョコルンを飼い、「ピョール」という同じ名前を付けているのだと教えてもらった。

この家にはもう一人、老齢の女性が住んでおり、足腰が弱っているためいつも2階の和室で寝ている。私は窓が大きいリビングが好きで、大抵はその部屋にいて、2階には上がらないので、その老人のことはあまり知らない。

「こんにちはあ」

チャイムの音と同時に、明るい声がする。男の子の笑い声が響いて、彼女らの娘であるアメとその夫と息子が来たのだとわかる。

アメは背が高く、肩までの髪を結んでいる。アメは親友であるハヤトと友情婚をし、二人の家のピョコルンがシュンという男の子を産んだのだそうだが、そのピョコルンがこの家に来たことはない。

すべての人がほぼ同じ穏やかな性格で、同じように顔の筋肉を使って微笑《ほほえ》んでいる中、シュンだけは、子供のせいか少しだけ振る舞いが違い、部屋の中を走ったり、何かに驚いたりする。

「いらっしゃい！　わあシュン、大きくなったね」

シュンに声をかけているのが誰だか、リビングにいる私からはわからない。

「そろそろ記憶を調整してもらわないとね」

走り回るシュンを見ながら、コトハが呟《つぶや》く。アメはコトハが淹《い》れたお茶を飲みながら、小さく頷《うなず》いた。

「うん、そろそろ健診だから。今通ってる病院の先生、調合がすごく上手なの。私もこの前、記憶を調合してもらって、かなりすっきりしてる」

「信頼できる先生だと安心だよね、全身麻酔って、やっぱり今でも少し怖い」

ナミが言い、

「私はあの感じ、結構好きだよ。毎年、新しく生まれ直してるような感じがする」

とアズミが微笑む。3人は、表情も服装もほとんど一緒なので、髪型と声のトーンでかろうじて判別している。

アメは、たしかにこの前遊びにきたときのアメよりも明るく穏やかで、記憶のワクチンがよく調合されているのだろうな、と感じる。三つ子のような母親たちと、ほぼ同じ表情を浮かべていた。

隣にいるハヤトは仕草や振る舞いがアメ以上にアメの母親たちに似ていて、体つきは違うのに私には判別がつかなくなることがある。ハヤトは私の視線に気がつくと、身を乗り出して軽く頭を撫で、「お腹はすいていますか?」とハンドサインをしてみせる。私は耳を立ち上げて「NO、ありがとう」とサインを返し、ダイニングテーブルを囲んで談笑している大人たちから少し距離をおく。

「おばあちゃんは?」

アメが言い、コトハが少し困った顔をする。

「腰がよくないみたいで。季節の変わり目だからかもね、昨日の夜は冷えたし。あとで、和室に様子を見に行ってあげてくれる?」

「わかった」

アメが頷くと、シュンが不安げな顔になる。

「ひいおばあちゃん、僕、会いたくない」

ハヤトが驚いて、シュンの背中を撫でる。

「シュン、どうしたんだ？　みんなの大事な人なんだから、『きれいな言葉』で気持ちを表現しないとだめだよ？」

シュンは素直に頷き、

「ええと、ひいおばあちゃんは、見たことがない『表情』を、たくさん、するから、僕、こわい」と呟いた。

アメは笑い、「そうそう、それはわかるよ。ひいおばあちゃんは、健診にちゃんと行ってないから」と言う。

「無理はしないでいいからね。ほら、外で遊んできなさい」

アメが明るく答えたのにほっとした様子で頷き、シュンは、私を連れて外に出る。

家の外に出るのが、私は好きではない。道路も建物も真っ白で美しい世界に、ぞっとするほど生々しい植物が交ざっていて、目がちかちかする。

「ピョール、どこまで行きたい？」

シュンの明るい問いかけに、私は少し考え、危険のない場所を模索し、「近くの、公園」とサインを出した。

「わかった、行こう、ピョール！」

シュンが優しく私の背を撫でて歩き出す。ふと振り向くと、藤の花が絡まったベランダに人影が見えた。

最近では街でも、家でも、テレビでも、インターネットでも、ほとんど見ることがなくなった「表情」がそこにあるのを一瞬だけ見つめた。

空を見上げると、シュンがよく遊ぶ折り紙に似た均一な青が広がっていた。ゆっくりと呼吸をし、私はシュンの笑い声が響く方へと走り出した。

初出
「すばる」二〇二二年五月号〜二〇二三年二月号、四月号〜五月号、七月号〜一二月号、二〇二四年一月号〜六月号
単行本化にあたり、加筆・修正を行いました。

装丁　名久井直子
装画　Zoe Hawk "Murder Ballad"

村田沙耶香（むらた・さやか）
1979年千葉県生まれ。玉川大学文学部芸術文化学科卒。2003年「授乳」で群像新人文学賞（小説部門・優秀作）受賞。2009年『ギンイロノウタ』で野間文芸新人賞、2013年『しろいろの街の、その骨の体温の』で三島賞、2016年「コンビニ人間」で芥川賞受賞。著書に『マウス』『星が吸う水』『ハコブネ』『タダイマトビラ』『殺人出産』『消滅世界』『生命式』『変半身』『丸の内魔法少女ミラクリーナ』『信仰』などがある。

世界《せかい》 99　下

2025年3月10日　第1刷発行
2025年5月30日　第4刷発行

著者　村田沙耶香《むらたさやか》

発行者　樋口尚也

発行所　株式会社集英社
〒101-8050　東京都千代田区一ツ橋2-5-10
電話　03-3230-6100（編集部）
03-3230-6080（読者係）
03-3230-6393（販売部）書店専用

印刷所　株式会社DNP出版プロダクツ

製本所　加藤製本株式会社

ISBN978-4-08-770001-5 C0093

定価はカバーに表示してあります。

ハコブネ

村田沙耶香

どうしてこんなにセックスが辛いのだろう。自らの性別を脱ぎ捨てたセックスを求める里帆。女であることに必要以上に固執する椿。生身の男性と寝ても人間としての肉体感覚を持てない千佳子。交差しない３人の女性達の性の行方は……。

ミーツ・ザ・ワールド

金原ひとみ

焼肉擬人化漫画をこよなく愛する腐女子の由嘉里は、人生２度目の合コン帰り、酔い潰れていた夜の新宿歌舞伎町で美しいキャバ嬢・ライと出会う。「私はこの世界から消えなきゃいけない」と語るライ。彼女と一緒に暮らすことになり、由嘉里の世界の新たな扉が開く――。